12/19

LOS TESTAMENTOS

Margaret Atwood

LOS TESTAMENTOS

Traducción del inglés de
Eugenia Vázquez Nacarino

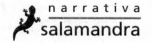
narrativa
salamandra

Título original: *The Testaments*
Ilustración de la cubierta: Noma Bar / Dutch Uncle
Ilustraciones del interior: Suzanne Dean (estilográfica) y Noma Bar (siluetas)
Copyright © O.W. Toad, Ltd, 2019
Copyright de la edición en castellano © Ediciones Salamandra, 2019
Cita de la página 7: *Vida y destino*, de Vasili Grossman.
Traducción de Marta Rebón. Galaxia Gutenberg, Barcelona, 2007.
Ediciones Salamandra
www.salamandra.info

Se supone que toda mujer tiene los mismos motivos o, si no, es un monstruo.

GEORGE ELIOT, *Daniel Deronda*

Cuando nos miramos el uno al otro, no sólo vemos un rostro que odiamos, contemplamos un espejo. [...] ¿Acaso no se reconocen a ustedes mismos, su voluntad, en nosotros?

Oficial del Sicherheitsdienst Liss al viejo
bolchevique Mostovskói,
VASILI GROSSMAN, *Vida y destino*

La libertad es una gran carga, un peso apabullante y extraño para el espíritu. [...] No es un don: hay que elegirla, y la elección puede ser difícil.

URSULA K. LE GUIN,
Las tumbas de Atuan

I

Estatua

El ológrafo de Casa Ardua

1

Sólo a los muertos les erigen estatuas, pero a mí se me ha concedido ese honor en vida. Ya estoy petrificada.

La estatua fue una muestra de aprecio a mis muchas contribuciones, decía la inscripción, que leyó en voz alta Tía Vidala. Le habían asignado la tarea nuestros superiores, y distó mucho de mostrarme ningún aprecio. Le di las gracias con tanta modestia como pude; acto seguido, tiré del cordel para desprender el velo que me cubría. La tela se hinchó en el aire antes de caer al suelo, y allí estaba yo. No somos dadas a las ovaciones, aquí en Casa Ardua, pero hubo unos discretos aplausos. Incliné la cabeza, con una pequeña reverencia.

La estatua es majestuosa, como suelen ser las estatuas, y me muestra más joven y delgada de lo que soy al natural, en mejor forma de lo que he estado en mucho tiempo. Aparezco erguida, con la barbilla alta y los labios curvados en una sonrisa dura pero benévola. La mirada se pierde en un punto del firmamento, representando mi idealismo, mi inquebrantable compromiso con el deber, mi tenacidad de avanzar salvando todos los obstáculos. No es que la estatua pueda ver ni un atisbo del cielo, escondida como está en el lúgubre macizo de árboles y setos junto al sendero que discurre frente a Casa Ardua. Nosotras, las Tías, no debemos ser presuntuosas, ni siquiera en piedra.

Agarrada a mi mano izquierda hay una niña de siete u ocho años, que me mira con los ojos llenos de confianza. Mi mano derecha descansa sobre la cabeza de una mujer agachada a mi lado, el pelo cubierto por un velo, que alza la vista con una expresión que podría ser tanto de cobardía como de gratitud: una de nuestras Criadas. Y detrás de mí está una de mis jóvenes Perlas, a punto de emprender su obra misionera. Colgada de una correa a la cintura llevo una aguijada eléctrica. Esa arma me recuerda mis fracasos: con mayores dotes de persuasión no habría necesitado semejante artilugio. El convencimiento de mi voz habría bastado.

Como estatua colectiva no me parece ninguna maravilla: demasiado recargada. Habría preferido más protagonismo, pero al menos se me ve cuerda. Podría haber sido al revés, ya que la anciana escultora —una auténtica devota, ahora difunta— solía representar el fervor religioso con figuras de ojos desorbitados. El busto que hizo de Tía Helena parece que tenga la rabia, y el de Tía Vidala, hipertiroidismo, y se diría que el de Tía Elizabeth está a punto de explotar.

Antes de descubrir la obra, la escultora estaba nerviosa. ¿Me habría hecho un retrato lo bastante favorecedor? ¿Sería de mi agrado? ¿Dejaría ver mi agrado? Fantaseé con la idea de poner mala cara cuando retiraran la tela, pero lo pensé mejor: no carezco de compasión. «Muy realista», dije.

Desde entonces han pasado nueve años. La estatua se ha deteriorado a la intemperie, decorada por las palomas, por el musgo que brota de las grietas donde se acumula la humedad. Los devotos tienen ahora la costumbre de dejar ofrendas a mis pies: huevos para la fertilidad, naranjas que simbolizan la plenitud de la preñez, hojaldres en forma de media luna. Me resisto a la bollería, que además suele estar empapada por la lluvia, pero las naranjas me las guardo en el bolsillo. Las naranjas son tan refrescantes...

Escribo estas palabras en mi santuario privado, la biblioteca de Casa Ardua: una de las pocas bibliotecas que perviven tras las entusiastas quemas de libros que han tenido lugar en el país. Las huellas corrompidas y manchadas de sangre del pasado deben borrarse, a fin de crear un espacio de inocencia para la generación de moral pura que sin duda está por llegar. Ésa es la teoría.

Pero entre esas huellas sangrientas están las que nosotros mismos dejamos, y ésas no se borran tan fácilmente. Con el paso de los años he enterrado muchos huesos, y ahora estoy dispuesta a desenterrarlos aunque sólo sea para tu edificación, anónimo lector. Si estás leyendo, al menos este manuscrito habrá sobrevivido. Aunque tal vez sean meras ilusiones: quizá nunca tenga un lector. Quizá sólo esté hablando con la pared, en más de un sentido.

Basta de escritura por hoy. Siento la mano entumecida, la espalda dolorida, y me aguarda mi taza de leche caliente de todas las noches. Guardaré este legajo en su escondite, evitando las cámaras de vigilancia: sé dónde están, porque las instalé yo misma. A pesar de tales precauciones, soy consciente del riesgo que corro: escribir puede ser peligroso. ¿Qué traiciones y qué condenas me depara el futuro? En el seno mismo de Casa Ardua hay quienes desearían echar mano a estas páginas.

Paciencia, les advierto en silencio: esto acaba de empezar.

II

PRECIOSA FLOR

2

Me habéis pedido que os hable de cómo fue para mí crecer en Gilead. Aseguráis que mi testimonio será de ayuda, y yo deseo ayudar. Supongo que no esperáis oír más que horrores, pero la realidad es que en Gilead, igual que en todas partes, muchos niños se sentían queridos y apreciados, y que en Gilead, igual que en todas partes, muchos adultos eran personas de buen corazón a pesar de sus errores.

Espero que tengáis presente, además, que todos sentimos nostalgia del cariño que hemos conocido en la niñez, por aberrantes que puedan parecerles a otros las condiciones que rodearon esa infancia. Coincido con vosotros en que Gilead debería desaparecer —hay demasiadas injusticias allí, demasiada falsedad y demasiadas ofensas a la voluntad de Dios—, pero tendréis que concederme un poco de espacio para llorar por las cosas buenas que se perderán.

En nuestra escuela, el rosa era para la primavera y el verano, el morado para el otoño y el invierno, el blanco era para los días especiales: los domingos y las festividades. Brazos cubiertos, pelo cubierto, faldas por debajo de la rodilla antes de que cumplieras cinco años, y no más de un par de dedos por encima del tobillo después de esa edad, porque los impulsos de los hombres eran terribles, y esos impulsos debían refrenarse. Los ojos de los hombres que siempre acechaban aquí y allá, como los ojos de los tigres, esos ojos escrutadores, debían protegerse del poder de la tentación que encarnábamos y que los cegaba: tanto si teníamos unas piernas torneadas como flacas o gordas, y unos brazos gráciles o bien huesudos o de salchicha, tanto si nuestra piel era sedosa como con rojeces, y el pelo brillante ensortijado o bien rizado y crespo o peinado en unas trencitas pajizas. Más allá de la figura y las facciones que tuviéramos, éramos trampas y señuelos a nuestro pesar, inocentes criaturas que por nuestra propia naturaleza podíamos volver a los hombres ebrios de lujuria, hasta que dando traspiés y tambaleándose cayeran por el borde —¿el borde de qué?, nos preguntábamos, ¿sería una especie de abismo?— y se precipitaran hacia el fondo en llamas, como bolas de nieve hechas de azufre ardiente que arrojaba la mano iracunda de Dios. Nosotras guardábamos un tesoro de incalculable valor que residía, invisible, dentro de nosotras; éramos preciosas flores que debían protegerse en un invernadero, o de lo contrario nos tenderían una emboscada y nos arrancarían los pétalos y robarían nuestro tesoro y nos desgarrarían y pisotearían esos hombres hambrientos que podían merodear a la vuelta de cualquier esquina, en ese mundo lleno de filos cortantes y pecados.

Ésa era la típica soflama que Tía Vidala, con su voz gangosa, nos hacía en la escuela mientras bordábamos en punto gobelino pañuelos, escabeles y labores para enmarcar: un jarrón de flores o un cuenco de fruta eran nuestros motivos predilectos. Después Tía Estée, la maestra a la que más apreciábamos, decía que Tía Vidala exageraba y que no tenía sentido que nos metiera tanto miedo, pues esa aversión podía ejercer una influencia negativa en la felicidad de nuestras futuras vidas de casadas.

18

—No todos los hombres son así, niñas —nos tranquilizaba—. Los mejores están dotados de un carácter superior. Algunos son decentes y saben dominarse. Y una vez que os caséis, veréis las cosas de otra manera, y sin miedo alguno.

No es que ella supiera nada al respecto, porque las Tías no se casaban; no se les permitía. Por eso podían dedicarse a la escritura y a los libros.

—Nosotras, y vuestros padres y madres, elegiremos con sensatez a vuestros esposos cuando llegue el momento —decía Tía Estée—. Así que no temáis. Aprended vuestras lecciones y confiad en el buen criterio de vuestros mayores, y todo saldrá como es debido. Rezaré por que así sea.

Pero a pesar de la sonrisa cariñosa y con hoyuelos de Tía Estée, era la versión de Tía Vidala la que se imponía. Aparecía en mis pesadillas: el invernadero hecho añicos, luego el forcejeo y el desgarro y los pisotones de pezuñas, que dejaban jirones rosados y blancos y morados de mí misma esparcidos por el suelo. Me aterraba la idea de hacerme mayor, lo bastante mayor para una boda. No tenía fe en el sabio criterio de las tías: temía acabar casada con un macho cabrío en llamas.

Los vestidos rosas, los blancos y los morados eran la norma para niñas especiales como nosotras. Las niñas corrientes de las Econofamilias llevaban la misma ropa todos los días, aquellos horrendos vestidos a rayas de distintos colores y aquellos mantos grises, el mismo atuendo que usaban sus madres. Ni siquiera aprendían a bordar ni a hacer ganchillo, nada más que costura básica, y a fabricar flores de papel y tareas similares. No habían sido elegidas de antemano para casarse con los mejores hombres, los Hijos de Jacob y los demás Comandantes o sus hijos, como nosotras; aunque tal vez las elegirían más adelante, una vez que crecieran, si eran bonitas.

Nadie hablaba de eso. Se suponía que no debías vanagloriarte de tu belleza, delataba falta de modestia, y tampoco fijarte en la belleza de otras personas. Aun así, las niñas sabíamos la verdad: que era preferible ser bonita que fea. Incluso las Tías prestaban más atención a las chicas bonitas. Si te elegían de antemano, en cualquier caso, no importaba tanto que fueses bonita.

A pesar de que yo no era bizca como Huldah, ni tenía el ceño siempre fruncido como Shunammite, o unas cejas finísimas como las de Becka, estaba inacabada. Tenía la cara de pan, igual de redonda que las galletas que me preparaba mi Martha favorita, Zilla, con ojos de uva pasa y dientes de pepitas de calabaza. A pesar de no ser especialmente bonita, me sentía una elegida entre las elegidas. Y por partida doble: no sólo elegida de antemano para casarme con un Comandante, sino también elegida de buen principio por Tabitha, que era mi madre.

Eso era lo que Tabitha solía contarme:

—Fui a dar un paseo por el bosque —me decía— y entonces llegué a un castillo encantado, y dentro había muchas niñas encerradas, y ninguna de esas niñas tenía madre, y estaban bajo el conjuro de las malvadas brujas. Yo tenía un anillo mágico que abría la puerta del castillo, pero sólo podía rescatar a una niña. Así que las miré detenidamente, y entonces, entre todo el tropel, ¡te elegí a ti!

—¿Y qué les pasó a las demás? —preguntaba yo—. ¿Qué fue de las otras niñas?

—Las rescataron diferentes madres —me decía.

—¿También tenían anillos mágicos?

—Claro, cielo. Para ser madre has de tener un anillo mágico.

—¿Dónde tienes el anillo mágico? —le preguntaba—. ¿Dónde está ahora?

—Justo aquí, en mi dedo —decía, señalándose el tercer dedo de la mano izquierda. El dedo corazón, lo llamaba—. Pero con mi anillo sólo podía pedir un deseo, y te pedí a ti. Así que ahora es un anillo normal y corriente, como el de cualquier madre.

En ese punto dejaba que me probara el anillo, que era de oro, con tres brillantes: uno grande en medio, y uno más pequeño a cada lado. De verdad parecía que en otros tiempos hubiera sido mágico.

—¿Y luego me alzaste en brazos y huiste conmigo? —le preguntaba yo—. ¿Por el bosque?

Conocía la historia de memoria, pero me encantaba oírla una y otra vez.

—No, cariño, ya estabas demasiado grande para eso. Si te hubiese llevado en brazos, habría empezado a toser, y las brujas nos habrían oído. —Comprendía que eso era cierto, porque tosía mucho—. Así que te di la mano y salimos sigilosamente del castillo para que las brujas no nos oyesen. Las dos susurrábamos «chist, chist»... —Aquí se llevaba un dedo a los labios, y yo la imitaba, susurrando con deleite, «chist, chist»—. Y entonces echamos a correr muy rápido a través del bosque para escapar de las brujas malvadas, porque una de ellas nos había visto escabullirnos por la puerta. Corrimos, y nos ocultamos en el tronco hueco de un árbol. ¡Fue muy peligroso!

Tenía un recuerdo vago de ir corriendo a través de un bosque agarrada a la mano de alguien. ¿Me había escondido en un árbol hueco? Me parecía que me había escondido en algún sitio, así que quizá fuera cierto.

—Y entonces ¿qué pasó? —preguntaba yo.

—Y entonces te traje a esta preciosa casa. ¿A que aquí eres feliz? ¡Te adoramos tanto, todos! ¿No es una suerte para las dos que te eligiera?

Acurrucada a su lado, ella me abrazaba y yo recostaba la cabeza contra su torso escuálido, notando las costillas saltarinas. Con la oreja pegada a su pecho, oía el martilleo incesante de su corazón, más y más rápido, me parecía, mientras esperaba a que yo le contestara. Sabía el poder de mi respuesta: era capaz de hacerla sonreír, o no.

¿Qué podía decir salvo que sí y que sí? Sí, era feliz. Sí, tenía suerte. En cualquier caso, era verdad.

3

¿Qué edad tendría entonces? Seis o siete años, supongo. Me cuesta precisarlo, dado que no conservo recuerdos claros antes de esa época.

Quería mucho a Tabitha. Era hermosa, a pesar de estar tan delgada, y se pasaba horas jugando conmigo. Teníamos una casa de muñecas que era como la nuestra, con una sala de estar y un comedor y una gran cocina para las Marthas, y un despacho para el padre con escritorio y anaqueles. Todos los libros en miniatura de los estantes estaban en blanco. Pregunté por qué no había nada dentro, intuyendo vagamente que esas páginas deberían contener marcas de alguna clase, y mi madre contestó que los libros eran adornos, como un jarrón de flores.

¡Cuántas mentiras tuvo que decir por mí! ¡Para protegerme! Aunque desde luego se le daba bien, era una mujer con mucha inventiva.

Teníamos unos dormitorios grandes y preciosos en el segundo piso de la casa de muñecas, con cortinas y paredes empapeladas y cuadros —cuadros bonitos, bodegones de frutas y flores—, y unos dormitorios más pequeños en la buhardilla, y cinco cuartos de baño en total, aunque uno era un tocador —¿por qué se llamaba así?, ¿qué se «tocaba»?— y un sótano con provisiones.

Teníamos todas las muñecas y los muñecos que hacían falta en la casa: una mamá con el vestido azul de las Esposas de los Comandantes, una niñita con sus tres vestidos (rosa, blanco y morado, iguales que los míos), tres Marthas vestidas de un verde apagado y con delantal, un Guardián de la Fe con gorra para conducir el coche y cortar el césped, dos Ángeles apostados en la puerta con sus armas de juguete para que nadie pudiera entrar y hacernos daño, y un papá con su uniforme impecable de Comandante. Él apenas hablaba, pero se paseaba mucho por la casa y se sentaba a la cabecera de la mesa del comedor, donde las Marthas traían bandejas para servirle, y luego iba a su despacho y cerraba la puerta.

En eso, el muñeco Comandante era como mi padre, el Comandante Kyle, que me sonreía, preguntaba si me había portado bien y luego se desvanecía. La diferencia era que yo podía ver lo que estaba haciendo el muñeco Comandante dentro de su despacho, que consistía en sentarse frente al escritorio con su Compucomunicador y una pila de papeles, mientras que con mi padre en la vida real no podía saberlo: entrar en su despacho estaba prohibido.

Lo que mi padre hacía allí dentro al parecer era muy importante: las cosas importantes que hacían los hombres, demasiado importantes para que las féminas se entrometieran, porque su cerebro era más pequeño e incapaz de concebir grandes pensamientos, según Tía Vidala, que nos daba clase de Religión. Sería como intentar que un gato aprenda a hacer ganchillo, decía Tía Estée, que nos daba clase de Manualidades, y eso nos hacía reír, porque ¡vaya un disparate! ¡Los gatos ni siquiera tienen dedos!

Así pues, en la cabeza de los hombres había como unos dedos, sólo que un tipo de dedos que las chicas no tenían. Y eso lo explicaba todo, decía Tía Vidala, y no haremos más preguntas sobre el tema. Cerraba la boca, apretando los labios para guardar dentro las otras palabras que habrían podido decirse. Me daba cuenta de que había otras palabras, porque ni siquiera entonces la comparación con los gatos encajaba. Los gatos no querían hacer ganchillo. Y nosotras no éramos gatos.

Las cosas prohibidas hacen volar la imaginación. Por eso Eva comió el fruto prohibido del Árbol del Conocimiento, decía Tía Vidala: demasiada imaginación. Era mejor no saber ciertas cosas. O tus pétalos acabarían desparramados.

En la caja de la casa de muñecas había una Criada en miniatura, con un vestido rojo y una barriga prominente y una toca blanca que le ocultaba la cara, aunque mi madre decía que en nuestra casa no necesitábamos una Criada porque ya me tenían a mí, y la gente no ha de ser codiciosa y desear más de una niña. Así que envolvimos a la Criada en papel de seda y Tabitha dijo que podía regalársela más adelante a alguna otra niña que no tuviese una casa de muñecas tan preciosa y que sin duda la aprovecharía.

Guardé la muñeca en la caja de buena gana, porque las Criadas de verdad me ponían nerviosa. Nos cruzábamos con ellas en las excursiones de la escuela y las veíamos caminar en una larga fila de dos en dos vigiladas por una Tía en cada extremo. Eran excursiones a una iglesia, o a un parque donde jugábamos al corro o mirábamos a los patos de los estanques. Más adelante nos permitirían asistir a los Salvamentos y los Exhibirrezos, con nuestros vestidos y velos blancos, a ver cómo ahorcaban o casaban a la gente, pero todavía no éramos maduras para eso, decía Tía Estée.

Había columpios en uno de los parques, pero como llevábamos faldas, que se nos podían levantar con el viento dejando ver nuestras vergüenzas, un columpio era un atrevimiento que ni se nos pasaba por la cabeza. Sólo los chicos podían saborear esa libertad; sólo ellos podían disfrutar del vertiginoso vaivén; sólo ellos podían volar.

Todavía no he montado nunca en un columpio. Sigue siendo uno de mis deseos por cumplir.

Mientras marchábamos en fila por la calle, las Criadas caminaban en parejas, con sus cestos de la compra. No nos miraban, o apenas de reojo, a hurtadillas, y nosotras tampoco debíamos quedarnos embobadas mirándolas, porque era una grosería, decía Tía Estée, igual que era una grosería mirar a los lisiados o a cualquiera que fuese distinto. Tampoco nos permitían hacer preguntas sobre las Criadas.

—Ya os enteraréis de todo eso cuando tengáis edad —zanjaba Tía Vidala.

«Todo eso»: las Criadas formaban parte de «todo eso». Algo malo, pues; algo que corrompía, o corrompido, que podía ser una misma cosa. ¿Una vez las Criadas habían sido como nosotras, blancas y rosas y moradas? ¿Habían sido poco cuidadosas, habían mostrado alguna parte incitante de sí mismas?

Ahora apenas se les veía nada. Ni siquiera podías verles la cara, con aquellas tocas blancas que llevaban. Todas parecían iguales.

En nuestra casa de muñecas había una Tía, aunque en realidad no le correspondía estar en una casa normal y corriente, pues su lugar era la escuela o bien Casa Ardua, donde al parecer vivían en comunidad. Cuando me quedaba jugando a solas con las muñecas, solía encerrar a la Tía en el sótano, y sé que no estaba bien por mi parte. Ella aporreaba la puerta del sótano, gritando «¡Déjame salir!», pero las muñecas de la niña y la Martha que habrían podido ayudarla no prestaban atención, y a veces se reían.

No me enorgullezco de mí misma al contar esta crueldad, aunque fuese sólo una crueldad hacia una muñeca. Es una cara vengativa de mi naturaleza que lamento no haber sabido someter por completo. Pero en un relato de este tipo, vale más ser tan escrupulosa al confesar tus culpas como el resto de tus actos. De lo contrario, nadie comprenderá por qué tomaste las decisiones que tomaste.

Fue mi madre, Tabitha, quien me enseñó que debía ser sincera conmigo misma, y eso no deja de ser irónico, en vista de las mentiras que me contó. Si he de ser justa, creo que no se engañaba a sí misma. Que intentó ser tan buena persona como las circunstancias permitían.

Cada noche, después de contarme un cuento, me arropaba en la cama con mi animal de peluche favorito, que era una ballena —porque Dios hizo a las ballenas para que jugaran en el mar, así que era lícito que jugaras con una ballena— y rezábamos.

La oración se recitaba con una tonada particular, que cantábamos juntas:

> *Ahora que me voy a la cama*
> *pido a Dios que ampare mi alma;*
> *si muero antes de despertar,*
> *pido a Dios que me lleve en paz.*
>
> *Cuatro esquinas tiene mi cama,*
> *cuatro ángeles me la guardan.*
> *Uno me vela y uno reza,*
> *y los otros dos mi alma se llevan.*

Tabitha tenía una voz hermosa, como una flauta de plata. De vez en cuando, de noche, cuando estoy quedándome dormida, casi puedo oírla cantar.

27

Había un par de cosas en esta canción que me inquietaban. Una eran los ángeles. Sabía que en principio eran de esos ángeles con túnicas blancas y plumas, pero no me los imaginaba así. Los imaginaba como nuestros Ángeles: hombres con uniformes negros que lucían la insignia de unas alas, y armas. No me gustaba la idea de que hubiera cuatro Ángeles con armas apostados alrededor de mi cama mientras dormía, porque al fin y al cabo eran hombres, y entonces ¿qué ocurría con las partes de mi cuerpo que asomaban por debajo de las mantas? Mis pies, por ejemplo. ¿No inflamarían sus impulsos? Desde luego, cómo no. Así que dormir pensando en los Ángeles no me daba mucha serenidad.

Tampoco era muy alentador rezar por si te morías durante el sueño. Yo no pensaba que me fuera a morir, pero ¿y si ocurría? Además... ¿Qué era eso del «alma» que los ángeles se iban a llevar? Tabitha me dijo que era la parte del espíritu que no moría con el cuerpo, y debíamos consolarnos pensando en eso.

Y mi alma, ¿cómo sería? Me la imaginaba igual que yo, sólo que mucho más pequeña: tan chiquitita como la niña de mi casa de muñecas. Estaba dentro de mí, así que a lo mejor era el mismo preciado tesoro que Tía Vidala nos instaba a guardar celosamente. Podías perder el alma, aseguraba Tía Vidala sonándose la nariz, y en tal caso se precipitaría por el borde hacia el abismo insondable, y ardería en llamas, igual que los sátiros. Ése era un escenario que deseaba evitar a toda costa.

4

Al comienzo del periodo que voy a describir a continuación, debía de tener ocho o nueve años. Recuerdo los acontecimientos, pero no mi edad exacta. Es difícil recordar las fechas del calendario, y más si pensamos que no había calendarios. Continuaré de todos modos como mejor pueda.

Entonces mi nombre era Agnes Jemima. Agnes significaba «cordero», me contó mi madre, Tabitha. Solía recitar un poema:

> *Corderito, ¿quién te hizo?*
> *¿Acaso sabes quién te hizo?*

Había más versos, pero se me han olvidado.

Jemima, a su vez, era un nombre que provenía de una historia de la Biblia. Jemima era una niña muy especial, porque Dios hizo que el infortunio cayera sobre Job, su padre, para ponerlo a prueba, y la peor parte fue que todos los hijos de Job murieron. Todos sus hijos, todas sus hijas: ¡muertos! Me recorría un escalofrío cada vez que la oía. Tuvo que ser terrible lo que Job sintió cuando le dieron la noticia.

Pero Job superó la prueba, y Dios le concedió más hijos, varios varones y tres niñas, y entonces volvió a ser feliz. Jemima fue una de esas niñas.

—Dios le dio una hija a Job, igual que me la dio a mí —decía mi madre.

—¿Fuiste desgraciada? ¿Antes de que me eligieras?

—Sí, lo fui —contestaba, sonriendo.

—¿Superaste la prueba?

—Supongo que sí —decía mi madre—, o no habría podido elegir a una hija tan maravillosa como tú.

Esta historia me ponía contenta. Fue sólo más adelante cuando reflexioné: ¿cómo había consentido Job que Dios le endilgara una nueva prole y esperara que hiciese como si los hijos muertos ya no importaran?

Cuando no estaba en la escuela o con mi madre —y cada vez pasaba menos tiempo con mi madre, porque ella pasaba cada vez más tiempo arriba, acostada, haciendo «reposo», según me decían las Marthas— me gustaba estar en la cocina, viendo cómo ellas amasaban el pan y preparaban galletas y tartas y pasteles, sopas y guisos. A todas las Marthas las llamábamos Martha porque eso es lo que eran, y todas llevaban la misma indumentaria, pero cada una de ellas también tenía su nombre de pila. Las nuestras eran Vera, Rosa y Zilla; teníamos tres Marthas porque mi padre era muy importante. Zilla era mi favorita, porque hablaba con mucha dulzura, mientras que Vera tenía una voz áspera y Rosa era ceñuda. No era culpa suya, desde luego, había nacido con esa cara. Era mayor que las otras dos.

«¿Puedo ayudaros?», les preguntaba. Y ellas me daban los restos de la masa del pan para que jugara, y yo hacía un hombre de masa, que ellas después cocinaban con lo que hubiera en el horno. Siempre hacía hombres de masa, nunca mujeres, porque una vez horneados me los comía, y sentía que eso me daba un poder secreto sobre los hombres. Empezaba a quedarme claro, a pesar de los impulsos que Tía Vidala decía que les despertábamos, que de lo contrario no ejercía poder alguno sobre ellos.

—¿Me dejas que haga la masa? —pregunté un día en que Zilla sacó el cuenco para mezclar los ingredientes. De tanto verlas, estaba convencida de que sabría hacerlo sola.

—No hace falta, no te preocupes de esas cosas —dijo Rosa, frunciendo el ceño más que de costumbre.

—¿Por qué? —exclamé.

Vera se rió, con su risa áspera.

—Habrá Marthas que se encarguen de todo eso por ti —dijo—. Una vez que te elijan un marido rollizo y bonachón.

—¡No será rollizo! —No quería un marido gordo.

—Claro que no, es sólo una forma de hablar.

—Tampoco tendrás que hacer la compra —añadió Rosa—. Tu Martha se ocupará. O una Criada, en caso de que la necesites.

—A lo mejor no la necesita —dijo Vera—. Teniendo en cuenta que su madre...

—Cállate —la atajó Zilla.

—¿Qué? —dije—. ¿Qué pasa con ella? —Sabía que había un secreto acerca de mi madre, relacionado con la forma en que hablaban de su «reposo», y me daba miedo.

—Como tu madre pudo tener un bebé —dijo Zilla, dulcemente—, estoy segura de que tú también podrás. A ti te gustaría tener un bebé, ¿verdad, cariño?

—Sí, pero no quiero un marido —contesté—. Me parecen repugnantes.

Las tres se echaron a reír.

—No todos —dijo Zilla—. Tu padre también es el esposo de tu madre. —A eso no pude objetar nada.

—Te buscarán un buen marido —dijo Rosa—. No te casarán con un viejo cualquiera.

—Tienen una reputación que deben mantener —comentó Vera—. No te casarán con alguien de menos categoría, tenlo por seguro.

No quería seguir pensando en maridos.

—¿Y si quiero? —repuse. Me sentía dolida: era como si se encerraran en un círculo y me dejaran fuera—. ¿Y si quiero hacer el pan yo misma?

—Bueno, las Marthas no podrían impedírtelo, naturalmente —dijo Zilla—. Tú serías la señora de la casa. Pero te menospreciarían. Y creerían que pretendes arrebatarles el puesto que les corresponde. Las labores que mejor saben hacer. ¿A que no querrías que te mirasen con malos ojos, cariño?

—A tu marido tampoco le gustaría —añadió Vera, con otra de sus risas ásperas—. Estropea las manos. ¡Fíjate en las mías! —Me las mostró: tenía los dedos huesudos, la piel rugosa, las uñas cortas y las cutículas despellejadas. Nada que ver con las manos delicadas y elegantes de mi madre, con su anillo mágico—. El trabajo duro te curte las manos. Y tu marido no querrá que vayas oliendo a masa de pan.

—O a lejía —dijo Rosa—, de fregar.

—Querrá que te dediques a bordar y esas cosas —afirmó Vera.

—Al punto gobelino —señaló Rosa, con un dejo de sorna.

Bordar no era mi fuerte. Siempre me regañaban porque me quedaban puntos sueltos o poco prolijos.

—Detesto bordar. Quiero hacer pan.

—No siempre podemos hacer lo que queremos —dijo Zilla con suavidad—. Ni siquiera tú.

—Y a veces tenemos que hacer algo que detestamos —dijo Vera—. Incluso tú.

—¡Pues no me dejéis! —protesté—. ¡Qué malas sois conmigo! —Y salí corriendo de la cocina.

32

Me eché a llorar. A pesar de que me habían pedido que no molestara a mi madre, subí las escaleras con sigilo y entré en su cuarto. Estaba arropada con la preciosa colcha blanca de flores azules. Tenía los ojos cerrados, pero debió de oírme porque los abrió. Cada vez que la veía, esos ojos parecían más grandes y luminosos.

—¿Qué te ocurre, mi niña? —dijo.

Me metí bajo la colcha y me acurruqué a su lado. Noté su calor.

—No es justo —sollocé—. ¡Yo no quiero casarme! ¿Por qué tengo que hacerlo?

No me dijo «Porque es tu deber», como habría dicho Tía Vidala, o «Lo desearás cuando llegue el momento», que es lo que diría Tía Estée. Al principio guardó silencio. Me abrazó y me acarició el pelo.

—¿Recuerdas cómo te elegí, entre todas las demás? —dijo al fin.

Sin embargo, ya tenía una edad en que empezaba a no creerme esa historia: el castillo cerrado, el anillo mágico, las brujas malvadas, la huida.

—Eso es un cuento de hadas, nada más —dije—. Salí de tu barriga, igual que los demás bebés.

No me dio la razón. No dijo nada. Por algún motivo, ese silencio me asustó.

—¡Es verdad! ¡Dime que es verdad! —insistí—. Shunammite me lo contó. En la escuela. Que los bebés salen de la barriga.

Mi madre me abrazó más fuerte.

—Pase lo que pase —dijo, al cabo de unos momentos—, quiero que siempre recuerdes cuánto te he querido.

5

Probablemente hayáis adivinado lo que voy a contaros a continuación, y no fue un trance feliz.

Mi madre se estaba muriendo. Todo el mundo lo sabía, menos yo.

Me enteré por Shunammite, que siempre decía que era mi mejor amiga. Se suponía que no debíamos tener mejores amigas. No estaba bien formar círculos cerrados, decía Tía Estée: hacía que las demás chicas se sintieran excluidas, debíamos ayudarnos unas a otras para aspirar a la mayor perfección posible.

Tía Vidala decía que eso de tener mejores amigas llevaba a murmurar y conspirar y guardar secretos, y las conspiraciones y los secretos llevaban a desobedecer a Dios, y la desobediencia llevaba a la rebelión, y las chicas rebeldes con el tiempo serían mujeres rebeldes, y una mujer rebelde era todavía peor que un hombre rebelde, porque los hombres rebeldes se convertían en traidores, pero las mujeres rebeldes se convertían en adúlteras.

Entonces Becka levantó la mano y con su voz de pajarito preguntó qué es una adúltera. A todas nos sorprendió, porque Becka rara vez preguntaba nada. Su padre no era Comandante, como los padres de las demás. Sólo era dentista: el mejor dentista, eso sí, todas nuestras familias iban a su consulta, y por eso habían admitido a Becka en nuestra escuela. Aun así, las demás chicas la miraban con desdén y esperaban que las tratara con deferencia.

Becka estaba sentada a mi lado —siempre procuraba sentarse a mi lado si Shunammite no le daba la espalda— y noté cómo temblaba. Temí que Tía Vidala la castigara por ser impertinente, pero habría sido difícil que nadie, ni siquiera Tía Vidala, la acusara de impertinencia.

Shunammite se agachó y le susurró a Becka: «¡Cómo eres tan estúpida!» Tía Vidala sonrió, cosa rara en ella, y dijo que esperaba que Becka no lo supiera nunca por propia experiencia, porque las adúlteras acababan lapidadas o colgadas del cuello con un saco en la cabeza. Tía Estée dijo que no había necesidad de asustar a las chicas más de la cuenta, y entonces sonrió y dijo que nosotras éramos flores preciosas, ¿y quién ha oído hablar alguna vez de una flor rebelde?

La miramos, abriendo mucho los ojos en señal de nuestra inocencia, y asintiendo para que viera que le dábamos la razón. ¡Nada de flores rebeldes aquí!

En casa de Shunammite había sólo una Martha, y en la mía tres, o sea que mi padre era más importante que el suyo. Ahora me doy cuenta de que por eso me quiso como mejor amiga. Era una chica regordeta, con dos trenzas gruesas y largas que me daban envidia, porque a mí me quedaban unas trenzas esmirriadas y más cortas, y unas cejas negras que la hacían parecer mayor para su edad. Era beligerante, pero únicamente a espaldas de las Tías. En nuestras disputas, siempre quería llevar la razón. Si la contradecías, sólo repetía la misma opinión, pero más fuerte. Era grosera con muchas de las otras chicas, sobre todo con Becka, y me avergüenza reconocer que no me atreví a plantarle cara.

Me faltaba valor para lidiar con las niñas de mi edad, a pesar de que en casa las Marthas me tachaban de testaruda.

—Tu madre se está muriendo, ¿verdad? —me susurró Shunammite un día a la hora del almuerzo.

—No, no —le contesté, también en susurros—. Tiene un problema, ¡nada más!

Así lo llamaban las Marthas: «el problema de tu madre». Era por ese problema por lo que necesitaba tanto reposo y tosía. Últimamente nuestras Marthas le llevaban bandejas a su cuarto; las bandejas volvían abajo con los platos casi intactos.

Apenas me permitían visitarla. Cuando iba a verla, su cuarto estaba en penumbra. Ya no olía como siempre, con un aroma dulce que me recordaba al de los lirios de nuestro jardín, sino como si un desconocido rancio y sucio se hubiera colado en la habitación y estuviera escondido debajo de la cama.

Me sentaba junto a mi madre, que estaba acurrucada bajo la colcha de flores azules bordadas, y la tomaba de la mano izquierda, delgada y con el anillo mágico, y le preguntaba cuándo desaparecería su problema, y ella me decía que rezaba para que su dolor acabara pronto. Eso me tranquilizaba: significaba que se pondría mejor. Entonces mi madre me preguntaba si era buena chica, y si era feliz, y yo siempre contestaba que sí, y me apretaba la mano y me pedía que rezara con ella, y cantábamos la canción de los ángeles apostados en las cuatro esquinas de su cama. Y me decía, gracias, y ya está bien por hoy.

—Se está muriendo de verdad —susurró Shunammite—. Ése es el problema que tiene. ¡Se muere!

—No es verdad —susurré demasiado fuerte—. Va a ponerse bien. Pronto acabará su dolor. Ha rezado para que se acabe.

—Chicas —dijo Tía Estée—. A la hora del almuerzo, la boca está para comer, y no podemos hablar y masticar

36

a la vez. ¿No somos afortunadas de tener una comida tan deliciosa? —Eran emparedados de huevo, que por norma me gustaban. Pero en ese momento olerlos me daba náuseas.

—Me he enterado por mi Martha —susurró Shunammite en el momento en que Tía Estée prestó atención a otra cosa—. Y ella se enteró por tu Martha. O sea que es verdad.

—¿Por cuál de las tres? —dije. No podía creer que alguna de nuestras Marthas fuese tan desleal como para aparentar que mi madre se estaba muriendo; ni siquiera la ceñuda Rosa.

—¿Cómo quieres que lo sepa? Son todas Marthas, qué más da —dijo Shunammite, echando hacia atrás sus gruesas y largas trenzas.

Aquella tarde, cuando nuestro Guardián me llevó a casa desde la escuela, entré en la cocina. Zilla estaba estirando la masa de un hojaldre; Vera estaba destazando un pollo. Había una olla de caldo borboteando en el fogón más cercano a la pared: las sobras del pollo irían a parar allí, junto con las mondas de verdura y los huesos. Nuestras Marthas sacaban mucho provecho de la comida, y no desperdiciaban nada.

Rosa estaba delante del gran fregadero de dos pilas, aclarando los platos. Teníamos lavavajillas, pero las Marthas no lo utilizaban salvo después de las cenas de los Comandantes que se celebraban en casa, porque consumía demasiada electricidad, decía Vera, y había escasez a causa de la guerra. A veces las Marthas la llamaban la guerra de fogueo, porque no llegaba a estallar, o la guerra de la rueda de Ezequiel, porque daba vueltas y vueltas sin llegar a ningún sitio, aunque eran cosas que decían sólo entre ellas.

—Shunammite me ha contado que una de vosotras le dijo a su Martha que mi madre se está muriendo —solté a bocajarro—. ¿Quién ha sido? ¡Es mentira!

Las tres se quedaron quietas y abandonaron la tarea. Fue como si las hubiera congelado con una varita mágica: Zilla, con el rodillo en alto; Vera, con la hachuela en una mano y el pescuezo de un pollo en la otra; Rosa, con una bandeja y un paño de secar los platos. Luego se miraron unas a otras.

—Pensábamos que lo sabías —dijo Zilla con delicadeza—. Pensábamos que tu madre te lo había contado.

—O tu padre —dijo Vera. Eso era una tontería, ¿cuándo se suponía que lo había hecho? Últimamente mi padre apenas estaba en casa, y cuando estaba, o cenaba solo en el comedor, o se encerraba en su despacho a hacer sus cosas importantes.

—Lo sentimos mucho —dijo Rosa—. Tu madre es una buena mujer.

—Una Esposa modélica —dijo Vera—. Ha soportado su sufrimiento sin una queja. —Para entonces, yo me había desmoronado en la mesa de la cocina y lloraba con la cara entre las manos.

—Todos debemos soportar las aflicciones que ponen a prueba nuestra fe —dijo Zilla—. Debemos mantener la esperanza.

¿La esperanza en qué?, pensé. ¿Qué se podía esperar ya? Ante mí sólo veía pérdida y oscuridad.

Mi madre murió dos noches después, pero yo no me enteré hasta la mañana siguiente. Me enfadé con ella por no haberme contado que padecía una enfermedad terminal, aunque a su manera me lo dijo: había rezado para que su dolor acabara pronto, y sus oraciones habían obtenido respuesta.

Para cuando se me pasó el enfado, sentía como si me hubieran arrancado una parte de mi propio ser, un pedazo del corazón que ahora había muerto también. Deseé que los cuatro ángeles apostados alrededor de su cama existieran de verdad, después de todo, que velaran por ella y se llevaran su alma igual que en la canción. Traté de imaginar que la elevaban, más y más alto, hasta desaparecer en una nube dorada. Sin embargo, en el fondo no fui capaz de creérmelo.

III

Himno

6

Anoche, antes de acostarme, me quité las horquillas del poco pelo que me queda. En uno de los enérgicos sermones que pronuncié ante las Tías años atrás, prediqué contra la vanidad que cala en nosotras a pesar de los rigores que nos imponemos. «La vida no es lucir el pelo», dije entonces, en un tono jocoso sólo a medias. Y eso es cierto, pero también es cierto que el pelo luce con la vida. En el cabello reside la llama del cuerpo y, a medida que mengua, el cuerpo se encoge hasta que acaba por extinguirse. Antes podía hacerme un moño alto, en los tiempos de los moños altos, o un rodete, en la época de los rodetes. Ahora, en cambio, mi pelo es como los refrigerios en Casa Ardua: escaso y corto. La llama de mi vida se apaga, más despacio de lo que desearían algunos de los que me rodean, pero quizá más rápido de lo que creen.

Contemplé mi reflejo. Quien inventó el espejo nos hizo un flaco favor a la mayoría; debíamos de ser más felices antes de saber la imagen que damos. Podría ser peor, me dije: no se delatan signos de debilidad en mi rostro. Conserva la tersura de la piel curtida, la personalidad que le confiere el lunar de la barbilla, el trazo de los rasgos familiares. Nunca fui bonita en un sentido frívolo, pero sí bien plantada: ya no se puede decir lo mismo. «Imponente» es lo más que podría aventurarse.

¿Qué será de mí?, me pregunté. ¿Viviré hasta alcanzar una edad provecta y venerable, anquilosándome poco a poco? ¿Me convertiré en mi propia estatua reverenciada? ¿O caeré con el régimen, junto a mi propia réplica de piedra, y acabaré retirada y vendida como una curiosidad, un adorno de jardín, un vestigio macabro y de mal gusto?

¿O seré juzgada como un monstruo y me mandarán ejecutar ante un pelotón de fusilamiento, antes de colgarme de un poste para espectáculo público? ¿Me hará pedazos la turbamulta, y pasearán mi cabeza clavada en una pica por las calles entre el regocijo y el escarnio generales? He inspirado rabia para eso y para más.

Ahora mismo todavía tengo elección. No de si morir o no, sino de cuándo y cómo. ¿A eso no se le puede llamar libertad?

Oh, y de a quién llevaré conmigo. Ya tengo mi lista.

Lector mío, sé que debes de estar juzgándome; eso, claro está, si mi reputación me precede y has descifrado quién soy, o quién era.

En mi presente soy una leyenda, viva pero más que viva, muerta pero más que muerta. Soy el busto enmarcado que cuelga en el fondo de las aulas, ante chicas con suficiente rango como para disponer de aulas: sonriendo gravemente, advirtiendo en silencio. Soy una pesadilla que usan las Marthas para asustar a los niños: «¡Si no te comportas, Tía Lydia vendrá a por ti!» También soy un modelo de perfección moral que debe imitarse: «¿Qué haría Tía Lydia en tu lugar?» Y juez y árbitro en la borrosa inquisición de la imaginación: «¿Qué diría Tía Lydia al respecto?»

Me he henchido de poder, cierto, pero ese poder también me ha desdibujado en una figura imprecisa, cambiante. Estoy en todas partes y en ninguna: incluso en la mente de los Comandantes proyecto una sombra turbadora. ¿Cómo puedo reconquistarme? ¿Cómo puedo encogerme de nuevo a mi tamaño normal, el tamaño de una mujer corriente?

Quizá sea demasiado tarde para eso. Das un primer paso y, para escapar de las consecuencias, das el siguiente. En tiempos como los que vivimos, existen sólo dos direcciones: ascender o irse a pique.

Hoy ha sido la primera luna llena después del 21 de marzo. En el resto del mundo se sacrifican corderos y se hacen festines; también se comen los huevos de Pascua, por razones que guardan relación con diosas neolíticas de la fertilidad que nadie desea recordar.

Aquí en Casa Ardua perdonamos la carne del cordero, pero conservamos la tradición de los huevos de Pascua. Haciendo una excepción para ese día especial, permito que los tiñan, de rosa niña o azul niño. ¡Con qué alegría los disfrutan las Tías y las Suplicantes, reunidas en el Refectorio para la cena! Seguimos una dieta monótona, y se agradece variar un poco, aunque nada más sea variedad de color.

Después de que los cuencos de los huevos en tonos pastel se sirvieran y admiraran, pero antes de dar comienzo a nuestro frugal banquete, pronuncié la oración en alabanza de nuestra mesa —«Bendice estos alimentos para nuestro provecho y mantennos en la Senda, que el Señor permita que se abra»— y luego la oración especial del Equinoccio de Primavera:

> *Así como el año se abre a la primavera, se abran nuestros corazones; benditas sean nuestras hijas, benditas nuestras Esposas, benditas nuestras Tías y Suplicantes, benditas sean nuestras Perlas en su misión allende*

nuestras fronteras, y que la Gracia del Padre se derra-
me sobre nuestras Criadas, hermanas caídas, y las
redima a través del sacrificio de sus cuerpos y su labor
según Su voluntad.

Y bendita sea Pequeña Nicole, robada por su trai-
dora madre Criada y oculta por los impíos en Ca-
nadá; y benditos sean todos los inocentes a los que
representa, condenados a que los críen los depravados.
Nuestros pensamientos y oraciones están con ellos. Por
que nuestra Pequeña Nicole nos sea devuelta, ora-
mos; que la Gracia Divina nos la devuelva.

Per Ardua Cum Estrus. Amén.

Me complace haber ideado un lema tan escurridizo. ¿*Ardua* es la adversidad o la labor procreativa de la hembra? ¿*Estrus* tiene que ver con las hormonas y el ardor sexual femenino o con ritos paganos de la primavera en honor a Ostara? Las moradoras de Casa Ardua no lo saben, ni quieren saberlo. Repiten las palabras correctas en el orden correcto y así están a salvo.

Además tienen a Pequeña Nicole. Mientras rogaba por su regreso, todas las miradas estaban puestas en su imagen, que colgaba en la pared a mi espalda. Qué filón, esta niña: enardece a los fieles, inspira odio contra nuestros enemigos, da fe de la posibilidad de la traición en el seno de Gilead y de la perversidad y la astucia de las Criadas, que nunca son de fiar. Y ojalá se le saque mucho más partido, pensé para mis adentros: en mis manos, si fuera a parar ahí, Pequeña Nicole tendría un brillante futuro.

Por ahí fueron mis pensamientos durante el himno de cierre, cantado en armonía por un trío de nuestras jóvenes Suplicantes. Las demás escuchamos con embeleso sus voces puras y claras. A pesar de la idea que hayas podido hacerte, lector mío, se gozaba de la belleza en Gilead. ¿Por qué no íbamos a desear ese goce? Éramos humanas, al fin y al cabo.

Veo que acabo de hablar de nosotras en pasado...

La música era una antigua salmodia, pero la letra era de nuestra cosecha:

Con Su Mirada la verdad luce como un rayo,
y vemos todo el pecado:
Os vigilamos en vuestras idas
y venidas.
Desterramos de cada corazón el secreto vicio,
con plegarias y lágrimas exigimos sacrificio.

Juramos obedecer y obediencia ordenamos,
¡o habrá brega!
Al rigor del deber tendemos la mano
y prometemos entrega.
Toda idea vana, todo placer trae un lamento,
la renuncia es nuestro sacramento.

Palabras banales y sin encanto: puedo decirlo sin tapujos, porque las escribí yo misma. Tales himnos, no obstante, no pretenden ser poesía. Pretenden simplemente recordar a quienes cantan el alto precio que se paga por apartarse de la senda señalada. No perdonamos los deslices ajenos, aquí en Casa Ardua.

Después del cántico, dio comienzo el ágape festivo. Me fijé en que Tía Elizabeth escamoteaba un huevo más de los que le tocaban, y Tía Helena se servía uno de menos asegurándose de que todo el mundo se enterara. Vi que Tía Vidala, sonándose en la servilleta, movía los ojos enrojecidos en dirección a una y otra, y luego me miraba azorada. ¿Qué estará tramando? ¿Por dónde saltará la liebre?

• • •

Después de nuestra modesta celebración, hice mi peregrinaje nocturno hasta la Biblioteca Hildegarda en el ala más alejada de la Casa, siguiendo el camino silencioso iluminado por la luna y pasando frente a mi estatua sombría. Entré, saludé a la bibliotecaria nocturna, atravesé la sección general, donde tres de nuestras Suplicantes lidiaban con su recién adquirida alfabetización. Crucé la Sala de Lectura, que requiere autorización de instancias superiores, donde las Biblias aguardan en la oscuridad, en cajas cerradas a buen recaudo, resplandecientes de energía arcana.

Luego abrí otra puerta con llave y proseguí a través de los Archivos Genealógicos de los Lazos de Sangre, con sus expedientes clasificados. Es esencial registrar quién está emparentado con quién, tanto oficialmente como de facto: debido al sistema de procreación, la descendencia de una pareja quizá no guarde parentesco biológico con la madre de la élite, o ni siquiera con el padre oficial, ya que una Criada desesperada puede intentar que la fecunden por cualquier medio que se le presente. Nuestro deber es informarnos, a fin de evitar el incesto: demasiados No Bebés hay ya. También es nuestro deber custodiar celosamente ese conocimiento: los Archivos son el corazón palpitante de Casa Ardua.

Finalmente llegué a mi santuario privado, en las profundidades del fondo de Literatura Mundial Prohibida. En mis estantes particulares dispongo de una selección personal de obras proscritas, vedadas a los rangos inferiores. *Jane Eyre*, *Anna Karenina*, *Tess de los d'Urberville*, *El paraíso perdido*, *La vida de las mujeres*... ¡Qué pánico desataría cada uno de estos libros en la moral de las Suplicantes! Aquí guardo también otra serie de archivos, a los que tienen acceso sólo personas contadas; los concibo como las historias secretas de Gilead. No es oro todo lo que se encona, pero puede aprovecharse para otros fines sin ánimo de lucro: el conocimiento es poder, sobre todo si sirve para desprestigiar. No soy la primera en darse cuenta, o en sacar partido cuando se puede: los servicios de inteligencia lo han sabido siempre.

Tras recluirme, saqué mi incipiente manuscrito de su escondite, un hueco rectangular horadado en el interior de uno de nuestros libros clasificados: *Apologia Pro Vita Sua: Una Defensa de la Propia Integridad*, del Cardenal Newman. Nadie lee ya este pesado tomo, ahora que el catolicismo se considera herético y poco menos que vudú, o sea que difícilmente alguien atisbará dentro. Aunque si alguien lo descubre, para mí será una bala en la cabeza; una bala prematura, porque no estoy dispuesta a marcharme todavía. Y llegado el momento, pienso irme con mucho más estruendo.

Elegí ese título deliberadamente, porque ¿qué hago aquí, sino defender mi vida? La vida que he llevado. La vida —me he repetido— que no tuve más remedio que llevar. Hubo una vez, antes de que llegara el régimen vigente, en que no concebía siquiera una defensa de mi propia vida. No me parecía necesario. Era jueza de familia, un puesto que me gané tras décadas de empeño y arduo ascenso profesional, y cumplía mis funciones con la mayor ecuanimidad posible. Había procurado trabajar por un mundo mejor, tal como entendía que podía mejorarse dentro de los límites prácticos de mi profesión. Había contribuido a causas benéficas, había votado en las elecciones federales y municipales, había defendido opiniones encomiables. Suponía que llevaba una vida virtuosa; suponía que mi virtud sería moderadamente aplaudida.

Aunque me di cuenta de hasta qué punto me había equivocado en ese sentido, y en muchos otros, el día que me arrestaron.

IV

EL SABUESO DE LA ROPA

7

Dicen que tendré la cicatriz para siempre, pero estoy casi recuperada; o sea que sí, me siento con fuerzas para que hagamos esto ahora. Me habéis dicho que querríais que os contara cómo me metí en toda esta historia, así que voy a intentarlo, aunque no sé muy bien por dónde empezar...

Retrocederé hasta justo antes de mi cumpleaños, o la fecha que antes creía que era la de mi cumpleaños. Neil y Melanie me mintieron en eso: fue por una buena razón y con las mejores intenciones, pero cuando lo supe me enfadé mucho con ellos. Seguir enfadada no tenía sentido, desde luego, porque cuando me enteré ya estaban muertos. Puedes enfadarte con los muertos, pero nunca vas a poder hablar de lo que hicieron, o sólo vas a ver una cara del asunto. Y me siento culpable, además de enfadada, porque los mataron, y en ese momento creí que su muerte era culpa mía.

Supuestamente iba a cumplir dieciséis. Lo que más ilusión me hacía era el permiso de conducir. Creía que era mayorcita para una fiesta de cumpleaños, aunque Melanie siempre me traía un pastel con helado y cantaba «*Daisy, Daisy, give me your answer true...*», una vieja canción que de niña me encantaba y a esa edad empezaba a darme vergüenza. Hubo pastel, más tarde —tarta de chocolate y helado de vainilla, mis favoritos—, pero ya no pude comérmelo. Melanie ya no estaba.

Ese cumpleaños fue el día en que descubrí que yo era un fraude. O no un fraude, quizá, como un mal mago: una farsa, como una antigüedad falsificada. Era una imitación, hecha a propósito. Era muy joven en ese momento, aunque se diría que apenas ha pasado un segundo, pero ahora no soy tan joven. Qué poco tiempo se necesita para cambiar una cara: tallarla como si fuese de madera, endurecerla. Se acabó ver el mundo con mirada soñadora, maravillada. Me he vuelto más sagaz, más atenta. Me he moderado.

Neil y Melanie eran mis padres. Tenían una tienda que se llamaba El Sabueso de la Ropa, donde básicamente vendían ropa usada: Melanie prefería decir «rescatada», porque alguien la había deseado antes, y según ella «usada» significaba «explotada». El rótulo de la fachada mostraba un caniche rosa sonriente, con una falda de tul, un lazo rosa en la cabeza y una bolsa de la compra. Debajo se leía un eslogan en letra ligada y entre exclamaciones: ¡NUNCA LO DIRÍAS! Con eso se insinuaba que la ropa estaba en tan buen estado que nunca habrías dicho que fuese usada, pero no era verdad, porque la mayor parte estaba hecha una pena.

Melanie decía que había heredado el negocio de su abuela. También decía que sabía que el rótulo estaba pasado de moda, pero la gente estaba acostumbrada a verlo y sería una falta de respeto cambiarlo a esas alturas.

Nuestra tienda estaba en el barrio de Queen West, en un tramo de varias manzanas que antes eran todas iguales, decía Melanie: telas, mercerías y talleres de pasamanería, ropa blanca a buen precio, bazares. Pero ahora se estaba poniendo por las nubes: abrían cafeterías de comercio justo y productos orgánicos, almacenes de saldos de grandes marcas, boutiques de ropa de marca. En respuesta, Melanie colgó un cartel en el escaparate: ARTE DE QUITA Y PON. Pero, dentro, el local estaba atestado de toda clase de ropa que jamás describirías como «arte». Había un rincón que quizá fuese un poco más de diseño, aunque de entrada no encontrabas prendas caras en El Sabueso de la Ropa. Por lo demás, había de todo. Y entraba y salía todo tipo de gente: joven, vieja, en busca de gangas o hallazgos, o simplemente a mirar. O a vender: incluso la gente de la calle intentaba ganarse unos dólares por camisetas que habían sacado de mercados de pulgas.

Melanie trabajaba en la planta principal. Se ponía colores vivos, como naranja o rosa fucsia, porque decía que creaba un ambiente positivo y lleno de energía, y de todos modos en el fondo tenía un alma gitana. Siempre estaba animada y sonriente, aunque atenta a los mangantes. Después de cerrar, clasificaba las prendas en distintas cajas: ésta para la caridad, ésta para trapos, ésta para Arte de Quita y Pon. Mientras hacía la selección, tarareaba melodías de musicales antiguos, de hace mucho tiempo. «*Oh what a beautiful morning*» era uno de sus favoritos, y «*When you walk through a storm*». A mí me irritaba que cantara, y ahora me arrepiento.

A veces se sentía desbordada: había demasiada ropa, era como el océano, olas de tela que llegaban y amenazaban con ahogarla. ¡Cachemira! ¿Quién iba a comprar cachemira de hacía treinta años? No ganaba con la edad, decía, al contrario que ella.

Neil tenía una barba medio canosa y no siempre cuidada, y en cambio no le quedaba mucho pelo. No parecía un empresario, pero se encargaba de llevar «los números»: las facturas, la contabilidad, los impuestos. Su despacho estaba en la segunda planta, subiendo un tramo de escalera con los peldaños revestidos de goma. Había un ordenador, un archivador y una caja fuerte, pero por lo demás ese cuarto no se parecía mucho a un despacho: estaba tan atestado y revuelto como la tienda, porque a Neil le gustaba coleccionar cosas. Cajas musicales de cuerda, por ejemplo, tenía unas cuantas. Relojes, un montón de relojes de distintos tipos. Viejas calculadoras mecánicas a manivela. Juguetes de plástico que andaban o saltaban por el suelo, como osos y ranas y dentaduras postizas. Un proyector para las diapositivas coloreadas que ya nadie tenía. Cámaras: le gustaban las cámaras antiguas. Algunas hacían mejores fotografías que cualquier virguería de las que se usan hoy, decía. Tenía un estante entero sin nada más que cámaras.

Una vez se dejó abierta la caja fuerte y eché una ojeada. En lugar de los fajos de billetes que esperaba ver, dentro no había nada más que un pequeño objeto de metal y vidrio, que pensé que era un juguete más, como las dentaduras saltarinas. Pero no vi por dónde darle cuerda, y sentía reparo ante la idea de tocarlo porque era antiguo.

—¿Puedo jugar con eso? —le pregunté a Neil.

—¿Con qué?

—¿Con ese juguete de la caja fuerte?

—Hoy no —dijo, sonriendo—. A lo mejor cuando seas más mayor.

Entonces cerró la puerta de la caja, y me olvidé del extraño juguete hasta que llegó el momento de recordarlo, y de entender lo que era.

Neil intentaba arreglar los aparatos, aunque a menudo no lo lograba porque no conseguía las piezas. Luego se quedaban ahí, «acumulando polvo», decía Melanie. Neil no soportaba tirar nada a la basura.

En las paredes tenía algunos viejos pasquines: CALLA Y GANA LA BATALLA, de una guerra de hacía mucho tiempo; una mujer con mono de faena y sacando bíceps para demostrar que las mujeres podían fabricar bombas, en otro cartel de aquella misma guerra de antaño; y uno rojo y negro donde aparecían un hombre y una bandera que, según decía Neil, era la de Rusia antes de ser Rusia. Eran carteles heredados de su bisabuelo, que había vivido en Winnipeg. Yo no sabía nada sobre Winnipeg, excepto que allí hacía frío. De niña me encantaba El Sabueso de la Ropa, era una cueva llena de tesoros. No me dejaban quedarme sola en el despacho de Neil porque podía «enredar» con las cosas, y entonces podía romperlas. Pero me dejaban jugar con los juguetes de cuerda y las cajas de música y las calculadoras, bajo supervisión. Con las cámaras, no, en cambio, porque eran demasiado valiosas, decía Neil, y de todos modos no tenían película, así que ¿para qué?

No vivíamos en el piso de encima de la tienda. Nuestra casa estaba lejos, en uno de los barrios residenciales donde quedaban algunas casitas antiguas de una sola planta, y también otras más nuevas y grandes, que se habían construido en el lugar que habían ocupado las viejas casitas derribadas. La nuestra no era una de esas últimas —tenía dos plantas, con los dormitorios arriba—, pero tampoco era una casa nueva: sólo una construcción anodina de ladrillo ocre, sin nada que llamara la atención. Ahora que lo pienso, supongo que ésa era la idea.

8

Me pasaba muchos sábados y domingos en El Sabueso de la Ropa, porque Melanie no quería que me quedara sola en casa. ¿Por qué no?, empecé a preguntar cuando cumplí doce años. Imagínate que hay un incendio, decía Melanie. Y además, dejar a una cría sola en casa era ilegal. Le contestaba que no era una cría, y ella suspiraba y decía que en realidad yo no sabía lo que era una cría y lo que no, y que los niños eran una gran responsabilidad, y que ya lo entendería más adelante. Entonces me decía que le estaba dando dolor de cabeza, y nos subíamos en el coche y nos íbamos a la tienda.

Me dejaba que la ayudara a clasificar las camisetas por tallas, a marcar los precios, a apartar las prendas que necesitaban un lavado o las que había que descartar. Me gustaba hacer esas cosas: me sentaba delante de una mesa en un rincón, al fondo, rodeada por el olor de las bolas de naftalina, y observaba a la gente que entraba.

No todos eran clientes. Venía gente de la calle que pedía usar el lavabo del personal. Melanie los dejaba pasar siempre y cuando los conociera, sobre todo en invierno. Había un hombre mayor que se presentaba a menudo. Llevaba abrigos de paño que Melanie le buscaba, y chalecos tejidos a mano. A los trece años empezó a darme repelús, porque habíamos hecho una unidad sobre pedófilos en la escuela. Se llamaba George.

—No deberías dejar que George use el lavabo —le dije a Melanie—. Es un pervertido.

—Daisy, no seas cruel —me dijo Melanie—. ¿Qué te hace pensar eso?

Estábamos en casa, en la cocina.

—Pues que lo es y punto. Siempre anda merodeando. Le pide dinero a la gente en la misma puerta de la tienda. Además, a ti te acecha. —Podría haber dicho que me acechaba a mí, y eso habría causado verdadera alarma, pero no era verdad. A mí George nunca me hacía ningún caso.

Melanie se echó a reír.

—No, qué va —dijo.

Pensé que era una ingenua. Estaba en esa edad en la que los padres de repente se transforman y pasan de ser quienes lo saben todo a quienes no saben nada.

Había otra persona que entraba y salía mucho de la tienda, pero no era nadie de la calle. Tendría unos cuarenta años, o puede que rondara los cincuenta: siempre me costaba precisar la edad de los mayores. Solía ir vestida con una cazadora negra de cuero, vaqueros negros, botas recias; llevaba el pelo largo, peinado hacia atrás, y nada de maquillaje. Parecía una motorista, pero no de las de verdad, más bien una de anuncio. No era una clienta: entraba por la puerta trasera a recoger la ropa para la beneficencia. Melanie decía que eran viejas amigas, así que cuando Ada pedía algo, era difícil negarse. En cualquier caso, Melanie decía que sólo le daba a Ada prendas con poca salida, así que estaba bien que alguien las aprovechara.

Ada no me parecía de las que se dedican a las obras benéficas. No era dulce y sonriente, era angulosa, y caminaba a grandes zancadas. Nunca se quedaba mucho rato, y nunca se iba sin un par de cajas llenas de ropa descartada, que metía en el coche de turno aparcado en el callejón de atrás del local. Desde mi sitio, veía esos coches. Nunca eran el mismo.

Había un tercer tipo de persona que entraba en El Sabueso de la Ropa sin intención de comprar. Eran unas mujeres jóvenes con vestidos largos plateados y tocas blancas que se hacían llamar Perlas, y decían ser misioneras de la obra de Dios en nombre de Gilead. Daban mucho más repelús que George. Recorrían el centro de la ciudad, hablando con la gente de la calle y entrando en las tiendas, como una plaga. Había quienes eran groseros con ellas, pero Melanie nunca las trataba con desdén, porque decía que no servía de nada.

Aparecían siempre de dos en dos. Llevaban collares de perlas y sonreían mucho, pero no eran sonrisas sinceras. Le ofrecían a Melanie sus folletos impresos con imágenes de calles limpias, niños felices y amaneceres, y títulos con que pretendían atraerte a Gilead. «¿Has ido por el mal camino? ¡Dios puede perdonarte!» O: «¿No tienes adónde ir? ¡Hay un hogar para ti en Gilead!»

Siempre había por lo menos un folleto sobre Pequeña Nicole. «¡Devolved a nuestra Pequeña Nicole!» Y: «¡Pequeña Nicole pertenece a Gilead!» Habíamos visto un documental sobre Pequeña Nicole en la escuela: su madre era una Criada y se la llevó en secreto cuando era sólo un bebé. El padre de Pequeña Nicole era un Comandante supermalvado de los mandamases de Gilead, así que se armó un gran revuelo, y Gilead había exigido que devolvieran a la criatura para que sus padres legales pudieran recuperarla. Canadá dio largas al asunto, y luego cedió y declaró que se harían todos los esfuerzos posibles, pero para entonces Pequeña Nicole había desaparecido y nunca la encontraron.

Ahora Pequeña Nicole era el emblema de Gilead. En todos los folletos de las Perlas aparecía la misma imagen de la criatura. Parecía un bebé cualquiera, sin nada especial, pero en Gilead era prácticamente una santa, nos había dicho la maestra. Para nosotros también era un icono: cada vez que había una protesta contra Gilead en Canadá, aparecían su imagen y eslóganes del tipo ¡PEQUEÑA NICOLE, SÍMBOLO DE LIBERTAD! o PEQUEÑA NICOLE ABRIENDO CAMINO. Como si un bebé pudiera abrir el camino de nada, pensaba yo para mí.

Pequeña Nicole me caía mal, básicamente porque me tocó hacer un trabajo sobre ella. Aprobé por los pelos, porque dije que los dos bandos la habían pateado como un balón, y la mejor noticia para la mayoría sería devolverla y ya está. La profesora me acusó de ser demasiado tajante, y dijo que tenía que aprender a respetar los derechos y los sentimientos de las personas, y repliqué que la gente de Gilead eran personas, ¿no deberían respetarse también sus derechos y sentimientos? Perdió los estribos y me dijo que más me valía madurar un poco, algo en lo que quizá tenía razón: había sido impertinente a propósito, pero estaba enfadada por haber sacado una nota tan baja.

Cada vez que venían las Perlas, Melanie aceptaba los folletos y prometía dejar una pila junto a la caja. A veces incluso les devolvía los folletos viejos: recogían los que sobraban para las campañas en otros países.

—¿Por qué lo haces? —le pregunté con catorce años, cuando empezaba a interesarme más en la política—. Neil dice que somos ateos. Así les das alas.

Habíamos estudiado tres unidades sobre Gilead en la escuela: era un lugar terrible, terrible, donde no permitían a las mujeres trabajar o conducir un coche, y donde obligaban a las Criadas a quedarse preñadas como las vacas, salvo que las vacas recibían un trato mejor. ¿Qué clase de persona podía ponerse de parte de Gilead sin ser una especie de monstruo? Y más si eras mujer.

—¿Por qué no les dices que son perversas?

—Discutir con ellas es inútil —contestó Melanie—. Son fanáticas.

—Pues en ese caso se lo diré yo. —Entonces estaba convencida de saber cuál era el problema de la gente, sobre todo de los adultos. Estaba convencida de que podía ponerlos firmes. Las Perlas eran chicas mayores que yo, no eran ningunas niñas: ¿cómo podían creerse toda aquella bazofia?

—No —me dijo Melanie, cortante—. Quédate atrás. No quiero que hables con ellas.

—¿Por qué no? Me valgo sola para...

—Intentan engatusar a chicas de tu edad para que vayan a Gilead con ellas. Te dicen que las Perlas ayudan a las mujeres y las niñas. Apelan a tu idealismo.

—¡Nunca me lo tragaría! —Me indigné—. No soy una puta descerebrada. —Normalmente no decía palabrotas delante de Melanie y Neil, pero a veces se me escapaban.

—Ojo con esa boca de cloaca —me advirtió Melanie—. Causa mala impresión.

—Perdona. Pero no lo soy.

—Claro que no —dijo Melanie—, pero déjalas en paz. Si me quedo los folletos, se marchan.

—¿Las perlas que llevan son auténticas?

—Falsas —dijo Melanie—. Todo en ellas es falso.

9

A pesar de todo lo que hacía por mí, notaba algo distante en Melanie. Era como oler un jabón con fragancia a flores en el cuarto de invitados de una casa desconocida. A lo que me refiero es a que no olía como si fuera mi madre. Uno de mis libros favoritos de la biblioteca de la escuela cuando era más pequeña trataba sobre un hombre que se metía en una manada de lobos. Ese hombre no podía bañarse, porque entonces perdería el olor de la manada y los lobos lo rechazarían. A Melanie y a mí nos ocurría más bien que necesitábamos una capa más densa de ese olor de la manada, el vínculo que nos haría inseparables, pero que no llegó a formarse. Nosotras nunca fuimos de mucho roce.

Además, Neil y Melanie no se parecían a los padres de los chavales que conocía. Me trataban con demasiado tiento, como si fuera a romperme. Me sentía igual que un gato de raza al que hubieran dejado a su cargo: mientras que a tu gato no le haces ni caso y lo tratas con naturalidad, con un gato ajeno sería otra historia, porque si lo perdieras sentirías una culpa completamente distinta.

Otra cosa: los chavales de la escuela tenían fotos, montones de fotos; sus padres documentaban cada minuto de su vida. Había chavales que incluso tenían fotos del momento en que habían nacido, que traían a veces a los juegos de Muestra y Cuenta que hacíamos en clase. A mí me parecía asqueroso, la sangre y las piernas enormes, con una cabecita asomando entre ellas. Y tenían fotos de cuando eran bebés, cientos de fotos. Esos chavales apenas podían eructar sin que un adulto los enfocara con la cámara y les pidiera que volviesen a hacerlo; como si viviesen la vida dos veces, una de verdad y la segunda para la foto.

A mí eso no me pasaba. La colección de cámaras antiguas que tenía Neil era una pasada, pero en casa no había ninguna que funcionara. Melanie me contó que todas las fotos de mis primeros años se habían quemado en un incendio. Sólo una idiota se lo habría creído, así que me lo tragué.

Ahora voy a contaros la estupidez que hice, y las consecuencias que tuvo. No estoy orgullosa de cómo me porté, ahora me doy cuenta de que metí la pata. Pero en ese momento no lo vi.

Una semana antes de mi cumpleaños, se había organizado una marcha de protesta por Gilead. Grabaciones de una nueva tanda de ejecuciones se habían filtrado clandestinamente y se habían emitido en las noticias: mujeres ahorcadas por herejía y apostasía, y también por intentar sacar a los bebés de Gilead, algo que según sus leyes era traición. A los dos cursos superiores de nuestra escuela les habían suspendido las clases para que pudieran ir a la manifestación, como parte de Conciencia Social del Mundo.

Habíamos hecho pancartas: ¡BASTA DE TRATOS CON GILEAD! ¡JUSTICIA PARA LAS MUJERES DE GILMALDAD! ¡PEQUEÑA NICOLE, ESTRELLA GUÍA! Algunos chavales habían añadido pancartas ecologistas: ¡GILEAD, DESESCALADA CLIMÁTICA YA! ¡GILEAD NOS QUIERE FREÍR!, con imágenes de incendios forestales y aves y peces y seres humanos muertos. Varios profesores y padres y madres voluntarios iban a acompañarnos para garantizar que no nos metiéramos en altercados. Me había entusiasmado, porque sería mi primera marcha de protesta, pero entonces Neil y Melanie dijeron que no podía ir.

—¿Por qué no? —salté—. ¡Van todos los demás!

—Terminantemente, no —repitió Neil.

—Siempre decís que deberíamos defender nuestros principios —contesté.

—Esto es diferente. Es peligroso, Daisy —dijo Neil.

—La vida es peligrosa, tú mismo lo dices. Además, van muchos profesores. Y es en horas de clase, ¡si no voy, me bajarán la nota! —Eso no era exactamente así, pero a Neil y Melanie les gustaba que sacara buenas notas.

—A lo mejor podría ir —dijo Melanie—, si le pedimos a Ada que la acompañe.

—No soy una niña, no necesito una niñera —dije.

—¿Te has vuelto loca o qué? —le dijo Neil a Melanie—. ¡La prensa estará por todas partes! ¡Saldrá en las noticias! —Se tiraba del pelo, el poco que le quedaba: señal de que estaba preocupado.

—Ésa es la idea —dije. Había hecho una de las pancartas que llevaríamos, con grandes letras rojas y una calavera negra. GILEAD = MUERTE DE LA CONCIENCIA—. ¡Justamente la idea es salir en las noticias!

Melanie se tapó los oídos con las manos.

—Me estás dando dolor de cabeza. Neil tiene razón. Digo que no. Pasarás la tarde en la tienda, ayudándome, y punto.

—Estupendo, encerradme —dije.

Me fui a mi cuarto dando pisotones y lo rematé con un portazo. No podrían impedírmelo.

• • •

Iba a la Escuela Wyle, que se llamaba así en memoria de Florence Wyle, una escultora de antaño cuyo retrato colgaba en el vestíbulo de la entrada principal. Era una escuela donde se alentaba la creatividad, decía Melanie, y donde enseñaban los valores de la libertad democrática y a que pensaras por ti mismo, decía Neil. Según ellos, por eso me habían mandado allí, pese a que en general no eran partidarios de las escuelas privadas; aun así, el nivel de las escuelas públicas era bajísimo, y desde luego que todos debíamos tratar de mejorar el sistema, pero mientras tanto no querían que me apuñalara un aprendiz de traficante de drogas. Ahora creo que eligieron la Escuela Wyle por otra razón. En Wyle pasaban un estricto control de asistencia: era imposible saltarse las clases. O sea que Melanie y Neil podían saber siempre dónde estaba.

A mí no me apasionaba la Escuela Wyle, pero tampoco la aborrecía. Era un trámite que había que pasar en el camino a la vida de verdad, que pronto me dejaría ver con claridad sus contornos. No mucho tiempo atrás había querido ser veterinaria de mascotas, pero ese sueño acabó por parecerme infantil. Después decidí que sería cirujana, pero entonces vi un vídeo de una operación quirúrgica y me dio náuseas. Otros alumnos de la Escuela Wyle querían ser cantantes o diseñadores u otras profesiones creativas, pero a mí me faltaban oído y maña para esas cosas.

Tenía amigos en la escuela: para chismes y secretos, chicas; para intercambiar deberes, un poco de todo. Me aseguraba de que mis notas no fueran más brillantes que yo, no quería destacar, así que mis deberes no estaban muy cotizados. En gimnasia y deportes, en cambio, estaba bien ser buena, y yo lo era, sobre todo en los deportes que requerían altura y velocidad, como el baloncesto. Eso me hacía popular a la hora de formar equipos. Pero al salir de la escuela llevaba una vida coartada, porque Neil y Melanie eran demasiado sufridores. No me dejaban dar una vuelta por los centros comerciales porque estaban infestados de adictos al crack, decía Melanie, ni ir a los parques, ya que según Neil allí había tipos raros merodeando. Así que mi vida social era bastante nula: consistía solamente en cosas que me permitirían hacer cuando fuese más mayor. La palabra mágica de Neil en casa era «No».

Sin embargo, esta vez no pensaba echarme atrás: iba a ir a esa marcha de protesta, a toda costa. La escuela había contratado un par de autobuses para llevarnos. Melanie y Neil habían intentado atajarme llamando por teléfono a la directora y denegando el permiso, y ella me había pedido que me quedara allí, y yo le había asegurado que lo entendía, por supuesto, que no había problema, y que esperaría a que Melanie fuera a recogerme en su coche. Pero estaba nada más el conductor del autobús marcando en la lista los nombres de los chavales y no sabía quién era quién, y todo el mundo andaba dando vueltas, y los padres y los profesores no prestaban atención y no sabían quién estaba apuntado, así que cambié el carnet de identidad con una compañera de mi equipo de baloncesto que no quería ir, y me monté en el autobús, satisfecha por ser tan audaz.

10

La marcha de protesta fue emocionante al principio. Era en el centro, cerca de la Asamblea Legislativa, aunque en realidad no era una marcha, porque nadie marchaba a ningún sitio, había demasiada aglomeración. La gente daba discursos. Un pariente canadiense de una mujer que había muerto en las Colonias de Gilead limpiando radiación letal habló de la mano de obra esclava. El líder de los Supervivientes del Genocidio de la Patria Nacional de Gilead habló del camino forzoso a Dakota del Norte, donde habían hacinado a la gente como rebaños en pueblos fantasma rodeados de alambradas, sin comida ni agua, y donde habían muerto a centenares, y cómo la gente se jugaba la vida emigrando hacia el norte a pie, hasta la frontera canadiense, en pleno invierno, y alzó una mano a la que le faltaban varios dedos y dijo: «Congelación.»

A continuación, un portavoz de SantuAsilo, el organismo de acogida para las mujeres prófugas de Gilead, habló de aquellos a los que les habían arrebatado sus bebés, y de la crueldad que suponía, y de que si intentabas recuperarlos, te acusaban de faltar a Dios. No pude oír todos los discursos, porque a veces el sistema de megafonía se cortaba, pero el sentido era bastante claro. Había muchos carteles de

Pequeña Nicole: ¡TODOS LOS BEBÉS DE GILEAD SON PEQUEÑA NICOLE!

Entonces el grupo de nuestra escuela empezó a gritar consignas y a levantar nuestras pancartas, y otra gente levantó las suyas: ¡ABAJO CON LOS FASCISTAS DE GILEAD! ¡ASILO YA! Justo en ese momento, varios contramanifestantes aparecieron con pancartas de otro signo: ¡CERRAD LA FRONTERA! ¡GILEAD, QUÉDATE CON TUS RAMERAS Y TUS MOCOSOS, YA TENEMOS SUFICIENTES! ¡DETENGAMOS INVASIÓN! ¡FUERA TEMPOREROS! Entre ellos, había un grupo de aquellas Perlas con sus vestidos plateados y sus collares, sosteniendo pancartas que decían MUERTE A LOS LADRONES DE BEBÉS y DEVOLVED A PEQUEÑA NICOLE. La gente en nuestro lado les lanzaba huevos y vitoreaba cuando uno daba en el blanco, pero las Perlas se limitaban a seguir sonriendo con aquellos ojos vidriosos.

Se iniciaron las escaramuzas. Un grupo de gente vestida de negro y con el rostro cubierto empezó a romper escaparates. De pronto había un montón de policía antidisturbios. Pareció que salieran de la nada. Golpeaban los escudos con la porra, y avanzaban, atizando a su paso a chavales y otra gente con la porra.

Hasta ese momento me había sentido eufórica, pero entonces me asusté. Quise salir de allí, pero en medio de la aglomeración apenas podía moverme. No encontraba al resto de mi clase, y entre la multitud cundía el pánico. La gente empujaba hacia un lado y hacia el otro, gritando y chillando. Noté un golpe en el estómago, creo que fue un codazo. Se me aceleró la respiración y sentí que se me saltaban las lágrimas.

—Por aquí —dijo una voz grave detrás de mí.

Era Ada. Me agarró del cuello y me arrastró con ella. No sé cómo se abrió paso, supongo que a patada limpia. Entonces llegamos a una calle que quedaba por detrás de los disturbios, como luego los denominaron en televisión.

Cuando vi las escenas pensé: Ahora sé lo que se siente al estar en un disturbio: sientes que te ahogas. Y eso que no me he ahogado nunca.

—Melanie me ha dicho que estarías aquí. Voy a llevarte a casa —dijo Ada.

—No, pero... —dije. No quería reconocer que estaba asustada.

—Ahora mismo. A la de ya. Sin peros ni historias.

Me vi en las noticias esa noche: sostenía una pancarta en alto y gritaba. Pensé que Neil y Melanie se pondrían como una furia conmigo, pero no fue así. En lugar de eso, parecían angustiados.

—¿Por qué lo has hecho? —dijo Neil—. ¿No oíste lo que te dijimos?

—Siempre decís que hay que alzarse contra la injusticia —respondí—. En la escuela nos dicen lo mismo. —Sabía que me había pasado de la raya, pero no pensaba pedir perdón.

—¿Cuál será nuestro próximo paso? —dijo Melanie, no a mí, sino a Neil—. Daisy, ¿me traes un poco de agua? Hay fresca en la nevera.

—Quizá no sea para tanto —dijo Neil.

—No podemos arriesgarnos —oí que decía Melanie—. Tenemos que ponernos en marcha, igual que ayer. Voy a llamar a Ada, ella puede conseguir un furgón.

—No hay un plan de retirada listo —dijo Neil—. No podemos...

Volví con el vaso de agua.

—¿Qué pasa? —pregunté.

—¿No tienes deberes? —dijo Neil.

11

Tres días más tarde entraron a robar en El Sabueso de la Ropa. La tienda tenía alarma, pero los ladrones se largaron antes de que acudiera nadie, que era el problema con las alarmas, dijo Melanie. No encontraron dinero porque Melanie nunca dejaba nada de efectivo allí, pero se llevaron varias prendas de Arte de Quita y Pon, y destrozaron el despacho de Neil: todos sus archivos estaban tirados por el suelo. También se llevaron algunos objetos de su colección, varios relojes y cámaras de época, un payaso de cuerda antiguo. Le prendieron fuego, pero fue cosa de aficionados, según Neil, así que el incendio enseguida quedó extinguido.

La policía acudió y preguntó a Neil y Melanie si tenían enemigos. Dijeron que no, y que no pasaba nada, seguramente sólo habían sido unos vagabundos que buscaban dinero para droga, pero me di cuenta de que estaban disgustados, porque hablaban de aquella manera en que solían hablar cuando no querían que los oyera.

—Se han llevado la cámara —le estaba comentando Neil a Melanie justo en el momento en que entré en la cocina.

—¿Qué cámara? —pregunté.

—Ah, sólo una vieja cámara —dijo Neil. Venga a tirarse del pelo—. Aunque bastante singular.

A partir de ese instante, Neil y Melanie estuvieron cada vez más inquietos. Neil encargó un nuevo sistema de alarma para la tienda. Melanie dijo que nos íbamos a mudar a otra casa, pero cuando empecé a hacer preguntas dijo que era tan sólo una idea. Neil zanjó el asunto del robo con un «Nada grave». Y como lo repitió varias veces, me quedé pensando hasta qué punto había sido grave, más allá de la desaparición de su cámara favorita.

La noche posterior al allanamiento, encontré a Melanie y Neil viendo la televisión. Normalmente no le prestaban mucha atención, sólo la dejaban encendida, pero ese día escuchaban absortos. Una joven Perla, a la que se identificaba sólo como «Tía Adrianna», había aparecido muerta en un piso que había alquilado junto a otra compañera de su orden. La encontraron atada a un picaporte, con su propio cinturón plateado al cuello. Llevaba varios días muerta, según el forense. Fue el dueño de otro de los pisos quien había detectado el olor y alertado a la policía. La policía aseguró que se trataba de un suicidio, pues esa forma de estrangulación era un método corriente de quitarse la vida.

Había una imagen de la Perla muerta. La observé con detenimiento: a veces costaba distinguir a unas Perlas de otras, todas con el mismo hábito, pero recordaba haberla visto hacía poco en El Sabueso de la Ropa, repartiendo folletos. También a su compañera, «Tía Sally», que, según dijo el presentador, se encontraba en paradero desconocido. Aparecía también una imagen suya: la policía pedía colaboración ciudadana. El Consulado de Gilead por el momento no había hecho declaraciones.

—Es terrible —le dijo Neil a Melanie—. Pobre chica. Qué catástrofe.

—¿Por qué? —pregunté—. Las Perlas trabajan para Gilead. Nos odian. Todo el mundo lo sabe.

Entonces me miraron los dos a la vez. ¿Cómo definir aquella mirada? «Desolada», creo. Me quedé perpleja: ¿a ellos qué les importaba?

La verdadera desgracia sucedió el día de mi cumpleaños. Empezó como una mañana cualquiera. Me levanté, me puse el uniforme de cuadros escoceses verdes de la Escuela Wyle —¿había dicho ya que llevábamos uniforme?—, los zapatos negros de cordones encima de los calcetines verdes, me hice una cola de caballo que estaba entre los peinados del código de vestimenta de la escuela —nada de mechones sueltos— y bajé.

Melanie estaba en la cocina, que tenía una isla de granito. A mí me habría gustado más una de aquellas encimeras de resina reciclada como las que había en la cantina de la escuela: podías ver los objetos a través de la resina, incluso el esqueleto de un mapache en uno de los mostradores, así que siempre tenías algo donde posar la vista.

La isla de la cocina era donde hacíamos la mayor parte de las comidas. Teníamos una zona de salón-comedor, con una mesa. Se suponía que era para las cenas con invitados, pero Melanie y Neil no organizaban cenas; en cambio montaban reuniones relacionadas con las causas diversas en las que participaban. La noche anterior había venido gente: en la mesa quedaban aún varias tazas de café y un plato con migas de galletas saladas y unas cuantas uvas marchitas. No había llegado a ver quiénes eran, porque me quedé arriba en mi cuarto, esquivando la que me iba a caer por lo que había hecho, y que por lo visto era más que un simple acto de desobediencia.

Entré en la cocina y me senté en la isla. Melanie estaba de espaldas a mí, mirando por la ventana. Desde esa ventana se veía el jardín de la casa: macetones redondos de cemento con matas de romero, un patio con una mesa y sillas de exterior, y una esquina de la calle al fondo.

—Buenos días —saludé. Melanie se volvió dando un brinco.

—¡Ah, Daisy! ¡No te había oído! —dijo—. ¡Felices dieciséis!

Neil no se presentó a desayunar antes de que llegara la hora de irme a clase. Lo oí arriba, hablando por teléfono. Me dolió un poco, pero no más de la cuenta: era muy despistado.

Melanie me llevó en coche a la escuela, como de costumbre: prefería que no fuera sola o en autobús, aunque había una parada justo al lado de casa. Me dijo, como decía siempre, que le quedaba de camino a la tienda, así que no le costaba nada dejarme.

—Esta noche tomaremos juntos tu pastel de cumpleaños, con helado —dijo, levantando el tono al final, como si fuese una pregunta—. Te pasaré a buscar a la salida. Hay varias cosas que Neil y yo queremos comentar contigo, ahora que tienes edad.

—De acuerdo —dije. Pensaba que sería una charla sobre chicos y de lo que significaba el consentimiento, un tema del que ya estaba harta de oír hablar en clase. Aunque sería un momento incómodo, no quedaba más remedio que pasarlo.

Quería decirle que sentía haber ido a la protesta, pero cuando llegamos a la escuela aún no se lo había dicho. Me bajé del coche en silencio; Melanie esperó hasta que llegué a la puerta. La saludé con la mano, y ella me devolvió el saludo. No sé por qué lo hice, no solía despedirme así. Supongo que fue una especie de disculpa.

No recuerdo gran cosa de ese día en la escuela, porque ¿qué tuvo de memorable? Era un día normal. Normal, como cuando miras por la ventanilla de un coche. Las cosas pasan de largo, una tras otra, una tras otra, sin mucha trascendencia. No registras esas horas; son rutinarias, igual que cepillarte los dientes.

Algunos de los amigos con los que quedaba a hacer los deberes me cantaron *Cumpleaños feliz* en la cantina, mientras almorzábamos. Varios más aplaudieron.

Luego llegó la tarde. El aire estaba viciado, el reloj se ralentizó. Me tocaba clase de francés, donde supuestamente teníamos que leer una página de una novela breve de Colette, *Mitsou*, sobre una estrella del teatro de variedades que ocultaba a un par de hombres en su camerino. Además de ser francesa, pretendía reflejar el suplicio que era la vida para las mujeres, pero la vida de Mitsou no me parecía ningún suplicio. Ocultar a un hombre guapo en el camerino a mí me habría encantado. Pero aunque conociera a un hombre así, ¿dónde iba a esconderlo? En el armario de mi habitación, ni hablar, Melanie lo encontraría a la primera de cambio, y si no, me tocaría darle de comer. Fantaseé con la idea durante un rato: ¿qué clase de comida podría sisar sin que Melanie se percatara? ¿Queso y galletas saladas? El sexo quedaba descartado de entrada: sería un riesgo demasiado grande dejar que saliera del armario, y dentro los dos no cabríamos. Con ese tipo de ensoñaciones pasaba el rato a menudo en la escuela.

Aun así, era un problema en mi vida. Nunca había salido con nadie, porque nunca había conocido a nadie con quien me apeteciese salir. Y parecía que eso no tenía remedio. Los chicos de la Escuela Wyle no contaban: íbamos juntos desde primaria, los había visto hurgarse la nariz, y a algunos incluso mojarse los pantalones. Esas imágenes matan cualquier asomo de romanticismo.

Empezaba a sentirme alicaída, que es uno de los efectos que a veces provocan los cumpleaños: esperas una transformación mágica, pero resulta que no sucede. Con tal de mantenerme despierta me daba por arrancarme pelos de la cabeza, justo detrás de la oreja, apenas dos o tres por vez. Sabía que si continuaba haciéndolo acabaría con una calva, pero sólo llevaba unas semanas con esa manía.

Acabó la hora y por fin me podía ir a casa. Recorrí el pasillo reluciente hacia la puerta principal de la escuela y salí al exterior. Lloviznaba; no tenía el impermeable. Eché una ojeada a la calle: Melanie no me estaba esperando en el coche.

De pronto, Ada apareció a mi lado, con su chaqueta negra de cuero.

—Vamos. Ven conmigo al coche —dijo.

—¿Qué? —dije—. ¿Por qué?

—Se trata de Neil y Melanie.

La miré a la cara y me di cuenta de que había pasado algo muy malo. De haber sido más mayor, le habría preguntado sin rodeos qué había ocurrido, pero no lo hice porque quise aplazar el momento de saberlo. En las historias que leía me había topado con la expresión «miedo innombrable». Entonces me parecieron sólo palabras, pero en ese momento fue exactamente lo que sentí.

Una vez que nos subimos al coche y arrancó, pregunté:

—¿A alguien le ha dado un ataque al corazón? —No se me ocurría nada más.

—No —dijo Ada—. Escucha con atención y no me armes un escándalo. No puedes volver a tu casa.

Sentí crecer la angustia en el estómago.

—¿Qué pasa? ¿Ha habido un incendio?

—Ha habido una explosión —me dijo—. Un coche bomba. Delante de El Sabueso de la Ropa.

—Mierda. ¿La tienda ha quedado destrozada? —pregunté. Primero el robo, y ahora esto.

—Era el coche de Melanie. Ella y Neil estaban dentro.

Me quedé sin habla; no entendía nada. ¿Qué clase de maníaco querría matar a Neil y Melanie? Eran personas corrientes.

—Entonces, ¿están muertos? —dije al fin.

Estaba temblando. Intenté imaginar la explosión, pero sólo veía un vacío. Un cuadrado negro.

V
Furgón

12

¿Quién eres, lector mío? ¿Y cuándo me lees? Quizá mañana, quizá dentro de cincuenta años, quizá no me leas nunca. Probablemente seas una de nuestras Tías en Casa Ardua y hayas tropezado con esta crónica por azar. Tras un momento de horror ante mis pecados, ¿quemarás estas páginas para preservar intacta mi imagen piadosa? ¿O sucumbirás a la sed universal de poder e irás a hurtadillas a delatarme ante los Ojos?

¿O acaso serás un intruso, llegado de más allá de nuestras fronteras para husmear en los archivos de Casa Ardua una vez que hayan derrocado el régimen? En ese caso, el alijo de documentos incriminatorios que llevo tantos años recopilando cumplirá su misión no sólo para juzgarme a mí, si el malévolo destino me obliga a pasar por ese trance, sino también para juzgar a muchos otros. Llevo la cuenta de todos los que tienen un muerto en el armario.

A estas alturas tal vez te preguntes cómo he evitado las purgas desde las instancias superiores, si no en los primeros tiempos de Gilead, al menos cuando degeneraron en esta aniquilación despiadada. Desde entonces, varios de los antiguos notables han sido colgados en el Muro, porque quienes ocupan la cúspide del poder se encargaron de que no los desplazaran rivales ambiciosos. Tal vez supongas que ser mujer me hizo especialmente vulnerable a esa clase de cribas, pero no fue así. Por el mero hecho de pertenecer al sexo débil quedé excluida de las listas de los potenciales usurpadores, ya que una mujer jamás podría sentarse en el Consejo de los Comandantes; de modo que en ese frente, paradójicamente, estuve a salvo.

Sin embargo, hay tres razones más que justifican mi longevidad política. La primera es que el régimen me necesita. Controlo la facción femenina de su empresa con un puño de hierro en un guante de cuero en un mitón de lana, y mantengo el orden a rajatabla: como el eunuco de un harén, estoy en una posición privilegiada para cumplir con ese cometido. La segunda es que sé demasiado sobre los dirigentes, demasiados trapos sucios, y no están seguros de si dispongo de algún tipo de documentación. Si me aprietan demasiado las clavijas, ¿esos trapos sucios podrían salir a la luz? Tal vez sospechen que he tomado la precaución de cubrirme las espaldas, y acertarían.

En tercer lugar, soy discreta. Cada uno de esos altos cargos ha creído siempre que sus secretos están a salvo conmigo; pero, como les he dejado entrever, sólo mientras yo también esté a salvo. Hace mucho que tengo fe en el sistema de pesos y contrapesos.

A pesar de todas las medidas de seguridad, no bajo la guardia. Gilead es un lugar resbaladizo: los accidentes ocurren con frecuencia. Alguien ha escrito ya mi panegírico, huelga decirlo. Me recorre un escalofrío: ¿de quién son los pies que caminan sobre mi tumba?

Tiempo, suplico al aire, sólo un poco más de tiempo. Es lo único que necesito.

• • •

Ayer recibí una invitación inesperada del Comandante Judd para una audiencia en privado. No es la primera vez que recibo esa clase de invitaciones. Algunos de los encuentros anteriores fueron desagradables; otros, en fechas más recientes, han resultado provechosos para ambas partes. Mientras cruzaba la franja de césped mustio que cubre el terreno entre Casa Ardua y el cuartel general de los Ojos, y remontaba con cierto esfuerzo la ladera de imponentes escalones que conduce hasta la columnata del pórtico, me pregunté qué clase de reunión me aguardaba. Debo admitir que el corazón me latía más rápido que de costumbre, y no sólo por las escaleras: no todos los que han entrado por esa puerta han vuelto a salir vivos.

Los Ojos ostentan sus dominios en la que antaño era una monumental biblioteca. No alberga ya más libros que los suyos, pues los contenidos originales han ido a la quema o, si eran de valor, a colecciones privadas de diversos Comandantes con las manos largas. Siendo ahora una profunda conocedora de las Escrituras, puedo citar palabra por palabra los riesgos de robar un botín prohibido por el Señor, pero la discreción es la mayor cualidad de la valentía, así que me los callo.

Me alegra ver que han indultado los murales a ambos lados de la escalinata interior de este edificio: como aparecen soldados muertos, ángeles y coronas triunfales, les han dado el visto bueno, aunque encima de la bandera de los antiguos Estados Unidos de América que había en el de la derecha han pintado la de Gilead.

El Comandante Judd ha medrado en el mundo, desde los tiempos en que lo conocí. Enderezar a las mujeres de Gilead ofrecía escasa proyección para su ego y le cosechaba insuficiente respeto. Mientras que ahora, en el cargo de Comandante de los Ojos, lo temen en todas partes. Su despacho está en la parte posterior del edificio, en un espacio antes consagrado al depósito de libros y a cubículos de investigación. Un enorme Ojo, con una pupila de cristal auténtico, ocupa el centro de la puerta. De esa manera puede ver quién está a punto de llamar.

—Adelante —dijo apenas levanté la mano.

Los dos jóvenes Ojos que me habían escoltado tomaron esa indicación como la orden para retirarse.

—Querida Tía Lydia —dijo, sonriendo tras el inmenso escritorio—. Gracias por honrar mi humilde despacho. Espero que esté usted bien.

No era lo que él esperaba, pero lo pasé por alto.

—Alabado sea —dije—. ¿Y usted? ¿Y su Esposa?

La Esposa actual ha durado más de lo habitual. A sus Esposas les da por morirse: el Comandante Judd es un gran devoto de los poderes reconstituyentes de las mujeres jóvenes, al igual que lo fueron el rey David y diversos señores de la droga centroamericanos. Tras guardar un periodo de luto respetable, hace saber que busca una nueva novia impúber. O, por decirlo a las claras: me lo hace saber a mí.

—Tanto mi Esposa como yo estamos bien, alabado sea —dijo—. Tengo magníficas noticias para usted. Por favor, tome asiento.

Así lo hice, y me dispuse a escuchar con atención.

—Nuestros agentes en Canadá han conseguido identificar y eliminar a dos de los miembros más activos de Mayday. Su tapadera era un almacén de ropa usada en una zona sórdida de Toronto. Un registro preliminar del local sugirió que han desempeñado un papel clave instigando y apoyando al Ferrocarril Subterráneo de las Mujeres.

—La Providencia nos ha bendecido —dije.

—Nuestras jóvenes agentes canadienses llevaron a cabo la operación, pero sus Perlas señalaron el camino. Nos ha sido de gran provecho que compartan esos indicios fruto de la intuición femenina.

—Son perspicaces, instruidas y obedientes —dije.

Las Perlas en origen fueron idea mía —en otras religiones había misioneros, así que ¿por qué no en la nuestra? Y otros misioneros habían ganado conversos, ¿por qué no intentar atraerlos también? Y otros misioneros recababan información para labores de espionaje, ¿por qué no lo hacían las nuestras?—, pero como no soy ilusa, o al menos no ese tipo de ilusa, dejé que el Comandante Judd se colgara las medallas. Oficialmente las Perlas responden sólo ante mí, pues sería impropio que el Comandante se involucrara en detalles que en esencia nos atañen a las mujeres, aunque por descontado debo transmitirle cualquier asunto que juzgue necesario o ineludible. Si me excediera perdería el control, y si me quedara corta levantaría sospechas. Nosotras confeccionamos sus atractivos folletos, que se diseñan e imprimen en la pequeña imprenta de Casa Ardua, ubicada en uno de nuestros sótanos.

Presenté la iniciativa de las Perlas en un momento crucial para él, justo cuando su disparatado fracaso con las Patrias Nacionales era ya innegable. Los cargos de genocidio que exigían los organismos de derechos humanos internacionales se habían convertido en un incordio, el flujo de refugiados de nuestro territorio nacional desde Dakota del Norte a través de la frontera canadiense era un torrente imparable, y el ridículo plan de Judd para implantar el Certificado de Blancura se había desmoronado en un maremágnum de falsificaciones y sobornos. El lanzamiento de las Perlas le había salvado el pellejo, aunque desde entonces me pregunto si fue prudente por mi parte salvárselo. Está en deuda conmigo, pero eso podría jugar en mi contra. Hay gente que no se siente cómoda cuando debe.

Justo entonces, sin embargo, el Comandante Judd era todo sonrisas.

—Desde luego, son Perlas de gran valía. Y con esos dos miembros de Mayday fuera de servicio, es de esperar que tenga usted menos problemas: menos Criadas que escapen.

—Alabado sea.

—No anunciaremos públicamente nuestra gesta de demolición y limpieza quirúrgicas, por supuesto.

—De todos modos nos culparán —dije—. Los medios de comunicación canadienses e internacionales. Naturalmente.

—Y lo negaremos. Naturalmente.

Se hizo un momento de silencio mientras nos mirábamos cara a cara, uno a cada lado del escritorio, como dos jugadores de ajedrez, quizá, o como dos viejos camaradas que han sobrevivido a tres oleadas de purgas. Ese hecho por sí solo había creado una especie de vínculo.

—Hay algo que me ronda por la cabeza, sin embargo —dijo—. Esos dos terroristas de Mayday deben de tener un contacto, aquí en Gilead.

—¿Cómo? ¡No es posible! —exclamé.

—Hemos hecho un análisis de todas las fugas que se conocen: su elevado índice de éxito no puede explicarse sin un elemento de filtración. Alguien en Gilead, alguien con acceso a nuestro despliegue de personal de seguridad, ha debido de estar informando al Ferrocarril Subterráneo de las Mujeres. Qué rutas están vigiladas, cuáles quedarán despejadas, ese tipo de cosas. Como bien sabe, la guerra ha hecho que nuestras fuerzas, especialmente en Vermont y Maine, se vean menguadas sobre el terreno. Hemos destinado esos cuerpos a otras prioridades.

—¿Quién podría ser tan desleal en Gilead? —pregunté—. ¡Traicionar nuestro futuro!

—Seguimos trabajando en ello —dijo—. Mientras tanto, si se le ocurren ideas...

—Desde luego —contesté.

—Hay una cosa más —dijo—. Tía Adrianna. La Perla hallada muerta en Toronto.

—Sí. Devastador —comenté—. ¿Alguna novedad?

—Estamos a la espera de un informe del Consulado —dijo—. La tendré al corriente.

—Si puedo ayudar en algo, sabe que puede contar conmigo.

—De tantas maneras, querida Tía Lydia... —dijo—. Es usted una joya.

Me gusta un cumplido como a la que más.

—Gracias —dije.

Mi vida podría haber sido muy diferente. Bastaría con que hubiera mirado a mi alrededor, que hubiera visto el panorama con mayor perspectiva. Bastaría con que hubiera hecho las maletas a tiempo, como hicieron algunos, y abandonado el país: el país que, ilusa de mí, aún creía que era el mismo al que había pertenecido tantos años.

Lamentarse ahora no sirve de nada. Tomé decisiones, y después, por haberlas tomado, tuve menos donde elegir. Dos caminos se abrían en un bosque amarillo, y elegí el más transitado. Estaba sembrado de cadáveres, como suelen estar esos caminos. Sin embargo, ya te habrás dado cuenta de que mi cadáver no es uno de ellos.

En ese país mío ya desaparecido, la vida entró hace años en una espiral de decadencia. Las inundaciones, los incendios forestales, los tornados, los huracanes, las sequías, la escasez de agua, los terremotos. Exceso de esto, carencia de aquello. Las infraestructuras deterioradas, ¿por qué nadie desmanteló aquellos reactores nucleares antes de que fuese demasiado tarde? Caía la economía, caía el empleo, caía la tasa de natalidad.

La gente empezó a asustarse. Luego empezó a ponerse furiosa.

La ausencia de remedios viables. La necesidad de culpar a alguien.

¿Por qué pensé que, aun así, todo seguiría como siempre? Supongo que porque llevábamos tanto tiempo oyendo las mismas cosas que... No crees que el cielo esté derrumbándose hasta que te cae un pedazo encima.

Me detuvieron poco después del ataque de los Hijos de Jacob que liquidó el Congreso. Al principio contaron que eran terroristas islámicos: se declaró la Emergencia Nacional, pero nos pidieron que siguiéramos con la rutina de costumbre, porque pronto iba a restaurarse la Constitución y se suspendería el estado de excepción. Eso se cumplió, aunque no en el sentido que habíamos supuesto.

Era un día sofocante de calor. Los juzgados habían cerrado, provisionalmente, hasta que una cadena de mando legítima se restableciera y volviera a imperar la ley, nos dijeron. A pesar de todo, algunos habíamos ido a trabajar: el tiempo libre siempre podía aprovecharse para poner al día la documentación, o ésa era mi excusa. En realidad deseaba compañía.

Curiosamente, ninguno de los hombres con quienes trabajábamos, nuestros compañeros de profesión, había sentido esa misma necesidad. Quizá encontraban consuelo con sus esposas e hijos.

Mientras leía el informe de un caso, una de mis colegas más jóvenes —Katie, de treinta y seis años, recién incorporada y embarazada de tres meses a través del banco de esperma— entró en mi despacho.

—Tenemos que largarnos —dijo.

La miré sin comprender.

—¿A qué te refieres? —pregunté.

—Tenemos que salir del país. Aquí se está cociendo algo raro.

—Bueno, claro... Hay estado de excepción.

—No, va más allá. Me han cancelado la cuenta del banco. Las tarjetas de crédito, las dos. Estaba intentando comprar un billete de avión, por eso lo sé. ¿Has venido en coche?

—¿Cómo? —dije—. ¿Por qué? ¡No pueden dejarte sin dinero por las buenas!

—Por lo visto sí que pueden —dijo Katie—. Si eres una mujer. Eso es lo que me dijeron en la aerolínea. El gobierno provisional acaba de aprobar leyes nuevas: el dinero de las mujeres ahora pertenece al pariente masculino más cercano.

—Es peor de lo que crees —dijo Anita, una colega algo mayor que Katie. Acababa de entrar también en mi despacho—. Mucho peor.

—Yo no tengo parientes varones —dije. Me sentía aturdida—. ¡Esto es completamente inconstitucional!

—Olvídate de la Constitución —dijo Anita—. Acaban de abolirla. Me he enterado en el banco, cuando intentaba... —Se echó a llorar.

—Tranquilízate —le dije—. Tenemos que pensar.

—Seguro que tienes algún hombre en la familia —dijo Katie—. Han debido de planear esto durante años: a mí me han dicho que mi pariente masculino más cercano es mi sobrino de doce años.

En ese momento derribaron la puerta principal. Entraron cinco hombres armados con metralletas; los cuatro primeros de dos en dos, y luego uno en solitario. Katie, Anita y yo salimos de mi despacho. La recepcionista, Tessa, chilló y se agachó detrás del escritorio.

Un par de ellos eran jóvenes, veinteañeros tal vez, pero los otros dos eran de mediana edad. Los más jóvenes estaban en forma, los otros tenían tripa cervecera. Llevaban uniformes de camuflaje directamente sacados de una agencia de figurantes, y de no haber sido por las armas quizá me hubiera reído, sin comprender aún que las risas de las mujeres pronto escasearían.

—¿Se puede saber qué ocurre? —dije—. ¡Podrían haber llamado! ¡La puerta estaba abierta!

Los hombres me ignoraron. Uno de ellos, supongo que el cabo, le preguntó a su compañero:

—¿Tienes la lista?

Probé un tono más indignado.

—¿Quién es el responsable del desperfecto? —Empecé a acusar la impresión, me quedé fría. ¿Se trataba de un robo? ¿De una toma de rehenes?—. ¿Qué es lo que quieren? Aquí no guardamos ningún dinero.

Anita me dio un codazo para hacerme callar: se había hecho una idea más aproximada de la situación.

El número dos levantó una hoja de papel.

—¿Quién es la embarazada? —dijo.

Las tres nos miramos. Katie se adelantó.

—Yo —dijo.

—No tiene marido, ¿verdad?

—No, pero... —Katie se protegió el vientre instintivamente. Había elegido ser madre soltera, como muchas mujeres decidían en esa época.

—Al instituto —dijo el cabo. Los dos hombres más jóvenes fueron hacia ella.

—Acompáñenos, señora —dijo el primero.

—¿Por qué? —preguntó Katie—. No pueden irrumpir aquí sin más y...

—Acompáñenos —repitió entonces el segundo joven. Cada uno la agarró de un brazo y se la llevaron. Ella se puso a gritar, pero no pudo impedir que la sacaran a rastras por la puerta.

—¡Basta ya! —dije. Seguimos oyendo su voz en el pasillo, alejándose.

—Soy yo quien da las órdenes —me advirtió el cabo. Llevaba gafas y un bigote de manillar, pero no le daba un aire paternal. He tenido ocasión de observar, en el curso de lo que podríamos llamar mi «carrera» en Gilead, que los subordinados dotados de poder repentino acostumbran a ser los que más abusos cometen.

—No se preocupen, no le harán daño —dijo el número dos—. Va a un lugar seguro.

Leyó nuestros nombres en la lista. No tenía sentido negar quiénes éramos: ya lo sabían.

—¿Dónde está la recepcionista? —inquirió el cabo—. Una tal Tessa.

La pobre Tessa se asomó por detrás del escritorio. Temblaba de terror.

—¿Qué opinas? —preguntó el hombre de la lista—. ¿Almacén, instituto o estadio?

—¿Cuántos años tienes? —dijo el cabo—. Déjalo, aquí lo pone. Veintisiete.

—Démosle una oportunidad. Almacén. Tal vez encuentre a alguno que quiera casarse con ella.

—Ponte de pie —le ordenó el cabo a Tessa.

—Dios, se ha meado encima —dijo el tercero de los hombres de más edad.

—No blasfemes —lo reprendió el cabo—. Bien. Cuando son miedosas hacen lo que se les dice.

—Ni lo sueñes —dijo el tercero—. Son mujeres.

Creo que pretendía ser un chiste.

Los dos hombres jóvenes que se habían llevado a Katie volvieron a aparecer por la puerta.

—Ya está en el furgón —dijo uno.

—¿Dónde están las otras dos, las que constan como juezas? —dijo el cabo—. ¿Loretta? ¿Davida?

—Han salido a almorzar —dijo Anita.

—Nos llevaremos a estas dos. Esperad aquí con ella hasta que las otras vuelvan —ordenó el cabo, señalando a Tessa—. Luego encerradla en el furgón que va al almacén. Y traed a las dos juezas del almuerzo.

—¿Almacén o estadio para estas dos de aquí?

—Estadio —contestó el cabo—. Una de ellas supera la edad, las dos son licenciadas en Derecho, son juezas. Ya oíste las órdenes.

—Lástima, en algunos casos es un desperdicio —dijo el número dos, indicando a Anita.

—La Providencia decidirá —dijo el cabo.

Anita y yo bajamos escoltadas los cinco tramos de escaleras. ¿Funcionaba el ascensor? No lo sé. Entonces nos esposaron con las manos por delante y nos introdujeron en un furgón negro, con un panel blindado entre nosotras y el conductor, y ventanillas ahumadas con malla metálica en los vidrios.

Las dos nos habíamos quedado mudas todo ese rato, porque ¿qué podíamos decir? Era evidente que nadie acudiría a nuestra llamada de socorro. No tenía sentido gritar o lanzarnos contra las paredes del furgón: habría sido un derroche de energía inútil. Así que esperamos.

Por lo menos había aire acondicionado. Y asientos.

—¿Qué van a hacer? —susurró Anita. No se veía nada a través de las ventanillas. Y tampoco nos veíamos la una a la otra, éramos apenas dos siluetas vagas.

—No lo sé —dije.

El furgón paró un momento, supongo que en un control, y siguió adelante hasta que por último se detuvo.

—Fin de trayecto —dijo una voz—. ¡Fuera!

Las puertas traseras del furgón se abrieron. Anita salió la primera, titubeante.

—Muévete —dijo una voz distinta.

Costaba bajar del vehículo con las manos esposadas. Alguien me agarró del brazo y tiró de mí; me tambaleé y caí al suelo.

Mientras el furgón se alejaba, me levanté como pude y miré a mi alrededor. Estaba en un espacio abierto donde había muchos grupos de gente, o debería decir de mujeres, y un gran número de hombres armados.

Era un estadio. O lo había sido. Ahora era una prisión.

VI

A LAS SEIS NO ME VEIS

13

Se me ha hecho muy difícil hablaros de los sucesos que rodearon la muerte de mi madre. Tabitha me quiso con un amor incondicional y, ahora que se había ido, todo a mi alrededor parecía vacilante e incierto. Nuestra casa, el jardín, incluso mi propia habitación, de pronto ni siquiera se me antojaban reales, como si fueran a disolverse en una bruma y desaparecer. No me quitaba de la cabeza un pasaje de la Biblia que Tía Vidala nos había hecho aprender de memoria:

> *Porque mil años delante de tus ojos son como el día de ayer, que pasó, y como una de las vigilias de la noche. Los arrebatas como con torrente de aguas; son como sueño, como la hierba que crece en la mañana. En la mañana florece y crece; a la tarde es cortada, y se seca.*

«Se seca, se seca.» Era una especie de bisbiseo, como si Dios no supiera hablar claramente. Y muchas nos encallábamos en esas últimas palabras al recitarlo.

· · ·

Para el funeral de mi madre me dieron un vestido negro. Asistieron algunos de los otros Comandantes y sus Esposas, y nuestras Marthas. Había un féretro cerrado con la envoltura terrenal de mi madre en el interior, y mi padre pronunció un breve discurso sobre la excelente Esposa que había sido, siempre anteponiendo a los demás a sí misma, un ejemplo para todas las mujeres de Gilead, y luego rezó una oración dando gracias a Dios por liberarla de su padecimiento, y todo el mundo dijo Amén. Los funerales de las mujeres no se celebraban con mucha pompa en Gilead, ni siquiera los de las de alto rango.

Las personalidades importantes vinieron a nuestra casa desde el cementerio, donde dimos una modesta recepción. Zilla había preparado buñuelos de queso, una de sus especialidades, y me había permitido ayudarla. Me consoló un poco que me dejasen ponerme un delantal, y rallar el queso, e ir depositando la masa con la manga pastelera sobre la bandeja metálica y luego observar cómo subía a través del cristal del horno. Los horneamos en el último momento, una vez que llegó la gente.

Entonces me quité el delantal y fui a la recepción con mi vestido negro, como había pedido mi padre, y permanecí callada, como también había pedido. La mayoría de los invitados apenas me dedicaron un saludo, salvo una de las Esposas, que se llamaba Paula. Era viuda, y famosa en cierto modo, porque su marido, el Comandante Saunders, había muerto en su despacho asesinado por su Criada con un pincho de cocina: un escándalo que había hecho correr todo tipo de rumores en la escuela el año anterior. ¿Qué estaba haciendo la Criada en el despacho? ¿Cómo había entrado?

La versión de Paula era que la muchacha estaba trastornada, y había bajado sigilosamente a la cocina de noche a escamotear el pincho, y cuando el pobre Comandante Saunders había abierto la puerta del despacho, lo había tomado por sorpresa y había matado a un hombre que siempre fue respetuoso con ella y su posición. La Criada había huido, pero la atraparon y la colgaron en el Muro.

La otra versión era la de Shunammite, que conoció a través de su Martha, que a su vez se enteró por la jefa de las Marthas de la casa de los Saunders. Implicaba impulsos violentos y un vínculo pecaminoso. Todo apuntaba a que la Criada habría tentado al Comandante Saunders de alguna manera, y después él le habría ordenado que bajara a escondidas por las noches, cuando en principio todos dormían. Entonces ella se deslizaba hasta su estudio, donde el Comandante la estaría esperando, y sus ojos se iluminaban como antorchas. ¿Quién sabe qué exigencias lujuriosas le hizo? Exigencias que iban contra natura, y que habían hecho enloquecer a la Criada; no hacía falta mucho con algunas de ellas, porque ya eran medio lelas, pero ésa debía de estar peor que la mayoría. Más valía ni pensarlo, decían las Marthas, que apenas podían pensar en otra cosa.

Al ver que su esposo no se presentaba a desayunar, Paula fue a buscarlo y lo encontró tendido en el suelo, sin pantalones. Paula volvió a ponerle los pantalones antes de llamar a los Ángeles. Necesitó pedir ayuda a una de sus Marthas: los muertos se quedan rígidos o desmadejados, y el Comandante Saunders era un hombre corpulento y contrahecho. Shunammite dijo que la Martha dijo que Paula se había manchado mucho de sangre mientras se debatía para ponerle la ropa al cadáver, y debía de tener unos nervios de acero, porque había hecho justo lo que había que hacer para salvar las apariencias.

Yo prefería la versión de Shunammite a la de Paula. La recordé en la recepción del funeral, cuando mi padre me presentó a Paula. Estaba comiéndose un buñuelo de queso; me midió con la mirada. Había visto esa misma forma de mirar, cuando Vera hundía una pajita en un pastel para comprobar si estaba hecho.

Entonces me sonrió y dijo:

95

—Agnes Jemima. Qué encantadora.

Y me dio unas palmaditas en la cabeza como si tuviera cinco años, y dijo que seguro que me hacía ilusión tener un vestido nuevo. Me entraron ganas de morderla: ¿acaso un vestido nuevo podía compensar que mi madre hubiese muerto? Pero era preferible morderme la lengua que expresar lo que pensaba de verdad. No siempre era capaz, pero en esa ocasión lo conseguí.

—Gracias —dije.

La imaginé arrodillada en el suelo en un charco de sangre, intentando ponerle unos pantalones a un hombre muerto. Esa imagen, que la dejaba en un lugar tan embarazoso, hizo que me sintiera mejor.

Varios meses después de la muerte de mi madre, mi padre se casó con la viuda Paula. En su dedo apareció el anillo mágico de mi madre. Supongo que mi padre no quiso desaprovecharlo, ¿para qué comprar otro anillo cuando hay uno tan bello y caro disponible?

Las Marthas se indignaron.

—Tu madre quería que ese anillo fuese para ti —dijo Rosa.

Pero por supuesto no había nada que ellas pudieran hacer al respecto. A mí me dio rabia, pero tampoco podía hacer nada. Aunque me ofuscara y me enfurruñara, ni mi padre ni Paula me prestaban atención. Optaron en cambio por la estrategia de «seguirme la corriente», como la llamaban, y que en la práctica consistía en ignorar cualquier arranque de malhumor para dejarme claro que mis obstinados silencios no les afectaban. Incluso comentaban esa técnica pedagógica cuando yo estaba delante, hablando de mí en tercera persona. «Veo que Agnes tiene una de sus ventoleras.» «Sí, es como el tiempo, pronto se le pasará.» «Las chicas son así.»

14

Poco después de la boda de mi padre con Paula, algo muy perturbador ocurrió en la escuela. Voy a relatarlo ahora no porque desee recrearme en cosas truculentas, sino porque me causó una profunda impresión, y tal vez ayude a comprender por qué algunas en ese momento y ese sitio actuamos como lo hicimos.

Ese suceso tuvo lugar en la clase de Religión, que, como ya he mencionado, nos daba Tía Vidala. Era la encargada de nuestra escuela, y de hecho de otras escuelas como la nuestra, las llamadas Escuelas Vidala, pero el retrato de ella que colgaba al fondo de cada aula era más pequeño que el de Tía Lydia. Había cinco de esos retratos: Pequeña Nicole arriba del todo, porque teníamos que rezar a diario por que volviera sana y salva. Luego Tía Elizabeth y Tía Helena, luego Tía Lydia y luego Tía Vidala. Pequeña Nicole y Tía Lydia tenían marcos de oro, mientras que los de las otras tres eran sólo de plata.

Evidentemente todas sabíamos quiénes eran las cuatro mujeres: eran las Fundadoras. Aun así, no sabíamos muy bien qué habían fundado, ni nos atrevíamos a preguntar: no queríamos ofender a Tía Vidala cuando se fijara en que su retrato era más pequeño. Shunammite decía que los ojos del retrato de Tía Lydia podían seguirte por toda el aula y que podía oír lo que decías, pero ella siempre exageraba y se inventaba cosas.

Tía Vidala se sentó sobre su gran escritorio. Le gustaba poder vernos bien. Nos pidió que acercáramos los pupitres y los pusiéramos más juntos. Luego dijo que ya teníamos edad de oír una de las historias más importantes de la Biblia: importante porque era un mensaje de Dios especialmente dirigido a las niñas y las mujeres, así que debíamos escuchar con atención. Iba a contarnos la historia de la Concubina Cortada en Doce Partes.

—Ya me la sé —susurró Shunammite, sentada a mi lado.

Becka, al otro lado, acercó poco a poco su mano a la mía por debajo del tablero del pupitre.

—Shunammite, guarda silencio —dijo Tía Vidala.

Después de sonarse la nariz, nos contó la siguiente historia:

Una concubina, que era una especie de Criada, huyó de su dueño y regresó a la morada de su padre. Demostró ser muy desobediente al escaparse. El dueño fue a buscarla, y como era un hombre amable y compasivo, tan sólo pidió recuperar a su sierva. El padre, conociendo las reglas, accedió, decepcionado con su hija por ser tan desobediente, y los dos hombres celebraron su acuerdo con una cena. Pero eso hizo que el hombre y su concubina se pusieran tarde en camino, y cuando oscureció se refugiaron en una ciudad donde el hombre no conocía a nadie. Sin embargo, un viejo generoso dijo que podían pasar la noche en la casa donde moraba.

Resultó que algunos otros hombres de la ciudad, henchidos de ansias de pecar, acudieron a la casa y exigieron que les entregaran al viajero. Querían ensañarse con él, cometer actos lujuriosos y pecaminosos, pero como eso habría sido demasiado perverso entre hombres, el viejo generoso y el viajero dejaron a la concubina en el umbral de la puerta a merced de los malvados hombres.

—Bueno, se lo merecía, ¿no creéis? —dijo Tía Vidala—. No debería haberse escapado. ¡Pensad en todo el sufrimiento que causó a otras personas!

Pero cuando se hizo la mañana, continuó Tía Vidala, el viajero abrió la puerta y la concubina estaba tendida en el umbral. «Levántate», le dijo el hombre, pero ella no se levantó porque estaba muerta. Aquellos hombres perversos la habían matado.

—¿Cómo? —preguntó Becka. Su voz era poco más que un susurro; estaba apretándome la mano con fuerza—. ¿Cómo la mataron? —Dos lágrimas le caían por las mejillas.

—Si muchos hombres hacen cosas lujuriosas a la vez a una muchacha, acaban por matarla —dijo Tía Vidala—. Con esta historia Dios nos advierte que debemos contentarnos con nuestra suerte y no rebelarnos.

El hombre al cargo debería ser honrado por la mujer, añadió. Si no, ése era el resultado. Dios siempre imponía un castigo acorde con el pecado.

Me enteré del resto de la historia más tarde: cómo el viajero cortó el cuerpo de la concubina en doce partes y envió una a cada una de las Tribus de Israel, llamándolas a vengar el maltrato a su concubina con la ejecución de los asesinos, y cómo la Tribu de Benjamín se negó porque los asesinos eran benjaminitas. En la guerra por venganza que siguió, la Tribu de Benjamín quedó prácticamente aniquilada, y sus esposas y sus hijos fueron todos asesinados. Entonces las otras once tribus razonaron que borrar por completo a la duodécima sería una maldad, así que detuvieron la matanza. Por ley, los benjaminitas que sobrevivieron no podían casarse con otras mujeres para hacer más hijos, pues el resto de las tribus habían jurado no permitirlo, pero les dijeron que podían robar a algunas muchachas y casarse con ellas al margen de la ley, que es lo que hicieron.

Sin embargo, no escuchamos el resto de la historia aquel día porque Becka se había echado a llorar.

—¡Es horrible, horrible! —decía.

Las demás nos quedamos en silencio, sin movernos.

—Contente, Becka —dijo Tía Vidala. Pero Becka no podía. Lloraba con tanto desconsuelo que pensé que se le cortaría la respiración.

—¿Puedo darle un abrazo, Tía Vidala? —pregunté por fin. Nos alentaban a rezar por las otras niñas, pero no permitían que nos tocáramos.

—Supongo que sí —accedió Tía Vidala a regañadientes.

Rodeé a Becka entre mis brazos, y ella lloró sobre mi hombro.

A Tía Vidala le irritó ver a Becka en ese estado, pero también se quedó preocupada. El padre de Becka no era un Comandante, sólo un dentista, pero era un dentista importante, y Tía Vidala tenía mala dentadura. Se levantó y salió del aula.

Al cabo de unos minutos llegó Tía Estée. Era a la que avisaban cuando necesitábamos consuelo.

—No te preocupes, Becka —dijo—. Tía Vidala no pretendía asustarte.

Eso no era del todo cierto, pero Becka dejó de llorar y empezó con los hipidos.

—Hay otra forma de ver la historia. La concubina se arrepintió de lo que hizo, y quiso rectificar, así que se sacrificó para evitar que el bondadoso viajero muriera asesinado a manos de aquellos hombres malvados.

Becka ladeó un poco la cabeza; estaba escuchando.

—Fue un gesto valiente y noble por parte de la concubina, ¿no crees? —Becka asintió ligeramente con la cabeza. Tía Estée suspiró—. Todos debemos hacer sacrificios para ayudar a los demás —dijo, con voz reconfortante—. Los hombres deben hacer sacrificios en la guerra, y las mujeres deben hacer sacrificios por otros caminos. Así es como se dividen las cargas. Ahora podemos darnos un pequeño capricho para levantar los ánimos. He traído unas galletas de avena. Chicas, podéis socializar.

Nos quedamos sentadas, comiendo las galletas de avena.

—No seas tan cría —le susurró Shunammite a Becka—. Es sólo una historia.

Becka no pareció oírla.

—Nunca jamás voy a casarme —murmuró, casi como si se hiciera una promesa.

—Claro que sí —zanjó Shunammite—. Todo el mundo se casa.

—No todo el mundo —me dijo Becka, sólo a mí.

15

Unos meses después de la boda de Paula y mi padre, nuestra casa recibió a una Criada. Se llamaba Dekyle, dado que mi padre era el Comandante Kyle.

—Antes habrá tenido otro nombre —dijo Shunammite—. El de algún otro hombre. Se las van pasando hasta que tienen un bebé. Todas son unas fulanas, de todos modos; no tienen nombres de verdad.

Shunammite me dijo que una fulana es una mujer que había ido con más hombres aparte de su esposo. Aunque no sabíamos muy bien qué significaba eso de «ir con».

Y las Criadas debían de ser doblemente fulanas, decía Shunammite, porque ni siquiera estaban casadas. Pero no había que ser grosero con las Criadas o llamarlas fulanas, decía Tía Vidala, enjugándose la nariz, porque desempeñaban un servicio a la comunidad a modo de expiación, y todos debíamos estarles agradecidos por eso.

—No veo por qué ser una fulana es prestar un servicio —susurró Shunammite.

—Por los bebés —contesté susurrando también—. Las Criadas pueden hacer bebés.

—Y algunas otras mujeres también pueden, y no son fulanas —aclaró Shunammite.

Era verdad, algunas Esposas podían tener bebés, y algunas Econoesposas también: las habíamos visto, con sus vientres redondos. Sin embargo, la mayoría de las mujeres no. Toda mujer deseaba tener un bebé, aseguraba Tía Estée. Toda mujer que no fuese una Tía o una Martha. Porque si no eras una Tía o una Martha, decía Tía Vidala, ¿cuál era tu fin terrenal si no tenías un bebé?

La llegada de esa Criada significaba que mi madrastra, Paula, quería tener un bebé, porque no me consideraba hija suya: Tabitha era mi madre. Pero ¿y el Comandante Kyle? No parecía que tampoco me tuviese por una hija. Era como si me hubiera vuelto invisible para ambos. Me miraban, pero no me veían; sólo veían la pared.

Cuando la Criada entró en nuestra casa, me faltaba poco para ser mujer, de acuerdo con los estándares de Gilead. Cada vez estaba más alta, la cara se me había alargado y la nariz me había crecido. Tenía las cejas más oscuras, aunque no orugas peludas como las de Shunammite ni tan finas como las de Becka, sino curvadas en dos arcos, y las pestañas también oscuras. Mi pelo, más abundante, había pasado del rubio ceniza a un castaño lustroso. Me sentía a gusto con esos cambios, y miraba mi nueva cara en el espejo, ladeando la cabeza para verme desde todos los ángulos, a pesar de las advertencias en contra de la vanidad.

Más alarmante era cómo se me estaban hinchando los pechos y empezaba a brotar vello en zonas de mi cuerpo en las que no había que recrearse: las piernas, las axilas y la parte vergonzosa con tantos nombres evasivos. Así era como las chicas dejaban de ser flores preciosas y se transformaban en criaturas mucho más tentadoras.

Nos habían preparado para esos cambios en la escuela: Tía Vidala dedicó una serie de charlas a presentar ilustraciones vergonzosas destinadas a informarnos acerca del papel y las obligaciones de una mujer respecto a su cuerpo —el papel de una mujer casada—, pero no fueron ni muy informativas ni tranquilizadoras. Cuando Tía Vidala preguntó si había alguna duda, nadie levantó la mano, porque ¿por dónde empezar? Quise preguntar por qué las cosas tenían que ser así, pero sabía la respuesta de antemano: porque era la voluntad de Dios. Con esa respuesta las Tías se escabullían siempre de cualquier apuro.

Pronto empezaría a sangrar entre las piernas: a muchas chicas de la escuela ya les había ocurrido. ¿Por qué Dios lo había dispuesto de ese modo? Desde luego tenía un interés especial en la sangre, como bien sabíamos por los versículos de las Escrituras que nos leían en clase: sangre, purificación, más sangre, más purificación, derramamiento de sangre para purificar a los impuros, aunque debías evitar que te manchara las manos. La sangre corrompía, y en particular si provenía de las chicas, a pesar de que hubo un tiempo en que a Dios le gustaba derramarla sobre sus altares. Sin embargo, había renunciado a eso, decía Tía Estée, en favor de la fruta, las hortalizas, el sufrimiento silencioso y las buenas acciones.

Empecé a comprender que el cuerpo de la mujer era una gran trampa sinuosa. Si había un agujero servía para que algo entrara y algo saliera por allí, y eso valía para cualquier tipo de agujero: un agujero en la pared, un agujero en una montaña, un agujero en el suelo. A ese cuerpo de mujer se le podían hacer tantas fechorías y le podían suceder tantas desgracias, que llegué a pensar que prefería no crecer. Me planteé que si dejaba de comer me encogería, y durante un día entero no probé bocado, pero pasé tanta hambre que no pude perseverar en mi propósito y fui a la cocina en mitad de la noche y me comí las sobras del pollo que saqué de la olla del caldo.

• • •

La efervescencia de mi cuerpo no era la única preocupación que me rondaba: en la escuela mi prestigio había caído. Las otras chicas ya no me trataban con deferencia ni se esforzaban por halagarme. Cortaban en seco la conversación cuando me acercaba y me lanzaban miradas recelosas. Algunas incluso me daban la espalda. Becka no actuó así, seguía ingeniándoselas para sentarse a mi lado, pero mantenía la vista al frente y no me daba la mano a hurtadillas por debajo del pupitre.

Shunammite aseguraba que seguía siendo mi amiga, en parte porque no gozaba de popularidad entre las demás, sin duda, pero ahora era ella quien me hacía un favor concediéndome su amistad, y no al revés. Todas esas cosas me dolían, pero no entendía aún por qué el ambiente se había enrarecido.

En cambio, las otras sí lo sabían. Debía de haber corrido la voz, de boca en boca: mi madrastra, Paula, lo habría dicho, y pasó por nuestras Marthas, que se fijaban en todo, y luego de ellas a las otras Marthas que se encontraban cuando iban a hacer los recados, y luego de esas Marthas a las Esposas, y de las Esposas a sus hijas, mis compañeras de colegio.

¿Cuál era el rumor? En parte, que yo había perdido el favor de mi poderoso padre. Mi madre, Tabitha, había sido mi protectora, pero ahora ya no estaba, y mi madrastra no me quería bien. En casa me ignoraba, o me soltaba un ladrido: «¡Recoge eso!», «¡Ponte derecha!». Yo procuraba apartarme de su vista todo lo posible, pero incluso la puerta cerrada de mi cuarto debía de parecerle una afrenta. Debía de saber que me escondía tras esa puerta con pensamientos corrosivos.

Pero el desplome de mi valor iba más allá de que hubiese perdido el favor de mi padre. Circulaba una novedad, una noticia que me haría mucho daño.

• • •

Siempre que había que contar un secreto, y más si era impactante, a Shunammite le encantaba ser la mensajera.

—¿A que no adivinas de qué me he enterado? —me dijo un día mientras comíamos los bocadillos del almuerzo. Era una mañana soleada: nos dieron permiso para hacer pícnic al aire libre, en los jardines de la escuela. El recinto estaba rodeado por una verja alta, rematada con alambre de cuchillas, y había dos Ángeles custodiando la puerta, que permanecía cerrada salvo cuando los coches de las Tías entraban o salían, así que estábamos totalmente a salvo.

—¿De qué? —dije. Los bocadillos eran de una mezcla de queso artificial que había sustituido el queso de verdad en los tentempiés de la escuela, porque el queso de verdad lo necesitaban nuestros soldados. El sol dejaba sentir su calor, el césped estaba mullido, ese día había salido de casa sin que Paula me viera, y en ese momento me sentía casi contenta con mi vida.

—Tu madre no era tu verdadera madre —dijo Shunammite—. Te separaron de tu verdadera madre porque era una fulana. Pero no te preocupes, no es culpa tuya, porque eras demasiado pequeña para saberlo.

Se me hizo un nudo en el estómago. Escupí en el césped el bocado que acababa de dar.

—¡Eso no es verdad! —negué casi a gritos.

—Cálmate —dijo Shunammite—. Ya te he dicho que no es culpa tuya.

—No te creo —dije.

Shunammite me miró con una sonrisa de lástima, disfrutando.

—Es la verdad. Mi Martha se enteró de toda la historia por tu Martha, y ella se enteró por tu nueva madrastra. Las Esposas saben ese tipo de cosas: algunas consiguieron a sus hijos de esa manera. A mí no, desde luego, yo nací como es debido.

En ese instante, la odié con toda mi alma.

—Entonces, ¿dónde está mi verdadera madre? —exigí—. ¡Ya que eres tan sabelotodo! —Eres mala, malísima, quise decirle. De pronto me di cuenta de que me había traicionado: antes de contármelo a mí, se lo había contado a las otras chicas. Por eso se mostraban tan distantes: estaba deshonrada.

—No lo sé, puede que esté muerta —dijo Shunammite—. Pretendía sacarte de Gilead clandestinamente, estaba intentando huir por un bosque, iba a llevarte al otro lado de la frontera. Pero consiguieron capturarla y te rescataron. ¡Por suerte para ti!

—¿Quién me rescató? —pregunté con un hilo de voz.

Shunammite continuaba masticando mientras me contaba esa historia. Observé aquella boca por la que estaba emergiendo mi sentencia. Tenía restos anaranjados de sucedáneo de queso entre los dientes.

—Ya sabes quién, ellos. Los Ángeles y los Ojos y ellos. Te rescataron y te entregaron a Tabitha porque ella no podía tener un bebé. Te hicieron un favor. Ahora tienes un hogar mucho mejor que con esa fulana.

La revelación se apoderó poco a poco de mi cuerpo como una parálisis. La historia que Tabitha solía contarme, que me había rescatado y había huido de las brujas malvadas, en parte era cierta. Pero no había sido la mano de Tabitha la que me llevaba, sino la mano de mi verdadera madre: mi verdadera madre, la fulana. Y no eran brujas quienes nos perseguían, sino hombres. Seguramente armados, porque esos hombres suelen llevar armas.

Tabitha me eligió, sí. Me eligió entre todos los otros niños arrancados a sus madres y sus padres. Me eligió, y me acogió. Me quiso. Esa parte era real.

Pero ahora ya no tenía madre, porque ¿dónde estaba la verdadera? Y tampoco tenía padre: el Comandante Kyle no guardaba más relación conmigo que el hombre de la luna. Había tolerado mi presencia únicamente porque era el proyecto de Tabitha, su juguete, la niña de sus ojos.

No era de extrañar que Paula y el Comandante Kyle quisieran una Criada: querían un hijo de verdad, en vez de a mí. Yo no era hija de nadie.

Shunammite continuó masticando mientras contemplaba con satisfacción cómo asimilaba el mensaje.

—Daré la cara por ti —dijo, con su voz más santurrona y embustera—. Eso no cambia en nada tu alma. Tía Estée dice que todas las almas son iguales en el cielo.

Sólo en el cielo, pensé. Y esto no es el cielo. Esto es un lugar de serpientes y escaleras, y aunque una vez estuve en lo alto de una escalera apoyada en el Árbol de la Vida, ahora he resbalado hasta ser una serpiente. ¡Cómo se alegran las demás de ser testigos de mi caída! No me extraña que Shunammite no pudiera resistirse a propagar una noticia tan siniestra y jugosa. Pude oír ya las burlas a mis espaldas: «Fulana, fulana, la hija de una fulana.»

Tía Vidala y Tía Estée debían de saberlo también. Siempre lo habían sabido. Era uno de esos secretos que las Tías conocían. De ahí nacía su poder, según las Marthas, de conocer secretos.

Y Tía Lydia, que, ceñuda y sonriente, con su feo uniforme marrón, presidía todas las aulas de nuestras escuelas desde su retrato enmarcado en oro, debía de saber más secretos que nadie, porque era la que tenía mayor poder. ¿Qué diría Tía Lydia del apuro en el que me encontraba? ¿Me ayudaría? ¿Entendería mi tristeza, me salvaría? Pero... ¿sería Tía Lydia una persona de carne y hueso? Nunca la había visto. Quizá era como Dios, real pero irreal al mismo tiempo. ¿Y si rezara a Tía Lydia por las noches, en vez de rezar a Dios?

Esa semana lo intenté, pero la idea de rezar a una mujer parecía impensable, así que no volví a hacerlo más.

16

Pasé el resto de aquella espantosa tarde como sonámbula. Estábamos bordando juegos de pañuelos en punto de cruz para las Tías, flores con la misma inicial de sus nombres: equinácea para Elizabeth, hortensias para Helena, violetas para Vidala. Empecé a bordar lilas para Lydia y me pinché con una aguja hasta la mitad del dedo, aunque no me habría enterado de no ser por Shunammite.

—Hay sangre en tu labor —me dijo.

Gabriela, una chica escuálida y deslenguada que ahora era tan popular como yo había sido porque su padre había ascendido a disponer de tres Marthas, susurró:

—A lo mejor al fin le ha venido el periodo y le sale por el dedo.

Y todas se rieron, porque a la mayoría ya les había venido, incluso a Becka. Tía Vidala oyó las risas y levantó la vista de su libro.

—Basta de jolgorio —dijo.

Tía Estée me llevó al lavabo y me ayudó a enjuagarme la sangre de la mano, y luego me aplicó una venda en el dedo, pero el pañuelo bordado hubo que ponerlo a remojo en agua fría, que era como nos habían enseñado que se quitaba la sangre, sobre todo de la ropa blanca. Limpiar la sangre era algo que como Esposas debíamos saber, decía Tía Vidala, pues estaría dentro de nuestras obligaciones: tendríamos que supervisar a nuestras Marthas para asegurarnos de que la ropa quedaba como es debido. Quitar las manchas de sangre y otros fluidos corporales era parte del deber de una mujer al cuidar de los suyos, en especial de los niños de corta edad y de los ancianos, decía Tía Estée, que siempre mostraba las cosas bajo una luz positiva. Éste era un talento que poseían las mujeres gracias a su mentalidad especial, que no era una mentalidad dura y centrada como la de los hombres, sino tierna y húmeda y cálida y envolvente como... ¿Como qué? No acabó la frase.

Como el barro al sol, pensé. Eso era lo que había dentro de mi cabeza: barro derretido.

—¿Te ocurre algo, Agnes? —me preguntó Tía Estée después de limpiarme el dedo. Le dije que no—. Entonces ¿por qué estás llorando, cariño mío?

Al parecer era cierto: me brotaban lágrimas de los ojos, de mi cabeza de barro deshecho, a pesar de mis esfuerzos por contenerlas.

—¡Porque duele! —dije, sollozando ahora. No preguntó qué me dolía, aunque supongo que sabía que en realidad no era el pinchazo del dedo. Me pasó un brazo por los hombros y me estrechó con delicadeza.

—Hay tantas cosas que duelen... —dijo—. Pero debemos intentar estar alegres. A Dios le gusta la alegría. Le gusta que apreciemos las cosas bonitas del mundo. —Oíamos mucho hablar de lo que a Dios le gustaba y le disgustaba a través de lo que nos enseñaban las Tías, sobre todo Tía Vidala, que parecía mantener un trato muy estrecho. Shunammite una vez dijo que iba a preguntarle a Tía Vidala qué le gustaba a Dios para desayunar, para escándalo de las chicas más timoratas, pero al final no lo hizo.

Me pregunté qué pensaría Dios de las madres, tanto de las de verdad como de las de mentira. Pero sabía que no serviría de nada interrogar a Tía Estée acerca de mi verdadera madre y de cómo Tabitha me había elegido, o ni siquiera de la edad que yo tenía entonces. Las Tías en la escuela evitaban hablarnos de nuestros padres.

Cuando llegué a casa ese día, arrinconé a Zilla en la cocina, donde la encontré haciendo galletas, y le repetí todo lo que Shunammite me había contado en el almuerzo.

—Tu amiga tiene la lengua muy larga —fue su contestación—. Debería mantenerla guardada. —Palabras inusualmente ásperas, viniendo de ella.

—¿Es verdad? —dije. Aún me agarraba a la esperanza de que negaría la historia de plano.

Suspiró.

—¿Quieres ayudarme a hacer galletas?

Pero yo ya era mayorcita para que me sobornaran con esas naderías.

—Dímelo —le pedí—. Por favor.

—Bien —dijo—. Según tu nueva madrastra, sí. Esa historia es cierta. O una que se le parece.

—O sea que Tabitha no era mi madre —dije, conteniendo las lágrimas que acudían de nuevo, manteniendo firme la voz.

—Depende de cómo entiendas lo que es una madre —dijo Zilla—. ¿Es tu madre la que te trae al mundo o la que más te quiere?

—No lo sé —le contesté—. ¿La que más te quiere, quizá?

—Entonces Tabitha era tu madre —dijo Zilla, cortando las galletas—. Y nosotras, las Marthas, también somos tus madres, porque también te queremos. Aunque tal vez no siempre te des cuenta. —Levantó las galletas redondas con la espátula de las tortitas y las colocó sobre la bandeja de hornear—. Todas deseamos lo mejor para ti.

Eso me hizo recelar un poco, porque Tía Vidala también decía a menudo que deseaba lo mejor para nosotras, en general antes de imponer un castigo. Le gustaba pellizcarnos en las pantorrillas, donde no se vieran las marcas, y a veces más arriba, pidiendo que nos inclináramos y nos levantáramos la falda. En alguna ocasión castigaba a alguna chica delante de toda la clase.

—¿Qué le pasó? —pregunté—. A mi otra madre, la que corría por el bosque, cuando a mí se me llevaron, ¿qué le pasó?

—No lo sé, de verdad —dijo Zilla sin mirarme, introduciendo las galletas en el horno caliente. Quise preguntarle si podría comer una cuando las sacara, me encantaban las galletas recién horneadas, pero pensé que era una pregunta infantil en medio de una conversación tan seria.

—¿Le dispararon? ¿La mataron?

—Oh, no —dijo Zilla—. Eso seguro que no.

—¿Cómo lo sabes?

—Porque podía tener bebés. Te tuvo a ti, ¿verdad? Eso demostraba que podía. Nunca matarían a una de esas mujeres, salvo que realmente no les quedara otro remedio. —Hizo una pausa para darme tiempo a comprender—. Probablemente miraran si la podían... Las Tías en el Centro Raquel y Lía rezarían con ella; al principio hablarían con ella, para ver si era posible que cambiara de opinión sobre ciertas cosas.

En la escuela se oía hablar del Centro Raquel y Lía, aunque no eran más que rumores vagos: ninguna de nosotras sabía qué pasaba allí dentro. En cualquier caso, el mero hecho de tener a un corro de Tías rezando por ti sonaba estremecedor. No todas eran tan dulces como Tía Estée.

—¿Y si no lograron que cambiara de opinión? —pregunté—. ¿La habrían matado? ¿Puede que esté muerta?

—Descuida, no me cabe duda de que la convencieron —dijo Zilla—. Son buenas en eso. Saben cómo moldear los corazones y las mentes.

—Entonces, ¿dónde está mi madre ahora, la de verdad, la otra? —Me pregunté si esa madre se acordaría de mí. Debía de recordarme. Debía de quererme, o no habría intentado huir conmigo.

—Ninguna de nosotras lo sabemos, cariño —dijo Zilla—. Cuando pasan a ser Criadas pierden su antiguo nombre, y con esos trajes que se ponen apenas se les ve la cara. Todas parecen iguales.

—¿Es una Criada? —pregunté. Era verdad, entonces, lo que había dicho Shunammite—. ¿Mi madre?

—Eso es lo que hacen, en el Centro —dijo Zilla—. Las convierten en Criadas, de una u otra manera. A las que apresan. Y ahora dime, ¿te apetece una galletita caliente? No me queda mantequilla, pero si quieres le pongo un poco de miel encima.

Le di las gracias. Me comí la galleta. Mi madre era una Criada. Por eso Shunammite decía que era una fulana. Todo el mundo sabía que las Criadas habían sido fulanas en otros tiempos. Y luego seguían siéndolo, aunque de otra manera.

A partir de entonces nuestra nueva Criada empezó a fascinarme. Cuando llegó no le había prestado atención, siguiendo las indicaciones que me dieron: era lo más caritativo, me explicó Rosa, porque si tenían un bebé, enseguida las trasladaban a otro sitio, y si no tenían un bebé, las trasladaban de todos modos, pero en ningún caso se quedaban mucho tiempo en una casa. A las Criadas no les convenía crear vínculos, en especial si había pequeños en la familia, porque al final iban a tener que renunciar a esos apegos y era de imaginar el disgusto que suponía.

Así que me había mantenido alejada de Dekyle, fingiendo no verla cuando entraba en la cocina silenciosamente con su vestido rojo a buscar el cesto de la compra para ir a dar su paseo. Todas las Criadas iban a dar un paseo cada día, de dos en dos; las veías caminando en tándem por las aceras. Nadie las molestaba o les dirigía la palabra o las tocaba, porque eran, en cierto sentido, intocables.

Sin embargo, ahora miraba a Dekyle con el rabillo del ojo siempre que se me presentaba la oportunidad. Tenía una cara pálida y ovalada, inexpresiva: dejaba tan poca huella como una mano enguantada. Yo sabía poner esas caras inexpresivas, y por eso no creía que debajo no hubiera nada. Dekyle había dejado atrás toda una vida. ¿Qué aspecto tenía cuando era una fulana? Las fulanas se iban con más de un hombre, ¿con cuántos hombres se había ido? ¿Qué significaba exactamente eso de ir con hombres, y qué clase de hombres eran? ¿Había dejado asomar por la ropa partes de su cuerpo? ¿Había llevado pantalones, como un hombre? Eso era tan pecaminoso que me parecía inimaginable, pero si lo había hecho... ¡Qué osadía! Sin duda había sido muy diferente de como era ahora. Sin duda había derrochado energía.

Me acercaba a la ventana para verla cuando salía de paseo, alejándose por el sendero del jardín hasta la cancela de la entrada. Luego me quitaba los zapatos, iba de puntillas por el pasillo y me colaba en su habitación, que estaba en la parte de atrás de la casa, en la tercera planta. Era una habitación mediana, con cuarto de baño propio. Tenía una alfombra trenzada; en la pared había un cuadro de flores azules en una vasija que antes era de Tabitha.

Mi madrastra había puesto el cuadro allí para perderlo de vista, supongo, porque estaba desterrando de las partes visibles de la casa cualquier cosa que pudiera hacer que su nuevo marido recordara a la primera Esposa. Paula no lo hacía abiertamente, era más sutil, y movía o descartaba los objetos de uno en uno, pero a mí no se me escapaba lo que pretendía. Y era una razón más para que no me gustara. ¿Por qué andarse con pelos en la lengua? Ya no tengo necesidad. No sólo no me gustaba, es que la odiaba. El odio es un sentimiento atroz porque te hiela el alma, Tía Estée nos lo había explicado, pero aunque no me enorgullece admitirlo y rezaba pidiendo perdón, odio es lo que sentía.

Una vez que entraba en el cuarto de nuestra Criada y cerraba la puerta sin hacer ruido, empezaba a fisgonear. ¿Quién era en realidad? ¿Y si resultaba ser mi madre desaparecida? Sabía que eran fantasías mías, pero me sentía tan sola que imaginaba cómo sería la escena si resultaba ser verdad. Nos lanzaríamos una en brazos de la otra, felices de reencontrarnos, y luego... ¿qué? No se me ocurría cómo continuar la historia, aunque me hacía una vaga idea de que habría problemas.

No hallé nada en el cuarto de Dekyle que me diera ninguna pista sobre ella. Sus vestidos rojos estaban colgados en el armario en una hilera ordenada, sus mudas de ropa interior blanca y sencilla y sus camisones con forma de saco permanecían doblados con esmero en los estantes. Tenía un segundo par de zapatos de caminar, y una capa y una toca blanca de recambio. Tenía un cepillo de dientes con el mango rojo. Había una maleta en la que había traído esas cosas, pero estaba vacía.

17

Por fin nuestra Criada se quedó embarazada. Lo supe antes de que me lo dijeran, porque en lugar de tratarla como a un perro desamparado al que acogieran por lástima, las Marthas empezaron a atenderla y a servirle raciones más abundantes de comida y a poner un jarrito con flores en su bandeja del desayuno. En mi obsesión con ella, ese tipo de detalles no se me escapaban.

Me quedaba escuchando a las Marthas hablar entusiasmadas en la cocina cuando creían que no estaba, aunque no siempre podía oír lo que decían. Cuando estaba con ellas me daba cuenta de que Zilla sonreía mucho para sus adentros y de que Vera se esforzaba por bajar la voz como si estuviera en la iglesia. Incluso a Rosa se la veía muy ufana, como si se hubiera comido una naranja deliciosa pero no quisiera contárselo a nadie.

Y por supuesto Paula, mi madrastra, estaba radiante. Era más amable conmigo en esas ocasiones en que nos encontrábamos las dos en la misma habitación, que no eran frecuentes si yo podía evitarlo. Desayunaba a la carrera en la cocina antes de que me llevaran a la escuela, y abandonaba cuanto antes la mesa después de la cena, excusándome con que tenía deberes: una labor de punto de cruz o de tejer o de costura, un dibujo por terminar, una acuarela que debía pintar. Paula nunca ponía reparos: no tenía más necesidad de verme que yo a ella.

—Dekyle está embarazada, ¿verdad? —le pregunté a Zilla una mañana. Intenté parecer espontánea, por si me equivocaba. Pillé a Zilla con la guardia baja.

—¿Y tú cómo te has enterado? —saltó.

—No estoy ciega —dije con un tono de superioridad que debía de ser irritante. Estaba en esa edad.

—Mejor será que no comentes nada —dijo Zilla— hasta que pase el tercer mes. Los tres primeros meses son de riesgo.

—¿Por qué? —pregunté. En realidad no sabía demasiado, a pesar de las diapositivas sobre los fetos que nos pasó Tía Vidala con sus continuos moqueos.

—Porque si es un No Bebé, entonces es cuando podría... cuando podría nacer antes de tiempo —dijo Zilla—. Y se moriría.

Sabía qué eran los No Bebés: aunque no nos los enseñaban en clase, corrían rumores. Y se decía que había muchos. La Criada de Becka había dado a luz a una niña que nació sin cerebro. La pobre Becka se llevó un disgusto, porque deseaba una hermana. «Estamos rezando por ello —había dicho Zilla entonces—. Por ella.» No se me escapó el matiz.

Supongo que, pese a todo, Paula dejó caer entre las otras Esposas que Dekyle estaba embarazada, porque mi prestigio en la escuela de repente se disparó de nuevo. Shunammite y Becka competían por mi atención, igual que antes, y las otras chicas me trataban con deferencia, como si tuviera un aura invisible.

Un bebé en camino daba lustre a todas las personas de la casa. Era como si un halo dorado nos envolviera, y el halo se hiciera más brillante y dorado con el paso del tiempo. Cuando se cumplieron los tres primeros meses hubo una fiesta informal en la cocina y Zilla preparó un pastel. En cuanto a nuestra Criada, Dekyle, me pareció entrever que su rostro delataba más alivio que alegría.

En medio de este júbilo contenido, mi presencia era una nube negra. Ese bebé desconocido que Dekyle llevaba en su vientre estaba acaparando todo el cariño, y no parecía quedar nada para mí. Estaba sola. Y estaba celosa: ese bebé tendría una madre, y yo nunca la tendría. Incluso las Marthas se apartaban de mí hacia la luz que irradiaba el vientre de Dekyle. Me avergüenza reconocerlo —¡celosa de un bebé!—, pero era la verdad.

Fue en ese momento cuando tuvo lugar un suceso que más valdría enterrar en el olvido, pero que marcó la decisión que pronto tomaría. Ahora que soy mayor y he visto más mundo, entiendo que pueda parecer un episodio sin trascendencia, pero yo era una niña de Gilead y no me había visto expuesta a esa clase de situaciones, de modo que para mí no fue un incidente trivial. Al contrario, me horrorizó. Y fue humillante: cuando te hacen algo vergonzoso, esa vergüenza te marca. Te sientes manchada.

El preludio fue menor: necesitaba ir al dentista, a hacerme la revisión anual. Me visitaba el padre de Becka, el doctor Grove. Era el mejor dentista, según Vera: todos los Comandantes y sus familias acudían a su consultorio, en el Edificio de las Bendiciones de la Salud, exclusivo para clínicas de médicos y dentistas. En la fachada había una imagen de un corazón y un diente sonrientes.

Siempre me había acompañado a las visitas del médico o del dentista una de las Marthas, y se quedaba en la sala de espera, porque era lo apropiado, solía decir Tabitha sin explicar por qué, pero Paula dijo que bastaría con que el Guardián me llevara en el coche, porque con tanto por hacer en casa y todos los cambios para los que había que prepararse —se refería al bebé—, era una pérdida de tiempo mandar a una Martha.

No me importó. Es más, ir sola me hizo sentir muy mayor. Me puse bien erguida en el asiento trasero del coche, detrás de nuestro Guardián. Luego entré en el edificio y pulsé el botón del ascensor con tres dientes dibujados, me bajé en la planta correcta y llegué a la puerta correcta, y aguardé en la sala de espera mirando las imágenes de dientes transparentes en la pared. Cuando llegó mi turno pasé a la consulta, como me pidió el recepcionista, el señor William, y me acomodé en el sillón reclinable. Entró el doctor Grove, y el señor William trajo mi historia clínica y salió y cerró la puerta, y el doctor Grove echó un vistazo a mi historia, me preguntó si tenía alguna molestia en la dentadura, y le dije que no.

Me hurgó en la boca con sus utensilios puntiagudos y sondas y su espejito, como de costumbre. Y como de costumbre, vi sus ojos de cerca, aumentados por las gafas, unos ojos azules e inyectados en sangre, con párpados de piel de elefante, y procuré no inhalar cuando él exhalaba porque le olía el aliento, como de costumbre, a cebolla. Era un hombre de mediana edad, sin nada de particular.

Se quitó los guantes elásticos sanitarios y se lavó las manos en el lavabo, que estaba a mi espalda.

—Unos dientes perfectos. Perfectos —dijo. Luego añadió—: Vas a ser una chica sana y fuerte, Agnes.

Y entonces puso una mano sobre uno de mis pechos incipientes. Era verano, así que llevaba el uniforme de verano de la escuela, que era rosa y de algodón fino.

Me quedé paralizada de la impresión. Así que era verdad todo lo que nos contaban de los hombres y sus impulsos fogosos, arrasadores. Quise que me tragara la tierra, ¿qué debía decir? No lo sabía, así que hice como si nada ocurriera.

El doctor Grove estaba de pie detrás de mí, o sea que era su mano izquierda sobre mi pecho izquierdo. No podía ver el resto de su cuerpo, sólo su mano, que era grande y con vello pelirrojo en el dorso. Estaba tibia. Se posaba sobre mi pecho como un cangrejo grande y caliente. Yo no sabía qué hacer. ¿Debía agarrarle la mano y apartársela de mi pecho, o eso desataría aún más su lujuria ardiente? ¿Debía intentar huir? Entonces la mano me estrujó el pecho. Los dedos encontraron el pezón y lo pellizcaron. Fue como si me clavaran un alfiler. Eché el torso hacia delante, sabiendo que debía levantarme de aquel sillón cuanto antes, pero la mano me inmovilizaba. De repente me soltó, y entonces vi aparecer otra parte del doctor Grove.

—Ya va siendo hora de que veas una de éstas —dijo, con la misma voz neutra que empleaba para todo—. Pronto tendrás una dentro. —Me agarró la mano derecha y la colocó en aquella parte suya.

No creo que haga falta contar lo que ocurrió a continuación. Tenía una toalla a mano. Se limpió y volvió a guardarse el apéndice dentro de los pantalones.

—¿Ves? —dijo—. Buena chica. No te he hecho daño. —Me dio una palmadita paternal en el hombro—. No olvides cepillarte dos veces al día, y pasarte el hilo dental. El señor William te dará un cepillo de dientes nuevo.

Salí del consultorio con el estómago revuelto. El señor William estaba en la sala de espera, con su cara impasible de hombre discreto de treinta años. Me ofreció un cuenco lleno de cepillos de dientes nuevos rosas y azules. Sabía que debía elegir uno rosa.

—Gracias —le dije.

—De nada —contestó el señor William—. ¿Alguna caries?

—No —dije—. Esta vez no.

—Bien —dijo el señor William—. Si no tomas dulces, quizá nunca tengas ninguna. Nada de picaduras. ¿Te encuentras bien?

—Sí —dije—. ¿Dónde estaba la puerta?

—Te veo pálida. Hay gente que tiene miedo de los dentistas. —¿Se estaba burlando? ¿Sabía lo que acababa de ocurrir?

—No estoy pálida —dije, absurdamente; ¿cómo podía afirmar que no estaba pálida? Encontré el picaporte de la puerta y salí a toda prisa, llegué al ascensor y pulsé el botón para bajar.

¿Iba a pasarme lo mismo cada vez que fuera al dentista? No podría negarme a volver a la consulta del doctor Grove sin decir por qué, y si decía por qué sabía que me metería en problemas. Las Tías en la escuela nos enseñaban que debías acudir a alguien con autoridad —refiriéndose a ellas mismas— si algún hombre te tocaba de manera inapropiada, pero no éramos tan estúpidas como para armar un escándalo, y menos si se trataba de un hombre respetado como el doctor Grove. Además, ¿qué pasaría con Becka si decía eso sobre su padre? Quedaría humillada, quedaría devastada. Sería una traición terrible.

Algunas chicas habían denunciado esas cosas. Una contó que su Guardián le había manoseado las piernas. Otra dijo que un Econo recolector de basura se había bajado la cremallera de los pantalones delante de ella. A la primera chica le azotaron la parte posterior de los muslos por mentir; a la segunda, le dijeron que las buenas chicas no se fijaban en las groserías de los hombres, simplemente miraban hacia otro lado.

Sin embargo, yo no pude mirar hacia otro lado. No había otro lado adonde mirar.

—No quiero cenar —le dije a Zilla en la cocina. Me observó con suspicacia.

—¿Ha ido bien la visita con el dentista, cariño? —preguntó—. ¿Alguna caries?

—No —contesté. Probé una sonrisa lánguida—. Tengo unos dientes perfectos.

—¿Te encuentras mal?

121

—Quizá me he resfriado —dije—. Sólo necesito acostarme.

Zilla me preparó una infusión caliente con limón y miel y me la llevó a mi cuarto en una bandeja.

—Debería haberte acompañado —me dijo—. Pero es el mejor dentista. Todo el mundo lo dice.

Zilla lo sabía. O lo sospechaba. Me estaba advirtiendo que no dijera nada. Ése era el tipo de lenguaje en clave que usaban. O usábamos, mejor dicho. ¿Paula también lo sabía? ¿Había previsto que algo así pudiera ocurrirme en la consulta del doctor Grove? ¿Por eso me mandó sola? Llegué a la conclusión de que sí. Lo había hecho a propósito para que me pellizcaran el pecho y me pusieran delante aquel miembro impuro. Quería que me profanaran. Ésa era una palabra de la Biblia: «profanada». Seguro que se estaba riendo maliciosamente de su travesura, porque comprendí que para ella sería sólo eso, una travesura.

A partir de ese momento dejé de rezar pidiendo perdón por el odio que sentía hacia ella. Era justo odiarla. Y me prometí esperar siempre lo peor de ella.

18

Pasaron los meses; mi vida de andar de puntillas y escuchar a escondidas continuó. Me esforcé para ver sin ser vista y oír sin ser oída. Descubrí las rendijas de los marcos y las puertas entrecerradas, los puestos de escucha en pasillos y escaleras, los lugares donde las paredes eran más finas. La mayoría de las cosas que oía me llegaban fragmentadas, e incluso a través de los silencios, pero aprendí a encajar esos fragmentos y completar lo que no se decía en una frase.

Dekyle, nuestra Criada —o su vientre— engordaba sin parar, y cuanto más engordaba, más euforia había en nuestra casa. Las mujeres estaban eufóricas, quiero decir; resultaba difícil saber lo que sentía el Comandante Kyle. Siempre había tenido cara de palo, y de todos modos no estaba bien que los hombres expresaran sus emociones con efusividad, llorando o incluso riendo a carcajadas; aunque risas no faltaban tras las puertas cerradas del comedor cuando recibía a sus grupos de Comandantes para cenar, y los agasajaba con vino y alguno de los postres festivos con nata montada, si la había, que Zilla preparaba tan bien. Pero supongo que incluso él estaba moderadamente entusiasmado al ver a Dekyle hinchada como un globo.

A veces me abstraía pensando qué sintió mi propio padre cuando supo que iba a nacer. De mi madre tenía algunas nociones —había huido conmigo, las Tías la habían convertido en Criada—, pero de mi padre no sabía nada. Debía de tener uno, todo el mundo lo tenía. Cabría esperar que hubiera llenado el vacío con imágenes idealizadas de él, pero no, el vacío seguía en blanco.

Dekyle era ahora toda una celebridad. Las Esposas enviaban a sus Criadas a casa con alguna excusa —pedir un huevo prestado, devolver un cuenco—, pero en realidad era para saber cómo se encontraba. Las hacían pasar, y mandaban llamar a Dekyle para que bajara y pudieran ponerle las manos en el vientre redondo y sentir las pataditas del bebé. Era increíble ver la expresión de sus caras mientras seguían ese ritual: Maravilla, como si asistieran a un milagro. Esperanza, porque si Dekyle podía hacerlo, ellas también. Envidia, porque aún no lo habían hecho. Anhelo, porque lo deseaban con todas sus fuerzas. Desesperación, porque quizá nunca lo consiguieran. Nadie me había hablado todavía de la suerte que corría una Criada cuando, a pesar de que la hubiesen juzgado fértil, demostraba ser estéril en todos los puestos adonde la destinaban, aunque intuía que no sería buena.

Paula invitó a tomar el té a las otras Esposas en numerosas ocasiones. La felicitaban, la admiraban y la envidiaban, y ella sonreía cortésmente y aceptaba sus felicitaciones con modestia, y decía que todas las bendiciones venían de arriba, y entonces le ordenaba a Dekyle que apareciera en el salón para que las Esposas pudieran verla con sus propios ojos y exclamar y hacer aspavientos. Incluso llamaban a Dekyle «querida», algo que nunca hacían al dirigirse a una Criada corriente, una con el vientre plano. Entonces le preguntaban a Paula qué nombre iba a ponerle a su bebé.

Su bebé. No el bebé de Dekyle. Me preguntaba qué pensaría Dekyle al respecto. Pero a ninguna de ellas le interesaba lo que pasara por la cabeza de una Criada, sólo les interesaba su vientre. Le daban palmaditas en la barriga y a veces incluso se acercaban a escucharla, y yo miraba escondida detrás de la puerta abierta del salón y observaba su cara por la rendija. Veía cómo intentaba mantener una expresión impasible como el mármol, pero no siempre lo conseguía. Su cara estaba más redonda que cuando llegó, estaba casi hinchada, y a mí me parecía que era por todas las lágrimas que no se permitía llorar. ¿Lloraba en secreto? A pesar de que me acercaba a su puerta cerrada y pegaba la oreja, nunca la oía.

En esos momentos de merodeos y acechos, me enfadaba. Una vez había tenido una madre, y me habían arrancado de los brazos de esa madre y entregado a Tabitha, igual que iban a arrancarle a Dekyle este bebé para entregárselo a Paula. Así se hacían las cosas, así eran las cosas y así debían ser para garantizar el futuro de Gilead: unos pocos debían hacer sacrificios por el bien de muchos. Las Tías lo habían acordado; lo predicaban; pero en el fondo yo sabía que no era justo.

Y sin embargo no podía condenar a Tabitha, aun sabiendo que había aceptado a una criatura robada. No tenía la culpa de que el mundo fuese como era, y había sido una madre para mí, y yo la había querido igual que ella a mí. Aún la quería, y quizá ella continuara queriéndome. ¿Quién sabe? Quizá su espíritu sutil me acompañaba, estaba conmigo, velando por mí. Me gustaba creer que seguía a mi lado.

Necesitaba creerlo.

Por fin llegó el Día de Nacimiento. Había vuelto a casa de la escuela, porque finalmente me había venido el periodo por primera vez y tenía muchos dolores. Zilla me había preparado una bolsa de agua caliente y me había dado friegas con salvia y una tisana calmante, y estaba acurrucada en la cama compadeciéndome de mí misma cuando oí la sirena del Nacimóvil acercándose por nuestra calle. Me levanté a duras penas y fui hasta la ventana: sí, el furgón rojo ya había cruzado la verja y las Criadas, por lo menos una docena, se apeaban del vehículo. No pude verles la cara, pero por cómo se movían, más rápido de lo normal, me di cuenta de que estaban excitadas.

Entonces empezaron a llegar los coches de las Esposas, y también ellas se apresuraron a entrar en nuestra casa con sus capas azules idénticas. Aparcaron dos coches más, de los que se bajaron las Tías. No reconocí a ninguna de las dos. Ambas eran mayores, y una llevaba un bolso negro con la insignia de las alas rojas, la serpiente enroscada y la luna, que indicaba el Servicio de Primeros Auxilios Médicos, división femenina. Algunas de las Tías estaban entrenadas en primeros auxilios y partos, aunque no pudieran ser médicos de verdad.

A mí no se me permitía presenciar un Nacimiento. Las niñas y las chicas jóvenes en edad de casarse —entre las que me contaba ahora que tenía el periodo— no debían ver o saber nada, porque esas imágenes y sonidos no eran apropiados para nosotras y podían herir nuestra sensibilidad, provocarnos rechazo o asustarnos. Ese conocimiento, denso y rojo, se reservaba a las mujeres casadas y las Criadas, y a las Tías, por supuesto, a fin de que pudiesen transmitirlo a las Tías que iban para comadronas. Aun así, evidentemente me puse una bata y unas chinelas, y subí hasta la mitad de la escalera que llevaba a la tercera planta, donde no me verían.

Las Esposas estaban abajo, tomando el té en el salón mientras esperaban el momento señalado. No sabía cuál era ese momento exactamente, pero las oía riendo y hablando sin parar. Estaban tomando champán junto con el té, como supe por las botellas y las copas vacías que vi más tarde en la cocina.

Las Criadas y las Tías designadas habían ido con Dekyle. No estaba en su cuarto, porque en esa habitación no habría entrado todo el mundo, sino en el dormitorio principal de la segunda planta. Se oían unos gemidos, un sonido animal, y las Criadas cantando —«*Empuja, empuja, empuja, inspira, inspira, inspira*»—, y cada tanto una voz angustiada que no reconocí, pero que debía de ser la de Dekyle, clamando «Ay, Dios», «Ay, Dios», ronca y oscura como si saliera de un pozo. Era aterrador. Sentada en la escalera, abrazándome, me eché a temblar. ¿Qué estaba ocurriendo? ¿A qué tortura, a qué suplicio la estaban sometiendo?

Esos lamentos se prolongaron largo rato, una eternidad. Oí pasos apresurados en el pasillo: las Marthas, en el trajín de llevar y traer lo que hiciera falta. Después, esa noche, entré en el lavadero y vi que entre otras cosas había sábanas y toallas empapadas de sangre. De pronto una de las Tías salió al pasillo y empezó a rugir por el Compucomunicador.

—¡Ahora mismo! ¡Tan rápido como pueda! ¡Tiene la presión muy baja! ¡Está perdiendo demasiada sangre!

Hubo un grito, y luego otro. Una de las Tías llamó por el hueco de la escalera a las Esposas.

—¡Vengan, enseguida!

Las Tías no solían chillar así. Pasos atropellados subiendo a toda prisa y entrando en la habitación.

—¡Oh, Paula! —dijo una voz.

Entonces se oyó otra sirena, una distinta. Comprobé el pasillo, no había nadie, y me escabullí a mi cuarto para mirar por la ventana. Un coche negro, con las alas rojas y la serpiente, pero rematadas en un triángulo dorado: un médico de verdad. Prácticamente saltó del coche, cerrando de un portazo, y subió corriendo las escaleras.

Oí que maldecía entre dientes.

—¡Mierda, mierda, mierda! ¡Mierda de Dios!

Eso por sí solo me electrizó: nunca había oído a un hombre decir nada parecido.

• • •

Fue un niño, un hijo sano para Paula y el Comandante Kyle. Lo llamaron Mark. Pero Dekyle murió.

Me senté con las Marthas en la cocina después de que las Esposas y las Criadas y todos los demás se hubieron marchado. Las Marthas estaban comiendo lo que había sobrado de la fiesta: emparedados con las cortezas cortadas, pastel, café de verdad. Me ofrecieron algunas exquisiteces, pero les dije que no tenía hambre. Me preguntaron por mis dolores menstruales; me encontraría mejor al día siguiente, dijeron, y al cabo de un rato se me pasaría, y de todos modos con el tiempo te acostumbrabas. Pero no era por eso por lo que no tenía apetito.

Tendrían que traer a una nodriza, dijeron: alguna de las Criadas que hubiera perdido un bebé. Eso, o biberón, aunque todo el mundo sabía que la leche de fórmula no era tan buena. Aun así, mantendría con vida al chiquitín.

—Pobrecita —dijo Zilla—, pasar todo eso para nada.

—Al menos se ha salvado el bebé —dijo Vera.

—Había que elegir —dijo Rosa—. La tuvieron que abrir en canal.

—Me voy a la cama —anuncié.

Aún no habían sacado a Dekyle de nuestra casa. Estaba en su cuarto, envuelta con una sábana, como descubrí cuando subí en silencio por la escalera del fondo.

Le destapé la cara. Estaba blanca mate: no debía de quedarle ni una gota de sangre dentro. Sus cejas eran rubias, suaves y finas, arqueadas como en un gesto de sorpresa. Sus ojos estaban abiertos, mirándome. Tal vez fue la primera vez que me vio. La besé en la frente.

—Nunca te olvidaré —le dije—. Los otros te olvidarán, pero yo te prometo que no.

Melodramática, lo sé: todavía era una niña, en realidad. Pero, como veis, cumplo mi palabra: no la he olvidado. A ella, Dekyle, anónima, enterrada bajo una pequeña lápida que bien podría estar en blanco. Di con ella en el cementerio de las Criadas, varios años más tarde. Y cuando estuvo en mi mano hacerlo, la busqué en los Archivos Genealógicos de los Lazos de Sangre, y la encontré. Encontré su nombre original. Insignificante, lo sé, salvo para quienes la quisieron en su día y fueron arrancados de su lado. Para mí, sin embargo, fue como encontrar la huella de una mano en una cueva: una señal, un mensaje. «Estuve aquí. Existí. Fui real.»

¿Cómo se llamaba? Querréis saberlo, por supuesto. Se llamaba Crystal. Y así es como ahora la recuerdo. La recuerdo por su nombre: Crystal.

Celebraron un pequeño funeral para Crystal. Me dieron permiso para asistir: tras mi primer periodo, ya era oficialmente una mujer. A las Criadas que habían estado presentes en el Nacimiento les permitieron acudir también, además de a todo el personal de nuestra casa. Incluso el Comandante Kyle estuvo presente, en señal de respeto.

Cantamos dos himnos —«Exaltad a los humildes» y «Bendito sea el fruto»— y la legendaria Tía Lydia pronunció un discurso. La miré maravillada, como si su retrato hubiera cobrado vida: existía de verdad, después de todo. Parecía mayor que en la fotografía, sin embargo, y no tan aterradora.

Una sierva, dijo, la Criada Dekyle, que había hecho el sacrificio supremo y había muerto con noble abnegación, y se había redimido de su anterior vida de pecado, y era un luminoso ejemplo para las otras Criadas.

Y la voz de Tía Lydia se quebró un poco mientras decía esto. Paula y el Comandante Kyle se mostraron solemnes y devotos, asintiendo de vez en cuando, y algunas de las Criadas lloraron.

Yo no lloré. Ya había derramado mis lágrimas. La verdad era que habían abierto a Crystal en canal para sacar al bebé, y al hacerlo la habían matado. Ella no lo eligió. Ella no se había ofrecido para morir con noble abnegación o para ser un ejemplo luminoso, pero eso nadie lo mencionó.

19

Ahora mi posición en la escuela era peor que nunca. Había pasado a ser objeto de tabú: nuestra Criada había muerto, y eso entre las chicas se consideraba una señal de mal fario. Eran un grupo supersticioso. En la Escuela Vidala había dos religiones: la oficial, que nos enseñaban las Tías, acerca de Dios y la esfera especial de las mujeres, y la no oficial, que las chicas manteníamos viva a través de juegos y canciones.

Las niñas aprendían a contar con una serie de rimas, por ejemplo, *Uno del derecho, uno del revés: Tu marido es; uno del revés, otro del derecho: Se murió, busca otro y está hecho.* Para las más pequeñas, los maridos no eran personas reales. Eran muebles y por tanto reemplazables, como en mi casa de muñecas de la infancia.

La canción del juego más popular entre las niñas se llamaba *Colgada.* Iba de la siguiente manera:

¿Quién hay colgada en el Muro? ¡Tralará!
Una Criada, ¿y cómo se llama? ¡Tralaralalá!
Se llamaba (aquí poníamos el nombre de una de
    nosotras),

pero nadie va a llamarla más. ¡Tralará!
¡Tenía un bebé en la panza (aquí nos dábamos pal-
madas en la tripa). *¡Tralaralará!*

Las niñas pasaban en fila por debajo del arco que hacían otras dos niñas con las manos levantadas, mientras
todas cantaban: *A la una me estrangula, A las dos me besó,*
A las tres el bebé, A las cuatro me escapo, A las cinco doy un
brinco, A las seis no me veis, y A las siete ve con ojo, ¡Rojo,
Rojo, Rojo!
Y la séptima niña quedaba atrapada por las dos que
contaban, y desfilaban a su alrededor en un círculo antes
de darle una palmada en la cabeza. Ahora estaba «muerta»
y le permitían elegir a las dos que serían verdugos en la
siguiente ronda. Me doy cuenta de qué siniestro y frívolo a
la vez sonará este juego, pero los niños se divierten con lo
que tienen a su alcance.
Las Tías probablemente pensaban que ese juego tenía
cierta dosis de advertencia y amenaza que resultaba be-
neficiosa. ¿Por qué «A la una me estrangula», sin embargo? ¿Por qué te estrangulan antes de besarte? ¿Por qué no
después, que parecería más lógico? A menudo me lo he
preguntado desde entonces, pero nunca he encontrado una
respuesta.
Nos permitían divertirnos con otros juegos dentro de
las horas de escuela. Jugábamos a Serpientes y Escaleras:
si caías en una Plegaria, subías por una escalera hasta el
Árbol de la Vida, pero si caías en un Pecado, bajabas hasta una serpiente satánica. Nos daban libros para colorear, y
pintábamos los rótulos de las tiendas —TODO CARNE,
PANES Y PECES— y así nos las aprendíamos. Coloreába-
mos también la ropa de la gente: azul para las Esposas,
rayas para las Econoesposas, rojo para las Criadas. Becka
una vez recibió una bronca de Tía Vidala por pintar a una
Criada de lila.

Entre las chicas mayores, las supersticiones circulaban en susurros, más que en canciones, y no eran ningún juego. Se tomaban en serio. Una era esta letanía:

Si la Criada muere en tu lecho,
llevarás su sangre en el pecho.
Si en cambio muere la criatura,
tu vida serán lágrimas y amargura.
Si la Criada muere al dar a luz,
la maldición te pesará como una cruz.

Dekyle había muerto al dar a luz, así que las otras chicas me veían maldita; pero también consideraban una insólita bendición que mi hermano, el pequeño Mark, estuviera vivo y sano. Las demás no se burlaban de mí abiertamente, pero me evitaban. Huldah fijaba la vista en el techo cuando veía que me acercaba: Becka daba media vuelta, aunque me deslizaba porciones de su almuerzo cuando nadie miraba. Shunammite se apartó de mí, bien por el miedo a la muerte o la envidia del Nacimiento, o una mezcla de ambas cosas.

En casa toda la atención era para el bebé, que la exigía. A gritos. Y aunque Paula gozaba del prestigio de tener un bebé, y varón por más señas, en el fondo no tenía instinto maternal. Sacaba al pequeño Mark para exhibirlo delante de sus amigas, pero con un poco a Paula le cundía mucho, y enseguida se lo devolvía a la nodriza, una Criada regordeta y taciturna que hasta hacía poco había sido Detucker, pero ahora era, por supuesto, Dekyle.

Cuando no estaba comiendo, o durmiendo, o siendo exhibido, Mark pasaba mucho tiempo en la cocina, donde era el favorito de las Marthas. Les encantaba bañarlo y exclamar al ver sus deditos de las manitas y los piecitos, sus hoyuelos, su diminuto órgano masculino, del que podía salir un chorro de pipí verdaderamente asombroso. ¡Qué hombrecito tan fuerte!

133

Esperaban que me uniera a la veneración, y al ver que no mostraba suficiente fervor me decían que alegrara esa cara, porque pronto tendría mi propio bebé y sería feliz. A mí me parecía muy difícil de creer, no tanto por el bebé como por la felicidad. Me pasaba todo el tiempo que podía en mi habitación, evitando la alegría de la cocina y amargada pensando en la injusticia del universo.

VII

Estadio

20

Los azafranes se han derretido, los narcisos se han arrugado como el papel, los tulipanes han ejecutado su seductora danza, levantándose las faldas de pétalos antes de dejarlas caer del todo. Las hierbas y especias de Tía Clover y su cuadrilla de semivegetarianas que andan siempre palita en mano crecen en todo su esplendor a lo largo de los márgenes de Casa Ardua. «¡Tía Lydia, deberías tomar esta infusión de hierbabuena, te irá de maravilla para la digestión!» No metáis las narices en mi digestión, me dan ganas de contestar, pero me digo que actúan de buena fe. ¿Esa excusa es convincente cuando hay sangre en la alfombra?

También yo actuaba de buena fe, musito a veces en silencio. Pensé que era lo mejor, o lo mejor dentro de las circunstancias, que no es lo mismo. Aun así, pienso que habría podido ser mucho peor de no ser por mí.

Y un cuerno, me contesto algunos días. Otros, en cambio, me doy una palmadita en la espalda. ¿Quién dijo que la coherencia sea una virtud?

¿Qué viene ahora, en el vals de las flores? Las lilas. Tan de fiar. Tan vistosas. Tan aromáticas. Pronto mi vieja enemiga, Tía Vidala, empezará a estornudar. Quizá se le irriten los ojos y no pueda vigilarme con disimulo, esperando detectar algún desliz, alguna flaqueza, algún lapsus en la corrección teológica que pueda servir de palanca para mi caída.

Sigue esperando, le susurro. Me enorgullece poder ir siempre un paso por delante de ti. ¿Uno, nada más? Varios. Derríbame y echaré el templo abajo.

Gilead arrastra un problema que viene de largo, lector: para ser el reino de Dios sobre la tierra, cuenta con un alto índice de emigración. La fuga de las Criadas, por ejemplo: se nos han escapado demasiadas. Tal como ha revelado el análisis de las huidas que ha hecho el Comandante Judd, tan pronto como descubrimos una ruta de salida y la bloqueamos, se abre otra.

Nuestras zonas de contención son demasiado permeables. Las regiones más salvajes de Maine y Vermont son un espacio liminal sobre el que no tenemos pleno control y donde los nativos son, si no abiertamente hostiles, propensos a las herejías. También sé, por experiencia propia, que forman una densa red conectada a través de lazos matrimoniales que urden una trama delirante, y que tienden a la venganza cuando alguien la atraviesa. Por esa razón, es difícil que se traicionen unos a otros. Se sospecha desde hace tiempo que entre ellos hay guías, sea por el deseo de burlar a Gilead o por simple codicia, a sueldo de Mayday. Un habitante de Vermont que cayó en nuestras manos nos contó que tienen un dicho: «Mayday es mi día de paga.»

Las montañas y los pantanos, los ríos sinuosos, las largas bahías rocosas que llevan al mar con las mareas altas: todos están a favor de la clandestinidad. En la subhistoria de la región hay contrabandistas de ron y de tabaco, hay traficantes de droga, hay forajidos que se dedican a todo tipo de estraperlo. Las fronteras no significan nada para ellos: entran y salen a su antojo, se ríen en nuestras narices y el dinero cambia de manos.

Uno de mis tíos se dedicaba a esas cosas. Como nuestra familia había sido lo que era —vivían en caravanas, desdeñaban a la policía, trataban con el lado oscuro del sistema penal—, mi padre estaba orgulloso de eso. De mí no se enorgullecía, en cambio: una chica y, para colmo, sabihonda. No quedaba otra que bajarme los humos, con los puños o las botas o lo que encontrara a mano. Murió degollado antes del triunfo de Gilead, si no me habría encargado de que recibiera su merecido. Pero basta de recordar los viejos tiempos.

Hace poco Tía Elizabeth, Tía Helena y Tía Vidala me presentaron un proyecto detallado para mejorar el control. *Operación Callejón Sin Salida*, lo llamaron. *Un plan para erradicar el problema de la emigración femenina en los territorios de la Costa del Noreste.* Esbozaba los pasos necesarios para atrapar a las Criadas fugitivas en ruta hacia Canadá, y reclamaba la declaración de una emergencia nacional, además de que se doblaran las unidades de perros de rastreo y un sistema de interrogatorios más eficiente. Detecté la mano de Tía Vidala en ese último: en su fuero interno lamenta que arrancar las uñas y la evisceración no estén en nuestra lista de castigos.

—Bien hecho —dije—. Parece muy exhaustivo. Lo leeré con sumo cuidado, y puedo garantizaros que vuestras inquietudes también las comparte el Comandante Judd, que está tomando cartas en el asunto, aunque en este momento no se me permite compartir con vosotras los detalles.

—Alabado sea —dijo Tía Elizabeth, pese a que no parecía demasiado entusiasmada.

—Ese asunto de las fugas debe aplastarse de una vez por todas —declaró Tía Helena, mirando de reojo a Tía Vidala en busca de seguridad. Dio un pisotón para añadir énfasis, y eso debió de dolerle, teniendo en cuenta sus pies planos: se los destrozó de joven por llevar unos Blahnik con tacón de aguja de un palmo. Hoy en día la denunciarían sólo por llevar esos zapatos.

—Desde luego —dije untuosamente—. Y al parecer es un asunto lucrativo, al menos para algunos.

—¡Deberíamos talar toda la zona! —dijo Tía Elizabeth—. Están a partir un piñón con Mayday en Canadá.

—Eso mismo opina el Comandante Judd —dije.

—Esas mujeres necesitan cumplir con su deber en el Designio Divino, como el resto de nosotras —dijo Tía Vidala—. La vida no es una fiesta.

A pesar de que habían ideado su plan sin solicitar primero mi consentimiento, cosa que era un acto de insubordinación, me sentí obligada a trasladárselo al Comandante Judd; sobre todo en vista de que, si no lo hacía, sin duda llegaría a sus oídos y tomaría nota de mis renuencias.

Esta tarde, han vuelto las tres a hacerme una visita. Se las veía muy animadas: diversas redadas en el norte del estado de Nueva York se habían saldado con la detención de siete cuáqueros, cuatro neorruralistas, dos guías canadienses de la caza del alce y un contrabandista de limones. Se sospechaba que cada uno de ellos era un eslabón de la cadena del Ferrocarril Subterráneo de las Mujeres. Una vez que les sacaran cualquier información adicional de valor, las autoridades se desharían de ellos, a menos que pudieran servir como moneda de cambio: los canjes de rehenes entre Mayday y Gilead no eran algo nuevo.

Ya estaba al corriente de estas novedades, por supuesto.

—Enhorabuena —les dije—. Cada una de vosotras merece reconocimiento, aunque sea por debajo de la mesa. El Comandante Judd acaparará el protagonismo, naturalmente.

—Naturalmente —dijo Tía Vidala.

—Nos alegra ser de utilidad —dijo Tía Helena.

—También yo tengo noticias que compartir con vosotras, del propio Comandante Judd. Pero no deben salir de aquí. —Se acercaron: ¿a quién no le gustan los secretos?—. Dos de los miembros de la cúpula de Mayday han sido eliminados por nuestros agentes en Canadá.

—Con Su Mirada —dijo Tía Vidala.

—Nuestras Perlas fueron esenciales —añadí.

—¡Alabado sea! —dijo Tía Helena.

—Una de ellas fue una baja —dije—. Tía Adrianna.

—¿Qué le ocurrió? —preguntó Tía Elizabeth.

—Estamos esperando aclaraciones.

—Rezaremos por su alma —dijo Tía Elizabeth—. ¿Y Tía Sally?

—Creo que está a salvo.

—Alabado sea.

—Sin duda —dije—. La mala noticia, sin embargo, es que hemos destapado una brecha en nuestras defensas. Los dos agentes de Mayday debían de obtener ayuda de traidores ocultos dentro de Gilead. Alguien les está pasando mensajes, de aquí allí, informando de nuestras operaciones de seguridad, e incluso de los agentes y voluntarios con que contamos en Canadá.

—¿Quién haría algo así? —dijo Tía Vidala—. ¡Es apostasía!

—Los Ojos están intentando averiguarlo —dije—, así que si advertís cualquier actitud sospechosa, la que sea, en quien sea, incluso alguien de Casa Ardua, hacédmelo saber.

Se hizo un silencio mientras se miraban unas a otras. «Alguien de Casa Ardua» las incluía a las tres.

—Oh, seguro que no —dijo Tía Helena—. ¡Imaginad la vergüenza que nos traería!

—Casa Ardua es intachable —añadió Tía Elizabeth.

—Pero el corazón humano es tortuoso —dijo Tía Vidala.

141

—Convendría redoblar la alerta —dije—. Mientras tanto, buen trabajo. Informadme de cómo os va con los cuáqueros y demás.

Escribo, escribo para dejar constancia de todo, aunque a menudo temo que sea en vano. La tinta china negra que he usado hasta ahora se está agotando: pronto cambiaré al azul. Requisar un frasco de los suministros de la Escuela Vidala no debería ser difícil, puesto que allí dan clases de dibujo. Antes las Tías solíamos comprar bolígrafos en el mercado negro, pero ya no se consiguen: nuestro proveedor, con sede en Nuevo Brunswick, ha sido arrestado después de escabullirse demasiadas veces bajo el radar.

Pero antes estaba hablando del furgón con las ventanillas ahumadas; no, al volver atrás la página veo que habíamos llegado al estadio.

Apenas pusimos un pie en el suelo, a Anita y a mí nos empujaron hacia la derecha del recinto. Nos unimos a un rebaño de otras mujeres: lo describo como un rebaño porque nos arreaban como ganado. Guiaron a todo ese grupo hacia una sección de las gradas, acordonada con el mismo tipo de cinta amarilla típica de la escena de un crimen. Calculo que éramos una cuarentena. Una vez instaladas, nos quitaron las esposas. Supuse que las necesitaban para otras.

Anita y yo nos sentamos una al lado de la otra. A mi izquierda había una mujer a quien no conocía y que dijo ser abogada; a la derecha de Anita había otra abogada. Detrás de nosotras, cuatro juezas; delante, cuatro más. Todas éramos juezas o abogadas.

—Nos deben de estar clasificando por gremios —dijo Anita.

Y así era. En un momento en que los guardias se descuidaron, la mujer al final de nuestra hilera pudo comunicarse con una mujer al otro lado del pasillo, en la sección contigua a la nuestra. Allí eran todas médicas.

No habíamos comido, no nos habían dado nada. A lo largo de las siguientes horas siguieron llegando furgones con cargamentos de mujeres que metían en el recinto contra su voluntad. Ninguna era lo que llamaríamos «joven». Mujeres profesionales de mediana edad, con trajes y buenos cortes de pelo. Sin bolso, eso sí: no nos habían permitido llevar nuestros efectos personales. Así que nada de peines, ni lápices de labios, ni espejos, ni cajas de pastillas para la garganta, ni pañuelos de usar y tirar. Es increíble lo desnuda que te sientes sin esas cosas. O te sentías, en otro tiempo.

El sol caía a plomo: estábamos allí sin gorros ni protector solar, y podía imaginar que para cuando anocheciera tendría la piel en carne viva. Al menos los asientos tenían respaldo. No habrían resultado incómodos si hubiéramos estado allí con fines recreativos. Pero no nos ofrecían ningún entretenimiento, y no podíamos levantarnos a estirar las piernas: a quien intentaba erguirse, le pegaban un grito. Permanecer sentada sin moverte por fuerza se hace tedioso y te entumece los músculos del trasero, la espalda y las piernas. Era un dolor leve, pero dolor al fin.

Por pasar el rato, me flagelaba. Estúpida, estúpida, estúpida: me había creído todas aquellas pamplinas sobre la vida, la libertad, la democracia y los derechos del individuo de los que me había empapado en la facultad. Eran verdades eternas y siempre las defenderíamos. Me había aferrado a esa certeza como a un amuleto mágico.

Te precias de ser realista, me dije, así que afronta los hechos. Ha habido un golpe de Estado, aquí, en Estados Unidos, igual que los ha habido anteriormente en tantos otros países. Cualquier cambio forzoso de liderazgo va

143

siempre seguido por un movimiento para aplastar la oposición. La oposición la encabezan personas instruidas, así que serán las primeras a las que eliminarán. Eres jueza, o sea que eres una persona instruida, te guste o no. Querrán quitarte del medio.

Había pasado los últimos años haciendo cosas que me habían augurado que nunca estarían a mi alcance. En mi familia nadie había pisado jamás una universidad, me habían despreciado por ir a estudiar, a base de becas y trabajando por las noches en empleos de medio pelo. Eso te curte. Te da tenacidad. No pensaba dejarme eliminar, si podía impedirlo. Pero el lustre adquirido en la universidad no iba a servirme de nada ahí. Necesitaba rescatar a la mocosa cabezota de clase baja, la mula tozuda, la pícara lista, la estratega que me había ayudado a medrar en la escala social hasta la posición de la que acababan de derrocarme. Necesitaba valorar mis opciones, una vez que supiera cuáles eran, y decidir cómo actuar.

Me había visto en aprietos otras veces. Y había logrado salir airosa. Ésa fue la historia que me conté a mí misma.

A media tarde llegaron botellas de agua, que nos repartieron tríos de hombres: uno cargaba las botellas, otro las pasaba y otro empuñaba el fusil por si amagábamos con saltar, forcejear y atacar, como los cocodrilos que éramos.

—¡No pueden encerrarnos aquí! —dijo una mujer—. ¡No hemos hecho nada!

—No nos permiten hablar con vosotras —dijo el que pasaba las botellas.

A nosotras no nos permitían ir al lavabo. Aparecieron regueros de orina que caían desde las gradas hacia el terreno de juego. Con ese trato se proponían humillarnos, doblegar nuestra resistencia, pensé; pero ¿resistencia a qué?

No éramos espías, no ocultábamos información secreta, no éramos soldados de un ejército enemigo. ¿O sí? Si miraba en el fondo de los ojos de uno de aquellos hombres, ¿vería a un ser humano que me devolviera la mirada? Y si no, ¿qué iba a encontrarme? Intenté ponerme en el lugar de quienes nos habían acorralado. ¿Qué estarían pensando? ¿Cuál era su objetivo? ¿Cómo pensaban cumplirlo?

A las cuatro de la tarde nos ofrecieron un espectáculo. Veinte mujeres, de diversa estatura y edad, pero todas con traje, fueron conducidas hasta el centro del campo. Digo que fueron conducidas porque iban con los ojos vendados. Tenían las manos esposadas delante. Las colocaron en dos filas, diez y diez. A las de la primera fila las obligaron a ponerse de rodillas, como para una foto de grupo.

Un hombre con un uniforme negro peroró por un micrófono sobre cómo los pecadores siempre eran visibles para el Ojo de Dios, y su pecado los delataba. Un murmullo de asentimiento, como una vibración, llegó de los guardias y los asistentes. «Mmmmmmmmm...» igual que un motor subiendo de revoluciones.

—Dios se impondrá —concluyó el orador.

Hubo un coro de amenes en barítono. Entonces, los hombres que habían escoltado a las mujeres de los ojos vendados levantaron las armas y les dispararon. No fallaron: las mujeres se desplomaron en el suelo.

Todas las que estábamos sentadas en las gradas ahogamos un grito. Oí gemidos y sollozos. Algunas mujeres se pusieron en pie de un salto y gritaron, aunque en el barullo me costaba discernir las palabras, pero rápidamente las silenciaron, golpeándolas en la nuca con la culata de los fusiles. No asestaban varios golpes, uno bastaba. Una vez más, no fallaron: esos hombres estaban entrenados.

Querían que miráramos pero sin hablar: el mensaje estaba claro. En cambio, no el porqué. Si iban a matarnos a todas, ¿qué necesidad había de esa exhibición de fuerza?

Al anochecer llegaron bocadillos, uno por cabeza. El mío era de huevo duro con mayonesa. Me da apuro reconocer que lo devoré con fruición. A lo lejos se oían las arcadas de algunas personas, pero, dadas las circunstancias, sorprendentemente pocas.

Después nos ordenaron que nos levantáramos. Entonces salimos en fila, hilera tras hilera —el proceso transcurrió en un silencio inquietante y fue muy ordenado—, y nos acompañaron abajo hasta los vestuarios y los pasillos. Allí pasamos la noche.

No había comodidades de ninguna clase, ni colchones o almohadas, pero por lo menos había cuartos de baño, que ya estaban sucios. No había guardias presentes para impedir que habláramos, aunque ahora no me cabe en la cabeza por qué supusimos que nadie nos escuchaba. Sin embargo, la verdad es que a esas alturas ninguna de nosotras pensaba con lucidez.

Se compadecieron al dejarnos las luces encendidas.

No, no fue compasión. Fue por conveniencia de los que estaban al cargo. La compasión era un sentimiento que no tenía cabida en ese lugar.

VIII

CARNARVON

21

Iba sentada en el coche de Ada, intentando asimilar lo que me había contado. Melanie y Neil. Muertos por la explosión de un coche bomba. Enfrente de El Sabueso de la Ropa. No podía ser.

—¿Adónde vamos? —dije. Era una pregunta torpe, sonaba de lo más normal; pero nada era normal. ¿Por qué no me puse a chillar?

—Estoy pensando —dijo Ada. Miró por el espejo retrovisor, y se metió en la entrada de una casa. Había un rótulo que decía ALTERNA REFORMAS. Todas las viviendas de nuestra zona se estaban reformando; luego venía alguien, las compraba y las remodelaba de nuevo. A Neil y Melanie los sacaba de quicio. ¿Por qué gastar tanto dinero en vaciar las entrañas de una casa en perfecto estado?, decía Neil. Contribuía a que escalaran los precios y excluía del mercado inmobiliario a la gente con menos recursos.

—¿Vamos a entrar ahí? —De repente me sentía muy cansada. Me apetecía refugiarme en una casa y tumbarme.

—No —dijo Ada. Sacó una pequeña llave inglesa de su mochila de cuero y destruyó el teléfono. Perpleja, vi cómo lo hacía pedazos: machacó la carcasa, las tripas de metal quedaron retorcidas y desparramadas.

—¿Por qué destrozas el teléfono? —dije.

—Porque toda precaución es poca. —Metió los restos en una bolsita de plástico—. Espera a que pase ese coche, y luego sales y lo tiras en un contenedor.

Eso era lo que hacían los traficantes de droga; usaban teléfonos desechables. Empezaba a arrepentirme de haberme ido con ella. No sólo era severa, daba miedo.

—Gracias por pasar a buscarme, pero ahora debería volver a la escuela —le dije—. Les contaré lo de la explosión y sabrán qué hacer.

—Estás en shock. No me extraña —dijo.

—Estoy bien —contesté, aunque no era verdad—. Prefiero bajarme aquí.

—Tú misma —replicó—, pero tendrán que llevarte a Servicios Sociales, y esa gente te colocará en un hogar de acogida, ¿y quién sabe dónde caerás?

No se me había ocurrido pensar en eso.

—Así que cuando tires ese teléfono —continuó—, puedes volver al coche o puedes seguir andando. Tú decides. Pero no vayas a casa. Y no es una orden, es un consejo.

Hice lo que me pedía. Ahora que había expuesto mis opciones, ¿qué elección tenía? Volví al coche y empecé a gimotear, pero, aparte de pasarme un pañuelo, Ada no se inmutó. Dio media vuelta y se dirigió hacia el sur. Conducía rápido y con solvencia.

—Sé que no te fías —dijo al cabo de un rato—, pero tienes que confiar en mí. La misma gente que colocó esa bomba en el coche podría estar buscándote ahora mismo. No digo que sea así, no lo sé, pero estás en peligro.

«En peligro»: eso es lo que decían en las noticias cuando hablaban de niños a los que habían encontrado muertos de una paliza a pesar de los múltiples avisos por parte de los vecinos, o de las mujeres que habían viajado a dedo porque no había autobuses y luego las encontraba alguien paseando al perro, enterradas a poca profundidad y con el

150

cuello roto. Me castañeteaban los dientes, aunque el aire era caliente y pegajoso.

No acababa de creerla, pero tampoco desconfié.

—Podríamos contárselo a la policía —dije tímidamente.

—Sería inútil. —Había oído hablar de la inutilidad de la policía; Neil y Melanie con frecuencia expresaban esa opinión. Encendió la radio: una música relajante, con arpas—. No pienses en nada por ahora.

—¿Eres de la secreta? —le pregunté.

—No —dijo.

—Entonces, ¿a qué te dedicas?

—Cuanto menos sepas, mejor —dijo.

Paramos delante de un edificio grande, cuadrado. En el rótulo decía CASA DE REUNIÓN y SOCIEDAD RELIGIOSA DE LOS AMIGOS (CUÁQUEROS). Ada aparcó el coche en la parte trasera, junto a un furgón gris.

—Ése es nuestro próximo vehículo —dijo.

Entramos por la puerta lateral. Ada saludó con la cabeza al hombre sentado detrás de un pequeño escritorio.

—Elijah —dijo—. Traemos unos recados.

Apenas lo miré. Seguí a Ada a través del salón principal de la Casa de Reunión, con su silencio desangelado y sus ecos y un leve olor a humedad, hasta llegar a una sala más grande, más luminosa y con aire acondicionado. Había una hilera de camas, o catres, mejor dicho; en algunas había mujeres acostadas, cubiertas con mantas, todas de distintos colores. En otro rincón había cinco butacas y una mesa de café. Varias mujeres estaban sentadas allí, hablando en voz baja.

—No te las quedes mirando —me dijo Ada—. Esto no es un zoo.

—¿Cómo se llama este lugar? —pregunté.

151

—SantuAsilo, la organización para refugiados de Gilead. Melanie trabajaba de voluntaria, y Neil también ayudaba, de otra manera. Ahora quiero que te sientes en esa silla y seas una mosca en la pared. No te muevas, y no digas ni mu. Aquí estarás a salvo. Necesito hacerte algunos trámites. Volveré en una hora, quizá. Pediré que te den algo de azúcar, lo necesitas.

Se acercó a una de las responsables, luego salió rápidamente de la habitación. Al cabo de un rato, la mujer me trajo una taza de té dulce y caliente y una galleta con pepitas de chocolate, y me preguntó si me encontraba bien y si necesitaba algo más, y le dije que no. Pero volvió de todos modos con una de las mantas, una verde y azul, y me la echó sobre los hombros.

Conseguí tomar un poco de té, y dejaron de castañetearme los dientes. Me senté allí y observé las idas y venidas de la gente, como solía observar las de la clientela en El Sabueso de la Ropa. Entraron varias mujeres, una de ellas con un bebé. Parecían realmente hechas polvo, y también asustadas. Las mujeres de SantuAsilo las recibían y les daban la bienvenida y les decían «Ya estás aquí, no temas», y las mujeres de Gilead se echaban a llorar. En el momento pensé, por qué llorar, deberíais estar contentas, habéis salido. Pero después de todo lo que me ha ocurrido desde ese día, entiendo por qué. Te tragas el sufrimiento hasta que ha pasado lo peor. Entonces, cuando estás a salvo, puedes llorar todas las lágrimas que antes no pudiste perder tiempo en derramar.

Las mujeres hablaban entrecortadamente, jadeantes:

«Si me obligan a volver...»

«Tuve que dejar allí a mi novio, no había manera de...»

«Perdí el bebé. No había nadie...»

Las mujeres de la organización les daban pañuelos. Les decían frases tranquilizadoras, como «Has de ser fuerte». Intentaban alentarlas, pero una persona puede sentirse muy presionada si le dices que ha de ser fuerte. Eso también lo he aprendido.

Al cabo de una hora más o menos, Ada volvió.

—Sigues viva —dijo. Si era una broma, era de mal gusto. La miré en silencio—. Has te deshacerte de los cuadros escoceses.

—¿Qué? —Era como si me hablara en otro idioma.

—Sé que para ti es un golpe duro —dijo—, pero ahora mismo no podemos entretenernos, debemos movernos rápido. No quiero parecer alarmista, pero hay jaleo. Vamos a buscarte otra ropa.

Me agarró del brazo y me levantó de la silla: era sorprendentemente fuerte.

Pasamos por delante de las otras mujeres hasta una trastienda donde había una mesa con camisetas y jerséis y un par de percheros. Reconocí algunas prendas: allí era adonde iban a parar las donaciones de El Sabueso de la Ropa.

—Elige algo que nunca te pondrías en la vida real —dijo Ada—. Tienes que parecer una persona completamente distinta.

Encontré una camiseta negra con una calavera blanca, y unas mallas, negras y con calaveras. Añadí unas zapatillas tobilleras, blancas y negras, y calcetines. Todo era usado. No pensé en piojos y chinches: Melanie siempre preguntaba si las cosas que la gente intentaba venderle estaban lavadas. Una vez tuvimos chinches en la tienda y fue una pesadilla.

—Me daré la vuelta —dijo Ada. No había vestuario. Me quité el uniforme del colegio y me puse la ropa nueva usada. Sentía como si me moviera a cámara lenta. ¿Y si iba a secuestrarme?, pensé medio grogui. «Secuestro.» A algunas chicas las raptaban y las convertían en esclavas sexuales: nos lo habían explicado en la escuela. Pero a las chicas como yo no las raptaban, salvo casos raros, cuando los hombres se hacían pasar por agentes inmobiliarios y las encerraban en el sótano. A veces esos hombres contaban con mujeres que los ayudaban. ¿Sería Ada una de esas mujeres? ¿Y si la historia de que Melanie y Neil habían muerto en una explosión era una trampa? En ese momento los dos estarían desesperados al ver que no había aparecido. Puede que estuvieran llamando a la escuela, o incluso a la policía, por inútiles que los consideraran.

Ada seguía de espaldas, pero me daba la impresión de que si se me ocurría escapar, huyendo por ejemplo por la puerta lateral de la Casa de Reunión, lo sabría de antemano. Y suponiendo que me escapara, ¿adónde iría? Sólo quería volver a casa, pero si Ada decía la verdad, no debía acercarme por allí. De todos modos, si Ada estaba diciendo la verdad, ya no sería volver a casa, porque Melanie y Neil no estarían. ¿Qué haría sola en una casa vacía?

—Estoy lista —dije.

Ada se dio la vuelta.

—No está mal —dijo. Se quitó la chaqueta negra y la metió en una bandolera; luego se puso una chaqueta verde que estaba colgada en el perchero. Se recogió el pelo y añadió unas gafas de sol—. Suéltate la coleta —me dijo, así que me quité la goma y sacudí el pelo.

Encontró unas gafas de sol para mí, con cristales de espejo anaranjados. Me pasó un lápiz de labios, y me pinté una nueva boca roja.

—Pon cara de matona —me dijo.

No sabía cómo, pero lo intenté. Fruncí el ceño, puse cara de pocos amigos, haciendo una mueca con los labios cubiertos de cera roja.

—Vaya —dijo—. Quién lo diría. Nuestro secreto está a salvo.

¿Cuál era nuestro secreto? ¿Que yo oficialmente ya no existía? Algo por el estilo.

22

Nos metimos en el furgón gris y Ada condujo un rato, comprobando a cada momento si algún coche nos seguía. Luego circulamos por un laberinto de calles laterales y aparcamos delante de una mansión antigua y grande de ladrillo. En el semicírculo que quizá antes fuera un jardín, donde aún sobrevivían varios tulipanes entre la hierba alta y los dientes de león, había un cartel con la imagen de un bloque de pisos.

—¿Dónde estamos? —pregunté.

—En Parkdale —dijo Ada.

Nunca había estado en Parkdale, pero sí había oído hablar del barrio: a algunos de los drogatas de la escuela les parecía un sitio con mucha onda, que era lo que se decía de las zonas urbanas decadentes que ahora se estaban gentrificando. Había un par de clubes nocturnos de moda por allí, para quienes querían mentir sobre la edad que tenían.

La mansión estaba en medio de una parcela espaciosa y descuidada con un par de árboles enormes. Nadie había limpiado las hojas caídas en mucho tiempo; unos jirones de plástico de colores, rojo y plateado, asomaban bajo la capa de hojarasca.

Ada fue hacia la entrada de la casa, echando una ojeada por encima del hombro para asegurarse de que la seguía.

—¿Estás bien? —preguntó.

—Sí —dije.

Me sentía un poco mareada. La seguí por el pavimento desigual; noté el suelo mullido, como si pudiera atravesarlo con el pie sin dificultad. El mundo ya no era sólido e infalible, sino poroso e incierto. Cualquier cosa podía desaparecer. Al mismo tiempo, todo lo que miraba me parecía muy nítido. Era como uno de esos cuadros surrealistas que habíamos estudiado en la escuela el curso anterior. Relojes derretidos en el desierto, sólidos pero oníricos.

Unos macizos escalones de piedra llevaban hasta el porche de la fachada, enmarcado por un arco de piedra en la que había un nombre esculpido en esos caracteres gaélicos que a veces se ven en edificios más antiguos de Toronto —CARNARVON—, con hojas y caras de elfos alrededor; probablemente habían querido representar criaturas traviesas, pero a mí me parecieron malignas. En ese momento todo me parecía maligno.

El porche olía a pis de gato. La puerta, ancha y maciza, estaba tachonada con clavos negros de forja. Los artistas del grafiti habían dejado su obra con pintura roja: esas típicas letras puntiagudas, y otra palabra más legible que quizá fuese ASCO.

A pesar del aspecto sórdido de la puerta, la cerradura funcionaba con una llave magnética. En el recibidor había una alfombra granate hasta una escalera que ascendía trazando una curva y con una preciosa balaustrada.

—Antes era una pensión —dijo Ada—. Ahora son apartamentos amueblados.

—¿Qué fue, originalmente? —dije, apoyándome en la pared.

—Una casa de verano —dijo Ada—. De gente rica. Subamos, tienes que tumbarte.

—¿Qué es «Carnarvon»? —Me estaba costando un poco subir las escaleras.

—Un lugar de Gales —dijo Ada—. Supongo que a alguien le entró nostalgia. —Me agarró del brazo—. Vamos, cuenta los escalones. —Nostalgia, pensé recordando mi casa. Iba a echarme a llorar otra vez. Intenté contenerme. Llegamos arriba de las escaleras. Había otra puerta recia, otra cerradura con llave magnética. Dentro había una salita con un sofá, dos sillones, una mesa de café y otra de comedor.

—Hay una habitación para ti —dijo Ada, pero no tenía ninguna prisa por verla. Me dejé caer en el sofá. De pronto me quedé sin fuerzas; pensé que no podría levantarme.

»Estás tiritando otra vez —añadió—. Bajaré el aire acondicionado. —Trajo un edredón de uno de los dormitorios; era nuevo, blanco.

Todo en esa habitación era más real que la realidad. Había una planta de interior encima de la mesa, aunque parecía de plástico, con unas hojas correosas, brillantes. Las paredes estaban cubiertas con un papel de fondo rosa y un estampado de árboles en un tono más subido. Había agujeros donde en otros tiempos debió de haber clavos con cuadros o fotografías colgados. Esos detalles eran tan vívidos que casi resplandecían, como iluminados desde atrás.

Cerré los ojos en busca de oscuridad. Supongo que me quedé dormida, porque de pronto había anochecido, y Ada estaba encendiendo la pantalla plana. Supongo que lo hizo por mí, para que supiera que me había dicho la verdad, pero fue brutal. Los destrozos en El Sabueso de la Ropa, con los escaparates hechos añicos, la puerta reventada. Retazos de tela esparcidos por la acera. Delante, el chasis del coche de Melanie, convertido en un amasijo de chatarra carbonizada. Dos vehículos de la policía visibles, y la cinta amarilla acordonando la zona del siniestro. Ninguna señal de Neil o Melanie, afortunadamente: me habría horrorizado ver sus cuerpos abrasados, su pelo hecho cenizas, sus huesos socarrados. El mando a distancia estaba en una mesita auxiliar junto al sofá. Quité el sonido: no quería oír la voz impasible del locutor, como si ese suceso pesara lo mismo que un político subiendo a un avión. Cuando el coche y la tienda desaparecieron y la cabeza del presentador volvió a balancearse en la pantalla como una caricatura en forma de globo, apagué la televisión.

Ada salió de la cocina. Me traía un sándwich en un plato: ensalada de pollo. Le dije que no tenía hambre.

—Hay una manzana —dijo—. ¿La quieres?

—No, gracias.

—Sé que esto es muy raro —dijo. No contesté. Se fue y volvió enseguida—. Te he traído un poco de pastel. Es de chocolate. Con helado de vainilla. Tus favoritos. —Estaban servidos en un plato blanco; había un tenedor de plástico. ¿Cómo sabía que eran mis favoritos? Melanie debía de habérselo dicho. Debían de haber hablado de mí. El plato blanco era deslumbrante. Había una sola vela clavada en el trozo del pastel. Cuando era más pequeña, pedía un deseo. ¿Qué deseo iba a pedir ahora? ¿Volver atrás en el tiempo? ¿Retroceder al día anterior? Me pregunto cuánta gente habrá deseado lo mismo.

—¿Dónde está el cuarto de baño? —pregunté. Me lo explicó, y entré y vomité. Luego me eché de nuevo en el sofá, temblando con escalofríos. Al cabo de un rato, Ada me trajo soda con jengibre.

—Necesitas que te suba el azúcar en la sangre —me dijo. Luego salió, apagando las luces.

Era como quedarte en casa con gripe y no ir a la escuela. Alguien te vigilaba y te traía líquidos para que los tomaras; se ocupaban de lidiar con el día a día para dejarte descansar. Deseé que las cosas siguieran siempre igual, así nunca más tendría que preocuparme por nada.

A lo lejos se oían los sonidos de la ciudad: tráfico, sirenas, un avión surcando el cielo. De la cocina llegaba el trajín de Ada de aquí para allá; se movía con un brío enérgico, ligero, como si caminara de puntillas. Oí el murmullo de su voz, hablando por teléfono. Era la que mandaba, aunque no me hacía a la idea de que estaba al mando; a pesar de todo, me sentí arrullada y acogida. Cuando estaba a punto de dormirme, oí que la puerta del apartamento primero se abría, luego se hizo una pausa, y después se cerró.

23

Cuando me desperté ya había amanecido. No sabía qué hora era. ¿Se me habían pegado las sábanas, llegaba tarde a la escuela? Entonces me acordé: la escuela se había acabado. Nunca volvería allí, ni a nada de lo que conocía.

Estaba en una de las habitaciones de Carnarvon, tapada con el edredón blanco, y llevaba aún la camiseta y las mallas, aunque no tenía los calcetines ni los zapatos puestos. Había una ventana, con una cortina enrollable bajada. Me incorporé con cautela. Vi una mancha roja en la almohada, pero era sólo el carmín del lápiz de labios del día anterior. Las náuseas y el mareo se me habían pasado, pero estaba atontada. Me rasqué la cabeza y me di un tirón de pelo. Una vez tuve una jaqueca y Melanie me había dicho que tirarte del pelo incrementaba la circulación del cerebro. Que por eso Neil lo hacía.

Después de levantarme, sentí que me espabilaba. Me observé en el gran espejo de la pared. No era la misma persona del día anterior, aunque me pareciera. Abrí la puerta y fui descalza por el pasillo hasta la cocina.

Ada no estaba allí. Estaba en el salón, sentada en uno de los sillones con un tazón de café. En el sofá estaba el hombre junto al que habíamos pasado al entrar en SantuAsilo.

—Te has despertado —dijo Ada.

Los adultos tenían la costumbre de constatar lo evidente; «Te has despertado» era algo que Melanie habría podido decirme, como si fuese un logro, y me desilusioné al ver que Ada no era una excepción en ese sentido.

Miré al hombre, y él me miró. Llevaba vaqueros negros, sandalias y una camiseta gris que decía DOS PALABRAS, UN DEDO, y una gorra de béisbol de los Blue Jays. Me pregunté si sabía el significado de lo que ponía en su camiseta.

Debía de rondar los cincuenta, pero tenía el pelo oscuro y espeso, así que quizá fuese más joven. Su cara era como cuero arrugado, y tenía una cicatriz en uno de los pómulos. Me sonrió, mostrando unos dientes blancos a los que les faltaba una muela en el lado izquierdo. Un tipo al que le faltan piezas en la dentadura tiene pinta de ilegal.

Ada lo señaló con la barbilla.

—¿Te acuerdas de Elijah, de SantuAsilo? Amigo de Neil. Ha venido a ayudar. Hay cereales en la cocina.

—Luego podemos hablar —me dijo Elijah.

Los cereales eran los que me gustaban, aros crujientes hechos con legumbres. Llevé el cuenco al salón, me senté en la otra butaca y esperé a que hablaran.

Ninguno de los dos dijo nada. Se miraron. Comí dos cucharadas, con precaución, para ver si se me asentaban bien en el estómago. Dentro de mis oídos resonaba el crujido de los aros.

—¿Por dónde empiezo? —dijo Elijah.

—Por el fondo —contestó Ada.

—Vale —dijo y me miró de frente—. Ayer no fue tu cumpleaños.

Me sorprendió.

—Sí, sí lo fue —dije—. Uno de mayo. Cumplí dieciséis.

—En realidad eres unos cuatro meses más joven —dijo Elijah.

161

¿Cómo puedes demostrar la fecha en que naciste? Debía de haber un certificado de nacimiento, pero ¿dónde lo guardaba Melanie?

—Está en mi cartilla sanitaria. El día de mi cumpleaños —dije.

—Prueba otra vez —le dijo Ada a Elijah. Éste miró la alfombra.

—Melanie y Neil no eran tus padres —dijo.

—¡Claro que sí! —grité—. ¿Por qué dices eso?

Sentí que se me llenaban los ojos de lágrimas. Se abría otro vacío en la realidad: Neil y Melanie se desvanecían, mutaban de forma. A decir verdad, no sabía muchos detalles de su vida anterior. No me habían contado nada, y yo tampoco les había preguntado. Nadie hace muchas preguntas a sus padres sobre el pasado, ¿no?

—Sé que esto cuesta de digerir —dijo Elijah—, pero es importante, así que lo diré otra vez. Neil y Melanie no eran tus padres. Perdona la brusquedad, pero no tenemos mucho tiempo.

—Entonces, ¿quiénes eran? —le dije. Parpadeé. Una lágrima se escapó a pesar de mis esfuerzos. Me la sequé.

—No os unía ningún parentesco —dijo el hombre—. Se hicieron cargo de ti cuando eras bebé, para que estuvieras a salvo.

—Eso es imposible —dije. Pero estaba menos convencida.

—Deberían habértelo contado —dijo Ada—. Querían ahorrarte preocupaciones. Iban a decírtelo el día en que los... —No acabó la frase, apretó los labios. Apenas había hablado de la muerte de Melanie, como si ni siquiera hubiesen sido amigas, pero ahora me di cuenta de que estaba muy afectada. Eso hizo que me cayera mejor.

—Parte de su trabajo consistía en protegerte y mantenerte a salvo —dijo Elijah—. Siento tener que ser el mensajero.

Además del olor a muebles nuevos del salón, detecté el olor de Elijah: un olor rotundo, a sudor mezclado con jabón de la ropa. Jabón artesanal de la colada. Era el mismo que usaba Melanie. Que había usado.

—Entonces, ¿quiénes eran? —susurré.

—Neil y Melanie eran miembros muy apreciados y con mucha experiencia de la...

—No —lo interrumpí—. Mis otros padres. Los verdaderos. ¿Quiénes eran? ¿También están muertos?

—Voy a preparar más café —dijo Ada. Se levantó y fue a la cocina.

—Aún están vivos —contestó Elijah—. O hasta ayer lo estaban.

Mirándolo fijamente, me pregunté si me mentía. Pero ¿por qué iba a mentirme? Si quería inventarse una historia, se le podrían haber ocurrido ideas mejores.

—No me creo nada de todo esto —dije—. Ni siquiera sé por qué me lo cuentas.

Ada volvió con un tazón de café, nos preguntó si queríamos uno y dijo que quizá debía concederme un rato para pensar las cosas con tranquilidad.

¿Pensar qué? ¿Qué había que pensar? Habían asesinado a mis padres, pero no eran mis padres verdaderos, y resulta que otros habían aparecido en su lugar.

—¿Qué? —dije—. No sé suficiente para pensar nada.

—¿Qué querrías saber? —dijo Elijah, con una voz amable pero cansada.

—¿Cómo ocurrió? —dije—. ¿Dónde están mis verdaderos... Mi otra madre y mi otro padre?

—¿Has oído hablar un poco sobre Gilead? —preguntó Elijah.

—Claro. Veo las noticias. Y también lo estudiamos en clase —dije hoscamente—. Fui a aquella marcha de protesta. —En ese momento deseé que Gilead se evaporase y nos dejara en paz.

—Naciste allí —dijo él—. En Gilead.

—Me tomas el pelo —dije.

—Tu madre te sacó clandestinamente con la ayuda de Mayday. Arriesgaron la vida. En Gilead se armó mucho revuelo por la fuga; querían recuperarte a toda costa. Argumentaban que tus progenitores legales, como los llaman, tenían el derecho de reclamarte. Mayday te ocultó; había mucha gente buscándote, además del bombardeo mediático.

—Igual que pasó con Pequeña Nicole —dije—. Hice un trabajo sobre ella en la escuela.

Elijah bajó la mirada al suelo otra vez. Luego me miró a los ojos.

—Tú eres Pequeña Nicole.

IX

Penitencia

24

Esa tarde recibí otra citación del Comandante Judd, que me entregó en mano un joven Ojo. El Comandante Judd podría haber descolgado el teléfono y comentado el asunto directamente conmigo —hay una línea directa entre su despacho y el mío, con un teléfono rojo—, pero, igual que me ocurre a mí, no puede descartar que haya alguien más escuchando. Además, creo que disfruta de nuestros sutiles vis a vis, por razones que son complejas y perversas de entender. Piensa en mí como una obra de la que se considera artífice: soy la encarnación de su voluntad.

—Confío en que esté bien, Tía Lydia —dijo cuando me senté frente a él.

—De maravilla, alabado sea. ¿Y usted?

—Personalmente gozo de buena salud, pero temo que mi Esposa ha caído enferma, y eso me apesadumbra.

No me sorprendió. La última vez que la vi, la actual Esposa de Judd me pareció deteriorada.

—Una triste noticia —dije—. ¿Y qué mal la aqueja?

—No está claro —contestó. Nunca lo está—. Una dolencia de los órganos internos.

—¿Quiere consultar con alguno de nuestros facultativos de la Clínica Calma y Alma?

—Quizá no por ahora —dijo—. Seguramente sea un achaque pasajero, o incluso imaginario, como tantas veces ocurre con esas quejas femeninas.

Hizo una pausa mientras nos mirábamos en silencio. Temí que pronto volvería a quedarse viudo y a emprender la búsqueda de otra novia impúber.

—Si puedo ayudar en algo, cuente conmigo —le ofrecí.

—Gracias, Tía Lydia. Usted me entiende bien —contestó, sonriendo—. Pero le he pedido que viniera por otra razón. Hemos adoptado una postura respecto a la muerte de la Perla que perdimos en Canadá.

—¿Qué datos han trascendido? —Ya conocía la respuesta, pero no tenía ninguna intención de compartirla.

—La versión oficial del asunto por parte de Canadá es suicidio —dijo.

—Qué desolación —repliqué—. Tía Adrianna era una de las más leales y eficientes... Deposité mucha confianza en ella. Mostró siempre una valentía excepcional.

—Nuestra versión es distinta: los canadienses están encubriendo la verdad, y los depravados terroristas de Mayday, gracias a la laxitud de Canadá, que tolera su presencia ilegal, asesinaron a Tía Adrianna. Aun así, y que quede entre nosotros, estamos perplejos. ¿Quién sabe? Podría ser incluso uno de esos asesinatos fortuitos relacionados con la droga que tanto abundan en esa sociedad decadente. Tía Sally había ido a la esquina a comprar unos huevos. Cuando al volver descubrió la tragedia, decidió que regresar a Gilead sin pérdida de tiempo era lo más prudente.

—Muy prudente —dije.

Tras el precipitado regreso, una conmocionada Tía Sally había acudido a mí enseguida. Me describió cómo Adrianna había encontrado su trágico final.

—Me atacó. Sin previo aviso. Justo antes de que saliéramos de casa para ir al Consulado. ¡No sé por qué! Se abalanzó sobre mí e intentó estrangularme, y yo me revolví. Fue en defensa propia —relató entre sollozos.

—Un acceso de locura pasajera —aventuré—. La presión de estar en un ambiente extraño y enfermizo, como Canadá, puede provocar ese efecto. Hiciste lo correcto, no tuviste más remedio. No veo ninguna razón para que nadie más se entere de esto, ¿y tú?

—Gracias, Tía Lydia. Lamento mucho lo que ocurrió.

—Reza por el alma de Adrianna, y después procura quitártelo de la cabeza —dije—. ¿Tienes algo más que contarme?

—Bueno, nos pediste ir ojo avizor con Pequeña Nicole. La pareja que lleva El Sabueso de la Ropa tenía una hija que ronda la misma edad.

—Ésa es una conjetura interesante —dije—. ¿Pensabas mandar un informe a través del Consulado? ¿En lugar de esperar y hablar directamente conmigo a tu vuelta?

—Bueno, pensé que debías saberlo de inmediato, pero a Tía Adrianna le pareció prematuro. Insistí en que debíamos mencionártelo de todos modos, pero se negaba. Discutimos acaloradamente. Insistí en que era importante.

—Tía Sally lo dijo a la defensiva.

—Por supuesto —contesté—. Lo era, pero también arriesgado. Un informe de ese tipo bien podría haber dado pie a rumores sin fundamento, con consecuencias funestas. Hemos tenido infinidad de avisos falsos, y cualquier miembro del Consulado es potencialmente un Ojo. Los Ojos pueden actuar con demasiada contundencia, carecen de sutileza. Siempre hay una razón tras mis instrucciones. Tras mis órdenes. No os corresponde a las Perlas tomar iniciativas que no se hayan autorizado.

—Oh, no me di cuenta... No me paré a pensar. Pero aun así Tía Adrianna no debería haber...

—Corramos un tupido velo. Sé que tus intenciones eran buenas —dije para apaciguarla.

Tía Sally se había echado a llorar.

—Eran buenas, te lo aseguro.

El infierno está lleno de buenas intenciones, tuve la tentación de decir. Pero me reprimí.

—¿Dónde está ahora la chica? Debe de haber ido a algún sitio, después de que borraran a sus padres del mapa.

—No lo sé. Quizá no deberían haber volado por los aires El Sabueso de la Ropa tan pronto. De lo contrario habríamos podido...

—Coincido. Recomendé que no se precipitaran. Por desgracia, los agentes que están a las órdenes de los Ojos en Canadá son jóvenes y entusiastas, y admiran las explosiones. Pero ¿cómo iban a saberlo? —Hice una pausa, escrutándola con mi mirada más penetrante—. ¿Y no has comunicado a nadie más tus sospechas sobre el posible paradero de Pequeña Nicole?

—No. Sólo a ti, Tía Lydia. Y a Tía Adrianna, antes de que...

—Que quede entre nosotras, ¿de acuerdo? —dije—. No hace falta llegar a un juicio. Ahora creo que lo que necesitas es un poco de reposo para recuperarte. Voy a gestionar una estadía para ti en nuestra preciosa Casa de Retiro Margery Kempe, en Walden. Pronto te sentirás como nueva. Un coche te llevará allí en media hora. Y si en Canadá hay revuelo por el desafortunado incidente en el piso donde os alojabais, y quisieran entrevistarte o incluso denunciarte por algún delito, diremos que has desaparecido.

No quería ver muerta a Tía Sally, sólo quería que se sintiera confusa, y así ha sido. La Casa de Retiro Margery Kempe cuenta con un personal discreto.

Más agradecimientos conmovidos por parte de Tía Sally.

—No me des las gracias —le pedí—. Soy yo quien debería dártelas.

—Tía Adrianna no entregó su vida en vano —estaba diciendo el Comandante Judd—. Sus Perlas nos pusieron en una senda fructífera para intervenir: nos ha permitido dar con nuevos hallazgos.

Se me encogió el corazón.

—Me alegro de que mis muchachas fuesen de provecho.

—Como siempre, gracias por su iniciativa. Gracias a la operación relacionada con la tienda de ropa usada que señalaron sus Perlas, ahora tenemos la certeza del medio por el cual se ha llevado a cabo el intercambio de información estos últimos años entre Mayday y su contacto aquí en Gilead, todavía desconocido.

—¿Y cuál es ese medio?

—A través del allanamiento, a través de la operación especial, recuperamos una cámara de micropuntos. Hemos realizado pruebas con ella.

—¿Micropuntos? —pregunté—. ¿Qué es eso?

—Una tecnología antigua que ha caído en desuso, pero que aún es perfectamente viable. Se fotografían documentos con una cámara en miniatura que los reduce a tamaño microscópico. Después se imprimen en puntos de plástico minúsculos, que pueden colocarse prácticamente sobre cualquier superficie y que el destinatario los lea con un visor a medida tan pequeño que puede ocultarse, por ejemplo, en una pluma.

—Asombroso —exclamé—. No en vano, en Casa Ardua decimos: «No desearás el arma del que escribe.»

Se rió secamente.

—En efecto —dijo—. Nosotros, quienes empuñamos la pluma, debemos ir con cuidado de evitar represalias. Pero Mayday hace gala de inteligencia al haber recurrido a ese método: no mucha gente hoy en día sería capaz de detectarlo. Como suele decirse: si no miras, no ves.

—Ingenioso —dije.

—Es sólo un extremo de la cuerda; el extremo de Mayday. Como he mencionado, está el extremo de Gilead: quien recibe los micropuntos aquí y manda a su vez mensajes. Aún no hemos identificado al individuo o individuos en cuestión.

—He pedido a mis colegas en Casa Ardua que abran bien los ojos y agucen el oído —dije.

—¿Y quiénes están en mejor posición de hacerlo que las Tías? —repuso—. Pueden acceder con libertad a cualquier casa que deseen, y con la delicadeza de su intuición femenina perciben matices que nosotros, los hombres, somos demasiado toscos para registrar siquiera.

—Seremos más astutos que Mayday —dije, apretando los puños y levantando el mentón.

—Me gusta su espíritu, Tía Lydia —dijo—. Formamos un gran equipo.

—La verdad prevalecerá —afirmé. Me temblaba la voz con lo que esperé que pasara por justa indignación.

—Con Su Mirada —contestó.

Después de esto, lector mío, necesitaba un reconstituyente. Llegué con esfuerzo al Café Schlafly a tomar una taza de leche caliente. Luego vine aquí, a la Biblioteca Hildegarda, para continuar mi viaje contigo. Piensa en mí como una guía. Piensa en ti como un alma errante en un bosque oscuro. Y pronto será más oscuro aún.

En la última página donde nos encontramos, te había llevado hasta el estadio, y desde allí retomaré el hilo. A medida que pasaba el tiempo, empezó a crearse una rutina. Dormir por la noche, si podías. Soportar el día. Abrazar a las que lloraban, aunque tengo que decir que el llanto se volvió tedioso. Igual que los alaridos.

Hubo un intento de aferrarse a la música las primeras noches: un par de las mujeres más optimistas y enérgicas nos alentaban a cantar, entonando versiones de *We shall overcome* y similares antiguallas de campamentos de verano remotos. Costaba recordar las letras, pero estas canciones de protesta al menos añadían variedad al repertorio.

Ninguno de los guardias trató de impedir que cantáramos. Sin embargo, al tercer día el ímpetu inicial empezó a debilitarse y sólo unas pocas se unieron a corear, y se oyeron varias quejas —«¡Silencio, por favor!», «¡Por Dios, callad de una vez!»—, así que las monitoras de los campamentos, dolidas, tras protestar un poco —«Sólo intentábamos levantar los ánimos»— cejaron en su empeño.

Yo no era de las que cantaban. ¿Por qué malgastar fuerzas? No estaba para melodías. Me sentía más bien como una rata en un laberinto. ¿Había alguna salida? ¿Cuál era el camino? ¿Por qué había ido a parar allí? ¿Era una prueba? ¿Qué estaban tratando de averiguar?

Algunas mujeres sufrían pesadillas, como es de suponer. Gemían y se agitaban en sueños, o se incorporaban de golpe con un grito. No es una crítica, a mí también me acosaban las pesadillas. Podría contar alguna, pero no lo haré: sé lo fácil que es aburrirse con las pesadillas de los demás, puesto que a estas alturas de la vida he soportado auténticos recitales. A la hora de la verdad, las pesadillas sólo tienen algún interés o trascendencia para quien las vive en carne propia.

Nos despertaba una sirena de madrugada. Las mujeres que conservaban el reloj —no había sido una confiscación exhaustiva— decían que tocaban diana a las seis de la mañana. Pan y agua de desayuno. ¡Qué manjar era aquel pan! Algunas lo devoraban y engullían, pero yo procuraba estirar mi mendrugo todo lo posible. Masticar y tragar ayuda a distraerte del torbellino mental. Además hace que el tiempo pase.

Luego, colas para ir a los aseos inmundos, y buena suerte si el tuyo estaba embozado, porque no venía nadie a desembozarlo. ¿Mi teoría? Los guardias, durante la noche, se dedicaban a atascar los váteres a propósito, para mayor agravio. Algunas de las más metódicas intentaron limpiar los lavabos, pero cuando vieron que la batalla estaba perdida, se rindieron. Rendirse pronto se convirtió en la nueva norma, y debo decir que era contagiosa.

¿He mencionado que no había papel higiénico? Entonces, ¿qué? Te limpiabas con la mano, y luego intentabas lavarte a duras penas con el hilillo de agua que a veces salía de los grifos y a veces no. Estoy segura de que eso también lo hacían a propósito, para levantarnos y bajarnos la moral a intervalos aleatorios. Imaginaba la saña en el rostro del cretino desalmado al que le asignaran la tarea mientras cortaba la llave del agua a su antojo.

Nos habían advertido que no bebiéramos agua de aquellos grifos, pero algunas imprudentemente bebieron. Entonces vinieron vómitos y diarrea, para contribuir al júbilo general.

No había toallitas de papel. No había toallas de ninguna clase. Nos secábamos las manos en la falda, nos hubiéramos lavado o no.

Lamento recrearme tanto en las condiciones del recinto, pero es increíble la importancia que cobran esas cosas básicas con las que has contado siempre, que apenas valoras hasta que te las han quitado. Perdida en mis divagaciones —y todas divagábamos porque, confinadas a la fuerza y sin que pasara nada, nos ensimismábamos y dejábamos volar la mente—, solía pensar en un inodoro magnífico, limpio y blanco. Ah, y un lavabo a juego, con un generoso chorro de agua clara y pura.

Naturalmente, empezamos a apestar. Además del suplicio de los aseos, dormíamos con el traje de oficina, sin mudas de ropa interior. Algunas habíamos llegado a la menopausia, pero otras no, así que el tufo de la sangre coagulada se sumó al del sudor y las lágrimas y la mierda y el vómito. Respirar daba náuseas.

Nos estaban degradando a la condición de animales, animales de redil, a nuestra naturaleza meramente animal. Nos estaban restregando las narices en esa naturaleza. Querían que perdiéramos la dignidad humana.

El resto del día se abría poco a poco como una flor venenosa, pétalo a pétalo, con una lenta agonía. A veces nos esposaban de nuevo, aunque a veces no, y luego nos hacían marchar en fila para meternos en las gradas, sentadas bajo un sol de justicia, y en una ocasión bajo una misericordiosa llovizna fresca. Esa noche apestábamos a ropa mojada, pero menos a nuestro propio hedor.

Hora tras hora veíamos llegar los furgones, descargar su tanda de mujeres y partir vacíos. Los mismos gemidos de las nuevas reclusas, los mismos bramidos y gritos de los guardias. Qué tediosa es la puesta en escena de una tiranía. La trama es siempre la misma.

A la hora del almuerzo nos daban sándwiches, y un día, el que llovía, unos bastones de zanahoria.

—Nada como una comida equilibrada —dijo Anita.

Nos las habíamos ingeniado para sentarnos juntas la mayoría de los días, y para dormir cerca. No había sido una amiga personal antes de ese momento, sólo una colega de profesión, pero me reconfortaba simplemente por estar con alguien que conocía; alguien que personificara mis logros previos, mi vida anterior. Podría decirse que nos unía un vínculo.

—Eras una jueza de quitarse el sombrero —me dijo en susurros el tercer día.

—Gracias. Tú también eras magnífica —le susurré yo.

«Eras» sonaba estremecedor.

• • •

De las demás mujeres en nuestra sección sabía poco. El nombre, a veces. El nombre de sus bufetes. Algunos bufetes se habían especializado en trámites domésticos, como divorcios, custodia de los hijos y demás, así que entendía por qué las mujeres de pronto eran el enemigo y estaban en el punto de mira; aun así, pertenecer al ramo inmobiliario o a litigación o a legislación estatal o corporativa, al parecer, no ofrecía ninguna garantía. Bastaban una licenciatura en Derecho y un útero: una combinación letal.

Las tardes se reservaban para las ejecuciones. El mismo desfile de las condenadas con los ojos vendados hasta el centro del campo. A medida que pasaban los días, me iba fijando en más detalles: algunas apenas podían andar, otras casi no parecían estar conscientes. ¿Qué les habían hecho? ¿Y por qué las habían elegido a ellas para morir?

El mismo hombre del uniforme negro exhortando por un micrófono: «¡Dios se impondrá!»

Acto seguido los disparos, los cuerpos cayendo desplomados. Luego la limpieza. Había una camioneta para los cadáveres. ¿Los enterraban? ¿Los quemaban? ¿O eso era demasiada molestia? Tal vez simplemente los llevaran a un vertedero y los dejaran a merced de los cuervos.

El cuarto día hubo una variación: tres de los ejecutores eran mujeres. No llevaban trajes de oficina, sino unos sayos largos marrones, una especie de albornoces, y la cabeza cubierta con un pañuelo anudado a la barbilla. Nos indignamos.

—¡Monstruos! —le susurré a Anita.

—¿Cómo han podido? —dijo ella.

El quinto día había seis mujeres con sayos marrones entre los ejecutores. También hubo un tumulto cuando una de ellas, en lugar de apuntar a las mujeres de los ojos vendados, se volvió de repente y disparó a uno de los hombres uniformados de negro. De inmediato la derribaron al suelo a porrazos y la acribillaron a tiros. Hubo un grito ahogado colectivo desde las gradas.

Así que ésa es una salida, pensé.

Con el curso de los días se sumaron nuevas mujeres a nuestro grupo de abogadas y juezas. No crecía en tamaño, sin embargo, porque cada noche sacaban a algunas. Se marchaban una por una, flanqueadas por dos guardias. No sabíamos adónde las llevaban, ni por qué. Ninguna volvía.

La sexta noche, Anita desapareció. Ocurrió con mucho sigilo. A veces las mujeres a las que apresaban gritaban o forcejeaban, pero Anita no lo hizo, y me avergüenza decir que yo dormía cuando la eliminaron. Me desperté por la mañana cuando sonó la sirena, y sencillamente ella ya no estaba.

—Lamento lo de tu amiga —me susurró un alma bondadosa mientras guardábamos cola para los concurridos aseos.

—Yo también —le dije.

Pero ya estaba endureciéndome para lo que seguramente se avecinaba. Lamentarse no sirve de nada, me dije. Con el paso de los años, de tantos años, ha demostrado ser una gran verdad.

La séptima noche me tocó a mí. A Anita se la habían llevado silenciosamente —y ese silencio fue desmoralizante, porque daba la impresión de que podías desaparecer sin que nadie se diera cuenta y sin ruido alguno—, pero no pretendieron que mi marcha pasara inadvertida.

Me despertó la presión de una bota en la cadera.

—¡Cierra el pico y arriba! —bramó una de las voces autoritarias.

Antes de que llegara a despertarme del todo, me levantaron de un tirón y me pusieron en marcha. Alrededor se oyeron murmullos, y una voz dijo «No» y otra dijo «Joder», y otra dijo «Dios te ayude» y otra dijo «Cuídate mucho».[1]

—¡Sé andar sola! —dije, pero eso no hizo que las manos que me apresaban me soltaran el brazo, una por cada lado.

Se acabó, pensé: van a fusilarme. No, no, me corregí: eso lo hacen por la tarde. Idiota, contesté: pueden pegarte un tiro en cualquier sitio a cualquier hora, y además, no es la única forma de matar.

En todo momento mantuve cierta calma, aunque cueste de creer, y de hecho ya no lo creo: no era calma, era parálisis. Mientras me diera por muerta, sin preocuparme por el futuro, menos sufriría.

Me condujeron por los pasillos hasta una puerta trasera y me metieron dentro de un coche. No era un furgón, esta vez, sino un Volvo. La tapicería del asiento de atrás era suave pero firme, el aire acondicionado me pareció una brisa del paraíso. Por desgracia, esa frescura me recordó el cúmulo de olores que emanaban de mí. De todos modos saboreé el confort, aunque iba apretujada entre dos guardias, ambos corpulentos. Ni uno ni otro me dijeron nada: yo era simplemente un fardo que había que transportar.

El coche se detuvo frente a una comisaría de policía. Había dejado de ser una comisaría, sin embargo: las letras del rótulo estaban tapadas y en la puerta principal había una imagen: un ojo con alas. El emblema de los Ojos, aunque para mí no significara nada todavía.

Subimos los escalones de la entrada: mis dos acompañantes con grandes zancadas, yo dando traspiés. Me dolían los pies: me di cuenta de que los tenía entumecidos por la falta de ejercicio, y también de que mis zapatos estaban

---

1. En español en el original. (N. de la t.)

estropeados y mugrientos, después de empaparse y endurecerse con barro y demás inmundicias.

Seguimos el pasillo. Voces graves se oían detrás de las puertas; hombres vestidos con la misma indumentaria que los dos que me custodiaban pasaban apresuradamente, y advertí el brillo decidido de sus ojos, el tono cortante de su voz. Hay algo que crispa y tensa en los uniformes, en los emblemas, en las brillantes insignias de las solapas. ¡Todos firmes!

Entramos en uno de los despachos. Y, al otro lado de un gran escritorio, había un hombre con un leve aire a Santa Claus: rollizo, barba blanca, con los mofletes sonrosados y nariz de borrachín. Me sonrió.

—Haga el favor de sentarse —dijo.

—Gracias —contesté. No es que tuviera elección: mis dos compañeros de viaje me encajaron en el asiento y me inmovilizaron, sujetándome con bridas de plástico a los brazos de la silla. Después salieron de la habitación, cerrando la puerta suavemente. Me dio la impresión de que caminaran hacia atrás, como en presencia de un antiguo dios-rey, pero no podía volverme para mirar.

—Permita que me presente —dijo—. Soy el Comandante Judd, de los Hijos de Jacob.

Ése fue nuestro primer encuentro.

—Supongo que usted sabe quién soy —contesté.

—En efecto —dijo, con una sonrisa insulsa—. Me disculpo por los inconvenientes que ha sufrido.

—No ha sido nada —dije con ademán serio.

Es una estupidez bromear con quienes tienen un control absoluto sobre ti. No les hace gracia; creen que no aprecias del todo el alcance de su poder. Ahora que tengo poder, no doy pie a la frivolidad entre subordinados. En cambio entonces fui imprudente. He aprendido la lección.

Se le borró la sonrisa.

—¿Agradece seguir viva? —me interpeló.

179

—Desde luego —dije.

—¿Agradece que Dios la hiciera nacer en un cuerpo de mujer?

—Supongo que sí —contesté—. Nunca me lo he planteado.

—No estoy seguro de que sienta suficiente gratitud —dijo.

—¿Qué sería suficiente gratitud? —repuse.

—Pues suficiente gratitud como para cooperar con nosotros —dijo.

¿He mencionado que llevaba unos pequeños lentes rectangulares? En ese momento se los quitó y los contempló. Sus ojos, sin los lentes, brillaban menos.

—¿A qué se refiere con «cooperar»? —pregunté.

—Es sí o no.

—Estudié Derecho —dije—. Soy jueza. No firmo contratos en blanco.

—No es jueza —me corrigió—. Ya no. —Pulsó un botón y por un interfono dijo—: Penitencia. —Y, dirigiéndose a mí, concluyó—: Esperemos que aprenda a ser más agradecida. Rezaré por ello.

Y así fue como me mandaron a Penitencia. Era el calabozo de la comisaría, reconvertido en una celda de aislamiento de aproximadamente cuatro pasos por cuatro. Tenía un camastro, pero sin colchón. Tenía un cubo, que deduje que era para los excrementos humanos, porque vi restos dentro y el olor me lo confirmó. Antes había tenido una bombilla, pero ahora sólo quedaba la toma de corriente, que estaba cortada. (Por supuesto intenté meter los dedos, al cabo de un tiempo. Cualquiera lo habría hecho.) La única luz era la que se colaba desde el pasillo, a través de la ranura por la que pronto meterían los consabidos bocadillos. Pudrirme en la oscuridad, ése era el plan que me aguardaba.

Tanteé a mi alrededor en la penumbra, encontré la tabla del camastro, me senté. Voy a resistir, pensé. Lo conseguiré.

Acerté, pero por poco. Sorprende comprobar con qué rapidez se pierde la entereza en ausencia de otras personas. Una persona sola no es una persona completa: existimos en relación a los demás. Sola, me arriesgaba a no ser nadie. Permanecí un tiempo en Penitencia. No sé cuánto. Cada tanto, se descorría la mirilla y un ojo me echaba un vistazo. Cada tanto, se oía un grito o una serie de alaridos en las inmediaciones: alardes de brutalidad. A veces llegaba un gemido prolongado; a veces, una serie de jadeos y resuellos roncos que sonaban sexuales, y probablemente lo eran. La indefensión enardece.

No tenía medio de saber si esos sonidos eran reales o meras grabaciones destinadas a destrozarme los nervios y quebrantar mi determinación. Fuera cual fuese, al cabo de unos días perdí el hilo de ese argumento. El argumento para no rendirme.

Desconozco el tiempo que pasé confinada en esa celda tenebrosa, aunque no pudo ser tanto, a juzgar por lo que me habían crecido las uñas cuando me sacaron de allí. El tiempo, sin embargo, es distinto cuando estás encerrada a solas en la oscuridad. Se hace interminable. Tampoco sabes cuándo estás dormida y cuándo despierta.

¿Había insectos? Sí, había insectos. No me picaron, así que supongo que eran cucarachas. Notaba que me correteaban por la cara, suavemente, titubeantes, como si mi piel fuera una capa de hielo quebradizo. No las aplastaba. Al cabo de un tiempo agradeces cualquier asomo de contacto.

Un día, si es que era de día, tres hombres entraron en mi celda sin avisar, me apuntaron a los ojos con una luz cegadora, me tiraron al suelo y me administraron unas patadas precisas y otras atenciones. Reconocí los ruidos que salían de mí: los había oído antes cerca. Prefiero obviar los detalles, excepto para decir que usaron también aguijadas eléctricas.

No, no me violaron. Supongo que ya estaba demasiado mayor y correosa para despertar lujuria. O puede que se preciaran de sus elevados principios morales, aunque eso lo dudo mucho.

Ese escarmiento de patadas y aguijonazos se repitió dos veces más. El tres es un número mágico.

¿Lloré? Sí: salieron lágrimas de mis dos ojos visibles, de mis ojos humanos empañados por el llanto. Pero tenía un tercer ojo, en medio de la frente. Podía sentirlo: era frío, como una piedra. No lloraba: veía. Y detrás de ese ojo alguien estaba pensando: «Me las pagaréis. No me importa cuánto tiempo necesite o cuánta mierda tenga que tragar hasta entonces, pero me vengaré.»

Entonces, tras un periodo indeterminado, y sin previo aviso, la puerta de mi celda de Penitencia se abrió de golpe, la luz inundó el interior, y dos uniformes negros me alzaron del suelo. No mediaron palabra. A esas alturas, hecha un despojo y hediendo más aún que antes, me dejé llevar o arrastrar a lo largo del mismo pasillo por el que había llegado allí, hasta cruzar la puerta principal por la que había entrado, y al interior de otro furgón con aire acondicionado.

Antes de darme cuenta estaba en un hotel: sí, ¡un hotel! No era un hotel de lujo, sino más parecido a un Holiday Inn, si ese nombre significa algo para ti, aunque supongo que no. ¿Dónde están las señas de antaño? Barridas por el viento. O más bien tapadas por la brocha y el equipo de demolición, porque cuando me llevaron a cuestas hasta el vestíbulo había varios operarios en un andamio, borrando el letrero.

En el vestíbulo no había recepcionistas sonrientes para darme la bienvenida. Sólo un hombre con una lista. Intercambió unas frases con mis dos guías turísticos, que a continuación me llevaron a empujones hasta un ascensor, y luego por un pasillo enmoquetado que sólo empezaba a delatar la ausencia de camareras de piso. En un par de meses tendrían un grave problema de moho, pensé con el cerebro reblandecido, justo cuando abrieron una puerta con una tarjeta.

—Disfrute de la estancia —dijo uno de mis guardaespaldas. No creo que fuese irónico.

—Tres días de reposo y rehabilitación —añadió el segundo—. Si necesita cualquier cosa, llame a recepción.

Cerraron la puerta al salir. ¡En la mesa había una bandeja con zumo de naranja y un plátano, y una ensalada de hojas verdes, y una ración de salmón en papillote! ¡Una cama con sábanas! ¡Varias toallas, medianamente limpias! ¡Una ducha! Y sobre todo, ¡un precioso inodoro de porcelana! Caí de rodillas y, sí, recité una oración que me salió del alma, aunque no pienso revelar a quién o a qué recé.

Una vez que despaché toda la comida, con tanto entusiasmo que ni me preocupó que estuviese envenenada, pasé las horas siguientes tomando una ducha tras otra. No bastaba una sola para limpiar todas aquellas capas de suciedad acumulada. Me revisé los rasguños recientes, los cardenales amarillentos y amoratados. Había perdido peso: se me marcaban las costillas bajo la piel, que habían reaparecido después de décadas de ausencia por culpa de la comida rápida. Durante mi carrera en la judicatura, mi cuerpo había sido un mero vehículo para impulsarme de una meta a la siguiente, pero de pronto le tomé un cariño hasta entonces desconocido. ¡Qué rosadas eran las uñas de mis pies! ¡Qué intrincados los trazos de las venas en mis manos! Sin embargo, no conseguía ver una imagen clara de mi rostro en el espejo del cuarto de baño. ¿Quién era aquella persona? Los rasgos parecían borrosos.

Luego dormí muchas horas. Cuando me desperté, había otra comida deliciosa, ternera Strogonoff con guarnición de espárragos, y melocotón Melba de postre, y ¡oh, qué felicidad! ¡Una taza de café! Me habría tomado un martini, pero supuse que el alcohol no estaba incluido en el menú para las mujeres en esta nueva era.

Manos misteriosas se habían llevado mi antigua ropa hedionda: por lo visto debía conformarme con vivir en el albornoz blanco de felpa del hotel.

Me encontraba aún en un deplorable estado mental. Era un rompecabezas desparramado por el suelo. Pero la tercera mañana, o quizá fuese una tarde, me desperté sintiendo que había recuperado la coherencia. Parecía que podía volver a pensar; parecía que podía concebir la palabra «yo».

Además, como si fuese un reconocimiento de ese cambio, encontré un nuevo traje preparado para mí. No era exactamente un hábito monacal, la típica cogulla, y tampoco era de arpillera marrón, pero se acercaba. Había visto antes esa especie de sayo, en el estadio: era el que llevaban las mujeres del pelotón de ejecución. Sentí un escalofrío.

Me lo puse. ¿Qué otra cosa podría haber hecho?

X

VERDE PRIMAVERA

25

Ahora describiré los preparativos que desembocarían en mi compromiso matrimonial, pues al parecer hay cierto interés en conocer cómo se desarrollaban esas formalidades en Gilead. Gracias al giro que dio mi vida, asistí al proceso de las nupcias desde ambos lados: en el papel de la futura novia, y en el de las Tías responsables de prepararlas.

Los planes para organizar mi boda fueron los habituales. Se suponía que el temperamento de las partes implicadas, así como sus respectivas posiciones en la sociedad gileadiana, influían en cierta medida en las opciones disponibles. Pero el objetivo en cada caso era el mismo: las chicas de toda condición, tanto las de buena familia como las menos favorecidas, debían casarse pronto, antes de que se enamoraran de un hombre inapropiado y perdieran la cabeza por él, como se decía, o, peor aún, perdieran la virginidad. Esto último era una deshonra que debía evitarse a toda costa, pues podía traer consecuencias severas. Nadie quería que una hija muriera lapidada, y el estigma para la familia podía ser poco menos que imborrable.

. . .

Una noche Paula me mandó llamar —hizo que Rosa viniera a sacarme de mi «caparazón», como lo llamaba ella—, ordenando que bajara al salón, donde me aguardaba. Hice lo que me pedía, porque negarme no tenía sentido. El Comandante Kyle estaba allí, y también Tía Vidala. Además había otra Tía a la que nunca había visto y a quien me presentaron como Tía Gabbana. Encantada de conocerla, dije, pero supongo que me salió una voz hosca, porque Paula me puso en evidencia.

—¿Ven a lo que me refiero?

—Cosas de la edad —terció Tía Gabbana—. Incluso chicas que antes eran dulces y dóciles pasan por esa fase.

—Desde luego, ya está en la edad —convino Tía Vidala—. Le hemos enseñado todo lo que está a nuestro alcance. Si continúan en la escuela más de la cuenta, se vuelven díscolas.

—¿Y de verdad ya es mujer? —preguntó Tía Gabbana mirándome con recelo.

—Desde luego —dijo Paula.

—¿Nada de eso es relleno? —insistió Tía Gabbana, señalándome el pecho con un gesto de la cabeza.

—¡Claro que no! —contestó Paula.

—Se asombrarían de las tretas a las que recurren algunas familias. Tiene unas caderas generosas, nada de esas pelvis estrechas. Muéstrame la dentadura, Agnes.

¿Cómo se suponía que debía hacerlo? ¿Abriendo mucho la boca, como en el dentista? Paula percibió mi confusión.

—Sonríe —me dijo—. Por una vez.

Retiré los labios en una mueca.

—Unos dientes perfectos —comentó Tía Gabbana—. Muy sanos. Bien, pues, empezaremos la búsqueda.

—Sólo entre las familias de los Comandantes —exigió Paula—. Nada por debajo.

—Eso se sobreentiende —dijo Tía Gabbana. Siguió tomando algunas notas en unos papeles sujetos en una tablilla. Fascinada, observé el movimiento de sus dedos y el modo en que sostenía el lápiz. ¿Qué poderosos símbolos escribía?

—Es un poco joven —intervino el Comandante Kyle, a quien yo ya no consideraba mi padre—. Tal vez. —Le estuve agradecida por primera vez en mucho tiempo.

—Trece años no es demasiado joven. Todo depende —dijo Tía Gabbana—. Hacen maravillas si conseguimos encontrarles la pareja adecuada. Sientan la cabeza de golpe. —Se levantó—. No te preocupes, Agnes. Podrás elegir entre al menos tres candidatos —me dijo. Y luego, dirigiéndose al Comandante Kyle, añadió—: Lo considerarán un honor.

—Háganos saber si necesita alguna otra cosa —ofreció Paula cortésmente—. Y cuanto antes, mejor.

—Entendido —dijo Tía Gabbana—. ¿Harán el donativo de costumbre a Casa Ardua, una vez que haya resultados satisfactorios?

—Por supuesto —dijo Paula—. Rezaremos por que dé fruto. Y que el Señor permita que madure.

—Con Su Mirada —contestó Tía Gabbana.

Las dos Tías se marcharon tras intercambiar sonrisas y gestos de asentimiento con aquella pareja que no eran mis padres.

—Ya puedes irte, Agnes —me dijo Paula—. Te informaremos a medida que haya novedades. Una mujer debe entrar en el bendito estado del matrimonio con todas las precauciones, y seremos tu padre y yo quienes tomemos esas precauciones por ti. Eres una chica privilegiada. Espero que sepas apreciarlo. —Me sonrió con malicia: sabía que esas frases eran humo. En realidad me había convertido en un lastre incómodo del que debían deshacerse por un medio socialmente aceptable.

Volví a mi cuarto. Tendría que haberlo visto venir, porque les había ocurrido lo mismo a chicas no mucho mayores que yo. Una chica estaba en la escuela un día y al día siguiente ya no acudía más: las Tías no eran partidarias del alboroto y los llantos a los que daban pie las despedidas emotivas. Más tarde llegaban rumores de un compromiso, y luego de una boda. Nunca nos permitían asistir a esas bodas, aunque la chica hubiera sido nuestra mejor amiga. Cuando te preparaban para el matrimonio, decías adiós para siempre a tu vida anterior. Cuando te dejaras ver de nuevo, llevarías el digno vestido azul de una Esposa, y las chicas que aún no estaban casadas debían dejarte pasar primero.

Ésa era la realidad que me aguardaba. Iban a echarme de mi propia casa, la casa de Tabitha, la casa donde vivían Zilla y Vera y Rosa, porque Paula se había hartado de mí.

—Hoy no vas a ir a la escuela —me dijo Paula una mañana, y se acabó. Pasé una semana sin hacer apenas nada, aparte de secarme las lágrimas y corroerme por dentro, aunque esas actividades no trascendían más allá de la puerta de mi habitación.

Se suponía que, para mantener la mente ocupada, me distraía acabando una odiosa labor en punto gobelino, el típico cuenco de fruta para tapizar un escabel que mi futuro marido, quienquiera que fuese, usaría de reposapiés. En una esquina de la tela bordé una pequeña calavera: representaba la calavera de mi madrastra, Paula, pero si alguien me preguntaba su significado pensaba decir que era un *memento mori*, un recordatorio de que todos vamos a morir algún día.

Era difícil ponerle alguna objeción, puesto que era un motivo piadoso: había calaveras como ésa en las lápidas del antiguo camposanto cerca de nuestra escuela. En principio no nos permitían entrar, salvo para asistir a los funerales: los nombres de los difuntos estaban en las lápidas, y eso podía alentar la lectura, y eso alentar la depravación. Leer no era para las chicas: sólo los hombres tenían la entereza suficiente para lidiar con la fuerza que desataba; y las Tías, por descontado, porque ellas no eran como nosotras. Había empezado a preguntarme de qué manera una mujer acababa siendo una Tía. Una vez Tía Estée nos contó que hacía falta tener vocación y que Dios te llamara a ayudar a todas las mujeres, en lugar de servir a una única familia, pero ¿cómo se recibía esa llamada? ¿De dónde sacaban la fortaleza? ¿Acaso las Tías tenían una mente especial, que no era ni femenina ni masculina? ¿Serían mujeres de verdad, bajo aquellos uniformes? ¿Podía tratarse de hombres disfrazados? Incluso sospechar semejante barbaridad era impensable, pero de ser cierta, ¡qué escándalo! Imaginé qué aspecto tendrían las Tías si las hicieras vestir de rosa.

Cuando llevaba tres días ociosa, Paula pidió que las Marthas subieran varias cajas de cartón a mi cuarto. Había llegado la hora de guardar mis recuerdos infantiles, dijo. Mis pertenencias podían llevarse al trastero, puesto que muy pronto dejaría de vivir allí. Y después, una vez que pusiera orden en mi nueva casa, podría decidir cuáles de esas pertenencias debía donar a la caridad. Una chica menos privilegiada, de una Econofamilia, disfrutaría mucho con mi vieja casa de muñecas, por ejemplo; a pesar de que no era de primera calidad y de que estaba deteriorada, un poco de pintura aquí y allá haría milagros.

La casa de muñecas llevaba muchos años al lado de la ventana. Seguía albergando las horas de felicidad que había pasado con Tabitha. Estaba la Esposa de juguete, sentada a la mesa del comedor; estaban las niñas, tan modositas; estaban las Marthas en la cocina, haciendo pan; estaba el Comandante, encerrado a cal y canto en su estudio. Después de que Paula se fuera, arranqué la muñeca de la Esposa de su silla y la estampé contra la pared.

26

El siguiente paso que dio Tía Gabbana fue traer un equipo de vestuario, como lo llamaba Paula, puesto que se me consideraba incapaz de elegir la ropa que me pondría en la temporada previa a mi boda, y en especial el día de la propia boda. Debéis comprender que no gozaba de capacidad de decisión; a pesar de ser de la clase privilegiada, era sólo una niña a punto de quedar sometida a un enlace conyugal. Enlace conyugal: sonaba a cargar un pesado yugo para siempre.

El equipo de vestuario estaba al frente de lo que podríamos llamar la escenografía: los trajes, los refrigerios, la decoración. Ninguna de las que formaban el equipo tenía una personalidad dominante, y por eso las habían relegado a esas tareas relativamente humildes; así que aunque todas las Tías gozaban de un alto prestigio, Paula, que sí tenía una personalidad dominante, se las arreglaba para mangonear a las Tías de la brigada matrimonial, dentro de unos límites.

Las tres subieron a mi dormitorio, acompañadas por Paula, donde, después de acabar mi bordado para el reposapiés, me entretenía como buenamente podía jugando al Solitario.

La baraja que usaba era corriente en Gilead, pero por si la baraja no se conoce en el mundo exterior, la describiré. Naturalmente no había letras en las cartas del As, el Rey, la Reina y la Sota, ni tampoco había números en el resto de las cartas. Los Ases eran un Ojo escrutador sobre una nube. Los Reyes llevaban uniforme de Comandante, las Reinas eran Esposas, y las Sotas eran Tías. Las figuras eran las cartas con más valor. En cuanto a los palos, las Picas eran Ángeles, los Tréboles eran Guardianes, los Diamantes eran Marthas y los Corazones eran Criadas. Cada una de las figuras estaba rodeada por una cenefa de figuras más pequeñas: una Esposa de Ángeles tendría una Esposa azul con una cenefa de Ángeles diminutos vestidos de negro, y un Comandante de Criadas tendría una cenefa de Criadas en miniatura.

Tiempo después, una vez que pude acceder a la biblioteca de Casa Ardua, indagué acerca de esta baraja. En épocas remotas, los Corazones habían sido Cálices. A lo mejor por eso las Criadas eran Corazones: eran valiosos recipientes.

Las tres Tías del equipo de vestuario entraron en mi habitación.

—Guarda el juego y ponte de pie, por favor, Agnes —dijo Paula con su voz más dulce; la voz que más me desagradaba, porque sabía lo fraudulenta que era.

Hice lo que me pedía y me las presentó: Tía Lorna, rolliza de cara y sonriente; Tía Sara Lee, cargada de hombros y taciturna, y Tía Betty, titubeante y apocada.

—Han venido para tomarte las medidas —anunció Paula.

—¿Qué? —dije. Nadie me avisaba nunca de nada; no veían la necesidad.

—No digas «qué», di «disculpa» —me corrigió Paula—. Te van a tomar medidas para la ropa que llevarás en tus clases de Preparación Prematrimonial.

Paula me ordenó quitarme el uniforme rosa de la escuela, que seguía llevando porque no disponía de otra ropa, aparte del vestido blanco para la iglesia. Me quedé en medio del cuarto en combinación. No hacía frío, pero noté que se me ponía la piel de gallina al sentir las miradas que me juzgaban. Tía Lorna me tomó las medidas, mientras Tía Betty las anotaba en una libretita. La observé atentamente; siempre observaba a las Tías cuando se escribían mensajes secretos entre ellas.

Luego me dieron permiso para vestirme otra vez, y lo hice.

Comentaron si iba a necesitar ropa interior nueva hasta la fecha de la boda. A Tía Lorna le parecía que no me iría mal, pero Paula dijo que no había necesidad porque no iba a ser mucho tiempo y aún me valía la que tenía. Paula ganó.

Después las tres Tías se marcharon. Volvieron al cabo de unos días con dos trajes, uno para primavera y verano, y uno para otoño e invierno. Ambos en la gama del verde: verde primavera, con toques blancos en los ribetes de los bolsillos, puños y cuello, para primavera y verano, y verde primavera con los detalles en tonos verde oscuro para otoño e invierno. Había visto a niñas de mi edad luciendo esos vestidos, y sabía lo que significaban: el verde primavera era para las hojas frescas, así que la muchacha estaba a punto para el matrimonio. Sin embargo, a las Econofamilias no se les consentían esas extravagancias.

Los vestidos que trajeron las Tías no eran nuevos a estrenar, pero tampoco estaban estropeados, porque nadie llevaba el verde mucho tiempo. Les habían hecho arreglos para adaptarlos a mis formas. Las faldas a un palmo por encima del tobillo, las mangas caían justo hasta la muñeca, y las cinturas eran holgadas y los escotes cerrados. Cada traje tenía un sombrero a juego, con ala ancha y una cinta. Odiaba esos trajes, aunque con moderación: si había que tener un vestuario, ése no era el peor. Me consolaba en el hecho de que me hubieran proporcionado ropa para todas las estaciones del año: quizá llegaría hasta el final del otoño y el invierno sin tener que casarme.

Se llevaron mis antiguos trajes rosas y morados a la lavandería, porque los reutilizarían niñas más jóvenes. Gilead estaba en guerra; no nos gustaba tirar nada.

27

Una vez que recibí mi nuevo vestuario verde, me inscribieron en otro centro: Piedras Preciosas, una escuela de preparación prematrimonial para jovencitas de buena familia. El nombre de la escuela venía de un proverbio de la Biblia: «Mujer virtuosa, ¿quién la hallará? Pues su valor sobrepasa el de las piedras preciosas.»

Era un colegio que también gestionaban las Tías, pero, a pesar de que llevaran los mismos uniformes sosos, en cierto modo las maestras tenían más estilo: se encargaban de enseñarnos a actuar en el papel de señoras de las casas de la alta jerarquía. Y me refiero a «actuar» en un doble sentido: debíamos ser actrices en los escenarios de nuestro futuro hogar.

Shunammite y Becka, de la Escuela Vidala, iban a la misma clase que me tocó a mí: las alumnas de Vidala a menudo seguían juntas en Piedras Preciosas. No había pasado tanto tiempo desde la última vez que las había visto, en realidad, pero de pronto parecían mayores. Shunammite se había enroscado las trenzas oscuras en un moño y se había depilado las cejas. No podía decirse que fuera hermosa, pero derrochaba tanta alegría como siempre. Aclaro aquí que «alegre» era una palabra que las Esposas usaban con un sentido de desaprobación: insinuaba descaro.

Shunammite dijo que estaba deseando casarse. De hecho, no podía hablar de otra cosa: qué perfiles de marido iban a buscarle, qué tipo prefería ella, lo impaciente que estaba. Quería un viudo de unos cuarenta años, que no hubiera amado en exceso a su primera Esposa ni tuviera hijos, apuesto y de alto rango. No le interesaba un joven bisoño que nunca hubiera tenido relaciones sexuales, porque eso sería violento: ¿y si no sabía dónde meter el miembro? Siempre había sido deslenguada, pero ahora rozaba ya la temeridad. Posiblemente hubiera aprendido nuevas expresiones ordinarias de alguna Martha.

Becka estaba aún más delgada. Sus ojos verde miel, que siempre habían destacado en su rostro, se veían más grandes si cabe.

Me dijo que se alegraba de que fuéramos juntas a clase, pero no se alegraba de estar en esa clase. Había rogado hasta la saciedad a su familia que no la casaran todavía —era demasiado joven, no estaba preparada—, pero recibieron una propuesta muy buena: el hijo mayor de un Hijo de Jacob y a la vez Comandante, que apuntaba a su vez a llegar pronto a Comandante. Su madre le había dicho que no fuera tonta, nunca volverían a hacerle una oferta igual y, si no la aceptaba, las propuestas serían peores a medida que se hiciera mayor. Si al cumplir los dieciocho no se había casado, considerarían que la flor se había secado y ya no entraría en la liza por los Comandantes: tendría suerte si, como mucho, conseguía un Guardián. Su padre, el doctor Grove, le dijo que siendo dentista era excepcional que un Comandante considerara casarse con una chica de rango inferior, y sería un insulto rechazarlo; ¿acaso pretendía echarlo todo por tierra?

—¡Y yo no quiero! —se lamentaba con nosotras cuando Tía Lise salía del aula—. ¡Que un hombre repte por todo tu cuerpo, como... como un enjambre de gusanos! ¡No lo soporto!

Me sorprendió que no dijera que no lo soportaría, sino que ya no lo soportaba. ¿Qué le había ocurrido? ¿Algo deshonroso de lo que no podía hablar? Recordé cómo la había perturbado la historia de la Concubina Cortada en Doce Partes, pero no quise preguntar: la deshonra de otra chica se podía contagiar si te acercabas demasiado.

—Seguro que no es para tanto —dijo Shunammite—, ¡y piensa en todo lo que tendrás! ¡Una casa propia, tu coche particular y Guardianes, y tus propias Marthas! ¡Y si no puedes tener un bebé, te otorgarán Criadas, tantas como haga falta!

—No me importan los coches ni las Marthas, ni siquiera las Criadas —dijo Becka—. Es esa horrible sensación. Esa sensación pegajosa.

—¿A qué te refieres? —preguntó Shunammite, riendo—. ¿A la lengua? ¡No es peor que los lametazos de un perro!

—¡Mucho peor! —dijo Becka—. Los perros son cariñosos.

No expresé los temores que me daba la idea de casarme. No podía contar nada sobre mi visita al dentista y mi encuentro con el doctor Grove: no dejaba de ser el padre de Becka, y Becka era mi amiga. En cualquier caso, el asco y la repugnancia que había sentido de pronto me parecían triviales en vista del auténtico pavor que acosaba a Becka: de verdad creía que el matrimonio sería su perdición. La aplastaría, la anularía, la desharía como la nieve hasta que no quedara nada de ella.

Una vez que nos separamos de Shunammite, le pregunté por qué su madre no la ayudaba. Rompió a llorar: en realidad su madre no era su madre, según le había contado su Martha. Era una vergüenza, pero su verdadera madre había sido una Criada.

—Igual que la tuya, Agnes —dijo.

La madre oficial se lo había echado en cara: ¿a qué venía ese miedo a acostarse con un hombre, si la fulana de su madre, una Criada, no ponía tantos reparos? ¡Todo lo contrario!

Entonces la abracé y le dije que la entendía.

28

Tía Lise iba a enseñarnos modales y costumbres: qué tenedor debía usarse, cómo servir el té, cómo ser amable pero firme con las Marthas, y cómo evitar enredos emocionales con nuestra Criada, si llegaba el caso de que necesitáramos una Criada. Cada una ocupaba su lugar en Gilead, cada una cumplía un papel a su manera, y todas éramos iguales a los ojos de Dios, pero algunas teníamos unos dones que eran distintos de los dones de otras, decía Tía Lise. Si los diversos dones se confundían y todas intentábamos desempeñar todos los papeles, sólo podía acabar en caos y en perjuicio de la sociedad. ¡No había que pedir peras al olmo!

Nos instruyó en los conocimientos básicos de jardinería, con especial hincapié en las rosas —la jardinería era una afición apropiada para las Esposas—, y nos enseñó a saber apreciar la calidad de la comida que nos cocinaban y se servía en nuestra mesa. En esos tiempos de escasez nacional era importante no desperdiciar la comida ni desaprovechar su pleno potencial. Los animales habían muerto por nosotros, nos recordaba Tía Lise, y las verduras también, añadía en tono ejemplarizante. Debíamos estar agradecidas, y dar las gracias a Dios por su generosidad. Era una falta de respeto, incluso un pecado, hacia la Divina Providencia maltratar la comida, tanto si la estropeabas al cocinarla como si la tirabas.

Así pues, aprendimos a preparar un huevo escalfado en el punto exacto, y la temperatura justa a la que debía servirse una tartaleta salada, y la diferencia entre una crema y un consomé. No puedo decir que recuerde esas lecciones con detalle, puesto que a fin de cuentas nunca tuve ocasión de ponerlas en práctica.

Nos hizo repasar también las plegarias apropiadas para recitar antes de las comidas. Nuestro esposo recitaría las oraciones cuando estuviera presente, como cabeza de familia, pero en su ausencia —que sería habitual, porque tendría que trabajar hasta tarde, sin que nunca debiéramos reprocharle la tardanza— nos correspondería decir esas plegarias para rezar por los que Tía Lise esperaba que fuesen nuestros numerosos hijos. Aquí apretaba los labios en una sonrisa tirante.

Por mi cabeza pasaba la plegaria inventada que Shunammite y yo solíamos recitar por diversión cuando éramos mejores amigas en la Escuela Vidala:

> *Bendice, Señor, mi cuenco rebosante*
> *que se derramó en el suelo:*
> *fue porque me sentía anhelante*
> *y ahora vuelvo a por consuelo.*

El sonido de nuestras risas traviesas se perdía en la distancia. ¡Qué pícaras nos creíamos entonces! Y qué inocentes y vanos me parecían esos atisbos de rebeldía, ahora que me estaba preparando para el matrimonio.

A medida que avanzaba el verano, Tía Lise nos enseñó los conocimientos básicos de interiorismo, aunque las decisiones finales sobre la decoración de nuestro hogar las tomarían nuestros maridos, por supuesto. Después nos enseñó a hacer arreglos florales, de estilo japonés y de estilo francés.

Cuando llegamos al estilo francés, Becka estaba profundamente abatida. La fecha de su boda estaba fijada para noviembre. El candidato elegido había visitado por primera vez a la familia. Lo recibieron en el salón, y había charlado con su padre mientras ella permanecía allí sentada en silencio —ése era el protocolo: de mí se esperaría lo mismo—, y dijo que le había parecido espeluznante, pues tenía granos y un bigotillo esmirriado, además de una lengua blancuzca.

Shunammite se echó a reír y dijo que seguramente sería dentífrico, debía de haberse cepillado los dientes justo antes de ir porque quería causarle una buena impresión, ¿y eso no le parecía adorable? Becka dijo que rezaba por caer enferma, con una enfermedad grave que no sólo la postrara sino que además fuese contagiosa, porque entonces no habría más remedio que cancelar todos los planes de boda.

El cuarto día de arreglos florales al estilo francés, cuando estábamos aprendiendo a hacer ramos simétricos de ceremonia jugando con los contrastes entre texturas complementarias, Becka se rajó la muñeca izquierda con las tijeras de poda y hubo que llevarla al hospital. No fue un corte tan profundo como para que su vida corriera peligro, pero salió mucha sangre. Echó a perder las margaritas blancas de Shasta.

Dio la casualidad de que la vi cuando se cortó. Jamás olvidaré la expresión de su cara: tenía una ferocidad que no había visto nunca en ella y que me alarmó. Era como si se hubiese convertido en una persona distinta, desquiciada, aunque fuese sólo por un instante. Cuando llegaron los servicios de emergencia y se la llevaron, parecía serena. «Adiós, Agnes», me dijo al marcharse, y no acerté a responder.

—Esa chiquilla es una inmadura —comentó después Tía Lise. Llevaba el pelo recogido en un moño elegante. Nos miró de soslayo, con su larga nariz patricia, y añadió—: A diferencia de vosotras, jovencitas.

Shunammite se puso radiante, porque anhelaba ser madura, y yo conseguí esbozar una sonrisa. Pensé que estaba aprendiendo a actuar; o más bien, a cómo ser actriz. O a ser mejor actriz que antes.

XI

Arpillera

29

Anoche tuve una pesadilla. La había tenido antes.

Ya he mencionado en esta crónica que no pondré a prueba tu paciencia relatando mis sueños, pero como éste en particular atañe a lo que voy a contar ahora, haré una excepción. Desde luego posees pleno control sobre lo que decides leer, y puedes pasar por alto este sueño mío a tu antojo.

Estoy de pie en el estadio, llevando el atuendo marrón similar a un sayo que me proporcionaron en el hotel reconvertido en centro de recuperación después de salir de Penitencia. Formando en una fila conmigo hay varias mujeres más con el mismo sayo penitencial y varios hombres enfundados en uniformes negros. Cada uno de nosotros sostenemos un fusil. Sabemos que algunos de esos fusiles contienen balas de fogueo, otros no, pero todos seremos asesinos, ya que la intención es lo que cuenta.

Frente a nosotros hay dos hileras de mujeres: unas de pie, otras de rodillas. No llevan los ojos vendados. Veo sus caras. Reconozco a todas y cada una de ellas. Antiguas amigas, antiguas clientas, antiguas colegas; y, más recientemente, mujeres y niñas que han pasado por mis manos. Esposas, hijas, Criadas. Algunas tienen dedos amputados, algunas tienen un solo pie, un solo ojo. Algunas llevan sogas alrededor del cuello. Las he juzgado, he dictado sentencia: quien juzga una vez, juzga siempre. Pero todas están sonriendo. ¿Qué veo en sus ojos? ¿Miedo, desprecio, desafío? ¿Lástima? Imposible de precisar. Las que llevamos fusiles los levantamos. Abrimos fuego. Algo me entra en los pulmones. No puedo respirar. Me ahogo, me desplomo en el suelo.

Me despierto, empapada en un sudor frío, con el corazón desbocado. Dicen que una pesadilla puede darte un susto de muerte; que el corazón se te puede parar, literalmente. ¿Acabará este mal sueño por matarme una de estas noches? Sin duda hará falta más que eso.

Te estaba contando mi reclusión en Penitencia y la lujosa experiencia en la habitación del hotel que vino a continuación. Fue como una receta para la carne dura: vapuléala con un mazo, luego marínala y ablándala.

Una hora después de que me vistiera con el sayo que me habían proporcionado, llamaron a la puerta; una escolta de dos hombres aguardaba. Me condujeron por un largo pasillo hasta otra habitación. Reconocí a mi interlocutor de la barba blanca, con quien había mantenido la charla previa, esta vez no al otro lado de un escritorio, sino arrellanado en un cómodo sillón.

—Haga el favor de sentarse —dijo el Comandante Judd.

No hizo falta que me obligaran esta vez: me senté voluntariamente.

—Espero que nuestro ligero régimen no le resultara demasiado severo —dijo—. Sólo le aplicamos el Nivel Uno.

—No había nada que decir a eso, así que no dije nada—. ¿Fue iluminador?

—¿A qué se refiere?

—¿Vio la luz? ¿La Luz Divina? —¿Cuál era la respuesta correcta a esa pregunta? Si le mentía, se daría cuenta.

—Fue iluminador —dije. Pareció bastar.

—¿Cincuenta y tres?

—¿Se refiere a mi edad? Sí —contesté.

—Ha tenido amantes —dijo. Me pregunté cómo lo había averiguado, y me sentí un poco halagada de que se hubiera tomado la molestia.

—Pasajeros —contesté—. Varios. Ningún éxito a largo plazo.

¿Alguna vez había estado enamorada? No lo creo, mi experiencia con los hombres de la familia nunca alimentó mi confianza. Pero el cuerpo tiene sus impulsos, que pueden ser tan humillantes como gratificantes de obedecer. No me dejaron heridas duraderas, di y recibí cierto placer, y ninguno de esos individuos se tomó como una afrenta personal que lo desterrara rápidamente de mi vida. ¿Por qué esperar más?

—Abortó —dijo. Así que habían estado hurgando en antiguos registros.

—Sólo una vez —me excusé como una necia—. Era muy joven.

Emitió un gruñido de desaprobación.

—¿Es consciente de que esa forma de asesinato ahora se castiga con la pena de muerte? La ley es retroactiva.

—No, no era consciente. —Me quedé fría. Pero si pensaban fusilarme, ¿a qué venía el interrogatorio?

—¿Estuvo casada?

—Poco tiempo. Fue un error.

—El divorcio es un crimen —dijo. No respondí.

—¿No fueron bendecidos con hijos?

—No.

—¿Desperdició su cuerpo de mujer? ¿Renegó de su función natural?

—Simplemente no ocurrió —dije, procurando que mi voz no delatara nerviosismo.

—Lástima —dijo—. Bajo nuestro gobierno, toda mujer virtuosa puede tener un hijo, como quiso Dios. Aunque supongo que se entregó de lleno a su, digamos, carrera. ¿Trabajó dos trimestres como maestra?

—Sí, pero regresé a la judicatura. —Pasé por alto el desaire—. Tenía una agenda exigente, sí.

—¿Casos de Derecho de familia? ¿Agresión sexual? ¿Delitos de mujeres? ¿Demandas de mayor protección por parte de trabajadoras sexuales? ¿Derechos patrimoniales en divorcios? ¿Mala praxis médica, en especial ginecológica? ¿Retirada de la custodia a madres no capacitadas? —Había sacado una lista en papel y leía a partir de la misma.

—Cuando era necesario, sí —dije.

—¿Breve pasantía en un centro de víctimas de violación?

—Cuando era estudiante —dije.

—El Santuario de South Street, ¿no? ¿Lo dejó porque...?

—Estaba demasiado ocupada —dije. Y añadí otra verdad, puesto que carecía de sentido no ser sincera—: Además, me desgastaba mucho.

—Sí —dijo, con un brillo en la mirada—. Desgasta. Todo ese sufrimiento innecesario de las mujeres. Nos proponemos erradicarlo. Estoy seguro de que estará de acuerdo. —Hizo una pausa, como concediéndome un momento para ponderarlo. Luego volvió a sonreír—. Así pues, ¿con qué se queda?

Mi antiguo yo habría dicho «¿con qué me quedo de qué?» o alguna frase imprudente por el estilo.

—¿Se refiere a sí o no? —contesté, en cambio.

—Exacto. Ya ha experimentado las consecuencias del «no», o por lo menos algunas. Mientras que del «sí»... Permítame sólo que diga que quienes no están con nosotros, están contra nosotros.

—Ya veo —contesté—. Entonces, me quedo con el «sí».

—Tendrá que demostrar que va en serio —dijo—.
¿Está dispuesta?

—Sí —dije otra vez—. ¿Cómo?

Me sometieron a una ordalía. Sin duda habrás imaginado en qué consistió. Fue como mi pesadilla, salvo que las mujeres llevaban una venda en los ojos y al disparar no me desmayé. En eso consistía la prueba del Comandante Judd: fracasabas, y tu compromiso con el único camino verdadero quedaba anulado; la superabas, y tenías las manos manchadas de sangre. Como alguien dijo una vez: o nos mantenemos unidos, o nos ahorcarán por separado.

Mostré cierta debilidad: cuando todo acabó, vomité.

Una de las fusiladas era Anita. ¿Por qué la habían elegido para morir? Incluso después de pasar por Penitencia, debió de decir que no en lugar de decir que sí. Debió de elegir una salida rápida. A decir verdad, sin embargo, no tengo ni idea del porqué. Quizá fue tan simple como que no la consideraron útil para el régimen, mientras que a mí sí.

Esta mañana me he levantado temprano para disponer de unos momentos robados contigo antes del desayuno, lector mío. Eres ya una especie de obsesión, mi único confidente, mi único amigo... ¿A quién más que a ti puedo contarle la verdad? ¿En quién más puedo confiar?

Y tampoco es que pueda confiar en ti, porque a fin de cuentas, ¿quién sino tú va a delatarme, probablemente? Yaceré olvidada en un rincón lleno de telarañas, o debajo de una cama, mientras tú vas a pícnics y a bailes —sí, el baile volverá, es difícil vetarlo para siempre—, o a recibir el calor de otro cuerpo, mucho más atractivo que el haz de papel quebradizo en que me habré convertido. Te perdono de antemano. Una vez me sentí como tú, perdidamente enganchada a la vida.

¿Por qué doy por hecho que existes? Tal vez nunca llegues a materializarte: eres sólo un deseo, una posibilidad, una fantasía. ¿Una esperanza, me atrevo a decir? Tengo derecho a la esperanza, desde luego. Aún no he pasado la medianoche de mi vida; la campana no ha tañido aún, y Mefistófeles no ha aparecido todavía a cobrar el precio que debo pagar por nuestro pacto.

Porque pacto hubo, desde luego, aunque no fue con el Diablo: pacté con el Comandante Judd.

Mi primer encuentro con Elizabeth, Helena y Vidala tuvo lugar al día siguiente de superar mi prueba de fuego en el estadio. Nos condujeron a las cuatro hasta una de las salas de reuniones del hotel. Todas parecíamos otras, entonces: más jóvenes, más esbeltas, menos retorcidas. Elizabeth, Helena y yo llevábamos los trajes oscuros como de arpillera que he descrito, pero Vidala iba con un uniforme negro en toda regla: no el uniforme que más adelante se nos asignó a las Tías.

El Comandante Judd nos estaba esperando. Se sentó a la cabecera de la mesa de la sala de reuniones, naturalmente. Delante tenía una bandeja con una cafetera y tazas. Sirvió el café con ceremonia, sonriendo.

—Enhorabuena —empezó—. Han superado la prueba. Son las teas rescatadas de la quema. —Se sirvió una taza para él, añadió crema, tomó un sorbo—. Tal vez se hayan preguntado por qué una persona de mi posición, que había alcanzado bastante éxito bajo la anterior administración corrupta, ha actuado como lo he hecho yo. No crean que no me doy cuenta de la gravedad de mi conducta. Habrá quien considere un acto de traición derrocar un gobierno ilegítimo; sin duda, muchos han pensado así de mí. Ahora que se han unido a nosotros, tengan por seguro que otros pensarán lo mismo de ustedes. Pero la lealtad a una verdad superior no es traición, puesto que los caminos de Dios no son los caminos del hombre, y desde luego no son los caminos de la mujer.

Vidala observaba mientras nos daba el sermón, dejando entrever una minúscula sonrisa: fuera lo que fuese de lo que quisiera convencernos, para ella ya era un credo aceptado.

Me cuidé de no inmutarme. Es una habilidad, no inmutarse. El Comandante Judd paseó la mirada por nuestros rostros impasibles.

—Tómense el café —dijo—. Una mercancía valiosa cada vez más difícil de conseguir. Sería un pecado rechazar lo que Dios ha ofrecido generosamente a sus predilectos.

Acto seguido, todas levantamos las tazas, como en una ceremonia de comunión.

Continuó hablando.

—Hemos visto las consecuencias de tanta permisividad, de tanta codicia por los lujos materiales, y la ausencia de estructuras sólidas que conduzcan a una sociedad equilibrada y estable. Nuestro índice de natalidad, por razones diversas pero sobre todo por las prioridades egoístas de las mujeres, está en caída libre. ¿Coinciden conmigo en que los seres humanos son desgraciados cuando se encuentran sumidos en el caos? ¿En que las reglas y los límites promueven la estabilidad y, por consiguiente, la felicidad? ¿Me siguen, por ahora?

Asentimos.

—¿Eso es un sí? —Señaló a Elizabeth.

—Sí —dijo ella con una voz chillona de espanto. Era más joven, y todavía atractiva, por aquella época; no había permitido que su cuerpo se abotargara. Desde entonces me he fijado en que a ciertas clases de hombres les gusta avasallar a las mujeres hermosas.

—Sí, Comandante Judd —la amonestó él—. Los títulos deben respetarse.

—Sí, Comandante Judd.

Alcancé a oler el miedo desde el otro lado de la mesa; me pregunté si ella podía oler el mío. Tiene un tufillo acre, el miedo. Es corrosivo.

También ella ha estado aislada en la oscuridad, pensé. La han puesto a prueba en el estadio. Ella, también, ha mirado en su interior y ha visto el vacío.

—A la sociedad se le presta un mejor servicio si se separan la esfera de los hombres y la de las mujeres —prosiguió el Comandante Judd con una voz más adusta—. Hemos visto los desastrosos resultados del intento de fusionar esas esferas. ¿Alguna pregunta hasta aquí?

—Sí, Comandante Judd —dije—. Tengo una pregunta.

Sonrió, aunque no con simpatía.

—Proceda.

—¿Qué es lo que quieren?

Sonrió de nuevo.

—Gracias. ¿Qué queremos de ustedes en particular? Estamos construyendo una sociedad coherente con el Orden Divino: una ciudad en lo alto de un monte, una luz para todas las naciones. Y nos mueven a actuar la consternación y la piedad caritativa. Creemos que ustedes, con su formación privilegiada, están bien cualificadas para ayudarnos a aliviar el desventurado destino de las mujeres provocado por la sociedad decadente y corrupta que estamos aboliendo ahora. —Hizo una pausa—. ¿Desea colaborar?

Esta vez el dedo acusador señaló a Helena.

—Sí, Comandante Judd. —Apenas un susurro.

—Bien. Son ustedes mujeres inteligentes. Gracias a sus antiguas... —No quería decir «profesiones»—. Gracias a sus antiguas experiencias, están familiarizadas con la vida de las mujeres. Saben cómo tienden a pensar, o, permitan que parafrasee, cómo tienden a reaccionar a los estímulos,

214

tanto positivos como menos positivos. Por consiguiente, pueden prestar servicio: un servicio que les da derecho a ciertas ventajas. Esperamos que sean las guías espirituales y mentoras, las líderes por así decir, dentro de su propia esfera femenina. ¿Más café? —Nos sirvió.

Nos movimos inquietas, tomamos un sorbo, aguardamos.

—En resumen —continuó—, queremos que nos ayuden a organizar esa esfera aparte, la esfera de las mujeres. Con el objetivo de alcanzar un nivel óptimo de armonía, tanto cívica como doméstica, y un número óptimo de vástagos. ¿Más preguntas?

Elizabeth levantó la mano.

—¿Sí? —dijo él.

—¿Se espera que... recemos, y ese tipo de cosas? —preguntó.

—La oración va dejando poso —contestó—. Con el tiempo entenderán cuántas razones tienen para dar gracias a una fuerza superior a ustedes. Mi, mmm..., colega —indicó a Vidala— se ha ofrecido a servirles de instructora espiritual, ya que pertenece a nuestro movimiento desde su concepción.

Se hizo un silencio mientras Elizabeth, Helena y yo asimilábamos esta información. Por esa fuerza superior ¿se refería a sí mismo?

—Estoy segura de que podemos ayudar —dije al fin—. Pero requerirá un esfuerzo considerable. Hace mucho que a las mujeres se les ha dicho que pueden alcanzar la igualdad en las esferas profesionales y públicas, y no recibirán de buena gana... —Busqué la palabra idónea—. La segregación.

—Fue una crueldad desde el principio prometerles igualdad —dijo él—, ya que por naturaleza son incapaces de alcanzarla. Ya hemos iniciado la compasiva tarea de rebajar sus expectativas.

No quise preguntar sobre los medios que se estaban empleando. ¿Serían similares a los que me habían aplicado a mí? Esperamos mientras se servía más café.

—Por descontado tendrán que crear leyes y esa clase de cosas —continuó—. Se les concederá un presupuesto, una base de operaciones y un dormitorio. Hemos reservado un complejo residencial estudiantil para ustedes, dentro del complejo amurallado de una de las antiguas universidades que hemos requisado. No precisará muchas reformas. Estoy seguro de que resultará bastante confortable.

Aquí me arriesgué.

—Si va a ser una esfera aparte para las mujeres —dije—, debe estar separada de verdad. Dentro, las mujeres deben estar al mando. Salvo en caso de extrema necesidad, los hombres no deben trasponer el umbral de los recintos que nos asignen, ni deben cuestionarse nuestros métodos. Seremos juzgadas únicamente por nuestros resultados. Aunque por supuesto daremos parte a las autoridades siempre que sea necesario.

Me observó con una mirada penetrante, y entonces tendió las manos con las palmas hacia arriba.

—Carta blanca —dijo—. Dentro de lo razonable, y dentro del presupuesto. Sometido, claro está, a mi aprobación final.

Miré a Elizabeth y Helena y vi en sus ojos cierta admiración, a su pesar. Había apuntado alto demandando más poder del que se habrían atrevido a pedir, y lo había ganado.

—Claro está —dije.

—No estoy convencida de que sea prudente —dijo Vidala—. Dejarlas gestionar sus propios asuntos hasta ese extremo. Las mujeres son vasos frágiles. Incluso a las más fuertes entre ellas no se les debería permitir que...

El Comandante Judd la cortó en seco.

—Los hombres tienen mejores cosas que hacer que preocuparse por las nimiedades de la esfera femenina. Tiene que haber mujeres competentes para ello. —Me señaló con la cabeza, y Vidala me fulminó con una mirada de odio—. Las mujeres de Gilead tendrán ocasión de estarles agradecidas —prosiguió—. Hay tantos regímenes que han hecho mal esas cosas... ¡Con tanta zafiedad, con tan poco provecho! Si ustedes fallan, les fallarán a todas las mujeres. Igual que hizo Eva. Ahora las dejaré con sus deliberaciones. Y así empezamos.

Durante esas sesiones iniciales comencé a calar a mis compañeras, las demás Fundadoras: pues como Fundadoras nos venerarían en Gilead, había prometido el Comandante Judd. A quien esté familiarizado con las broncas de un patio de colegio, o con las peleas en un gallinero, o desde luego con cualquier situación en la que las recompensas son ínfimas pero la competencia por conseguirlas es feroz, entenderá las fuerzas en juego. A pesar de nuestra fingida cordialidad, y desde luego de nuestra colegialidad, las corrientes de hostilidad subterránea ya se estaban formando. Si esto es un gallinero, pensé, quiero ser la gallina alfa. Para eso, necesito procurarme ciertos derechos para dar picotazos a las demás.

En Vidala ya tenía una enemiga. A pesar de que por lógica se veía como la cabecilla, esa idea se había cuestionado. Se opondría a mí por todos los medios que pudiera, pero yo contaba con una ventaja: no estaba cegada por la ideología. Eso me concedería una flexibilidad que a ella le faltaba en la carrera de fondo que teníamos por delante.

De las otras dos, Helena sería la más fácil de llevar, pues era la más insegura. En esa época estaba rellenita, pero ha menguado desde entonces; uno de sus antiguos empleos había sido una lucrativa clínica de adelgazamiento, nos contó. Luego pasó a trabajar como relaciones públicas para una casa de lencería de alta costura y adquirió una amplia colección de zapatos. «Zapatos de ensueño», se lamentó antes de que Vidala la hiciera callar frunciendo el ceño. Helena seguiría el viento que soplara más fuerte, concluí, y eso me favorecería mientras yo fuese ese viento. Elizabeth pertenecía a una esfera social más alta, evidentemente me refiero a más alta que la mía. Eso haría que me subestimara. Licenciada en Vassar, había sido secretaria ejecutiva de una poderosa senadora en Washington, a quien veía como una sólida candidata presidencial. Sin embargo, en Penitencia se había roto algo en su interior; ni el derecho de cuna ni su educación la habían salvado, y se sentía vacilante.

Una por una podría manejarlas, pero si las tres se unían en un frente común, me encontraría en apuros. Divide y vencerás, sería mi lema.

Mantente firme, me dije. No compartas demasiada información sobre ti misma, porque la utilizarán en tu contra. Escucha con atención. Oculta las pistas. No dejes ver el miedo.

Semana tras semana inventamos leyes, uniformes, eslóganes, himnos, nombres. Semana tras semana informábamos al Comandante Judd, que se dirigía a mí como la portavoz del grupo. De las iniciativas que aprobaba, se acreditaba el mérito. Recibía los aplausos de los demás Comandantes. ¡Con qué buen criterio había tomado las riendas!

¿Me repugnaba la estructura que estábamos forjando? Hasta cierto punto, sí: era una traición a todo lo que nos habían enseñado en nuestra vida anterior, y a todos los logros alcanzados. ¿Me sentía orgullosa de lo que conseguimos llevar a cabo, a pesar de las limitaciones? Hasta cierto punto, también, sí. Las cosas nunca son blancas o negras.

Durante un tiempo casi llegué a creerme lo que sabía que pretendían que me creyera. Me contaba entre las fieles por la misma razón que tantos otros en Gilead: porque era menos peligroso. ¿Qué se gana si te lanzas delante de una apisonadora en virtud de unos principios morales, para quedar aplastada como un despojo? Mejor confundirse en la multitud, esa multitud devota de las alabanzas, untuosa e instigadora del odio. Mejor apedrear a que te apedreen. O mejor, por lo menos, para tus posibilidades de seguir con vida.

Qué bien lo sabían los arquitectos de Gilead. Los de su calaña lo han sabido desde siempre.

Quiero dejar constancia de que años más tarde, después de que me impusiera con mano férrea en Casa Ardua y adquiriera el vasto aunque silencioso poder que ahora ejerzo en Gilead, el Comandante Judd, sintiendo que la balanza se había inclinado a mi favor, quiso aplacarme.

—Espero que me haya perdonado, Tía Lydia —me dijo.

—¿Por qué, Comandante Judd? —le pregunté en mi tono más afable. ¿Podía ser que le infundiera un ligero temor?

—Por las rigurosas medidas que me vi obligado a adoptar antes de crear nuestra alianza —dijo—. Para separar el trigo de la paja.

—Oh —le contesté—. No me cabe duda de que sus intenciones eran nobles.

—Así lo creo. Y aun así, fueron medidas severas. —Sonreí, sin decir nada—. Me di cuenta de que usted era trigo desde el principio. —Continué sonriendo—. Su fusil llevaba munición de fogueo —dijo—. He pensado que le gustaría saberlo.

—Agradezco que me lo diga —respondí. Los músculos de la cara empezaban a dolerme. En determinadas circunstancias, sonreír supone un esfuerzo supremo.

—Entonces, ¿estoy perdonado? —me preguntó.
Si no me hubiera constado de buena tinta su predilección por las muchachas apenas núbiles, habría pensado que flirteaba conmigo. Rescaté un retazo del baúl del pasado desaparecido:
—Errar es humano, perdonar es divino. Como alguien sentenció una vez.
—Es usted toda una erudita.

Anoche, después de que acabara de escribir y guardar mi manuscrito en la caverna hueca de las entrañas del Cardenal Newman, iba de camino al Café Schlafly cuando Tía Vidala me abordó en el sendero.
—Tía Lydia, ¿puedo robarte un momento? —dijo. Es una pregunta a la que siempre hay que contestar que sí. La invité a acompañarme a la cafetería.
Al otro lado del Patio, el pórtico de columnas que preside la sede de los Ojos estaba vivamente iluminado: fieles a su nombre, en homenaje a ese Ojo de Dios siempre vigilante, nunca duermen. Había tres de ellos apostados en la escalinata blanca exterior del edificio principal, fumando un cigarrillo. Ni nos miraron. A las Tías nos consideran meras sombras: sus propias sombras, aterradoras para otros, pero no para ellos.
Cuando pasamos por delante de mi estatua, eché un vistazo a las ofrendas: menos huevos y naranjas que de costumbre. ¿Será que mi popularidad está decayendo? Contuve las ansias de llevarme una naranja, volvería más tarde a buscarla.
Tía Vidala estornudó, el preludio de una declaración importante. Luego carraspeó.
—Debo aprovechar la ocasión para mencionar que se han expresado ciertas inquietudes acerca de tu estatua —dijo.

—¿No me digas? —Me sorprendí—. ¿En qué sentido?

—Por las ofrendas. Las naranjas. Los huevos. Tía Elizabeth cree que ese exceso de atención se acerca peligrosamente al culto de la adoración. Y eso sería idolatría —añadió—. Un grave pecado.

—Desde luego —dije—. Qué observación tan lúcida.

—Además de los valiosos alimentos que se desperdician. Según ella, es prácticamente un sabotaje.

—No puedo estar más de acuerdo —dije—. Nadie desea más que yo evitar el menor atisbo de un culto a la personalidad. Como sabes, mantengo reglas estrictas en relación a la dieta. Nosotras, las que dirigimos la Casa, debemos dar un elevado ejemplo, incluso en apartados tales como servirse más de una vez, en especial huevos cocidos.

Hice una pausa: tenía un vídeo grabado de Tía Elizabeth en el Refectorio, hurtando esas piezas de comida, tan fáciles de esconder bajo la manga, pero aún no era el momento de compartirlo.

—Respecto a las ofrendas, son manifestaciones de terceros que escapan a mi control. No puedo evitar que acudan desconocidos a dejar muestras de afecto y respeto, de lealtad y gratitud, como la bollería y la fruta, a los pies de mi efigie. Por inmerecidas que sean, huelga decirlo.

—No pueden evitarse de antemano —dijo Tía Vidala—, pero se pueden detectar y sancionar.

—Sin un reglamento que prohíba esos actos —repliqué—, no se ha quebrantado ninguna regla.

—Entonces deberíamos crear un reglamento —dijo Tía Vidala.

—Lo pensaré, descuida —contesté—. Así como el castigo adecuado. Estas cosas deben hacerse con tacto.

Iba a ser una pena renunciar a las naranjas, reflexioné: llegan de vez en cuando, no se puede contar con una cadena de suministro estable.

—Pero creo que tienes algo más que añadir, ¿no?
—Acabábamos de llegar al Café Schlafly. Nos sentamos a una de las mesas rosas. Le pregunté—: ¿Puedo ofrecerte una taza de leche caliente?

—No puedo tomar leche —contestó, malhumorada—. Provoca mucosidades.

Siempre le ofrezco a Tía Vidala leche caliente, en un despliegue de generosidad: la leche no forma parte de nuestras raciones cotidianas, sino que es un suplemento opcional, que pagamos con los vales que nos dan en función de la jerarquía. Ella siempre rehúsa con irascibilidad.

—Perdona —dije—. Se me había olvidado. ¿Una infusión de menta, entonces?

En cuanto nos sirvieron las bebidas, fue al grano.

—La cuestión —empezó— es que yo misma he sido testigo de que Tía Elizabeth deja ofrendas de comida al pie de tu estatua. Huevos duros, en particular.

—Fascinante —dije—. ¿Por qué iba a hacer tal cosa?

—Para crear pruebas en tu contra —dijo—. Ésa es mi opinión.

—¿Pruebas? —Había pensado que Elizabeth simplemente se comía aquellos huevos. Ese otro uso demostraba más creatividad: me sentí orgullosa de ella.

—Creo que se propone denunciarte. Para desviar la atención de sí misma y de sus actividades desleales. Puede que sea la traidora que hay entre nosotras, aquí en Casa Ardua, colaborando con los terroristas de Mayday. Hace tiempo que sospecho actos de herejía por su parte —dijo Tía Vidala.

Experimenté una descarga de excitación. Era un giro que no había previsto: Vidala contando cuentos de Elizabeth, ¡y a mí, para colmo, a pesar de que siempre me ha despreciado! La vida nunca deja de maravillarte.

—Me parece una noticia espantosa, si es cierta. Gracias por contármelo —dije—. Serás recompensada. Aunque en estos momentos no tenemos pruebas para demostrarlo, tomaré la precaución de comunicar tus sospechas al Comandante Judd.

—Gracias —dijo a su vez Tía Vidala—. Confieso que hubo un tiempo en que dudé de que tuvieras aptitudes para dirigir Casa Ardua, pero he rezado por ello. Me equivocaba al albergar tales dudas. Te pido disculpas.

—Todo el mundo comete errores —dije con magnanimidad—. Somos humanos.

—Con Su Mirada —dijo, humillando la cabeza.

Mantén cerca a tus amigos, pero más cerca aún a tus enemigos. Al no tener amigos, debo conformarme con los enemigos.

XII

TAPIZ

30

No me gusta recordar lo que sentí en el momento en que Elijah me dijo que yo no era quien creía ser. Fue como si se abriera un foso bajo mis pies y la tierra me tragara, no sólo a mí, sino también mi casa, mi habitación, mi pasado y cuanto sabía de mí misma, incluso mi apariencia; sentí que caía y me asfixiaba y me sumía en la oscuridad, todo a la vez.

Permanecí de una pieza, incapaz de reaccionar, sin decir nada. Me faltaba el aire. Me quedé helada.

Pequeña Nicole, con su cara redonda y sus ojos cándidos. Cada vez que había visto aquella famosa fotografía, me había estado mirando a mí misma. Esa niña había causado muchos problemas a mucha gente por el mero hecho de nacer. ¿Cómo podía ser yo esa persona? Por dentro me negaba a admitirlo, me repetía mentalmente que no a gritos. Pero no salía nada.

—Esto no me gusta —articulé por fin con un hilo de voz.

—A ninguno de nosotros nos gusta —me tranquilizó Elijah—. Todos desearíamos que la realidad fuese de otra manera.

—Ojalá que Gilead no existiera —dije.

—Ése es nuestro objetivo. Que no exista Gilead —dijo Ada, con el pragmatismo que la caracterizaba, como si acabar con Gilead fuese tan fácil como arreglar un grifo que gotea—. ¿Quieres un café?

Negué con la cabeza. Seguía intentando encajarlo. O sea que era una refugiada, como esas mujeres asustadas que había visto en SantuAsilo; como el resto de los refugiados sobre los que la gente siempre estaba discutiendo. Mi tarjeta sanitaria, la única prueba de mi identidad, era falsa. Legalmente ni siquiera había puesto nunca un pie en Canadá. Podían deportarme en cualquier momento. ¿Mi madre era una Criada? Y mi padre...

—Entonces ¿mi padre es uno de esos tipos? —pregunté—. ¿Un Comandante?

La idea de que su sangre corriera por mis venas hizo que me estremeciera.

—Afortunadamente, no —dijo Elijah—. Por lo menos según tu madre, aunque prefiere no decirlo para no poner en peligro a tu verdadero padre, que tal vez está todavía en Gilead. Aun así, Gilead te reclama reivindicando los derechos de tu padre oficial. Con esa legitimidad ha exigido siempre tu regreso. El regreso de Pequeña Nicole —aclaró.

Gilead nunca había desistido en el propósito de encontrarme, me contó Elijah. Nunca habían abandonado la búsqueda; eran muy tenaces. A su modo de ver, les pertenecía y se creían con derecho a dar con mi paradero y llevarme de nuevo al otro lado de la frontera por los medios que fuesen necesarios, tanto legales como ilegales. Por ser menor de edad, y aunque el Comandante en cuestión había desaparecido de escena —posiblemente en una purga—, de acuerdo con sus leyes seguía contando con derechos sobre mí. Así pues, si el caso llegaba a los tribunales, quizá concedieran la custodia a los parientes vivos de su familia. Mayday no podía protegerme, porque a nivel internacional se consideraba una organización terrorista. Se mantenía en la clandestinidad.

—Hemos dejado varias pistas falsas a lo largo de los años —dijo Ada—. Se rumoreó que estabas en Montreal, y también en Winnipeg. Luego se contó que te habían visto en California, y después en México. Fuimos moviéndote.

—¿Por eso Melanie y Neil no querían que fuera a la manifestación?

—En cierto modo —dijo Ada.

—O sea que fue por mi culpa, ¿no? —pregunté—. ¿No?

—¿Qué quieres decir? —dijo Ada.

—No querían que me dejara ver —contesté—. Los asesinaron porque me estaban ocultando.

—No exactamente —dijo Elijah—. No querían que tu imagen circulara en los medios, no querían que salieras en televisión. Cabía la posibilidad de que Gilead buscara imágenes de la manifestación, las cotejara. Con tu fotografía de pequeña, deben de tener una idea aproximada de tu aspecto actual. Pero como se ha demostrado, independientemente de eso, sospechaban que Melanie y Neil eran de Mayday.

—Quizá me siguieron —dijo Ada—. Quizá me relacionaron con SantuAsilo, y luego con Melanie. No sería la primera vez que consiguen colar informantes en Mayday; como mínimo una falsa Criada fugitiva, tal vez más.

—Tal vez incluso dentro de SantuAsilo —dijo Elijah. Pensé en la gente que solía acudir a aquellas reuniones en nuestra casa. Me asqueó pensar que una de esas personas pudiera haber planeado matar a Melanie y Neil mientras comía tranquilamente uvas y trozos de queso.

—Así que esa parte no tuvo nada que ver contigo —dijo Ada. Me pregunté si sólo estaba intentando que me sintiera mejor.

—Odio ser Pequeña Nicole —dije—. Yo no lo he pedido.

—La vida es una mierda, qué se le va a hacer —respondió Ada—. Ahora tenemos que decidir por dónde tiramos a partir de aquí.

Elijah se marchó, diciendo que volvería al cabo de un par de horas.

—No salgas, no te acerques a la ventana —dijo—. No uses el teléfono. Iré a buscar otro coche.

Ada abrió una lata de caldo de pollo; dijo que tenía que meterme algo en el estómago, así que lo intenté.

—¿Y si vienen? —pregunté—. No sé ni qué aspecto tienen.

—Podrían ser cualquiera —dijo Ada.

Elijah volvió por la tarde. Vino con George, el viejo vagabundo que en otros tiempos me parecía que rondaba a Melanie.

—Es peor de lo que nos pensábamos —dijo Elijah—. George lo vio.

—¿Qué viste? —dijo Ada.

—Había un cartel de CERRADO en la tienda. Nunca la cierran durante el día, así que me llamó la atención —explicó George—. Entonces salieron tres tipos y metieron a Melanie y Neil dentro del coche. Los llevaban medio a cuestas, como si estuvieran borrachos. Los tres tipos hablaban, fingiendo que charlaban con naturalidad justo antes de despedirse. Melanie y Neil se quedaron sentados en el coche, sin hacer nada. Pensándolo ahora, parecían más bien desplomados, o que estuvieran dormidos.

—O muertos —dijo Ada.

—Sí, podría ser —dijo George—. Los tres tipos se alejaron. Al cabo de un minuto, el coche explotó.

—Es muchísimo peor de lo que nos pensábamos —dijo Ada—. A ver, ¿qué habrán contado, antes, dentro de la tienda?

—Seguro que no soltaron prenda —dijo Elijah.

—No lo sabemos —dijo Ada—. Depende de los métodos que emplearan. Los Ojos son despiadados.

—Tenemos que largarnos de aquí cuanto antes —dijo George—. No sé si me vieron. No quería arriesgarme a venir, y como no sabía qué hacer llamé a SantuAsilo, y Elijah fue a recogerme. Pero ¿y si me habían pinchado la línea?

—Nos desharemos de tu teléfono ahora mismo —dijo Ada.

—¿Qué pinta tenían los tres tipos? —preguntó Elijah.

—Trajeados. Pinta de hombres de negocios. Respetables —explicó George—. Llevaban maletines.

—No me cabe duda —dijo Ada—. Y seguro que plantaron uno dentro del coche.

—Siento lo que ha pasado —me dijo George—. Neil y Melanie eran buena gente.

—Tengo que irme —dije, porque iba a echarme a llorar; así que me metí en mi habitación y cerré la puerta.

No duró mucho. Diez minutos después llamaron a la puerta, y Ada abrió.

—Nos movemos —dijo—. A la de ya.

Estaba metida en la cama, tapada hasta la nariz con el edredón.

—¿Adónde? —dije.

—La curiosidad hizo que el gato saliera escaldado. Vámonos.

Bajamos por la amplia escalera, pero en lugar de salir a fuera, entramos en uno de los apartamentos de la planta de abajo. Ada tenía una llave.

El apartamento era como el de arriba: provisto de muebles nuevos, ningún objeto personal. Parecía habitado, pero por poco. Había un edredón en la cama, idéntico al del otro piso. En el dormitorio había una mochila negra.

En el cuarto de baño, un cepillo de dientes, pero nada en el armario. Lo sé porque eché una ojeada dentro. Melanie solía decir que el noventa por ciento de la gente miraba en los armarios del cuarto de baño de los demás, así que nunca debías guardar ahí tus secretos. De pronto me pregunté dónde guardaba ella los suyos, porque debía de tener muchos.

—¿Quién vive aquí? —le pregunté a Ada.

—Garth —me dijo—. Será nuestro transporte. Ahora, calladas como ratones.

—¿A qué estamos esperando? —quise saber—. ¿Cuándo va a pasar algo?

—Si esperas lo necesario, seguro que algo pasará —dijo Ada—. Sólo que quizá no sea lo que esperas.

31

Cuando me desperté aún era de noche y había un hombre allí. Rondaría los veinticinco años, era alto y delgado. Vestía vaqueros negros y camiseta negra, sin logo.

—Garth, ésta es Daisy —me presentó Ada. Lo saludé.

Me miró con interés.

—¿Pequeña Nicole? —dijo.

—No me llames así, por favor —le pedí.

—De acuerdo —dijo—. Se supone que no debo ni mencionar el nombre.

—¿Listos para ponernos en marcha? —dijo Ada.

—Creo que ella debería taparse —sugirió Garth—. Y tú también.

—¿Con qué? —dijo Ada—. No me he traído el velo de Gilead. Nos montaremos en la parte de atrás. Por ahora es la mejor solución.

El furgón en el que habíamos llegado no estaba, y había otro vehículo: una furgoneta de reparto con un rótulo, LA SERPIENTE. DRENAJES EXPRÉS, con una imagen de una preciosa serpiente que salía por un desagüe. Ada y yo nos metimos en la parte trasera. Dentro había algunas herramientas de fontanería, y también un colchón, que fue donde nos sentamos. Estaba oscuro y olía a cerrado, pero me pareció que avanzábamos bastante rápido.

—¿Cómo consiguieron sacarme de Gilead? —le pregunté a Ada al cabo de un rato—. ¿Cuando era Pequeña Nicole?

—No hay ningún peligro en que te lo cuente —dijo—. Esa red fue desarticulada hace años, Gilead clausuró la ruta; ahora está minada de perros de rastreo.

—¿Por culpa de mi fuga?

—No todo lo que pasa es por culpa tuya. En cualquier caso, fue lo que pasó. Tu madre te puso en manos de amigos de confianza; te llevaron al norte por la autopista, y luego por los bosques de Vermont.

—¿Eras una de esos amigos de confianza?

—Decíamos que íbamos a cazar ciervos. Antes era guía en esa zona, conocía a la gente. Te llevábamos en un macuto; te dimos un sedante para que no gritaras.

—¿Drogasteis a un bebé? ¡Podríais haberme matado! —exclamé.

—Pero no te matamos —dijo Ada—. Te llevamos al otro lado de las montañas hasta Canadá, en Three Rivers. Trois-Rivières. Era una ruta clandestina muy transitada en su día.

—¿En qué día?

—Ah, alrededor de 1740 —dijo—. Solían raptar a chicas de Nueva Inglaterra y luego las cambiaban por dinero, o las casaban. Una vez que las chicas tenían hijos ya no querían regresar. De ahí saqué mi herencia mestiza.

—¿Mestiza?

—En parte furtiva, en parte robada —dijo—. Soy ambidiestra.

Pensé en eso, sentada a oscuras entre el material de fontanería.

—Entonces, ¿dónde está ahora? ¿Mi madre?

—Información clasificada —dijo Ada—. Cuanta menos gente lo sepa, mejor.

—¿Se marchó y me abandonó sin más?

—Estaba metida hasta el cuello —dijo Ada—. Tienes suerte de estar viva. Ella también, han intentado matarla en dos ocasiones, que nos consten. Nunca han olvidado cómo los engañó al sacarte de Gilead.

—¿Y qué fue de mi padre?

—Más de lo mismo. Vive tan escondido bajo tierra que necesita un tubo para respirar.

—Supongo que mi madre no se acuerda de mí —dije en plan lastimero—. Que le importo una mierda.

—Nadie es quién para hurgar en la mierda de los demás —repuso Ada—. Se mantuvo alejada por tu bien. No quería ponerte en peligro. Pero te ha seguido la pista todo lo que ha podido, dadas las circunstancias.

Me alegré de oír eso, aunque no quería renunciar a la rabia.

—¿Cómo? ¿Venía a nuestra casa?

—No —dijo Ada—. Decidió no arriesgarse a convertirte en un objetivo. Pero Melanie y Neil le mandaban fotos tuyas.

—Nunca me hacían fotos —dije—. Era una cosa que precisamente no tenían, fotografías.

—Te hacían montones de fotos —me explicó Ada—. Por la noche. Cuando dormías.

Me pareció espeluznante, y se lo dije.

—Tan espeluznante como quieras verlo —me contestó Ada.

—¿Y luego le mandaban esas fotos? ¿Cómo? Si era tan secreto, ¿no tenían miedo de...?

—Por mensajero —dijo Ada.

—Todo el mundo sabe que esos servicios de mensajería tienen más agujeros que un colador.

—No he dicho servicio de mensajería, he dicho por mensajero.

Pensé unos instantes.

—Ah —dije—. ¿Se las llevabas tú?

—No se las llevaba, o no directamente. Hacía que le llegaran. A tu madre le encantaba recibir esas fotos —dijo—. A las madres siempre les gusta tener fotos de sus hijos. Ella las miraba y después las quemaba, para que ni en el peor de los casos pudieran caer en manos de Gilead.

Al cabo de una hora más o menos acabamos en un almacén de alfombras de Etobicoke. Había un rótulo en la entrada en el que se veía una alfombra voladora y se leía TAPIZ.

Tapiz era una tienda de verdad, donde se exponían alfombras y se vendían al por mayor; pero en la trastienda, más allá de la zona de almacenaje, había un local abarrotado con media docena de cubículos a ambos lados. En varios se apilaban sacos de dormir o edredones. Dentro de uno de ellos había un hombre durmiendo en calzoncillos, tumbado boca arriba.

En el espacio central había unos cuantos escritorios con sillas y ordenadores, y un sofá desvencijado contra la pared. De las paredes colgaban varios mapas: América del Norte, Nueva Inglaterra, California. Un par de hombres y tres mujeres estaban abstraídos frente al ordenador; iban vestidos como esa gente que ves por la calle en verano tomando granizados de café. Nos echaron un vistazo y enseguida volvieron cada uno a lo suyo.

Elijah estaba sentado en el sofá. Se levantó, vino hacia nosotros y me preguntó qué tal me encontraba. Bien, le dije, y le pregunté si podía ir a tomar un poco de agua, porque de pronto me había entrado una sed tremenda.

—No hemos comido nada en las últimas horas —dijo Ada—. Iré a buscar algo.

—Vosotras quedaos aquí —dijo Garth. Salió hacia la parte delantera de la nave.

—Aparte de Garth, aquí nadie sabe quiénes sois —me explicó Elijah en voz baja—. No saben que eres Pequeña Nicole.

—Más vale así —dijo Ada—. Calla y gana la batalla.

Para desayunar, Garth nos trajo unos cruasanes mixtos mustios en una bolsa de papel, y cuatro vasos de un café espantoso. Nos metimos en uno de los cubículos y nos sentamos en unas sillas de despacho baqueteadas, y Elijah encendió la pequeña pantalla plana que había allí también. Vimos las noticias mientras comíamos.

En el informativo aún se mencionaba El Sabueso de la Ropa, pero no se comentaba que hubieran arrestado a nadie. Un experto hablaba de un atentado terrorista, algo que sonaba vago con tantos tipos de terrorismo como había. Otro mencionaba a «agentes externos». Según el gobierno canadiense se estaban investigando todas las vías, y Ada dijo que la vía que más les gustaba era el bidón de la basura. Gilead hizo una declaración oficial en la que se desentendía por completo del atentado con el coche bomba. Se organizó una protesta frente al Consulado de Gilead en Toronto, pero no hubo mucha concurrencia: Melanie y Neil no eran famosos, ni eran políticos.

Me debatía entre la tristeza y la rabia. Cuando pensaba que habían asesinado a Melanie y Neil me hervía la sangre, y también al recordar las cosas bonitas que hacían cuando estaban vivos. En cambio, cosas que deberían haberme indignado, como por qué se permitía que Gilead matara a su antojo, sólo me entristecían.

Tía Adrianna volvió a salir en las noticias: la Perla misionera que apareció ahorcada de un picaporte en un bloque de pisos. Ahora se descartaba el suicidio, dijo la policía, y se sospechaba que era un crimen. La Embajada de Gilead en Ottawa había presentado una queja formal, declarando que la organización terrorista Mayday había cometido ese homicidio, encubierto por las autoridades canadienses, y que era hora de que toda la operación ilegal de Mayday se arrancara de raíz y se llevara ante la justicia.

No dijeron nada en las noticias sobre mi desaparición. ¿Mi escuela no debería haber dado parte de mi ausencia?, pregunté.

—Elijah lo solucionó —dijo Ada—. Conoce a gente que trabaja en la escuela, así fue como te metimos. Te ha apartado de los focos. Era más seguro.

32

Dormí con lo puesto, aquella noche, en uno de los colchones. Por la mañana, Elijah nos reunió a los cuatro.

—El panorama podría pintar mejor —nos avisó—. Puede que tengamos que largarnos de aquí pronto. Gilead está presionando mucho al gobierno canadiense para que tome medidas enérgicas contra Mayday. Gilead cuenta con un ejército más poderoso, y de gatillo fácil.

—Cavernícolas, estos canadienses —dijo Ada—. Basta un estornudo para derribarlos.

—Y hay más, hemos oído que Gilead irá a por Tapiz a continuación.

—¿Cómo sabemos eso?

—Por nuestra fuente dentro —dijo Elijah—, aunque nos enteramos de eso antes de que allanaran El Sabueso de la Ropa. Hemos perdido el contacto con él o ella, al igual que con la mayoría de la gente que forma parte de nuestra red de rescate dentro de Gilead. No sabemos qué les ha ocurrido.

—A ver, ¿adónde podemos llevarla? —preguntó Garth, señalándome con la cabeza—. ¿Para alejarla del peligro?

—¿Y si voy a donde está mi madre? —propuse—. Me dijisteis que intentaron matarla y fracasaron, así que debe de estar a salvo, o más segura que aquí. Podría ir a su encuentro.

—La seguridad es una cuestión de tiempo, para ella —contestó Elijah.

—Entonces ¿salir del país?

—Hace un par de años podríamos haberte sacado por Saint Pierre, pero los franceses han cerrado el acceso al archipiélago —dijo Elijah—. Y después de las revueltas de los refugiados, Inglaterra es zona de exclusión, Italia otro tanto, y en cuanto a Alemania y el resto de los países europeos más pequeños... Ninguno quiere conflictos con Gilead. Por no mencionar la indignación de la propia ciudadanía, cómo está el patio. Hasta Nueva Zelanda se ha blindado.

—Algunos dicen que acogen a las fugitivas de Gilead, pero en la mayoría de esos lugares no durarías ni un día, te harían esclava sexual —dijo Ada—. Y de Sudamérica olvídate, hay demasiadas dictaduras. Entrar en California es difícil, por la guerra, y en la República de Texas están nerviosos. Combatieron a Gilead y llegaron a un punto muerto, pero no quieren verse invadidos. Tratan de evitar cualquier provocación.

—O sea que mejor me rindo, porque tarde o temprano me van a matar, ¿no? —En realidad no lo pensaba, pero era como me sentía en ese momento.

—Ah, no —dijo Ada—. No quieren matarte.

—Matar a Pequeña Nicole les daría muy mala imagen. Te querrán en Gilead, viva y sonriente —dijo Elijah—. Aunque en realidad ahora ya no tenemos manera de saber lo que quieren.

Reflexioné un momento.

—¿Antes teníais una manera?

—Nuestra fuente en Gilead —dijo Ada.

—¿Os ayudaba alguien desde dentro en Gilead? —pregunté.

—No sabemos quién o quiénes eran. Nos alertaban de redadas, nos avisaban cuando una ruta quedaba bloqueada, nos mandaban mapas. La información siempre ha sido fidedigna.

—Pero no avisaron a Melanie y Neil —dije.

—No parecen tener acceso total a los mecanismos internos de los Ojos —explicó Elijah—. Así que, quienquiera o quienesquiera que sean, no están en la parte más alta de la cadena alimentaria. Funcionariado de segundo grado, suponemos. Pero que arriesga su vida.

—¿Por qué iban a hacerlo? —pregunté.

—Ni idea, pero no es por dinero —dijo Elijah.

Según Elijah, la fuente empleaba micropuntos, que eran una tecnología de espionaje antigua: tan antigua que en Gilead no se les había ocurrido buscarlos. Se hacían con una cámara especial y se grababan en un soporte tan pequeño que era casi invisible: Neil los leía con un visor que se acoplaba a una pluma estilográfica. Gilead llevaba a cabo registros exhaustivos en la frontera, pero Mayday había utilizado los folletos de las Perlas para pasar los mensajes.

—Durante un tiempo fue infalible —dijo Elijah—. Nuestra fuente fotografiaba los documentos para Mayday, y los pegaba en los panfletos que reclamaban el regreso de Pequeña Nicole. Las Perlas siempre visitaban El Sabueso de la Ropa: Melanie estaba en su lista de posibles conversas a la causa, porque siempre aceptaba los folletos. Neil tenía una cámara de micropuntos, así que pegaba los mensajes a vuelta de correo en los mismos folletos, y entonces Melanie se los devolvía a las Perlas. Tenían órdenes de llevarse todos los que sobraran de regreso a Gilead, para mandarlos a otros países.

—Pero los puntos ya no funcionan —dijo Ada—. Neil y Melanie están muertos, Gilead encontró su cámara. Ahora han arrestado a todos los que han intentado huir por la ruta del norte del estado de Nueva York. Un buen puñado de cuáqueros, unos cuantos contrabandistas, dos guías de caza. Preparémonos para que los cuelguen en masa.

Iba perdiendo las esperanzas por momentos. Gilead tenía un poder inmenso. Habían matado a Melanie y Neil, darían con el paradero de mi madre y la matarían a ella también, y luego borrarían a Mayday del mapa. De una u otra manera me apresarían y me llevarían a rastras hasta Gilead, donde las mujeres bien podrían haber sido gatos domésticos y donde reinaba el fanatismo religioso.

—¿Qué podemos hacer? —pregunté—. Suena a que no hay medio de actuar.

—A eso iba justo ahora —contestó Elijah—. Resulta que podría haber una posibilidad. Una esperanza remota, digamos.

—Las esperanzas remotas son mejores que ninguna —dijo Ada.

La fuente, continuó Elijah, se había comprometido a entregar un gran alijo de documentos a Mayday, y aseguraba que la información que contenían esos papeles haría volar por los aires la cúpula de Gilead. El problema era que, antes de que acabara de reunir los documentos, habían allanado El Sabueso de la Ropa y el enlace se cortó.

Sin embargo, la fuente había ideado un plan de contingencia, que compartió en mensajes anteriores con Mayday a través de los micropuntos: una mujer joven que dijera que se había convertido a la fe de Gilead gracias a las Perlas misioneras, podría entrar en Gilead fácilmente, como muchas habían hecho ya antes. Y la joven idónea para transferir los documentos, de hecho, la única joven a quien la fuente se los entregaría, sería Pequeña Nicole, pues no dudaba de que Mayday conocía el paradero de la chica.

Había dejado claro el mensaje: sin Pequeña Nicole, no había alijo de documentos, y sin ese alijo, Gilead continuaría tal como estaba. A Mayday se le agotaría el tiempo, y la muerte de Melanie y Neil sería en vano. Por no mencionar la vida de mi madre. En cambio, si Gilead se desmoronaba, todo cambiaría.

—¿Y por qué sólo yo?

—Las instrucciones eran tajantes en ese punto. Según la fuente, eres la mejor opción. Por una parte, si te atraparan, no se atreverían a matarte. Han hecho de Pequeña Nicole un icono de su causa.

—¿Cómo voy a destruir Gilead? —dije—. Soy una persona, nada más.

—No estás sola, desde luego —dijo él—. Pero serías la que transportara las municiones.

—Me parece que no podría —respondí—. No podría pasar por conversa. Jamás me creerían.

—Vamos a entrenarte —dijo Elijah—. Te enseñaremos a rezar y te adiestraremos en defensa personal.

Sonaba como una especie de parodia televisiva.

—¿Defensa personal? —pregunté—. ¿Contra quién?

—¿Recuerdas a la Perla que encontraron muerta en ese piso? —dijo Ada—. Trabajaba para nuestra fuente.

Mayday no la mató, dijo Elijah: fue la otra Perla, su compañera.

—Adrianna debió de intentar que su compañera no delatara sus sospechas. Suponemos que hubo una pelea. Y que Adrianna la perdió.

—Está cayendo un montón de gente —dije—. Los cuáqueros, y Neil y Melanie, y esa Perla.

—Gilead no tiene reparos a la hora de matar —dijo Ada—. Son fanáticos.

Se preciaban de entregarse a una vida virtuosa y devota, explicó, pero sólo si eras un fanático podías creerte virtuoso y devoto, y a la vez asesinar a tus semejantes. Los fanáticos pensaban que matar era un acto moral, o al menos matar a ciertas personas. Eso yo ya lo sabía, porque habíamos estudiado el fanatismo en la escuela.

33

No sé cómo acabé accediendo a ir a Gilead sin llegar a decir que sí en ningún momento. Quedé en que lo pensaría, y a la mañana siguiente todos actuaron como si hubiera dicho que sí, y Elijah me dijo que era muy valiente y que gracias a mí las cosas cambiarían y mucha gente que vivía atrapada recuperaría la esperanza, así que vi que era complicado echarme atrás. De todos modos sentía que se lo debía a Neil y Melanie, y a los otros que habían dado su vida en la lucha. Si era la única persona a quien la presunta fuente estaba dispuesta a aceptar, no me quedaba otra que intentarlo.

Ada y Elijah me explicaron que querían prepararme lo mejor que pudieran en el poco tiempo disponible. Montaron un pequeño gimnasio en uno de los cubículos, con un saco de boxeo, una comba para saltar y un balón medicinal de cuero. Garth se ocupó de una parte del entrenamiento. Al principio no hablaba mucho conmigo salvo para comentar los ejercicios: cómo saltar, cómo dar puñetazos, cómo lanzar la pelota y devolverla. Pero al cabo de un tiempo empezó a soltarse. Me contó que era de la República de Texas. Habían declarado la independencia cuando se instauró Gilead, y en Gilead acusaron el golpe; hubo una guerra, que acabó en tablas y en una nueva frontera.

Así pues, en esos momentos Texas era oficialmente neutral, y cualquier acción de sus ciudadanos en contra de Gilead se consideraba ilegal. No es que Canadá no fuese neutral también, comentó, pero sin duda era neutral en un sentido más descuidado. «Descuidado» fue la palabra con que lo describió Garth, no yo, y me pareció insultante hasta que me aclaró que lo decía en el buen sentido. Precisamente por eso había venido con varios amigos a Canadá a unirse a la Brigada Lincoln Mayday, para extranjeros defensores de la libertad. En la guerra de Gilead y Texas había sido demasiado joven para luchar, sólo tenía siete años, pero sus dos hermanos mayores habían muerto combatiendo, y a una prima suya la habían raptado y se la habían llevado a Gilead, y ya no habían vuelto a saber más de ella.

Sumé mentalmente para intentar calcular su edad exacta: era mayor que yo, pero no por mucho. ¿Me consideraba algo más que una misión que debía cumplir? ¿Y por qué me molestaba siquiera en pensarlo? Necesitaba concentrarme en lo que tenía que hacer.

Al principio entrenaba dos veces al día durante dos horas, para ir ganando resistencia. Garth decía que no estaba en mala forma, y era verdad: había sido buena deportista en la escuela, una época que parecía haber quedado muy atrás. Entonces me enseñó varias llaves y patadas, a dar un rodillazo en la entrepierna, y también el toque de la muerte que te para el corazón: cerrabas el primer dedo sobre el medio y el índice, apretabas los nudillos y descargabas el puño con el brazo estirado. Practicamos mucho esa técnica; si tenías la oportunidad, me dijo, era mejor golpear primero y así la sorpresa jugaba a tu favor.

«Pégame», me decía. Y entonces me apartaba hacia un lado y me soltaba un puñetazo en el estómago; no muy fuerte, pero lo suficiente para que lo sintiera. «Aprieta los músculos —me decía—. ¿Quieres que te revienten el bazo?» Si lloraba, porque me hacía daño o por frustración, no me compadecía, se indignaba. «¿Quieres hacer esto o qué?», me decía.

Ada trajo la cabeza de un maniquí de plástico, con ojos de gelatina, y Garth intentó enseñarme cómo arrancarle los ojos a un enemigo, pero la idea de hundir los pulgares en unos globos oculares me daba mucha angustia. Sería como pisotear enjambres de gusanos con los pies descalzos.

—Joder. Eso haría daño de verdad —dije—. Que te metan los pulgares en los ojos.

—Tienes que hacer daño de verdad —dijo Garth—. Tienes que querer hacer daño. Ellos querrán hacértelo a ti, no te quepa duda.

—Es macabro —le dije a Garth cuando quiso que practicara la técnica de arrancar los ojos. Podía imaginármelos con demasiada claridad. Como dos uvas peladas.

—¿Quieres hacer un debate sobre si deberías estar muerta? —saltó Ada, que estaba sentada viendo la sesión—. No es una cabeza de verdad. ¡Vamos, ataca!

—Qué repelús.

—Con repelús no vas a cambiar el mundo. Has de mancharte las manos. Y echarle un poco de agallas. Ahora vuelve a probar. Así. —Estaba claro que ella no tenía ningún escrúpulo.

—No te rindas. Tienes potencial —me dijo Garth.

—Un millón de gracias. —Puse una voz sarcástica, pero se lo dije de verdad: quería que viera mi potencial. Tenía un flechazo con él, estaba enamorada hasta la médula, como una cría. Pero por mucho que fantaseara, la parte realista de mi cabeza no veía futuro en ese amor. Una vez que me marchara a Gilead probablemente no volvería a verlo nunca más.

—¿Cómo progresa? —le preguntaba Ada a Garth cada día, después de nuestro entrenamiento.

—Mejor.

—¿Ya sabe matar con los pulgares?

—Le falta menos.

La otra parte del plan fue que aprendiera a rezar. Ada intentó enseñarme. Se le daba bastante bien, me parece. Yo era un caso perdido.

—¿Cómo sabes estas cosas? —le pregunté.

—Donde me crié, todo el mundo las sabía.

—¿Dónde te criaste?

—En Gilead. Antes de que fuera Gilead —dijo—. Vi lo que se avecinaba y escapé a tiempo. Mucha gente a la que conocía no pudo.

—¿Por eso trabajas para Mayday? ¿Es personal?

—Todo es personal, en el fondo —dijo.

—¿Qué me dices de Elijah? —pregunté—. ¿Para él también es personal?

—Daba clases en una facultad de Derecho —me contó—. Estaba en una lista. Alguien le dio un chivatazo. Consiguió llegar a la frontera sin nada más que la ropa que llevaba puesta. Vamos, intentémoslo de nuevo. «Padre celestial, perdona mis pecados y bendice...» Por favor, déjate de risitas.

—Perdón. Neil siempre decía que Dios era un amigo imaginario, y que uno también podía creer en las hadas de los putos cuentos infantiles. Salvo que no decía lo de «putos».

—Deberías tomártelo en serio —dijo Ada—, porque te aseguro que en Gilead no bromean. Y otra cosa: deja de soltar palabrotas.

—¡Si apenas digo palabrotas! —contesté.

• • •

La siguiente fase, me dijeron, consistiría en que me vistiera como una vagabunda y mendigara en algún sitio donde las Perlas me vieran. Cuando empezaran a hablar conmigo, dejaría que me convencieran de ir con ellas.

—¿Cómo sabéis que las Perlas me pedirán que vaya? —pregunté.

—Es probable —dijo Garth—. Se dedican a eso.

—No puedo hacer de vagabunda, no sé cómo actuar —dije.

—Actúa con naturalidad —dijo Ada.

—Los demás vagabundos se darán cuenta de que soy una farsante, y si me preguntan cómo he llegado ahí, dónde están mis padres..., ¿qué voy a decir?

—Garth estará contigo. Dirá que no hablas mucho porque estás traumatizada —propuso Ada—. Di que en casa había violencia. A nadie le extrañará. —Pensé en Melanie y Neil comportándose de un modo violento: era ridículo.

—¿Y si no les caigo bien a los otros vagabundos?

—¿Qué? —dijo Ada—. Te jorobas, no vas a caerle bien a todo el mundo.

Te jorobas. ¿De dónde sacaba esas expresiones?

—Pero ¿algunos no son...? ¿No son criminales?

—Trapichean con drogas, se chutan, beben —dijo Ada—. Todo eso. Pero Garth te echará un ojo. Dirá que es tu novio, y si alguien tiene intención de meterse contigo, intervendrá. Estará a tu lado hasta que las Perlas te acojan.

—¿Cuánto tiempo pasará hasta entonces? —pregunté.

—Calculo que no mucho —dijo Ada—. Una vez que las Perlas te rescaten, Garth no podrá seguirte. Pero te cuidarán como oro en paño. Serás otra preciosa perla para su collar.

—Cuando llegues a Gilead, en cambio, será distinto —me advirtió Elijah—. Tendrás que vestirte con la ropa que te digan que has de llevar, vigilar lo que dices y estar atenta a sus costumbres.

—Pero si ven que sabes demasiado de entrada —intervino Ada—, sospecharán que te hemos adiestrado. Así que tendrás que llegar a un equilibrio sutil.

Pensé en eso: ¿sería bastante astuta para conseguirlo?

—No sé si puedo hacerlo.

—En caso de duda, hazte la tonta —dijo Ada.

—¿Habéis mandado a falsos conversos ahí dentro antes?

—Un par —dijo Elijah—. Con resultados diversos. Pero no contaban con la protección que tú tendrás.

—¿De la fuente, quieres decir? —«La fuente»: sólo alcanzaba a imaginarme a una persona con una bolsa en la cabeza. ¿Quién era esa gente en realidad? Cuanto más oía hablar de la fuente, más misterioso sonaba todo.

—Meras conjeturas, pero creo que es una de las Tías —dijo Ada. Mayday no sabía mucho sobre las Tías: no aparecían en las noticias, ni siquiera en los informativos de Gilead; eran los Comandantes quienes daban las órdenes, redactaban las leyes y se ocupaban de hablar. Las Tías trabajaban entre bambalinas. Eso era lo que nos contaban en la escuela.

—Se dice que son muy poderosas —añadió Elijah—, pero son habladurías. No disponemos de muchos detalles.

Ada me enseñó las fotografías que tenía, pero sólo de unas pocas. Tía Lydia, Tía Elizabeth, Tía Vidala y Tía Helena: las cuatro eran las llamadas Fundadoras.

—Un hatajo de arpías —dijo Ada.

—Genial —respondí—. Suena divertido.

Garth me advirtió de que, una vez que estuviéramos fuera, debería seguir sus órdenes, porque tendría que vérselas con los chulos de la calle. No me convenía provocar a los demás para que se pelearan con él, así que más valía evitar comentarios del tipo «Quién fue tu esclava el año pasado» y «Tú no eres mi jefe».

—No digo tonterías de ésas desde los ocho años —contesté.

—Ayer mismo me las dijiste —replicó Garth.

Y además debería elegir otro nombre, dijo. Puede que la gente fuera buscando a una tal Daisy, y desde luego no podría hacerme llamar Nicole. Así que decidí que sería Jade. Quería algo más duro que el nombre de una flor.

—La fuente pidió que la chica llevara un tatuaje en el brazo izquierdo —dijo Ada—. Ésa siempre ha sido una exigencia innegociable.

Quise hacerme un tatuaje cuando cumplí trece años, pero Melanie y Neil se habían negado tajantemente.

—Genial, pero ¿por qué? —pregunté ahora—. Las mujeres no pueden llevar los brazos descubiertos en Gilead, así que ¿quién va a verlo?

—Creemos que es para las Perlas —contestó Ada—. Cuando te recojan. Tendrán instrucciones expresas de buscarlo.

—¿Es que sabrán quién soy? Quiero decir, ¿lo de Nicole? —pregunté.

—Sólo siguen las instrucciones que les han dado —respondió Ada—. No preguntes y no des información.

—¿Qué tatuaje debo hacerme, una mariposa? —Era una broma, pero nadie se rió.

—Nos dijo que debía ser como éste —dijo Ada. Dibujó un tatuaje donde se leía DIOS y AMOR formando una cruz:

—No puedo tatuarme eso en el brazo —dije—. Para mí sería una traición.

Era hipócrita, a Neil le habría escandalizado.

—Quizá para ti esté mal —dijo Ada—. Pero en estas circunstancias es lo correcto.

Ada trajo a una conocida suya, que se encargó de hacerme el tatuaje y del resto de mi cambio de imagen para parecer una vagabunda. La mujer tenía el pelo verde pastel, y lo primero que hizo fue teñirme de ese mismo color. Me gustó: creí que me daba el aire peligroso de un personaje sacado de un videojuego.

—Por algo se empieza —dijo Ada, tras evaluar los resultados.

El tatuaje no era sólo un tatuaje, era una escarificación: letras con relieve. Me dolió la hostia, pero intenté actuar como si nada, porque quería demostrarle a Garth que estaba a la altura.

En mitad de la noche tuve un mal presentimiento. ¿Y si la fuente era tan sólo un señuelo, creado para engañar a Mayday? ¿Y si no había ningún alijo de documentos? ¿Y si la fuente actuaba con malas intenciones? ¿Y si toda la historia era una trampa, un truco inteligente para atraerme hasta Gilead? Una vez dentro, no sería capaz de salir. Entonces habría muchas marchas y desfiles, con banderas y canciones coreadas y rezos, y concentraciones multitudinarias como las que habíamos visto por la televisión, y yo sería el trofeo. Pequeña Nicole, de regreso en el lugar que le correspondía, aleluya. Sonríe para Gilead TV.

Al día siguiente, mientras comía mi desayuno grasiento con Ada, Elijah y Garth, les conté mis temores.

—Ya hemos contemplado esa posibilidad —dijo Elijah—. Hay que arriesgarse.

—Nos arriesgamos cada mañana al levantarnos de la cama —dijo Ada.

—Ahora se trata de una apuesta más seria —contestó Elijah.

—Apuesto por ti —dijo Garth—. Será alucinante si ganas.

XIII

Poda

34

Lector, tengo una sorpresa para ti. También para mí fue una sorpresa. Amparada por la oscuridad, y con la ayuda de un taladro, unos alicates y un poco de argamasa, instalé en la base de mi estatua dos cámaras de vigilancia, a pilas. Siempre he sido mañosa con las herramientas. Volví a colocar el musgo con cuidado, y tomé nota mentalmente de que a mi réplica le hacía falta un buen lavado de cara. El musgo concede mayor respetabilidad sólo hasta un punto. Empezaba a rozar el abandono.

Esperé con cierta impaciencia los resultados. Sería una gran baza recopilar imágenes irrefutables que mostraran a Tía Elizabeth dejando huevos duros y naranjas a mis pies de piedra en un intento por desacreditarme. A pesar de que nadie podía acusarme de llevar a cabo esos actos de idolatría, me dejaban en mal lugar: se diría que había tolerado esos actos, y quizá incluso que los había alentado. Tales entredichos le podían servir a Tía Elizabeth de palanca para hacerme caer de mi pináculo. No me hacía ilusiones acerca de la lealtad que me guardaba el Comandante Judd: si encontraba un medio para denunciarme sin correr riesgos, no lo dudaría. Es un experto consumado en el arte de delatar.

Pero he aquí la sorpresa. Hubo varios días sin ninguna actividad, o ninguna digna de mención, pues no cuento a las tres jóvenes Esposas compungidas, a quienes se concede el acceso a nuestro recinto porque están casadas con Ojos de alto rango, que ofrecieron *in toto* una magdalena, un panecillo de polenta y dos limones; valiosísimos hoy en día, los limones, si pensamos en los desastres de Florida y nuestra incapacidad para ganar terreno en California. Voy a guardarlos como oro en paño: si la vida te da limones, haz limonada. Y de paso intentaré averiguar cómo han llegado hasta aquí esos limones. No sirve de nada poner cepos a todas las actividades clandestinas, sabemos que los Comandantes han de tener sus pequeñas prebendas, pero naturalmente deseo saber quién vende qué, y cómo entran de contrabando. Las mujeres son sólo una de tantas mercancías —dudo en llamarlas «mercancía», pero cuando interviene el dinero, las tratan como tal— que se mueven clandestinamente. ¿Será que llegan limones y salen mujeres? Voy a consultar a mis fuentes del mercado negro: no les gusta la competencia.

Esas Esposas acongojadas deseaban conjurar mis poderes arcanos en su búsqueda de la fertilidad, pobrecitas. *Per Ardua Cum Estrus*, recitaban, como si invocándola en latín fuese a surtir mayor efecto. Veré qué se puede hacer por ellas, o mejor dicho, quién puede hacerlo: sus maridos han demostrado ser muy flojos en ese sentido.

En fin, volvamos a mi sorpresa. El cuarto día, en lugar de que rompiera el alba en el campo visual de la cámara, apareció la nariz de Tía Vidala, seguida por sus ojos y su boca. La segunda cámara proporcionaba un plano más general: llevaba unos guantes puestos —muy astuto por su parte— y sacó un huevo de un bolsillo, seguido de una naranja. Después de mirar alrededor para asegurarse de que no había nadie observando, colocó las ofrendas a mis pies, además de un bebé de plástico. A continuación, dejó caer cerca de la estatua un pañuelo bordado con lilas: un accesorio mío que cualquiera reconocería, porque surgió de un proyecto escolar impulsado por Tía Vidala unos años atrás en el que las niñas bordaban juegos de pañuelos para las Tías veteranas con una flor que simbolizaba su nombre. La mía es la lila, Elizabeth tiene la equinácea, Helena la hortensia y la propia Vidala la violeta; cinco para cada una: toda una labor de filigrana. Sin embargo, se juzgó que esa idea rayaba peligrosamente en la lectura y la suspendieron.

O sea que, tras venirme con el cuento de que Tía Elizabeth quería incriminarme, ahora era Vidala quien dejaba una prueba falsa contra mí: esa inocente prenda bordada a mano. ¿De dónde la había sacado? La habría hurtado de la lavandería, supongo. Fomentar la adoración herética de mí misma, ¡una acusación magnífica! Imaginarás la alegría que me dio. Cualquier paso en falso de mi principal contendiente era un regalo del destino. Archivé las imágenes con vistas a usarlas en el futuro, porque nunca está de más guardar despojos si se les puede sacar algún provecho, sea en la cocina o donde se quiera, y decidí esperar a ver el curso que tomaban los acontecimientos.

A mi estimada Elizabeth, colega Fundadora, habría que advertirla pronto de que Vidala estaba acusándola de traición. ¿Debería añadir también a Helena? ¿Cuál de las dos era más prescindible? ¿A cuál podría llevar a mi terreno más fácilmente en caso de necesidad? ¿Cuál era la mejor manera de enemistar a las componentes del triunvirato que ansiaban derrocarme, y así ir liquidándolas una por una? Y ¿qué postura adoptaba Helena hacia mí, en realidad? Se dejaría llevar por la corriente dominante, sin duda. Siempre había sido la más débil de las tres.

Me aproximo a un momento crucial. La Rueda de la Fortuna gira, veleidosa como la luna. Pronto, quienes estaban abajo pasarán a estar arriba. Y viceversa, por supuesto.

Informaré al Comandante Judd de que por fin tengo a Pequeña Nicole, que ya es una chica joven, que está casi al alcance de mi mano, y que quizá dentro de poco logremos atraerla hasta Gilead. Diré «casi» y «quizá» para mantenerlo en suspense. Seguro que la idea le entusiasmará, hace mucho que ha comprendido las virtudes propagandísticas que supondría repatriar a Pequeña Nicole. Le diré que mis planes están muy encaminados, pero que prefiero no difundir nada por ahora: es un cálculo delicado, y una palabra de más en el lugar equivocado podría echarlos por tierra. Las Perlas participan en el proyecto y están bajo mi supervisión; son parte de la esfera especial de las mujeres, en la que los hombres de mano dura no deben inmiscuirse, diré, señalándolo pícaramente con el dedo. «Pronto el premio será suyo. Confíe en mí», lo engatusaré.

«Tía Lydia, es usted demasiado buena», me contestará, sonriente.

Demasiado buena para ser verdad, pensaré. Demasiado buena para este mundo. Bondad, serás mi maldad.

Para que entiendas el desarrollo de los acontecimientos en la actualidad, te contaré una pequeña historia. Un incidente que en su día pasó prácticamente inadvertido.

Hace nueve años más o menos —fue el mismo año en que descubrieron mi estatua, aunque no en la misma estación— estaba en mi despacho, rastreando los Lazos de Sangre para una propuesta matrimonial, cuando me interrumpió la aparición de Tía Lise, la de las largas pestañas y el peinado pretencioso, una particular versión del moño francés. Mientras la acompañaban hasta mi escritorio, se retorcía las manos con nerviosismo; tanta teatralidad me dio vergüenza ajena.

—Tía Lydia, siento muchísimo robar unos minutos de tu valioso tiempo —empezó.

Todas dicen lo mismo, pero eso nunca les impide robármelo. Sonreí, procurando no intimidarla.

—¿Cuál es el problema? —pregunté. Hay un repertorio habitual de problemas: Esposas enzarzadas en una guerra personal, hijas en rebeldía, Comandantes insatisfechos con la selección de Esposas propuestas, Criadas a la fuga, Nacimientos malogrados. Una violación de vez en cuando, que castigamos severamente cuando decidimos hacerlas públicas. O un asesinato: él la mata, ella lo mata, ella la mata, y, rara vez, él lo mata. Entre las Econoclases, la rabia de los celos puede ofuscar y a veces se blanden cuchillos, pero entre los elegidos, los asesinatos entre hombres son metafóricos: puñaladas por la espalda.

Los días en que el tiempo pasa despacio me sorprendo deseando un suceso realmente original —un caso de canibalismo, por ejemplo—, pero entonces me reprendo: «Cuidado con lo que deseas.» En la vida he visto cumplidos varios deseos. Si quieres hacer reír a Dios, cuéntale tus planes, solía decirse. Hoy en día, sin embargo, la idea de que Dios se ría roza la blasfemia. Un tipo extremadamente serio es Dios ahora.

—Hemos tenido otro intento de suicidio entre las alumnas de Preparación Prematrimonial en Piedras Preciosas —dijo Tía Lise, prendiéndose un mechón de pelo suelto. Se había quitado la desfavorecedora toca estilo matrioska que nos obligan a llevar en público para no incitar a los hombres, aunque la idea de que algún hombre se sienta incitado por Tía Lise, de perfil impresionante pero arrugada como una pasa, o por mí, con mi cuerpo de saco de patatas y mi mata de pelo canoso, es tan delirante que para qué darle más vueltas.

Un suicidio, no; otra vez no, pensé. Tía Lise había dicho «intento», de todos modos, o sea que el suicidio no se había consumado. Cuando una joven se suicida siempre se abre una investigación, y todos señalan a Casa Ardua.

Suelen acusarnos de seleccionar una pareja inapropiada, porque en la Casa somos responsables de hacer la primera criba, en la medida en que disponemos de la información de los Lazos de Sangre. Hay diversidad de opiniones, eso sí, sobre lo que se entiende por «apropiado».

—¿De qué se trata esta vez? ¿Sobredosis de ansiolíticos? Ojalá las Esposas no dejaran sus pastillas por ahí en medio, al alcance de cualquiera. Ésos, y los opiáceos, son una tentación. ¿O intentó colgarse?

—Colgarse, no —dijo Tía Lise—. Intentó cortarse las venas con unas tijeras de poda. Las que utilizo para los arreglos florales.

—Vaya, no se anduvo con chiquitas —dije—. ¿Y qué ocurrió después?

—Bueno, el corte no fue muy profundo. Pero hubo mucha sangre, y bastante... ruido.

—Ah. —Por «ruido» se refiere a gritos. Tan impropios en una señorita—. ¿Y entonces?

—Llamé a los servicios de emergencias, que la sedaron y la llevaron al hospital. Luego informé a las autoridades pertinentes.

—Tal como corresponde. ¿Guardianes u Ojos?

—Varios agentes de ambos cuerpos.

Asentí.

—Parece que has manejado la situación de la mejor manera posible. Aun así, ¿qué es lo que quieres consultarme?

A Tía Lise se le iluminó la cara con el elogio, pero enseguida adoptó una expresión de profunda inquietud.

—Asegura que volverá a intentarlo, si..., a menos que haya un cambio de planes.

—¿Cambio de planes? —Sabía a qué se refería, pero vale más pedir claridad.

—A menos que se cancele la boda —añadió Tía Lise.

—Tenemos consejeras convincentes —dije—. ¿Han hecho su trabajo?

—Se han probado los métodos habituales, sin éxito.

—¿La amenazasteis con la pena máxima?

—Afirma que no teme la muerte. Es vivir lo que no quiere. En estas circunstancias.

—¿Rechaza a un candidato en concreto, o el matrimonio en general?

—En general —dijo Tía Lise—. A pesar de los privilegios.

—¿Los arreglos florales no sirvieron de aliciente? —pregunté con sequedad. Tía Lise les da mucho bombo.

—No sirvieron.

—¿Acaso es por la perspectiva de dar a luz? —Podía entender ese miedo, conociendo el índice de mortalidad; en el caso de los recién nacidos, sobre todo, pero también de las madres. Surgen complicaciones, especialmente cuando las criaturas padecen alguna malformación. El otro día tuvimos uno sin brazos, y se interpretó como una reprobación de Dios hacia la madre.

—No, no es por dar a luz —contestó Tía Lise—. Dice que le gustan los bebés.

—Entonces, ¿qué? —Quería que lo soltara: a Tía Lise le conviene hacer frente a la realidad de vez en cuando. Pasa demasiado tiempo acariciando pétalos de flores.

Volvió a prenderse el mechón de pelo.

—Me incomoda decirlo. —Turbada, miró hacia el suelo.

—Adelante —dije—. No voy a escandalizarme.

Hizo una pausa, se puso colorada, carraspeó.

—Bueno. Se trata de los falos. Es como una fobia.

—A vueltas con los falos —dije, meditabunda—. Acabáramos.

Suele ocurrir, en los intentos de suicidio de chicas jóvenes. Tal vez deberíamos cambiar nuestros planes educativos, pensé: menos infundir miedos, menos sátiros violadores y genitales masculinos ardiendo en llamas. No obstante, si pusiéramos demasiado énfasis en las delicias teóricas del sexo, el resultado sería a buen seguro la curiosidad y la experimentación, seguidas de la degeneración moral y las lapidaciones públicas.

—¿No cabe la posibilidad de que vea el miembro en cuestión como el medio para llegar a un fin? ¿Como un preludio de los bebés?

—Ninguna en absoluto —contestó Tía Lise con firmeza—. Ya se ha intentado.

—¿E invocar la sumisión de las mujeres, tal como se decretó en el momento de la Creación?

—Todo lo que se nos ha ocurrido.

—¿Habéis probado con la privación de sueño y las sesiones de oración de veinte horas, con relevos de las supervisoras?

—No cede. Además asegura que ha recibido la llamada para un servicio más elevado, aunque sabemos que suelen usar esa excusa. Pero yo confiaba en que nosotras... en que tú...

Suspiré.

—De poco sirve destruir la vida de una joven sin ton ni son —concluí—. ¿Será capaz de aprender a leer y escribir? ¿Es lo bastante inteligente?

—Oh, desde luego. Incluso demasiado inteligente —dijo Tía Lise—. Demasiada imaginación. Creo que de ahí viene el problema, con los... esos temas.

—Sí, las elucubraciones con falos pueden descontrolarse —dije—. Acaban por cobrar vida propia.

Hice una pausa. Tía Lise estaba azorada.

—La admitiremos, a prueba —dije por fin—. Concedámosle seis meses y veamos si puede aprender. Como sabes, necesitamos ir renovando el plantel en Casa Ardua. Nosotras, las de la vieja guardia, no vamos a vivir para siempre. Pero debemos proceder con cuidado. Basta que haya un eslabón débil... —Conozco bien a esas chicas tan extremadamente pudorosas. De nada sirve obligarlas, no pueden aceptar la realidad corporal. Incluso si se consuma la noche de bodas, pronto aparecen ahorcadas de una lámpara, o en coma bajo un rosal después de tragarse todas las pastillas que había en la casa.

—Gracias —dijo Tía Lise—. Habría sido una lástima.

—¿Perderla, quieres decir?

—Sí —contestó Tía Lise. Es tierna y compasiva, y por eso le asignaron los arreglos florales y esa clase de tareas. En su vida anterior era profesora de literatura francesa del siglo XVIII, previa a la Revolución. Enseñar Preparación Prematrimonial a las alumnas de Piedras Preciosas es lo más cerca que estará de una vida de salón.

Siempre procuro que las ocupaciones encajen con las aptitudes. Algo es algo, y yo soy una gran defensora del «algo» cuando no se puede tener «todo».

Que es como vivimos ahora.

Y de ese modo tuve que involucrarme en el caso de la joven Becka. Siempre es recomendable que me tome un interés personal en las chicas con tendencias suicidas que desean unirse a nosotras.

Tía Lise la acompañó a mi despacho: una chica delgada, de belleza delicada, con unos ojos grandes y luminosos y la muñeca izquierda vendada. Llevaba todavía el traje verde de una futura novia.

—Adelante, pasa —le dije—. No muerdo.

Se encogió con miedo, como si dudara de mis palabras.

—Puedes ocupar esa silla —le dije—. Tía Lise se quedará a tu lado.

Titubeante, se sentó, juntando las piernas recatadamente y enlazando las manos sobre el regazo. Me miró con desconfianza.

—Así que quieres unirte a esta Casa —dije. Asintió—. Ser Tía es un privilegio, no un derecho; supongo que lo sabes. Y que no es una recompensa por tu absurdo intento de quitarte la vida. Eso ha sido un error, además de una afrenta a Dios. Confío en que no vuelva a suceder, en caso de que te acojamos.

Negó con la cabeza y derramó una sola lágrima, que no se enjugó. ¿Era una lágrima de cocodrilo, intentaba conmoverme?

Le pedí a Tía Lise que aguardara fuera, y entonces le solté mi sermón: se le ofrecía una segunda oportunidad en la vida, le dije a Becka, pero tanto ella como yo necesitábamos cerciorarnos de que elegía la senda adecuada de su vocación, porque la vida que llevamos las Tías no es para cualquiera. Debería obedecer las órdenes de sus superiores, debería entregarse a una difícil rutina de estudios así como a las tareas mundanas que se le asignaran, debería rezar pidiendo consejo cada noche y cada mañana; al cabo de seis meses, si mantenía su sincera vocación y nosotras estábamos satisfechas de sus progresos, tomaría los votos de Casa Ardua y renunciaría a todos los demás caminos posibles, e incluso entonces sería sólo una Tía Suplicante hasta cumplir con la obra misionera de las Perlas en el extranjero, y para eso pasarían varios años. ¿Estaba dispuesta a cumplir con todas esas exigencias?

Oh, sí, dijo Becka. ¡Y se sentía tan agradecida! Haría cualquier cosa que se le pidiera. La habíamos salvado de, de... Tartamudeó y guardó silencio, ruborizándose.

—¿Has sufrido penalidades, mi niña? —le pregunté—. ¿Algún disgusto en relación con un hombre?

—No quiero hablar de eso —contestó. Había palidecido aún más.

—¿Temes recibir un castigo? —Asintió—: No temas, a mí puedes contármelo —le dije—. He oído muchas historias desagradables. Entiendo por lo que has podido pasar.

Se mantuvo reacia, así que no insistí.

—Los molinos de los dioses muelen lentamente —musité—, pero muelen fino.

—¿Cómo? —Pareció desconcertada.

—Me refiero a que, quienquiera que fuese, su conducta será castigada tarde o temprano. Apártalo de tu mente. Estarás a salvo aquí, con nosotras. Nunca volverá a molestarte.

—Las Tías no trabajamos abiertamente en esos casos, pero trabajamos—. Y ahora espero que demuestres ser digna de la confianza que he depositado en ti —dije.

—¡Oh, sí! —exclamó—. ¡Seré digna!

Al principio todas estas chicas se comportan igual: lánguidas por el alivio, sumisas, postradas. Con el tiempo, esa actitud puede cambiar, por supuesto: hemos tenido renegadas, hemos visto escapadas secretas para ir al encuentro de algún intrépido Romeo, hemos sufrido fugas porfiadas. El final de esas historias no suele ser feliz.

—Tía Lise te acompañará a recoger el uniforme —le expliqué—. Mañana tendrás tu primera clase de lectura y empezarás a aprender nuestro reglamento. Pero ahora deberías elegir tu nuevo nombre. Hay una lista de nombres apropiados disponibles. ¡Andando! —Y con toda la alegría que pude, añadí—: Hoy es el primer día del resto de tu vida.

—¡Nunca podré corresponder a tanta generosidad, Tía Lydia! —dijo la joven Becka. Le brillaban los ojos—. ¡Estoy tan agradecida!

Esbocé mi sonrisa gélida.

—Me complace que así sea —dije, con sincera complacencia. Aprecio la gratitud, y anoto esas deudas por si llegan tiempos difíciles. Nunca se sabe cuándo te va a hacer falta.

Muchos son llamados, y pocos escogidos, pensé. Aunque eso no sucedía en Casa Ardua: sólo a unas pocas de las que recibían la llamada había que descartarlas. Sin duda, la joven Becka iba a ser de las que se quedaban. Era una planta de interior mustia, pero, con los debidos cuidados, florecería.

—Cierra la puerta cuando salgas —le pedí. Se fue del despacho prácticamente de un salto. ¡Qué jóvenes son, qué brío tienen!, pensé. ¡Qué inocencia tan enternecedora! ¿Había sido yo así alguna vez? No podía recordarlo.

XIV

CASA ARDUA

35

Después de que Becka se cortara la muñeca con las tijeras de poda y empapara de sangre las margaritas de Shasta y se la llevaran al hospital, me quedé muy preocupada por ella: ¿se recuperaría?, ¿iban a castigarla? Aun así, el otoño llegó y pasó, y luego llegó y pasó el invierno, y seguía sin haber noticias. Ni siquiera nuestras Marthas se habían enterado de qué podía haberle ocurrido.

Shunammite dijo que Becka sólo intentaba llamar la atención. Discrepé, y me temo que hubo cierta frialdad entre nosotras el rato que pasamos juntas en las clases.

A medida que el tiempo se volvió más primaveral, Tía Gabbana anunció que habían elegido a tres candidatos para que Paula y el Comandante Kyle los tomaran en consideración. Vino a visitarnos a casa, nos enseñó sus respectivas fotografías a la vez que recitaba sus datos biográficos y titulaciones, leyendo a partir de su cuaderno, mientras Paula y el Comandante Kyle escuchaban y asentían. Se suponía que yo debía mirar las fotografías y escuchar el recital, pero no expresar ninguna opinión de momento. Dispondría de una semana para reflexionar. Mis preferencias se tendrían en cuenta, naturalmente, dijo Tía Gabbana. Paula sonrió.

—Por supuesto —aseguró. Yo no dije nada.

El primer candidato era un Comandante de pleno derecho, y era incluso mayor que el Comandante Kyle. Tenía la nariz colorada y los ojos un tanto saltones; la señal, dijo Tía Gabbana, de una personalidad fuerte, en la que se podía confiar para proteger y mantener a una Esposa. Tenía una barba blanca bajo la que se adivinaban unos recios carrillos, o posiblemente una papada: pliegues de pellejo colgante. Era uno de los primeros Hijos de Jacob, así que se trataba de una figura venerable, y había sido esencial en la contienda inicial para fundar la República de Gilead. De hecho, se rumoreaba que era uno de los miembros del conciliábulo que ideó el ataque al Congreso de los antiguos Estados Unidos para sacar al país de la bancarrota moral. Había tenido ya varias Esposas —que desdichadamente habían muerto—, y tenía asignadas cinco Criadas, pero todavía no se le había concedido el don de engendrar hijos.

Ese hombre era el Comandante Judd, aunque no estoy segura de que esa información sea de mucha utilidad si estáis intentando establecer su verdadera identidad, porque los primeros Hijos de Jacob a menudo cambiaron de apellido cuando estaban en las fases secretas de la creación de Gilead. En aquel momento yo no sabía nada de esos cambios de nombre: conocí su existencia más tarde, gracias a mis incursiones en los Archivos Genealógicos de Casa Ardua. Pero incluso allí el nombre original de Judd se había borrado.

El segundo candidato era más joven y más delgado. Tenía la cabeza de huevo y unas orejas curiosamente grandes. Se le daban bien los números, dijo Tía Gabbana, y las labores intelectuales, un rasgo no siempre deseable, y menos en las mujeres, pero que se podría tolerar en un marido. Había conseguido que naciera un hijo de su anterior Esposa, fallecida poco después en un manicomio, pero el pobre crío había expirado antes de cumplir un año.

No, dijo Tía Gabbana, no había sido un No Bebé. Nació sano. La causa fue un cáncer precoz, alarmantemente en alza entre la población infantil.

El tercer hombre, el hijo menor de un Comandante de menor rango de sólo veinticinco años. Tenía mucho pelo, pero el cuello recio y los ojos muy juntos. No era un partido tan excelente como los otros dos, dijo Tía Gabbana, pero la familia estaba entusiasmada ante el posible compromiso, y eso me garantizaría su debido aprecio. No era un asunto baladí, porque la hostilidad de los suegros podía hacer muy desgraciada la vida de una chica, si no paraban de criticarte y se ponían siempre de parte del marido.

—No te lances aún a conclusiones precipitadas, Agnes —me recomendó Tía Gabbana—. Tómate tu tiempo. Tus padres quieren que seas feliz. —Esa idea era bonita pero falsa: no querían que fuera feliz, querían que me fuera.

Me pasé toda la noche en vela con el rostro de los tres candidatos flotando en la oscuridad ante mis ojos. Imaginé a cada uno de ellos encima de mí —porque ahí era donde estarían— intentando meter su repugnante apéndice dentro de mi cuerpo frío como la piedra.

¿Por qué pensaba que mi cuerpo era frío como la piedra?, me pregunté. Entonces lo comprendí: estaría frío como la piedra porque estaría muerta. Estaría tan pálida y sin vida como había visto a la pobre Dekyle, abierta en canal para sacar a la criatura de su vientre y luego tendida e inerte, envuelta con una sábana, mirándome con sus ojos silenciosos. Había cierto poder en el silencio y la quietud.

36

Contemplé la posibilidad de escaparme de casa, pero ¿cómo iba a hacerlo y adónde podría ir? No tenía ninguna noción de geografía: en la escuela no estudiábamos nada de eso, porque con conocer nuestro barrio nos bastaba; ¿y qué más necesitaba una Esposa? Ni siquiera sabía lo grande que era Gilead. ¿Cuánta extensión abarcaba, dónde terminaba? Ciñéndome a asuntos más pragmáticos, ¿cómo viajaría, qué comería, dónde dormiría? Y si me escapaba, ¿Dios me odiaría? Seguro que me perseguirían, y causaría mucho sufrimiento ajeno, como la Concubina Cortada en Doce Partes, ¿no?

El mundo estaba plagado de hombres que sin duda se sentirían tentados por chicas que se habían extraviado en terreno prohibido: a esas chicas se las consideraba disolutas. Tal vez no conseguiría llegar a la vuelta de la esquina antes de acabar hecha trizas, corrompida y reducida a un montón de pétalos verdes marchitos.

La semana que me habían concedido para elegir a mi marido se iba agotando. Paula y el Comandante Kyle preferían al Comandante Judd: era quien tenía mayor poder. Pusieron mucho empeño en fingir que me convencían, porque era mejor que la novia accediera de buen grado.

Corrían cada vez más rumores del alto índice de bodas que acababan estrepitosamente, con alaridos, desmayos, bofetones de la madre de la muchacha. Había oído comentar a las Marthas que antes de algunas bodas se administraban sedantes, con inyecciones. Había que ir con cuidado con la dosis: un leve tambaleo y cierta torpeza en el habla podrían atribuirse a la emoción, porque una boda es un momento de suma trascendencia en la vida de una chica, pero una ceremonia perdía la validez si la novia estaba inconsciente.

Estaba claro que me casaría con el Comandante Judd, tanto si me gustaba como si no. Tanto si lo aborrecía como si no. Pero me guardé mi aversión para mí y fingí que me estaba decidiendo. Ya digo, había aprendido a actuar.

—Piensa en la posición que tendrás —decía Paula—. No podrías pedir nada mejor.

El Comandante Judd no era joven y no viviría para siempre, y por lejos que estuviera ella de desearlo, seguramente yo viviría mucho más que él, decía, y cuando se muriera sería viuda, con más libertad para elegir a mi siguiente marido. ¡Piensa en las ventajas que te daría! Naturalmente, mis parientes varones, incluidos los que adquiriera por matrimonio, desempeñarían un papel en mi elección para las segundas nupcias.

A continuación Paula desmerecía las cualidades de los otros dos candidatos, ridiculizando su aspecto, su carácter y su posición social. No tendría que haberse molestado: yo los detestaba a ambos.

Entretanto, sopesaba otras vías de acción a mi alcance. Había unas tijeras de poda con las que Paula hacía arreglos florales de estilo francés, como las que usó Becka, pero estaban guardadas en el cobertizo del jardín, cerrado con llave. Sabía de una chica que se ahorcó con el cinto del albornoz para escapar del matrimonio. Vera me había contado la historia el año anterior, mientras las otras dos Marthas ponían cara de pena y renegaban.

—El suicidio es un fracaso de la fe —dijo Zilla.

—Y un verdadero escándalo —dijo Rosa.

—Semejante deshonra para la familia —dijo Vera.

Podía recurrir a la lejía, pero la guardaban en la cocina, igual que los cuchillos, y las Marthas, que no eran bobas y tenían ojos en la nuca, estaban alerta al notar mi desesperación. Les había dado por soltar aforismos, como «No hay mal que por bien no venga» y «Cuanto más dura es la cáscara, más dulce es la nuez», e incluso «Los diamantes son el mejor amigo de una chica». Rosa llegó al extremo de decir, como si hablara para sí, «Una vez que mueres, mueres para siempre», mirándome con el rabillo del ojo.

No tenía sentido pedirles a las Marthas que me ayudaran, ni siquiera a Zilla. Por más que les diera pena, por más que desearan lo mejor para mí, no estaba en su mano cambiar el desenlace.

Al final de la semana, se anunció mi compromiso: me casaría con el Comandante Judd, como había sabido desde el principio. Apareció en la casa con el uniforme oficial lleno de medallas, estrechó la mano al Comandante Kyle, le hizo una venia a Paula y me sonrió, a pesar de que yo tenía la cabeza gacha. Paula se acercó a mí, me pasó un brazo por la espalda y me estrechó ligeramente la cintura: nunca había tenido un gesto así conmigo. ¿Temía que intentara escaparme?

—Buenas tardes, Agnes, querida —dijo el Comandante Judd. Miré fijamente sus medallas, era más fácil que mirarlo a él.

—Dile buenas tardes —dijo Paula en voz baja, dándome un leve pellizco con la mano que mantenía apoyada en mi espalda—. Buenas tardes, señor.

—Buenas tardes —logré decir con un hilo de voz—. Señor.

El Comandante avanzó, compuso la cara en una sonrisa mofletuda, y acercó la boca hasta mi frente en un beso casto. Noté sus labios pegajosos; hicieron un sonido de succión al apartarse. Sentí como si me sorbieran un minúsculo bocado del cerebro a través de la piel de la frente. Mil besos como ése y me dejaría el cráneo hueco como un cascarón.

—Espero hacerte muy feliz, querida —dijo.

Noté el olor de su aliento, una mezcolanza de alcohol, colutorio de menta como el de la consulta del dentista, y dientes cariados. Me asaltó una imagen de la noche de bodas: una masa blanca, enorme y opaca se movía hacia mí a través de la penumbra de una habitación desconocida. Tenía cabeza, pero sin rostro, sólo un orificio parecido a la boca de una sanguijuela. De alguna parte en el centro del amasijo salía un tercer tentáculo que se agitaba en el aire. Llegaba a la cama donde yo yacía, paralizada por el terror, y también desnuda: debías estar desnuda, o al menos lo bastante desnuda, según decía Shunammite. ¿Qué venía a continuación? Cerré los ojos con fuerza, intentando borrar esa escena de mi mente, y los abrí de nuevo.

El Comandante Judd se apartó, observándome con suspicacia. ¿Me había estremecido mientras me daba el beso? Había intentado no delatar mi aversión. Paula me pellizcó más fuerte la cintura. Sabía que debía decir algo, como «Gracias» o «También yo lo espero» o «Estoy segura de que así será», pero no podía articular palabra. Las náuseas me daban vueltas en el estómago; ¿y si vomitaba, en ese preciso momento, sobre la alfombra? Sería una calamidad.

—Es extremadamente modesta —me justificó Paula, con los labios prietos, observándome de reojo.

—Y ésa es una cualidad encantadora —contestó el Comandante Judd.

—Ahora puedes retirarte, Agnes Jemima —ordenó Paula—. Tu padre y el Comandante tienen asuntos que resolver.

Procuré caminar erguida hacia la puerta. Me sentía un poco mareada.

—Parece obediente —oí que decía el Comandante Judd mientras salía de la sala.

—Oh, sí —dijo Paula—. Siempre ha sido una chiquilla respetuosa.

Qué embustera. Sabía cuánta rabia bullía dentro de mí.

Las tres organizadoras de la boda, Tía Lorna, Tía Sara Lee y Tía Betty, nos hicieron una nueva visita, esta vez para tomarme las medidas de mi vestido de boda: traían varios bocetos. Quisieron saber cuál era el que más me gustaba. Señalé uno al azar.

—¿Se encuentra bien la niña? —le preguntó Tía Betty a Paula en voz baja—. Parece cansada.

—Son muchas emociones juntas —contestó Paula.

—¡Ah, sí! —asintió Tía Betty—. ¡Tantas emociones!

—Debería pedir a las Marthas que le preparen una tisana para calmarla —le recomendó Tía Lorna—. De manzanilla. O un sedante.

Además del vestido, dispondría también de ropa interior nueva y de un camisón especial para la noche de bodas, con cintas que se enlazaban en la parte delantera: muy fácil de abrir, como un paquete envuelto para regalo.

—No sé por qué nos molestamos con las florituras —les dijo Paula a las Tías, como si yo no estuviera—. Agnes no las apreciará.

—No será ella quien las admire —contestó Tía Sara Lee con una franqueza inesperada, que hizo que a Tía Lorna se le escapara un resoplido al contener la risa.

En cuanto al vestido de boda, debía ser «clásico», según Tía Sara Lee. El estilo clásico es el mejor: las líneas limpias quedarían muy elegantes, en su opinión. Un velo con una simple guirnalda de campanillas de invierno o nomeolvides de tela. Las flores hechas a mano eran una de las destrezas que se fomentaban entre las Econoesposas.

Hubo una conversación en murmullos acerca del encaje, sobre si añadirlo, como recomendaba Tía Betty, porque quedaría atractivo, u omitirlo, como prefería Paula, ya que el objetivo principal no era el atractivo. Tácitamente: el objetivo principal era despachar el asunto cuanto antes y relegarme al pasado, donde me hundiría como el plomo y ya no sería material inflamable. Y a ella nadie podría acusarla de no haber cumplido con su deber de Esposa de su Comandante y de ciudadana ejemplar de Gilead.

La boda se celebraría tan pronto estuviese listo el vestido, de modo que era prudente fijarla para dos semanas después de ese mismo día. ¿Había pensado Paula a quién deseaba invitar?, preguntó Tía Sara Lee. Las dos bajaron para elaborar una lista: Paula iba recitando los nombres y Tía Sara Lee los anotaba. Las Tías prepararían y entregarían en persona las invitaciones verbales: era una de las tareas que desempeñaban, ser las portadoras de mensajes envenenados.

—¿No estás emocionada? —me dijo Tía Betty mientras ella y Tía Lorna estaban recogiendo los bocetos y yo volvía a vestirme—. ¡Dentro de dos semanas tendrás tu propia casa!

Detecté un punto de nostalgia en su voz, tal vez porque ella nunca tendría una casa propia, pero no le presté atención. Dos semanas, pensé. ¿Cómo iba a apurar esos catorce días escasos de vida en esta tierra?

37

A medida que iba tachando los días, crecía mi desesperación. ¿Dónde estaba la salida? No tenía una pistola, no tenía pastillas letales. Recordaba una historia que Shunammite había hecho circular en la escuela, sobre una Criada que se mató tragando salfumán.

—Toda la parte inferior de la cara se le cayó —susurró con regocijo Shunammite—. Simplemente... ¡se deshizo! ¡Como si la carne burbujeara! —En aquel momento no creí que fuese verdad, pero ahora no me cabía ninguna duda.

¿Una bañera llena de agua? Cuando me ahogara, sin embargo, me debatiría y saldría a por aire, y en la bañera no podía usar una piedra para hundirme, como haría en un lago o un río o en el mar. Pero no sabía cómo llegar a un lago o a un río, ni tampoco al mar.

Tal vez no me quedara más remedio que seguir adelante con la ceremonia y asesinar al Comandante Judd la noche de bodas. Hurtar un cuchillo y degollarlo, y después degollarme yo también. Habría mucha sangre que limpiar en las sábanas, pero no sería yo quien la restregara. Imaginé la consternación de Paula cuando entrara en la habitación de los horrores. Qué carnicería. Y adiós a su prestigio social.

Esos escenarios eran fantasías, por supuesto. A pesar de urdir todas esas tramas, sabía que nunca sería capaz de quitarme la vida ni de asesinar a nadie. Recordé la expresión feroz de Becka cuando se cortó las venas: iba en serio, de verdad estaba dispuesta a morir. Poseía una entereza que a mí me faltaba. Yo nunca tendría su valor.

Por la noche, antes de quedarme dormida, recreaba en mis ensoñaciones fugas milagrosas, pero todas requerían ayuda de otras personas, ¿y quién podía ayudarme? Tendría que ser un desconocido que acudiera a mi rescate, el guardián de una puerta oculta, el custodio de una contraseña secreta. Ninguna de esas ideas parecía posible cuando me despertaba por la mañana. Les daba vueltas y vueltas en la cabeza: ¿qué iba a hacer, qué iba a hacer? Apenas podía pensar, apenas podía comer.

—Los nervios de la boda, ¡criatura del Cielo! —decía Zilla. Y yo quería ser una criatura del Cielo, pero no veía la manera de alcanzarlo.

Cuando sólo faltaban tres días, recibí una visita inesperada. Zilla subió a mi cuarto y me avisó de que bajara.

—Tía Lydia ha venido a verte —me anunció en murmullos—. Buena suerte. De parte de todas.

¡Tía Lydia! La principal Fundadora, el retrato enmarcado en oro al fondo de todas las aulas escolares, la autoridad suprema entre las Tías, ¿había venido a verme a mí? ¿Qué había hecho? Bajé las escaleras temblando.

Paula estaba fuera, por suerte; aunque a medida que fui conociendo mejor a Tía Lydia, comprendí que no había sido una cuestión de suerte. Tía Lydia estaba sentada en el sofá del salón. Me pareció más menuda que en el funeral de Dekyle, pero quizá era porque yo había crecido. Sonrió al verme, de hecho, con una sonrisa arrugada y de dientes amarillentos.

—Agnes, querida —dijo—. Pensé que te gustaría recibir noticias de tu amiga Becka.

Me infundía tanto respeto que me costaba pronunciar palabra.

—¿Ha muerto? —susurré, con el corazón en un puño.

—Ni mucho menos. Se encuentra a salvo y contenta.

—¿Dónde está? —conseguí farfullar.

—Está en Casa Ardua, con nosotras. Aspira a convertirse en Tía y ha iniciado su formación como Suplicante.

—¡Oh! —exclamé. Se vislumbraba una luz, se entreabría una puerta.

—No todas las jóvenes están hechas para el matrimonio —continuó—. En algunos casos es lisa y llanamente un desperdicio de sus capacidades. Hay otros caminos por los que una chica o una mujer pueden contribuir a la voluntad de Dios. Un pajarito me ha contado que tal vez compartas ese parecer. —¿Quién se lo había contado? ¿Zilla? Sin duda había advertido mi profunda desolación.

—Sí —dije. Quizá mis oraciones de antaño a Tía Lydia por fin obtenían respuesta, aunque en un sentido distinto del que había esperado.

—Becka ha recibido la llamada a un fin más elevado —me explicó—. Si creyeras que tienes esa misma vocación, aún estás a tiempo de comunicárnoslo.

—Pero cómo puedo... No sé cómo hacerlo...

—A mí no se me puede ver sugiriendo personalmente esta vía directa de actuación —dijo—. Contravendría el derecho fundamental del padre a organizar el matrimonio de su hija. La vocación religiosa puede anular el derecho paterno, pero debes ser tú quien dé el primer paso para acercarte a nosotras. Intuyo que Tía Estée te escucharía de buena gana. Si de verdad sientes la llamada, hallarás la forma de ponerte en contacto con ella.

—¿Y qué ocurrirá con el Comandante Judd? —pregunté, temerosa. Era un hombre tan poderoso... Si eludía la boda, seguro que se enfadaría mucho.

—Ah, el Comandante Judd tiene muchas opciones —contestó con una expresión que no supe descifrar.

A continuación mi tarea era encontrar la senda que me llevara a Tía Estée. No podía declarar abiertamente mi propósito: Paula me lo impediría. Me dejaría encerrada en mi cuarto, recurriría a las drogas para someterme. Parecía tan obcecada en que se celebrara esa boda, como si le fuera la vida en ello; utilizo esta expresión de forma deliberada ya que en su afán estaba exponiendo su alma, aunque, como más adelante supe, su alma ya estaba abocada al infierno.

El día siguiente de la visita de Tía Lydia, le hice una petición. Quería ultimar con Tía Lorna los detalles del vestido de boda, que ya me había probado dos veces y estaban acabando de retocar. Quería que todo quedara perfecto para mi día especial, dije. Sonreí. Para ser sincera, el vestido me recordaba la pantalla de una lámpara, pero mi intención era parecer alegre y agradecida.

Paula me lanzó una mirada sagaz. Dudo que creyese que sonreía de verdad, pero si fingía un papel, tanto mejor, siempre y cuando fuese el papel que ella deseaba.

—Me alegro de que muestres interés —dijo secamente—. Se nota que la visita de Tía Lydia te ha hecho recapacitar. —Eso había llegado a sus oídos, como es natural, aunque no de lo que se habló en realidad.

Aun así, sería una molestia recibir a Tía Lorna en nuestra casa, dijo Paula. No era buen momento, como podía imaginar: había que encargar la comida, preparar los arreglos florales, y Paula no disponía de tiempo que perder en visitas.

—Tía Lorna está en casa de Shunammite —dije.

Lo sabía por Zilla: la boda de Shunammite también se celebraría pronto. En ese caso, nuestro Guardián podía llevarme en coche, dijo Paula. Sentí que se me aceleraba el corazón, en parte por el alivio, en parte por el miedo: ahora tendría que poner en práctica mi arriesgado plan.

¿Cómo sabían las Marthas de las idas y venidas de la gente? No se les permitía hacer compullamadas, ni tampoco recibir cartas. Debían de enterarse por las Marthas de otras casas, aunque quizá también por las propias Tías o algunas de las Esposas. Las Tías, las Marthas, las Esposas: a pesar de los frecuentes celos y rencillas, e incluso el odio que había entre ellas, las noticias corrían entre ellas como a lo largo de los hilos invisibles de una telaraña.

Avisaron a nuestro chófer Guardián y Paula le dio las instrucciones. Supongo que estaba contenta de perderme de vista un rato; mi tristeza debía de soltar un tufillo acre que la irritaba. Shunammite solía decir que ponían pastillas de la felicidad en la leche caliente a las chicas que estaban a punto de casarse, pero por lo visto a mí no me habían puesto ninguna.

El Guardián me abrió la puerta del coche y me acomodé en el asiento. Respiré hondo, entre la euforia y el pánico. ¿Qué ocurriría si mi engaño fracasaba? ¿Y qué ocurriría si funcionaba? Tanto en un caso como en el otro, iba rumbo a lo desconocido.

Fui a consultar con Tía Lorna, que en efecto estaba en casa de Shunammite. Shunammite se entusiasmó al verme, dijo que cuando estuviéramos casadas podríamos visitarnos, ¡y muy a menudo! Apremiándome a entrar, me llevó a ver su vestido de novia y a contármelo todo sobre su futuro marido, que (susurró, entre risas) parecía una carpa, con el mentón hundido y los ojos de sapo, pero ocupaba un rango de la franja media-alta entre los Comandantes.

Qué emoción, dije. Admiré el vestido, confesándole que era mucho más elegante que el mío. Shunammite se echó a reír, se había enterado de que iba a casarme con un hombre muy importante, ¡prácticamente era Dios, qué suerte la mía!; y yo, bajando la mirada, murmuré que de todos modos su vestido era más bonito. Se puso contenta y dijo que estaba segura de que las dos saldríamos airosas de la noche de bodas sin hacer aspavientos. Seguiríamos las instrucciones de Tía Lise y nos distraeríamos pensando que arreglábamos un ramo de flores en un jarrón, y pasaría enseguida, y quizá incluso diéramos a luz a nuestros propios bebés, sin necesidad de Criadas. Me preguntó si me apetecía una galleta de avena, y mandó a una Martha a buscarlas. Mordisqueé una, a pesar de que no tenía hambre.

No podía entretenerme demasiado, le dije, porque había mucho por hacer, pero ¿podía ver a Tía Lorna un momento? La encontramos cruzando el pasillo, en una de las habitaciones libres, repasando las notas de su cuaderno. Le pedí que añadiera un adorno a mi vestido, un lazo blanco o un volante, ya no me acuerdo. Me despedí de Shunammite, dándole las gracias por la galleta y repitiéndole lo precioso que era su vestido. Salí por la puerta principal y la saludé alegremente con la mano como habría hecho cualquier chica, y fui hacia nuestro coche.

Después, con el corazón martilleándome en el pecho, le pedí a nuestro chófer si no le importaba hacer una parada en mi antigua escuela, porque deseaba dar las gracias a la que había sido mi maestra, Tía Estée, por todo lo que me había enseñado.

El chófer estaba junto al coche, sosteniéndome la puerta de atrás. Frunció el ceño y me miró con suspicacia.

—No son ésas las instrucciones que me han dado —dijo.

Sonreí, deseando parecer candorosa. Noté la cara rígida, como cubierta por un pegamento que se endurecía por momentos.

—Descuide —dije—. A la Esposa del Comandante Kyle no le importará. ¡Tía Estée fue mi maestra! ¡Siempre ha velado por mí!

—No sé, la verdad —contestó, dubitativo.

Lo miré fijamente. Nunca le había prestado mucha atención hasta entonces, ya que por norma sólo lo veía de espaldas. Era un hombre con figura de torpedo, con la cabeza pequeña y el cuerpo grueso. No iba bien afeitado, se le veía la sombra de la barba y un sarpullido.

—Pronto me casaré —le dije—. Con un Comandante muy poderoso. Más poderoso que Paula..., que la Esposa del Comandante Kyle. —Hice una pausa para que asimilara mis palabras, y luego me avergüenza reconocer que posé una mano encima de la suya, que sostenía la puerta del coche—. Me aseguraré de que lo recompensen —dije.

Dio un leve respingo y se puso como la grana.

—Bien, de acuerdo —dijo, aunque no sonrió.

De modo que así es como las mujeres consiguen lo que buscan, pensé. Si están dispuestas a engatusar, a mentir y a traicionar su palabra. Sentí asco de mí misma, pero como veréis eso no me detuvo. Sonreí de nuevo, y me levanté un poco la falda, apenas lo justo para dejar que se me viera un tobillo al subir en el coche.

—Gracias —le dije—. No se arrepentirá.

Me llevó a mi antigua escuela, tal como le había pedido, y habló con los Ángeles que custodiaban la entrada, y las rejas de la puerta de doble hoja se abrieron de par en par, y el coche accedió al interior. Le pedí al chófer que me esperara: no tardaría. Entonces con paso tranquilo entré en el edificio de la escuela, que de pronto se me antojó mucho más pequeño que cuando lo dejé.

Habían acabado las clases; tuve suerte de encontrar a Tía Estée todavía allí, aunque, una vez más, tal vez no fue cuestión de suerte. Estaba sentada tras su escritorio en el aula de costumbre, escribiendo en su cuaderno. Levantó la vista cuando entré.

—Vaya, Agnes, ¡qué mayor estás! —dijo.

No me había preparado nada a partir de ese momento. Me entraron ganas de arrojarme a sus pies y echarme a llorar. Siempre había sido buena conmigo.

—¡Quieren que me case con un hombre horrible, un viejo repugnante! —exclamé—. ¡Antes prefiero matarme! —Rompí en llanto, compungida de verdad, y me desplomé sobre su escritorio. En cierto modo estaba actuando, y probablemente hice un papel pésimo, pero fue una actuación sincera, no sé si me explico.

Tía Estée me ayudó a incorporarme y me acompañó hasta una silla.

—Siéntate, cariño —me tranquilizó—, y cuéntamelo todo.

Me hizo las preguntas de rigor. ¿Había sopesado los privilegios que podía ofrecerme ese matrimonio en el futuro? Le contesté que conocía los privilegios, pero no me interesaban porque para mí no había futuro, no por ese camino. ¿Qué opinaba de los otros candidatos? ¿Me decantaría por alguno de ellos? No eran una alternativa mejor, le expliqué, y de todos modos Paula se había decidido por el Comandante Judd. ¿Iba en serio cuando amenazaba con matarme? Iba en serio, le dije, y si no me salía con la mía antes de la boda, estaba decidida a hacerlo luego, y mataría al Comandante Judd en cuanto me pusiera un dedo encima. Lo haría con un cuchillo. Lo degollaría.

Hablé con convicción, para que me creyera capaz de hacerlo, y durante un momento incluso yo misma sentí que así era. Casi pude palpar la sangre manando a borbotones de su garganta. Y después mi sangre, también. Casi pude verla: una bruma roja.

Tía Estée no me acusó de ser perversa, como habría hecho Tía Vidala. Bien al contrario, dijo que entendía mi aflicción.

—Pero, veamos, ¿crees que existe otro camino por el que pudieras contribuir al bien común? ¿Acaso tienes vocación?

Me había olvidado de esa parte, pero de repente la recordé.

—Así es. Siento la llamada a un fin más elevado.

Tía Estée me observó con una mirada larga e inquisitiva. Entonces me pidió que la dejara rezar en silencio: necesitaba buscar orientación sobre cómo debía obrar. La miré mientras enlazaba las manos, cerraba los ojos e inclinaba la cabeza. Contuve la respiración: Por favor, Señor, ayúdala a tomar la decisión correcta, recé también para mis adentros.

Finalmente abrió los ojos y me sonrió.

—Iré a hablar con tus padres —dijo—. Y con Tía Lydia.

—Gracias —contesté, empezando a llorar de nuevo, ahora de alivio.

—¿Quieres acompañarme? —me preguntó—. ¿A hablar con tus padres?

—No puedo —dije—. Me agarrarán y me encerrarán en mi cuarto, y luego me darán alguna droga. Sabes que lo harán.

No lo negó.

—A veces eso es lo mejor —suspiró—. Pero en tu caso no creo que convenga. Sin embargo, no puedes quedarte aquí, en la escuela. No podré impedir a los Ojos que entren, te lleven con ellos y te hagan cambiar de idea. Supongo que no quieres que los Ojos intervengan. Más vale que me acompañes.

Supongo que había sopesado a Paula y la juzgaba capaz de cualquier cosa. Entonces se me escapaba cómo podía Tía Estée conocer datos sobre Paula, pero ahora lo sé. Las Tías contaban con sus propios métodos y con sus propios informantes: para ellas no existían muros impenetrables ni puertas cerradas a cal y canto.

Salimos del edificio y le pidió a mi chófer que avisara a la Esposa de su Comandante que lamentaba haber entretenido tanto rato a Agnes Jemima, y esperaba no haber causado excesiva inquietud. Además, le pidió, debía decirle que Tía Estée se disponía a hacer una visita a la Esposa del Comandante Kyle para decidir un asunto importante.

—¿Y qué hay de ella? —preguntó el chófer, señalándome.

Tía Estée dijo que asumía la responsabilidad por mí, así que no hacía falta que se preocupara. Me lanzó una mirada de reproche, una mirada indecente, de hecho: supo que lo había engañado, y que eso iba a causarle problemas. Pero se montó en el coche y condujo hasta cruzar las verjas del recinto. Los Ángeles eran Ángeles de la Escuela Vidala: obedecían a Tía Estée.

A continuación, Tía Estée usó su busca para llamar a su propio chófer Guardián, y nos subimos en su coche.

—Voy a llevarte a un lugar seguro —dijo—. Deberás permanecer allí mientras hablo con tus padres. Cuando lleguemos a ese lugar seguro, debes prometerme que comerás algo. ¿Prometido?

—No creo que tenga apetito —contesté. Todavía estaba reprimiendo las lágrimas.

—Ya se te abrirá, una vez que te instales. Un vaso de leche caliente, por lo menos. —Me dio la mano y me la estrechó, añadiendo—: Todo irá bien. Irá bien en todos los sentidos. —Luego me soltó la mano y me dio unas palmaditas.

Hasta cierto punto fue un consuelo, pero estaba otra vez en un tris de echarme a llorar. A veces la ternura provoca ese efecto.

—¿Cómo? —pregunté—. ¿Cómo va a ir bien?

—No lo sé, pero irá bien. Ten fe —me aseguró Tía Estée—. A veces cuesta mucho tener fe.

38

Se estaba poniendo el sol. El aire primaveral estaba cargado de la bruma dorada que suele aparecer en esa época del año: polvo, polen. Las hojas de los árboles brillaban con ese lustre tan fresco que tienen cuando acaban de abrirse, como si cada una fuera un regalo que se desenvuelve y se mece por primera vez. Como si Dios las hubiera hecho en ese mismo instante, nos decía Tía Estée durante las clases de Aprecio a la Naturaleza, evocando la imagen de Dios al pasar la mano sobre los árboles aletargados por el invierno para hacerlos brotar y abrirse pujantes. Cada hoja es única, añadía Tía Estée, ¡igual que vosotras! Era una idea hermosa.

Tía Estée y yo viajábamos por las calles doradas. ¿Volvería a ver esas casas, esas calles, esas aceras de nuevo? Aceras desiertas, calles silenciosas. Empezaban a encenderse las luces en las casas; dentro debía de haber gente feliz, gente que sabía cuál era su lugar. Me sentía una paria, pero me había descastado yo misma, así que no tenía ningún derecho a compadecerme de mí misma.

—¿Adónde vamos? —pregunté a Tía Estée.

—A Casa Ardua —me dijo—. Puedes quedarte allí mientras voy a visitar a tus padres.

Había oído nombrar Casa Ardua, siempre en murmullos, porque era un lugar especial, reservado para las Tías. A qué se dedicaban las Tías cuando no las veíamos, no era de nuestra incumbencia, decía Zilla. Llevaban una vida retirada en la que los demás no debíamos meter las narices. «Aunque yo no querría estar en su lugar», añadía Zilla.

—¿Por qué no? —le pregunté una vez.

—Asuntos turbios —dijo Vera, que estaba triturando carne de cerdo con la picadora para hacer una empanada—. Se manchan las manos.

—Para que los demás no tengamos que ensuciárnoslas —dijo Zilla, conciliadora, estirando la masa con el rodillo.

—Acaban con ideas sucias en la mente, también, lo quieran o no —intervino Rosa. Estaba troceando cebollas con un gran cuchillo de carnicero—. ¡Lectura! —Lo descargó con saña—. Nunca me gustó.

—A mí tampoco —dijo Vera—. ¡Quién sabe en qué se ven obligadas a hozar! ¡Inmundicia y porquería!

—Mejor que se encarguen ellas que nosotras —insistió Zilla.

—No pueden casarse —dijo Rosa—. No es que yo quiera un marido, pero aun así... Y nada de bebés, tampoco. No pueden tenerlos.

—Son demasiado mayores, de todos modos —dijo Vera—. Tienen las entrañas secas.

—La masa está lista —dijo Zilla—. ¿Queda un poco de apio?

A pesar de esa visión tan desalentadora de la vida de las Tías, me quedé intrigada pensando en Casa Ardua. Desde que supe que Tabitha no era mi madre, cualquier secreto me atraía. Siendo niña había ornamentado Casa Ardua en mi imaginación, la había magnificado, le atribuía propiedades mágicas: seguro que un lugar con tanto poder subterráneo pero incomprendido debía de ser un edificio imponente. ¿Sería un inmenso castillo, o parecería más una prisión? ¿Sería como nuestra escuela? Tal vez en las puertas hubiera grandes cerraduras de bronce que sólo una Tía pudiera abrir.

La imaginación llena todos los vacíos de la mente. El miedo siempre ronda cerca para ocupar cualquier hueco, igual que la curiosidad. Tengo experiencia de sobra en ambos frentes.

—¿Vives aquí? —le pregunté a Tía Estée—. ¿En Casa Ardua?

—Todas las Tías de esta ciudad vivimos aquí —dijo—. Aunque entramos y salimos.

A medida que las farolas de la calle se encendían, tamizando el aire con un resplandor anaranjado, llegamos a la entrada de un recinto rodeado por una alta pared de ladrillo rojo. La verja de hierro estaba cerrada. Nuestro vehículo se detuvo, y entonces la puerta se abrió franqueándonos el paso. Había focos reflectores; había árboles. A lo lejos, un grupo de hombres con los uniformes negros de los Ojos estaban apostados en una amplia escalinata frente a un palacio muy iluminado, con columnas blancas en la fachada. O a mí me pareció un palacio: pronto me enteraría de que antiguamente había sido una biblioteca.

Nuestro coche aparcó y se detuvo, y el chófer nos abrió la puerta, primero a Tía Estée y luego a mí.

—Gracias —le dijo Tía Estée—. Por favor, espera aquí. No tardaré.

Me tomó del brazo y caminamos junto a un gran edificio de piedra gris, y después pasamos por delante de la estatua de una mujer erguida con varias mujeres que la rodeaban en distintas poses. No solían verse estatuas de mujeres en Gilead, sólo de hombres.

—Es Tía Lydia —dijo Tía Estée—. O una estatua suya.

291

¿Fueron imaginaciones mías, o Tía Estée le hizo una pequeña reverencia?

—Al natural es diferente —dije. No sabía si la visita que me había hecho Tía Lydia debía quedar en secreto, así que añadí—: La vi en un funeral. No es tan alta.

Tía Estée no contestó enseguida. Pensándolo ahora, entiendo que meditó su respuesta: nadie quiere que lo acusen de tachar de poquita cosa a una persona poderosa.

—No —convino—. Pero las estatuas no son personas de carne y hueso.

Enfilamos un sendero pavimentado. A uno de los lados había un edificio de ladrillo rojo alargado de tres plantas, en el que se alternaban una serie de portales idénticos, a los que se accedía subiendo unos pocos escalones, y con un triángulo blanco sobre el dintel. En el interior del triángulo había algo escrito, que yo aún no podía leer. Aun así me sorprendió ver escritura en un lugar público.

—Esto es Casa Ardua —dijo Tía Estée. Me llevé una desilusión: la había imaginado mucho más majestuosa—. Adelante, pasa. Aquí estarás a salvo.

—¿A salvo? —repetí, extrañada.

—Por ahora —dijo—. Y por un tiempo, espero. —Sonrió con dulzura—. No se permite la entrada en la casa a ningún hombre sin el permiso expreso de las Tías. Es así por Ley. Puedes descansar aquí hasta mi regreso.

Quizá estuviera a salvo de los hombres, pensé, pero ¿y de las mujeres? Paula podía colarse y sacarme a rastras, devolverme a la realidad en la que me esperaba un marido.

Tía Estée me condujo a través de una sala con un sofá.

—Ésta es la zona de estar comunitaria. Hay un cuarto de baño al otro lado de aquella puerta. —Me acompañó por un tramo de escaleras hasta un cuartito con una cama individual y una mesa—. Una de las otras Tías te traerá una taza de leche caliente. Luego te recomiendo que te eches un rato. Y, por favor, no te preocupes. Dios me ha dicho que todo irá bien.

A pesar de que a mí me faltaba la convicción que al parecer ella tenía, me sentí reconfortada. Esperó hasta que llegó la leche caliente, que trajo una Tía silenciosa.

—Gracias, Tía Silhouette —dijo. La otra asintió y salió sin hacer ruido alguno. Tía Estée me dio una suave palmada en el brazo, y entonces se marchó y cerró la puerta.

Tomé apenas un sorbo de leche, por recelo. ¿Y si las Tías me drogaban antes de secuestrarme y dejarme de nuevo en manos de Paula? No creía que Tía Estée fuese a hacerlo, pero Tía Silhouette parecía perfectamente capaz. Las Tías siempre se ponían de parte de las Esposas, o eso era lo que decían las chicas en la escuela.

Di vueltas por la pequeña habitación; luego me estiré en la estrecha cama. Pero estaba demasiado alterada para dormir, así que volví a levantarme. Había un retrato en la pared: Tía Lydia, con su sonrisa inescrutable. En la pared de enfrente estaba el retrato de Pequeña Nicole. Eran los mismos retratos familiares que colgaban en las aulas de la Escuela Vidala, y me ofrecieron una curiosa tranquilidad.

Encima de la mesa había un libro.

Se me ocurrió que después de saltarme tantas prohibiciones en un día, bien podía saltarme una más. Me acerqué a la mesa y contemplé el libro. ¿Qué habría en su interior que supusiera un peligro para las chicas como yo? ¿Por qué se consideraba tan incendiario, tan pernicioso?

39

Alargué la mano y levanté el libro.

Abrí la cubierta. No salieron llamas despedidas.

En el interior había muchas hojas blancas, con un montón de signos escritos. Parecían pequeños insectos, insectos negros y desiguales dispuestos en hileras, como hormigas. Sabía que esos signos contenían sonidos y significados, pero no sabía cómo.

—Al principio es muy difícil —dijo una voz detrás de mí.

No había oído abrirse la puerta. Me sobresalté y me volví: era Becka. La última vez que la había visto había sido en la clase de arreglos florales de Tía Lise, sangrando a borbotones por el corte de la muñeca. Entonces su cara estaba muy pálida, y decidida, y desesperada. Advertí que tenía mucho mejor aspecto. Llevaba un vestido marrón, suelto en el busto y ceñido en el talle con un cinturón, y el pelo peinado hacia atrás con la raya al medio.

—¡Becka! —exclamé.

—Ya no me llamo Becka —me dijo—. Ahora soy Tía Immortelle; soy una Suplicante. Pero cuando estemos a solas, puedes llamarme Becka.

—Así que al final no te casaste. Tía Lydia me contó que habías sido llamada a un fin más elevado.

—Sí —dijo—. No tendré que casarme, nunca. ¿Y tú? Me enteré de que vas a casarte con alguien muy importante.

—Eso es lo que quieren —contesté, y me eché a llorar—. Pero no puedo, ¡no puedo! —Me limpié la nariz con la manga.

—Te entiendo. Yo les dije que prefería la muerte. Supongo que has dicho lo mismo. —Asentí—. ¿Y les has dicho que te sientes llamada a ser Tía? —Asentí de nuevo—. ¿Y de verdad tienes vocación?

—No lo sé.

—Tampoco yo lo sabía —dijo Becka—. Pero superé el periodo de prueba, son seis meses. Dentro de nueve años, cuando sea lo bastante mayor, podré solicitar unirme a la obra misionera de las Perlas, y una vez que la concluya, seré una Tía de pleno derecho. Entonces quizá sentiré la llamada verdadera. Rezo para que así sea.

Me dejé de llantos.

—¿Qué has de hacer para superar la prueba?

—Al principio has de lavar platos y fregar suelos y limpiar retretes y ayudar con la colada y la cocina, igual que las Marthas —me explicó Becka—. Y has de aprender a leer. Leer es mucho más difícil que limpiar retretes, pero ahora ya me defiendo un poco.

Le tendí el libro.

—¡Enséñame! —le pedí—. ¿Es un libro maligno? ¿Está lleno de cosas pecaminosas, como decía Tía Vidala?

—¿Éste? —dijo Becka. Sonrió—. Qué va. Sólo es el *Reglamento de Casa Ardua*, con la historia, los votos y los himnos. Además del horario semanal de la lavandería.

—¡Va, léelo! —Quería ver si realmente podía traducir los insectos negros en palabras. Aunque ¿cómo podría yo saber que eran las palabras correctas, si no sabía interpretarlos por mí misma?

Becka abrió el libro.

—Aquí está, en la primera página. «Casa Ardua. Teoría y Práctica, Protocolos y Procedimientos, *Per Ardua Cum Estrus.*» —Me lo mostró—. ¿Ves esto? Es una «a».

—¿Qué es una «a»?

Suspiró.

—Hoy no podemos ponernos con esto, porque tengo que ir a la Biblioteca Hildegarda, esta noche estoy de guardia, pero prometo ayudarte en otro momento, si dejan que te quedes. Podemos pedirle a Tía Lydia que vivas aquí, conmigo. Hay dos dormitorios libres.

—¿Crees que lo permitirá?

—No estoy segura —dijo Becka, bajando la voz—. Pero nunca digas una mala palabra de ella, aunque creas estar en un lugar seguro como aquí. Se entera de todo.

—Susurró—: ¡Verdaderamente, es la que más impone de todas las Tías!

—¿Más que Tía Vidala? —pregunté, susurrando también.

—Tía Vidala quiere que te equivoques —dijo Becka—. En cambio Tía Lydia... Cuesta describirlo. Da la impresión de que quiere que seas mejor de lo que eres.

—Suena inspirador —musité. «Inspirador» era una de las palabras predilectas de Tía Lise: la usaba para referirse a los arreglos florales.

—Te mira como si realmente viera tu alma.

A mí tanta gente me miraba sin verme...

—Creo que eso me gusta —dije.

—No —repuso Becka—. Por eso da tanto miedo.

40

Paula acudió a Casa Ardua para intentar convencerme de que cambiara de idea. Tía Lydia dijo que cuando menos debía reunirme con ella y garantizarle personalmente que mi decisión era acertada y devota, así que eso fue lo que hice. Paula me estaba esperando en el Café Schlafly, donde a las residentes de Casa Ardua se nos permitía recibir visitas. Estaba muy enfadada.

—¿Te haces una idea de los hilos que tuvimos que mover tu padre y yo para asegurarte el vínculo con el Comandante Judd? —dijo—. Has deshonrado a tu padre.

—Pertenecer a Casa Ardua dista mucho de ser una deshonra —dije, con beatitud—. Sentí la llamada de servir a un fin más elevado. No podía desoírla.

—Mientes —dijo Paula—. No eres la clase de chica que Dios elegiría, jamás. Exijo que vuelvas a casa inmediatamente.

Me levanté de golpe y estrellé una taza contra el suelo.

—¿Cómo te atreves a cuestionar la Voluntad Divina? —exclamé, casi a gritos—. ¡Tu pecado te delatará!

No sabía a qué pecado en concreto me refería, pero todo el mundo comete un pecado de alguna clase. «Hazte la loca —me había dicho Becka—. Así no querrán que te cases con nadie, porque la responsabilidad de cualquier acto de violencia que cometieras recaería sobre ellos.»

Paula se quedó desconcertada unos instantes.

—Las Tías necesitan el consentimiento del Comandante Kyle, y él nunca lo dará —dijo reaccionando—. Así que recoge tus cosas, porque nos vamos, ahora mismo.

En ese momento, Tía Lydia entró en la cafetería.

—¿Puedo hablar con usted un momento? —le pidió a Paula.

Las dos se apartaron a una mesa a cierta distancia de donde estaba yo. Intenté oír lo que le decía Tía Lydia, pero no saqué nada en claro. Cuando Paula se puso en pie de nuevo, sin embargo, estaba lívida. Salió de la cafetería sin dirigirme una sola palabra más, y aquella misma tarde el Comandante Kyle firmó la solicitud formal para dejarme bajo la autoridad de Casa Ardua. Pasaron muchos años hasta que conseguí saber qué le había dicho Tía Lydia a Paula para obligarla a que renunciase a mi tutela.

A continuación me tocó hacer las entrevistas con las Tías Fundadoras. Becka me había aconsejado cuál era la mejor manera de comportarme con cada una de ellas: Tía Elizabeth era partidaria de la dedicación al bien común, Tía Helena querría despachar el asunto rápidamente, pero a Tía Vidala le gustaba que te postraras y te humillaras, así que iba preparada.

La primera entrevista fue con Tía Elizabeth. Me preguntó si me oponía al matrimonio, o sólo a casarme con el Comandante Judd. Contesté que en mi caso era contra el matrimonio en general, y eso pareció complacerla. ¿Había tenido en cuenta que mi decisión podía herir al Comandante Judd, herir sus sentimientos? A punto estuve de contestar que no creía que el Comandante Judd tuviera sentimientos, pero Becka me había advertido que no cometiera ninguna falta de respeto, porque era algo que las Tías no toleraban.

Dije que había rezado por el bienestar emocional del Comandante Judd, que merecía la felicidad que con total certeza le procuraría otra Esposa, pero la Divina Providencia me había revelado que yo no sería capaz de darle esa clase de felicidad, ni a él ni a ningún hombre, y deseaba consagrarme al servicio de todas las mujeres de Gilead en vez de a un solo hombre y una sola familia.

—Si tu propósito es sincero, reúnes las condiciones adecuadas, espiritualmente, para encajar bien aquí, en Casa Ardua —me dijo—. Votaré por tu aceptación condicional. Dentro de seis meses veremos si esta vida es de verdad el camino que has decidido seguir. —Me deshice en agradecimientos y le dije lo afortunada que me sentía, y pareció satisfecha.

La entrevista con Tía Helena fue un mero trámite. Estaba escribiendo y ni siquiera levantó la vista del cuaderno. Comentó que Tía Lydia ya había tomado la decisión, así que por supuesto ella tendría que acatarla. Dio a entender que la aburría escucharme y le hacía perder el tiempo.

La más difícil fue la entrevista con Tía Vidala. Había sido una de mis maestras y nunca me había tenido simpatía. Afirmó que estaba eludiendo mi deber, y que cualquier criatura dotada con un cuerpo de mujer tenía la obligación de ofrecer ese cuerpo en sagrado sacrificio a Dios y por la gloria de Gilead y de la humanidad, así como de cumplir con la función que dichos cuerpos habían heredado desde el momento de la Creación, y que era la ley de la naturaleza.

Repliqué que Dios había dotado a las mujeres de otros dones, también, como los que a ella misma le había concedido. ¿Y cuáles eran esos dones?, preguntó. El don de ser capaz de leer, puesto que todas las Tías estaban dotadas en ese sentido. Repuso que la lectura a la que se dedicaban las Tías era lectura sagrada y al servicio de los susodichos mandatos divinos, que enumeró una vez más, ¿y acaso me consideraba digna para esa santa labor?

Le dije que estaba dispuesta a hacer cualquier tarea para llegar a ser una Tía como ella, porque era un ejemplo ilustre, y aunque yo todavía no era ni mucho menos digna, quizá a fuerza de oración y por medio de la gracia merecería el derecho a consagrar mi vida, a pesar de que no aspiraba a lograr nunca el grado de santificación que ella había alcanzado.

Tía Vidala dijo que mostraba una mansedumbre apropiada, la cual era un buen augurio para una fructífera integración en la comunidad de Casa Ardua. Incluso me dedicó una de sus sonrisas agarrotadas antes de que me marchara.

Mi última entrevista fue con Tía Lydia. En las otras había estado nerviosa, pero al llegar ante la puerta del despacho de Tía Lydia me sentí aterrada. ¿Y si se lo había pensado mejor? No sólo tenía fama de ser temible, sino también alguien imposible de predecir. Cuando levanté la mano para llamar a la puerta, llegó su voz desde dentro.

—No te quedes ahí todo el día. Adelante.

¿Me estaba mirando por una cámara en miniatura, oculta en algún sitio? Becka me había contado que instalaba muchos de esos dispositivos, o que ése era el rumor. Como pronto descubriría, Casa Ardua era una cámara de eco: los rumores se retroalimentaban, así que nunca se sabía con certeza de dónde procedían.

Entré en el despacho. Tía Lydia estaba sentada tras su escritorio, sobre el que había pilas altas de portafolios.

—Agnes —dijo—. Debo felicitarte. A pesar de los obstáculos, has logrado abrirte camino hasta aquí y contestar la llamada de unirte a nosotras.

Asentí. Temía que me preguntara cómo recibí esa llamada, ¿había oído una voz?, pero no indagó más.

—Entonces, ¿estás del todo segura de que no quieres casarte con el Comandante Judd?

Negué con la cabeza.

—Sabia decisión —dijo.

—¿Qué? —Me sorprendió: había supuesto que me daría un sermón moralista sobre las genuinas obligaciones de las mujeres, o algo similar—. Quiero decir, ¿perdón?

—Estoy segura de que no habrías sido una Esposa de su gusto.

Suspiré, aliviada.

—No, Tía Lydia —dije—. No lo habría sido. Espero no contrariarlo demasiado.

—Ya he propuesto una elección más apropiada para él —dijo—. Tu antigua compañera de clase, Shunammite.

—¿Shunammite? —exclamé—. Pero ¡si va a casarse con otro hombre!

—Estos acuerdos siempre pueden modificarse. ¿Crees que a Shunammite le agradará el cambio?

Recordé la envidia apenas disimulada de Shunammite al saber de mi compromiso, y el entusiasmo con que habló de los privilegios materiales que le granjearía su boda. El Comandante Judd le concedería diez veces más.

—Estoy segura de que estará sumamente agradecida —dije.

—Así opino yo. —Sonrió. Era como ver sonreír un nabo arrugado, de aquellos secos que las Marthas solían echar a la olla del caldo—. Bienvenida a Casa Ardua —continuó—. Has sido admitida. Espero que estés agradecida por la oportunidad, y por la ayuda que te he prestado.

—Así es, Tía Lydia —conseguí balbucir—. Estoy sinceramente agradecida.

—Me alegra saberlo —dijo—. Quizá un día puedas ayudarme y demostrar tu generosidad. En Casa Ardua se paga el bien con el bien. Ésa es una de las reglas de oro aquí.

XV

Zorro y gato

41

Quien sabe esperar recibirá su recompensa. No hay malvado que cien años dure. La paciencia es una virtud. Mía es la venganza.

Los viejos proverbios no siempre son ciertos, pero a veces aciertan. He aquí uno que nunca falla: la clave está en saber elegir el momento. Como con los chistes.

Tampoco es que circulen muchos chistes por aquí. No querríamos que nos acusaran de mal gusto o frivolidad. En la jerarquía del poder, a los únicos a los que se les permite bromear es a los de arriba, y cuentan sus chistes en privado.

Pero a lo que iba.

Ha sido un privilegio crucial para mi desarrollo ideológico poder pasar desapercibida como una mosca en la pared; o, mejor dicho, como un oído en el interior de la pared. Son tan instructivas las confidencias entre mujeres jóvenes cuando creen que nadie las escucha... Con el tiempo me hice con micrófonos más sensibles, los ajusté a la frecuencia de los susurros, contuve la respiración para ver cuál de nuestras jóvenes novicias me ofrecería el tipo de información ignominiosa que me dedicaba a ir recopilando. Poco a poco mis expedientes se llenaron como un globo de aire caliente listo para el despegue.

En el caso de Becka, fueron años. Siempre había sido reacia a confesar el origen de su angustia, incluso a su amiga de la escuela, Agnes. No me quedó más remedio que esperar a que se creara la confianza necesaria.

Fue Agnes quien finalmente sacó el tema. Las llamo aquí por sus nombres de pila, porque eran los que empleaban entre ellas. El camino hacia el ideal de perfección al que aspiraban distaba mucho de haberse completado, y eso me complacía. A la hora de la verdad, ese camino nadie lo recorre hasta el final.

—Becka, ¿qué te pasó para que te opusieras así al matrimonio? —le preguntó Agnes un día, mientras estaban estudiando la Biblia. Silencio—. Sé que te ocurrió algo. Por favor, ¿no querrías compartirlo conmigo?

—No lo puedo contar.

—Puedes confiar en mí, no diré nada.

Entonces, en fragmentos sueltos, salió todo. El sinvergüenza del doctor Grove no se había conformado con toquetear a las pacientes jóvenes en el sillón de su consultorio. Me había enterado hacía un tiempo. Incluso había recabado pruebas fotográficas, pero lo pasé por alto, dado que los testimonios de las niñas —si ofrecían un testimonio, algo que en este caso me parecía dudoso— servían de poco o de nada. Incluso con mujeres adultas, cuatro testigos femeninos equivalen a uno masculino, aquí en Gilead.

Grove había contado con eso. Y además, disfrutaba de la confianza de los Comandantes: era un dentista excelente, y quienes están en el poder suelen dar manga ancha a los profesionales capaces de aliviarles el dolor. Médicos, dentistas, abogados, contables: en el nuevo mundo de Gilead, igual que en el viejo, sus pecados con frecuencia se olvidan.

Sin embargo, lo que Grove le había hecho a la joven Becka —a Becka siendo muy niña, y luego de más mayor, pero aún una niña—, eso, a mi juicio, exigía represalias.

A Becka no se le podía pedir que las tomara. No testificaría contra Grove, de eso no me cabía duda. Su conversación con Agnes lo confirmó.

AGNES: Tenemos que contárselo a alguien.

BECKA: No, no hay nadie a quien acudir.

AGNES: Podríamos contárselo a Tía Lydia.

BECKA: Diría que era mi padre y que debemos obedecer a nuestros padres, es la voluntad de Dios. Eso es lo que mi padre decía.

AGNES: Pero no es tu padre, en realidad. No, si te hizo eso. Te robaron de los brazos de tu madre, te entregaron cuando eras un bebé...

BECKA: Aseguraba que Dios le había dado autoridad sobre mí.

AGNES: ¿Y tu presunta madre?

BECKA: No me creería. Aunque me creyera, diría que yo le di pie. Todos dirían lo mismo.

AGNES: Pero ¡tenías cuatro años!

BECKA: Sabes que de todos modos lo dirían. No pueden empezar a tomar la palabra de... de gente como yo. Y supón que me creyeran: lo matarían, las Criadas lo harían pedazos en una Particicución, y todo por mi culpa. No podría vivir con eso. Sería igual que asesinar.

No he añadido las lágrimas, los consuelos de Agnes, las promesas de amistad eterna, las oraciones. Aun así, los hubo, y bastaban para enternecer el corazón más duro. Faltó poco para que el mío se enterneciera.

La conclusión fue que Becka había decidido ofrecer ese sufrimiento silencioso como un sacrificio a Dios. No estoy segura de qué pensó Dios al respecto, pero a mí no me valía. Quien juzga una vez, juzga siempre. He juzgado y he dictado la sentencia. Ahora falta por ver cómo ejecutarla.

Tras sopesar las posibilidades, la semana pasada decidí mover ficha. Invité a Tía Elizabeth a una infusión de hierbabuena en el Café Schlafly.

Llegó deshaciéndose en sonrisas, sintiéndose privilegiada por mi trato de favor.

—Tía Lydia, ¡qué inesperado placer! —exclamó. Cuando quería, tenía unos modales exquisitos de chica de Vassar. Quien tuvo, retuvo, solía decirme a mí misma con malicia mientras la veía azotar los pies a alguna aspirante a Criada, que se había mostrado rebelde, hasta dejárselos en carne viva en el Centro Raquel y Lía.

—He pensado que debíamos mantener una conversación confidencial —le dije.

Se inclinó hacia delante, esperando chismorreos.

—Soy toda oídos —dijo. Una falsedad, sus orejas eran una parte pequeña de su cuerpo, pero lo pasé por alto.

—A menudo me he preguntado... —empecé—. Si fueras un animal, ¿qué animal serías?

Se echó hacia atrás, desconcertada.

—No puedo decir que me lo haya planteado jamás —contestó—, ya que Dios no me puso en la piel de un animal.

—Va, sígueme el juego —insistí—. Por ejemplo, ¿zorro o gato?

En este punto, lector mío, te debo una explicación. De niña había leído un libro que se titulaba *Fábulas*, de Esopo. Lo saqué de la biblioteca de la escuela: mi familia no gastaba dinero en libros. En ese libro había una historia sobre la que he meditado a menudo. Aquí va.

El zorro y el gato hablaban de las distintas estrategias que tenían para evitar a los cazadores y sus perros. El zorro dijo que tenía un montón de trucos, y si venían los cazadores con sus perros, los emplearía uno por uno: desandando el camino y pisando sus propias huellas, corriendo a través del agua para eliminar el rastro, metiéndose en una madriguera con varias salidas. Los cazadores, agotados por la astucia del zorro, se darían por vencidos, dejando que prosiguiera su carrera de hurtos y asaltos a los corrales.

—¿Y tú, gato? —preguntó—. ¿Qué trucos tienes?

—Sólo tengo uno —contestó el gato—. En caso extremo, sé cómo trepar a un árbol.

El zorro le dio las gracias al gato por la amena conversación que habían mantenido antes de comer, y anunció que ya era la hora de la cena y que el gato estaba en el menú. Chasquidos de dientes zorrunos, manojos de pelo felino. Se escupió una chapa con un nombre grabado. Se graparon en postes de teléfono carteles del gato desaparecido, con ruegos conmovedores de niños desconsolados.

Perdón. Me dejo llevar por la emoción. La fábula continúa así:

Los cazadores y sus perros entran en escena. El zorro prueba todos sus trucos, pero se le agotan las artimañas y lo matan. El gato, entretanto, ha trepado a un árbol y contempla la escena con ecuanimidad.

—¡No era tan astuto, al fin y al cabo! —concluye, con ésa o una burla malévola similar.

En los primeros tiempos de Gilead, solía preguntarme si era zorro o gato. ¿Debía hacer quiebros escurridizos, sirviéndome de los secretos que tenía en mi poder para manipular a los demás, o debía sellar mis labios y disfrutar viendo a otros pasarse de listos? Evidentemente era ambos animales, porque, a diferencia de muchos, sigo aquí. Todavía tengo un montón de trucos. Y todavía estoy en la copa del árbol.

Pero Tía Elizabeth no sabía nada de mis elucubraciones privadas.

—Sinceramente, no lo sé —dijo—. Quizá un gato.

—Sí —convine—. Te había catalogado como gato, pero ahora quizá deberás recurrir al zorro que llevas dentro. —Hice una pausa—. Tía Vidala pretende incriminarte —proseguí—. Asegura que intentas acusarme de herejía e idolatría, que a escondidas dejas huevos y naranjas en mi propia estatua.

Tía Elizabeth se quedó consternada.

—¡Eso no es verdad! ¿Por qué diría Vidala semejante infundio? ¡Nunca le he deseado ningún mal!

—¿Quién puede penetrar en los secretos del alma humana? —repuse—. Ninguna de nosotras está libre de pecado. Tía Vidala es ambiciosa. Tal vez haya detectado que te considero, de facto, la número dos. —Elizabeth se iluminó al oírlo, era una novedad para ella—. Habrá deducido que, por tanto, eres la siguiente en la línea de sucesión al frente de Casa Ardua. Supongo que está resentida, puesto que cree que ocupa un rango superior al tuyo, y sin duda también superior al mío, dado que fue de las primeras que creyeron en Gilead. Yo ya no soy joven, ni gozo de una salud de hierro; debe de pensar que, para reivindicar la posición que le corresponde por derecho, es necesario eliminarte. De ahí su deseo de imponer nuevas reglas que prohíban dejar ofrendas en mi estatua. Con castigos —añadí—. Creo que su objetivo es que me expulsen de Casa Ardua, y a ti también.

Elizabeth se había echado a llorar.

—¿Cómo puede ser tan vengativa? —Sollozó—. Pensaba que éramos amigas.

—La amistad, por desgracia, no pasa de la superficie. No te preocupes. Yo te protegeré.

—Te estoy inmensamente agradecida, Tía Lydia. ¡Admiro tanto tu integridad!

—Gracias —dije—. Pero a cambio quiero que me hagas un pequeño favor.

—¡Oh, sí! Por supuesto —contestó—. ¿De qué se trata?

—Quiero que prestes falso testimonio —dije.

No era una petición trivial: Elizabeth se arriesgaría mucho. En Gilead el falso testimonio se juzga severamente, aunque sea un delito que se comete con frecuencia.

XVI

PERLAS

42

Mi primer día en el papel de la fugitiva Jade fue un jueves. Melanie solía decir que, como había nacido un jueves, llegaría lejos: era una frase de una vieja canción infantil donde también se dice que quien nace un miércoles llega al mundo con penas, así que cuando me ponía de mal humor le decía que se había equivocado de día y en realidad había nacido un miércoles, y ella decía que no, claro que no, ella sabía perfectamente cuándo había nacido, ¿cómo iba a olvidarlo?

En fin, el caso es que era jueves. Me había sentado con las piernas cruzadas en la acera al lado de Garth, vestida con unas mallas negras con un rasgón —Ada me las había dado, pero las había rasgado yo misma— y unos pantalones cortos morados encima, y unas zapatillas plateadas con suelas de gel que parecían haber pasado por el aparato digestivo de un mapache. Llevaba una camiseta rosa raída de tirantes, porque Ada me dijo que debía dejar que se me viera el tatuaje, y también una sudadera con capucha anudada a la cintura y una gorra negra. Nada de aquella ropa conjuntaba, como si la hubiera sacado de los contenedores de la basura. Me había ensuciado el pelo adrede, para dar la impresión de haber dormido al raso, y el nuevo tinte verde se veía medio apagado.

—Estás espectacular —dijo Garth al verme con el atuendo completo y lista para ponerme en marcha.

—Hecha una mierda, más bien —contesté.

—Una mierda espectacular —dijo Garth. Pensé que sólo intentaba ser amable conmigo, y me daba rabia. Quería que lo dijera sinceramente—. Pero, en serio, una vez que estés en Gilead, tendrás que cortarte con las palabrotas. Quizá incluso te reformes cuando te conviertan.

Había muchas instrucciones que recordar. Me sentía inquieta, estaba convencida de que iba a meter la pata, pero Garth me dijo, haz el papel de tonta y ya está, y yo le di las gracias por decir que hiciera «el papel».

Flirtear no se me daba bien. Nunca lo había hecho.

Nos situamos junto a la puerta de un banco, que según Garth era un sitio de primera si ibas en busca de calderilla de gorra: hay más posibilidades de que la gente te dé algo si sale de un banco. Normalmente allí se colocaba otra persona, una mujer en silla de ruedas, pero Mayday le había pagado para que se trasladara a otro lugar mientras nos hiciera falta éste: las Perlas tenían una ruta que seguían, y nuestro sitio estaba en ella.

Caía un sol de justicia, así que estábamos pegados a la pared, bajo una franja de sombra. Yo tenía delante un viejo sombrero de paja con un cartón donde había escrito con letras toscas: VIVO EN LA CALLE AYUDA POR FAVOR. Había algunas monedas en el sombrero: Garth decía que si la gente veía que otros habían echado dinero, era más probable que echara también. Supuestamente debía actuar como si estuviese perdida y desorientada, algo que no me costaba demasiado, porque en realidad me sentía así.

George estaba apostado en la esquina de la siguiente manzana. Llamaría a Ada y Elijah si surgía cualquier problema, tanto con las Perlas como con la policía. Estaban en un furgón, patrullando la zona.

Garth no hablaba mucho. Decidí que era un cruce entre niñera y guardaespaldas, así que no estaba ahí para darme charla y no había ninguna regla que lo obligase a ser simpático conmigo. Llevaba una camiseta negra sin mangas que también dejaba a la vista sus tatuajes: un calamar en un bíceps, un murciélago en el otro, los dos en tinta negra. Llevaba uno de esos gorros de punto, negro, por supuesto.

—Sonríe si alguien te echa algo de pasta —dijo, después de ver que no le dedicaba ni un gesto a una anciana de pelo blanco—. Di algo.

—¿Como qué? —pregunté.

—Hay quien dice «Dios le bendiga».

Neil se habría escandalizado si se me hubiera ocurrido soltar algo así.

—Sería una mentira. Si no creo en Dios.

—De acuerdo. «Gracias» servirá —dijo pacientemente—. O «Que tenga un buen día».

—No puedo decir esas cosas —contesté—. Es hipócrita. No me siento agradecida, y me importa un cuerno qué clase de día tengan.

Se echó a reír.

—¿Ahora te da reparo mentir? Entonces, ¿por qué no vuelves a llamarte Nicole?

—No es de mis nombres favoritos. Está en la puta cola de la lista, ya lo sabes. —Crucé los brazos sobre las rodillas y volví la cara hacia otro lado. Por momentos me sentía como una cría, con Garth me ponía tonta.

—No malgastes tu rabia conmigo —me dijo—. Soy sólo decorado. Guárdala para Gilead.

—Todos me dijisteis que sacara el carácter. Bueno, éste es mi carácter.

—Aquí vienen las Perlas —dijo—. No las mires. Ni siquiera las veas. Haz como si estuvieras colocada.

No sé cómo las había visto sin que se le notara que miraba; estaban al final de la calle, pero pronto llegaron a nuestra altura: eran dos, con sus vestidos de color gris plateado y faldas largas, cuellos blancos y tocas blancas. Una pelirroja, por los mechones de pelo que le asomaban, y una castaña, a juzgar por las cejas. Se plantaron delante de mí, que estaba sentada contra la pared, y me miraron sonrientes.

—Buenos días, querida —dijo la pelirroja—. ¿Cómo te llamas?

—Nosotras podemos ayudarte —dijo la castaña—. En Gilead nadie vive en la calle.

Las miré, esperando parecerles tan desamparada como me sentía. Las dos iban tan pulcras y bien arregladas que me sentí mugrienta por triplicado.

Garth me agarró el brazo derecho con fuerza, en actitud posesiva.

—No va a hablar con vosotras —dijo.

—¿No debería decidirlo ella? —replicó la pelirroja.

Miré de reojo a Garth, como pidiéndole permiso.

—¿Qué tienes en el brazo? —dijo la más alta, la morena, observándome.

—¿Te está maltratando, querida? —me preguntó la pelirroja.

La otra sonrió.

—¿Te está explotando? No imaginas cuánto podría mejorar tu vida con nosotras.

—Largaos de aquí, perras de Gilead —soltó Garth, con una ferocidad impresionante.

Miré a las dos chicas, pulcras y limpias, con sus vestidos nacarados y sus collares blancos, y, por increíble que parezca, una lágrima me resbaló por la mejilla. Sabía que tenían un objetivo y que yo no les importaba una mierda, que sólo querían captarme y añadirme a su cuota, pero su amabilidad me hizo flaquear. Quería que alguien me levantara y me acogiera.

—Cielo santo —dijo la pelirroja—. Vaya un héroe. Por lo menos deja que le dé esto. —Me puso un folleto en la mano. Decía: «¡Hay un hogar para ti en Gilead!»—. Dios te bendiga.

Y luego se marcharon, volviendo la vista atrás una vez mientras se alejaban.

—¿No se suponía que tenía que dejar que me recogieran? —le pregunté a Garth—. ¿No debería irme con ellas?

—La primera vez, no. No podemos ponérselo tan fácil —me dijo él—. Si alguien las está vigilando desde Gilead... sería demasiado sospechoso. No te preocupes, volverán.

43

Esa noche dormimos bajo un puente. Cruzaba una riera, con un riachuelo al fondo. Se estaba levantando una bruma: después del día de calor, estaba fresco y húmedo. El suelo apestaba a pis de gato, o quizá de mofeta. Me puse la sudadera gris de la capucha, con cuidado al meter por la manga el brazo con el tatuaje. La cicatriz aún me dolía un poco.

Había cuatro o cinco individuos más bajo el puente, tres hombres y dos mujeres, creo, aunque estaba oscuro para distinguirlos bien. George era uno de los hombres; hacía como si no nos conociera. Una de las mujeres ofreció cigarrillos, pero tuve la prudencia de no intentar fumar uno; podría empezar a toser y levantar sospechas. Se iban pasando también una botella. Garth me había dicho que no fumara ni bebiera nada, porque ¿quién sabe si le habían metido algo?

También me había dicho que no hablara con nadie: cualquiera de esas personas podía ser un infiltrado de Gilead, y si intentaban sonsacarme información y patinaba, se olerían algo y advertirían a las Perlas. Se encargaba él de hablar, aunque más que nada eran gruñidos. Parecía conocer a un par de los tipos.

—¿Qué le pasa a la chavala, es retrasada? —le preguntó uno de ellos—. ¿Por qué no habla?

—Sólo habla conmigo —contestó Garth.

—Buen trabajo; ¿cuál es tu secreto? —dijo el otro.

Nos echamos a dormir sobre varias bolsas industriales de basura. Garth me rodeó con los brazos, y me sentí arropada. Al principio le aparté el brazo de arriba, pero me susurró al oído: «Recuerda, eres mi novia», así que dejé de retorcerme. Aunque sabía que su abrazo formaba parte de la actuación, en ese momento no me importó. Incluso llegué a sentir que era mi primer novio. No era mucho, pero era algo.

A la noche siguiente, Garth se enzarzó con uno de los otros hombres que vivían bajo el puente. Fue una pelea rápida, y Garth ganó. No vi cómo, fue un movimiento seco y sutil. Luego dijo que mejor buscáramos otro sitio, así que a la noche siguiente dormimos dentro de una iglesia del centro. Él tenía una llave, no sé de dónde la sacó. No éramos los únicos que dormíamos allí, por toda la mugre y la porquería que había entre los bancos: mochilas abandonadas, botellas vacías, una que otra jeringuilla.

Íbamos siempre a locales de comida rápida, y se me quitaron las ganas de volver a pisarlos. Solían parecerme incluso sofisticados, probablemente porque Melanie aborrecía esos sitios, pero si te alimentas a base de comida basura siempre acabas con sensación de empacho y con ganas de vomitar. Allí era también donde iba al lavabo durante el día, mientras que por la noche tenía que ponerme en cuclillas en alguna zanja.

La cuarta noche fuimos a un cementerio. Los cementerios están bien, dijo Garth, aunque a menudo había demasiada gente rondando por allí. A algunos les divertía darte un susto desde detrás de una lápida, pero eran simplemente chavales que se habían escapado de casa durante el fin de semana. Los vagabundos sabían que si asustabas a alguien así en la oscuridad podías acabar con un navajazo, porque no todos los que rondan por los cementerios están del todo en sus cabales.

—Como tú —dije. No reaccionó. Supongo que ya estaba harto de mi chulería.

Confieso que Garth no se aprovechó de las circunstancias, aunque seguro que se dio cuenta de que me había enamorado de él como una cría. Estaba allí para protegerme, y lo hizo; incluso me protegió de sí mismo. Me gusta pensar que no le resultó fácil.

44

—¿Cuándo van a aparecer de nuevo las Perlas? —pregunté la mañana del quinto día—. A lo mejor han decidido pasar de mí.

—Ten paciencia —me respondió Garth—. Como dijo Ada, ya hemos enviado a gente a Gilead otras veces de esta manera. Hubo quien consiguió entrar, pero a un par les pudieron las ansias y se dejaron trincar a la primera de cambio. Los liquidaron incluso antes de que cruzaran la frontera.

—Gracias —contesté—. Eso me da mucha seguridad. Voy a meter la pata, lo sé.

—Mantén la calma, todo irá bien —dijo Garth—. Puedes hacerlo. Todos contamos contigo.

—Sin presionar, ¿eh? —repliqué—. Tú dices «rana» y yo salto. —Sabía que me estaba pasando de lista, pero no podía evitarlo.

Aquel mismo día, las Perlas se presentaron de nuevo. Merodearon por allí, pasaron por delante de nosotros, y luego cruzaron la calle y caminaron en la otra dirección, mirando los escaparates de las tiendas. Entonces, cuando Garth fue a buscar unas hamburguesas, se acercaron y empezaron a hablar conmigo.

Me preguntaron cómo me llamaba, y dije que Jade. Luego se presentaron ellas: la morena era Tía Beatrice; Tía Dove, la pelirroja de las pecas.

Me preguntaron si era feliz, y negué con la cabeza. Entonces miraron mi tatuaje, y dijeron que tenía que ser una persona muy especial para haber estado dispuesta a sufrir tanto dolor por Dios, y se alegraban de que supiera que Dios me quería. Y Gilead me querría también, porque era una flor preciosa, toda mujer era una flor preciosa, y especialmente todas las chicas de mi edad, y si estuviera en Gilead me tratarían como la chica especial que era, y me protegerían, y nadie —ningún hombre— podría hacerme daño. Y aquel hombre que estaba conmigo, ¿me pegaba?

Me sentí fatal por mentir de ese modo sobre Garth, pero asentí.

—¿Y te obliga a hacer cosas malas?

Puse cara de boba y Tía Beatrice, la más alta, lo intentó de nuevo.

—¿Te obliga a mantener relaciones sexuales? —Asentí con un gesto casi imperceptible, como si me avergonzara de esas cosas.

—¿Y te comparte con otros hombres?

Eso era ir demasiado lejos, no podía imaginarme a Garth haciendo nada semejante, así que negué con la cabeza. Y Tía Beatrice dijo que tal vez aún no lo había intentado, pero si me quedaba con él lo haría, porque eso era lo que hacían esa clase de hombres: enredaban a chicas jóvenes y fingían amarlas, pero más pronto que tarde estaban vendiéndolas a cualquiera dispuesto a pagar.

—El amor libre —dijo despectivamente Tía Beatrice— nunca es gratuito. Siempre hay un precio que pagar.

—Ni siquiera es amor —dijo Tía Dove—. ¿Por qué estás con él?

—No tenía otro sitio adonde ir —dije, y me eché a llorar—. ¡En mi casa siempre había violencia!

—En Gilead no existe la violencia en nuestros hogares —dijo Tía Beatrice.

Garth volvió y actuó como si estuviera enfadado. Me agarró del brazo izquierdo, donde tenía la escarificación, y me levantó de un tirón. Solté un grito de dolor. Me ordenó que cerrara la boca y dijo que nos íbamos.

Tía Beatrice intervino.

—¿Podría hablar contigo un momento? —le preguntó a Garth.

Los dos se alejaron un poco para que no los oyera, y Tía Dove me ofreció un pañuelo, porque yo lloraba, y me dijo: «¿Puedo abrazarte, en nombre de Dios?», y yo asentí.

Tía Beatrice volvió.

—Ya podemos irnos —dijo.

—Alabado sea —suspiró Tía Dove.

Garth se alejaba andando. Ni siquiera se volvió para mirar. No pude decirle adiós, y eso me hizo llorar aún más.

—Tranquila, ahora estás a salvo —me consoló Tía Dove—. Sé fuerte.

Las mismas palabras que les decían a las mujeres que llegaban desde Gilead en busca de refugio en SantuAsilo, salvo que iban en dirección contraria.

Tía Beatrice y Tía Dove caminaban muy cerca de mí, una a cada lado, para que nadie me molestara.

—Ese joven te ha vendido —dijo Tía Dove con desprecio.

—¿Me ha vendido? —pregunté. Garth no me había dicho que se propusiera hacerlo.

—Lo único que he tenido que hacer ha sido preguntar. Mira cuánto te apreciaba. Tienes suerte de que te vendiera a nosotras, y no a alguna red de prostitución —dijo Tía

Beatrice—. Pedía mucho dinero, pero he conseguido que bajara. Al final, ha aceptado la mitad.

—Corrupto infiel —imprecó Tía Dove.

—Ha dicho que eres virgen, y que eso hará subir tu precio —dijo Tía Beatrice—. Pero no es lo que tú nos has contado, ¿verdad?

Pensé rápido.

—Quería daros lástima —susurré—, para que me llevarais con vosotras.

Las dos intercambiaron una mirada.

—Lo entendemos —dijo Tía Dove—. Pero de ahora en adelante debes decirnos la verdad.

Asentí y dije que lo haría.

Me llevaron al bloque donde se alojaban. Me pregunté si sería el mismo sitio donde había aparecido muerta aquella Perla, pero por el momento mi plan consistía en decir lo menos posible; no quería pifiarla. Tampoco quería que me encontraran estrangulada atada a un picaporte.

Era un piso muy moderno. Tenía dos cuartos de baño, cada uno con bañera y ducha, y enormes ventanas vidrieras, y un balcón grande con árboles de verdad plantados en jardineras de hormigón. Pronto descubrí que la puerta del balcón estaba cerrada con llave.

Me moría de ganas de meterme en la ducha: apestaba, a mis propias capas de piel sucia descamada y a pies y calcetines sucios, y al barro hediondo bajo los puentes, y al olor a fritanga de los locales de comida rápida. El piso estaba tan limpio y cargado de ambientador de limón que pensé que debían de olerme de lejos.

Cuando Tía Beatrice me preguntó si quería darme una ducha, asentí rápidamente. Pero tendría que ir con cuidado, dijo Tía Dove, por mi brazo. Mejor que no se me lo mojara, porque si no se me podía levantar la costra. Reconozco que me conmovió su preocupación, aunque fuera interesada: no querían llegar a Gilead con un despojo en lugar de una Perla.

Salí de la ducha, me envolví con una toalla blanca esponjosa y vi que mi ropa había desaparecido: estaba tan inmunda que no valía la pena siquiera lavarla, dijo tía Beatrice. Habían dejado un vestido gris plateado igual que el suyo.

—¿Es para mí? —dije—. Pero si no soy una Perla. Pensé que las Perlas erais vosotras.

—Las que recogen a las Perlas y las Perlas recogidas son todas Perlas —dijo Tía Dove—. Tú eres una Perla preciosa. Una Perla de Gran Valía.

—Por eso hemos corrido tantos riesgos por ti —dijo Tía Beatrice—. Tenemos muchos enemigos aquí. Pero no te preocupes, Jade. Te mantendremos a salvo.

En cualquier caso, dijo, aunque oficialmente no fuese una Perla, necesitaría llevar el vestido para salir de Canadá, porque las autoridades canadienses estaban poniéndose estrictas con la exportación de conversas menores de edad. Se consideraba tráfico de personas, una interpretación muy equivocada por su parte, añadió.

Entonces Tía Dove le recordó que no debía hablar de «exportación», puesto que las chicas no eran mercancías; y Tía Beatrice se disculpó y aseguró que en realidad se refería a «facilitar el traslado al otro lado de la frontera». Y ambas sonrieron.

—Yo no soy menor de edad —dije—. He cumplido dieciséis años.

—¿Tienes alguna documentación? —me preguntó Tía Beatrice. Dije que no con la cabeza.

—Ya lo suponíamos —dijo Tía Dove—. Nos ocuparemos de eso, descuida.

—Aun así, para evitar problemas, llevarás papeles con la identidad de Tía Dove —añadió Tía Beatrice—. Los canadienses sabrán que entró en el país, así que cuando cruces la frontera, te tomarán por ella.

—Pero yo soy mucho más joven —dije—. Y no me parezco a ella.

—Los papeles llevarán tu fotografía —dijo Tía Beatrice. La verdadera Tía Dove, explicó, se quedaría en Canadá, y se marcharía con la siguiente chica a la que acogieran, adoptando el nombre de una Perla recién llegada. Solían hacer esa clase de intercambios.

—Los canadienses no nos distinguen a unas de otras —dijo Tía Dove—. Les parecemos todas iguales. —Las dos se rieron, parecían encantadas de haber hecho esas travesuras.

Entonces Tía Dove dijo que la otra razón importante para llevar el vestido plateado era suavizar mi entrada en Gilead, porque las mujeres allí no usaban ropa de hombre. Dije que las mallas no eran ropa de hombre, y respondieron —serenamente pero con firmeza— que sí, que lo eran, y estaba en la Biblia, eran una abominación, y si quería unirme a Gilead tendría que aceptarlo.

Me recordé que no debía discutir con ella, así que me puse el vestido; también un collar de perlas, que eran falsas, tal como había dicho Melanie. Había una toca blanca, pero sólo me la tenía que poner para salir a la calle. Se permitía ir con el pelo descubierto dentro de una vivienda, a menos que hubiese hombres presentes, porque los hombres sentían debilidad por el pelo, les hacía perder el control, dijeron. Y mi pelo podía exaltarlos especialmente, porque era verdoso.

—Es sólo un baño de color, no dura mucho —dije disculpándome, para que supieran que ya había renunciado a la impetuosa elección de mi color de pelo.

—No pasa nada, querida —dijo Tía Dove—. Nadie lo verá.

La verdad es que me sentí bien con el vestido, después de haber llevado aquella ropa vieja y sucia. Era fresco y sedoso.

Tía Beatrice pidió pizza a domicilio para el almuerzo, que tomamos con helado del congelador. Les comenté que me sorprendía ver que comían comida basura: ¿en Gilead no estaba mal visto, y más en el caso de las mujeres?

—Forma parte de nuestro aprendizaje como Perlas —dijo Tía Dove—. Debemos probar las tentaciones de los antros de perdición del mundo exterior, a fin de comprenderlas y poder luego rechazarlas de corazón. —Dio otro mordisco a la pizza.

—De todos modos será mi última oportunidad de probarlas —dijo Tía Beatrice, que se había terminado la pizza y estaba tomando el helado—. Sinceramente, no sé qué tiene de malo el helado, siempre que no lleve conservantes químicos. —Tía Dove le lanzó una mirada de reproche. Tía Beatrice lamió la cuchara.

Yo dije que no quería helado. Estaba demasiado nerviosa. Además, había dejado de gustarme. Me recordaba demasiado a Melanie.

Esa noche, antes de irme a la cama, me contemplé en el espejo del cuarto de baño. A pesar de la ducha y de la comida, estaba hecha una pena. Se me marcaban las ojeras; había perdido peso. La verdad es que parecía una niña abandonada que necesitaba que la rescataran.

Fue una maravilla dormir en una cama de verdad en lugar de bajo un puente. Echaba de menos a Garth, sin embargo.

Cada noche, cuando entraba en aquel dormitorio, me cerraban la puerta con llave. Y procuraban no dejarme sola en ningún momento el resto del tiempo.

Pasaron un par de días hasta que mis papeles estuvieron listos. Me sacaron una foto y me tomaron las huellas dactilares para poder hacerme un pasaporte falso, certificado en la embajada de Gilead en Ottawa, que luego enviaron por valija de nuevo al Consulado. Habían puesto el número de identidad de Tía Dove, pero con mi foto y mi descripción física, e incluso se habían infiltrado en la base de datos de inmigración canadiense donde constaba el registro de entrada de Tía Dove, lo habían borrado temporalmente y habían introducido mis propios datos, además del escáner de iris y la huella del pulgar.

—Tenemos muchos amigos dentro de la infraestructura del gobierno canadiense —me contó Tía Beatrice—. Te asombraría.

—Muchos simpatizantes —añadió Tía Dove.

Entonces, al unísono, las dos dijeron:

—Alabado sea.

Habían estampado un sello en relieve en una de las páginas con el membrete de las PERLAS. Eso significaba que me dejarían entrar en Gilead inmediatamente, sin formular preguntas: era como un cargo diplomático, dijo Tía Beatrice.

Ahora era Tía Dove, pero una Tía Dove distinta. Contaba con un Visado de Misionera para una estadía temporal en Canadá, que debería devolver a las autoridades fronterizas a mi salida del país. Así de sencillo, dijo Tía Beatrice.

—Procura bajar la vista cuando pasemos —me aconsejó Tía Dove—. Así se disimulan los rasgos. Además, es una muestra de recato.

Una limusina oficial negra de Gilead nos llevó a Tía Beatrice y a mí al aeropuerto, y pasé el control de pasaportes sin ningún problema. Ni siquiera nos cachearon.

Viajamos en un jet privado. Tenía el emblema de un ojo con alas. Era plateado, pero me pareció oscuro: un enorme pájaro oscuro, que aguardaba para llevarme por los aires... ¿adónde? A un espacio en blanco. Ada y Elijah habían intentado enseñarme todo lo posible sobre Gilead; había visto documentales y grabaciones por televisión; pero aun así no podía imaginar qué era lo que me aguardaba allí. Y no me sentía preparada, ni mucho menos, para afrontarlo.

Me acordé de SantuAsilo, y de las mujeres refugiadas. Las había mirado, pero en realidad no las había visto. No me había planteado lo que significa abandonar un lugar que conoces, perderlo todo y viajar a lo desconocido. Qué vacío y oscuro debía de parecer, salvo quizá por el pequeño atisbo de esperanza que te había alentado a dar ese paso decisivo.

Muy pronto iba a sentirme así. Me encontraría en un lugar oscuro y llevaría conmigo un pequeño destello de luz para intentar encontrar el camino.

45

Despegábamos con retraso, y empezó a preocuparme que me hubieran descubierto y que después de todo fueran a detenernos. Una vez en el aire, sin embargo, me sentí más ligera. Nunca había montado en un avión: al principio estaba muy emocionada, pero luego el cielo se nubló y la vista se volvió monótona. Debí de quedarme dormida, porque de pronto noté que Tía Beatrice me zarandeaba suavemente y me decía: «Casi hemos llegado.»

Miré por la ventanilla. El avión volaba más bajo, y abajo distinguí varios edificios que se veían preciosos, con torres y chapiteles, y un río sinuoso, y el mar.

Entonces el avión aterrizó. Bajamos por una pequeña escalera que desplegaron desde la puerta. Hacía calor y soplaba un viento seco que nos pegó las faldas plateadas a las piernas. Apostados en la pista había una hilera doble de hombres con uniformes negros, y caminamos por el medio, tomadas del brazo.

—No los mires a la cara —me susurró entonces Tía Beatrice.

Así pues, fijé la vista en sus uniformes, pero notaba ojos, ojos y más ojos puestos en mí, como si fueran manos. Nunca me había sentido en peligro de esa manera, ni siquiera bajo los puentes con Garth, ni tan rodeada de desconocidos.

Entonces todos esos hombres se cuadraron e hicieron un saludo.

—¿Qué pasa? —le pregunté por lo bajo a Tía Beatrice—. ¿Por qué saludan?

—Porque mi misión ha tenido éxito —dijo Tía Beatrice—. He traído una Perla preciosa. Tú.

Nos acompañaron hasta un coche negro y nos llevaron a la ciudad. No había mucha gente por la calle, y las mujeres iban todas con aquellos vestidos largos de distintos colores, igual que en los documentales. Incluso vi a algunas Criadas que caminaban de dos en dos. No había letreros en las tiendas; sólo imágenes en los rótulos. Una bota, un pez, un diente.

El coche se detuvo un momento ante la verja de una pared de ladrillo. Dos guardias nos franquearon el paso. El coche entró en el recinto, se paró y nos abrieron la puerta. Nos apeamos, y Tía Beatrice enlazó el brazo con el mío y dijo:

—Ahora no hay tiempo para enseñarte dónde dormirás, el avión ha llegado con demasiado retraso. Debemos ir directamente a la capilla, para la ceremonia de Acción de Gracias. Haz lo que yo te diga y no te preocupes.

Sabía que era una ceremonia para las Perlas, porque Ada me había avisado qué me encontraría y Tía Dove me la había explicado, pero como no le presté mucha atención, la verdad era que no tenía una idea clara de qué me esperaba.

Fuimos hasta la capilla y entramos. Ya estaba llena de mujeres: unas más mayores con el uniforme marrón de las Tías, y otras más jóvenes con el vestido de las Perlas. Cada Perla iba acompañada de una chica aproximadamente de la misma edad, también con un vestido plateado provisional, como yo. Justo delante de todo había una gran imagen de Pequeña Nicole en un marco dorado, y eso no me hizo ni pizca de gracia.

Mientras Tía Beatrice me conducía por el pasillo, todas cantaban a coro:

> *Traemos Perlas,*
> *traemos Perlas,*
> *jubilosas acogemos*
> *a nuestras bellas Perlas.*

Me sonreían y asentían dándome la bienvenida: parecían felices de verdad. Quizá no esté tan mal, pensé.

Nos sentamos todas a la vez. Entonces una de las mujeres mayores se puso en pie y se dirigió hacia el púlpito.

—Tía Lydia —me susurró Tía Beatrice—, nuestra principal Fundadora. —La reconocí de la fotografía que Ada me había enseñado, aunque estaba mucho más avejentada que en la imagen, o eso me pareció.

—Estamos aquí para dar las gracias por que nuestras Perlas hayan regresado sanas y salvas de sus misiones, de allá donde hayan estado recorriendo el mundo y difundiendo la buena obra de Gilead. Saludamos su entereza física y su coraje espiritual, y les ofrecemos nuestra gratitud de todo corazón. Por eso declaro ahora que las Perlas que regresan ya no son Suplicantes, sino Tías de pleno derecho, con todos los poderes y privilegios asociados. Sabemos que cumplirán su deber, donde y comoquiera que ese deber las llame.

Todas las voces dijeron «Amén».

—Perlas, presentad a las Perlas que habéis recogido —ordenó Tía Lydia—. Primero, la misión a Canadá.

—Ponte en pie —me susurró Tía Beatrice. Me condujo hasta el frente, sujetándome del brazo izquierdo. Me apoyaba la mano encima de DIOS/AMOR, y me dolía.

Se quitó la sarta de perlas que llevaba, la depositó en un plato llano grande delante de Tía Lydia, y dijo:

—Os devuelvo estas perlas tan puras como cuando las recibí, y deseo que bendigan la labor de la próxima Perla que las lleve con orgullo durante su misión. Gracias a la Voluntad de Dios, he podido sumar una magnífica gema al tesoro oculto de Gilead. Os presento a Jade, una Perla preciosa de Gran Valía, salvada de una certera destrucción. Sea purificada de la corrupción mundana, limpia de deseos impuros, cauterizada del pecado y consagrada a cualquier labor que se le asigne en Gilead. —Me posó las manos sobre los hombros e hizo fuerza hacia abajo para que me pusiera de rodillas. No me lo esperaba, y por poco me caí de lado.

—¿Qué haces? —le susurré.

—Chist —dijo Tía Beatrice—. Silencio.

Acto seguido habló Tía Lydia.

—Bienvenida a Casa Ardua, Jade, y bendita seas en la decisión que has tomado, Con Su Mirada, *Per Ardua Cum Estrus.* —Me posó una mano en la cabeza, la retiró, me hizo un gesto de asentimiento y me dedicó una sonrisa seca.

Todas corearon al unísono:

—Bienvenida sea la Perla de Gran Valía, *Per Ardua Cum Estrus,* Amén.

¿Se puede saber qué pinto yo aquí?, pensé. Este sitio es muy raro, joder.

XVII

Dientes perfectos

El ológrafo de Casa Ardua

46

Un frasco de tinta azul de dibujo, una pluma, un cuaderno con los márgenes recortados para que las páginas encajen en el hueco donde lo escondo: por estos medios te confío mi mensaje, querido lector. Pero ¿qué clase de mensaje es? Algunos días me veo como el Escriba de la Verdad, compendiando todos los pecados de Gilead, incluidos los míos; otros días me desprendo de ese tono de superioridad moral. ¿Acaso no soy, en el fondo, una mera traficante de sucesos sórdidos? Nunca conoceré tu veredicto sobre la cuestión, me temo.

Sin embargo, mi mayor temor es que todos mis esfuerzos sean en vano y Gilead perdure otros mil años. Generalmente ésa es la sensación que hay aquí, lejos de la guerra, en la quietud del ojo del huracán. Tanta calma en las calles; tanta tranquilidad, tanto orden; y aun así, por debajo de la aparente placidez de esas superficies, un temblor, como cuando te acercas a una línea de alto voltaje. Vivimos en tensión, todos; vibramos; nos estremecemos; estamos siempre en vilo. «Reino del terror», solía decirse, pero el terror no reina, exactamente. Más bien paraliza. De ahí esta calma antinatural.

. . .

Pese a todo, hay pequeñas indulgencias. Ayer, por el circuito cerrado de televisión desde el despacho del Comandante Judd, vi en directo la Particicución que presidía Tía Elizabeth. El Comandante Judd había pedido que nos trajeran café; un café excelente de una variedad difícil de encontrar: preferí no preguntarle cómo lo había conseguido. Añadió un chorrito de ron al suyo, y me ofreció a mí también. Rehusé. Me explicó que, como estaba delicado del corazón y padecía de los nervios, necesitaba infundirse valor, pues esos espectáculos sanguinarios le minaban la salud.

—Lo comprendo —dije—, pero es su deber asegurarse de que se haga justicia.

Suspiró, apuró el café y se sirvió otro trago de ron.

Dos hombres iban a ser ajusticiados en la Particicución: un Ángel a quien habían sorprendido vendiendo de estraperlo limones que entraban de contrabando por Maine, y el doctor Grove, el dentista. El verdadero delito del Ángel no eran los limones: lo acusaban de aceptar sobornos de Mayday y ayudar a que varias Criadas huyeran a través de nuestras diversas fronteras. Los Comandantes, sin embargo, no querían hacer público ese incidente: podía dar ideas. La versión oficial era que no había Ángeles corruptos, ni por descontado Criadas que se dieran a la fuga; ¿quién renunciaría al paraíso celestial para lanzarse a las llamas del averno?

A lo largo del proceso que iba a poner fin a la vida de Grove, Tía Elizabeth había hecho un magnífico papel. De joven estuvo en un grupo universitario de arte dramático, y había interpretado a Hécuba en *Las troyanas*, como supe a raíz de nuestras primeras reuniones, cuando junto con ella y Helena y Vidala dimos forma a la esfera especial de las mujeres en una incipiente república de Gilead. La camaradería prospera en esa clase de circunstancias, se comparten experiencias del pasado. Yo me cuidé de compartir demasiadas de las mías.

340

Las tablas de Tía Elizabeth en escena no le fallaron. Siguiendo mis órdenes, pidió una cita con el doctor Grove. Una vez allí, en el momento oportuno, empezó a debatirse en la silla del dentista, se rasgó la ropa a tirones y chilló que Grove había intentado violarla. Hecha un mar de lágrimas, salió tambaleándose del consultorio, y el señor Wilson, en la sala de espera, pudo atestiguar que la vio salir con el pelo alborotado y el alma por los suelos.

La persona de una Tía se considera sacrosanta. No era de extrañar que semejante profanación dejara a Tía Elizabeth consternada, fue la opinión general. Aquel hombre sin duda era un demente peligroso.

Me las había ingeniado para guardar una secuencia fotográfica a través de la minicámara que había colocado en el interior del diagrama de una espléndida dentadura completa. Si alguna vez Elizabeth intentaba tensar demasiado la cuerda, podría amenazarla con presentar esas imágenes como prueba de que había cometido perjurio.

El señor Wilson testificó en contra de Grove en el juicio. No era ningún iluso: enseguida vio que su jefe estaba sentenciado. Describió la rabia de Grove cuando todo salió a la luz. «Maldita perra» fue el epíteto con que el malvado Grove había aludido a Tía Elizabeth, declaró. No hubo tales exabruptos —de hecho, Grove sólo dijo «¿Por qué hace esto?»—, pero la explicación de Wilson ante el tribunal causó efecto. Gritos ahogados entre el público, que incluía a toda la comunidad de Casa Ardua: ¡insultar así a una Tía rayaba en la blasfemia! Al someterlo a interrogatorio, Wilson admitió a regañadientes que había tenido motivos para sospechar conductas impropias por parte de su jefe en el pasado. La anestesia, concluyó con tristeza, podía ser muy tentadora en las manos equivocadas.

¿Qué podía decir Grove en su defensa, salvo que era inocente de la acusación y citar acto seguido el célebre pasaje de la Biblia en que la esposa de Potifar miente por

341

despecho y asegura que la han violado? Un hombre inocente que niega su culpa suena igual que un hombre culpable, como estoy segura de que habrás advertido, lector mío. El público tiende a no creer a uno ni a otro.

Grove no podía reconocer que jamás le hubiera puesto una mano encima a Tía Elizabeth porque sólo lo excitaban las niñas impúberes.

En vista de la excepcional actuación de Tía Elizabeth, me pareció justo permitir que oficiara la ceremonia de Particicución en el estadio. A Grove lo despacharon en segundo lugar. Se vio obligado a ver cómo setenta Criadas dando alaridos linchaban a patadas y despedazaban literalmente al Ángel.

Cuando lo llevaron al centro del campo, con los brazos inmovilizados, gritó: «¡No lo hice!» Tía Elizabeth, en la viva imagen de la virtud ultrajada, tocó el silbato con gesto adusto. En dos minutos, el doctor Grove dejó de existir. Varios puños se alzaron, mostrando manojos sangrientos de pelo arrancado de raíz.

Todas las Tías y las Suplicantes estaban presentes, apoyando la reivindicación de una de las veneradas Fundadoras de Casa Ardua. A un lado, aparte, estaban las Perlas recién reclutadas; habían llegado justo el día anterior, así que fue para ellas un momento bautismal. Escruté la expresión de sus jóvenes rostros, pero a tanta distancia no pude interpretarla. ¿Aversión? ¿Gozo? ¿Repugnancia? Siempre conviene saberlo. La Perla de mayor valía estaba entre ellas; justo después del acontecimiento deportivo que estábamos a punto de presenciar, la ubicaría en el módulo residencial que mejor se ajustara a mis propósitos.

Mientras Grove quedaba hecho puré por las Criadas, Tía Immortelle sufrió un desmayo: era de esperar, con lo susceptible que ha sido siempre. Supongo que ahora se culpará, de una u otra manera: por infame que fuese el comportamiento de Grove, para ella encarnaba la figura paterna a pesar de todo.

El Comandante Judd apagó el televisor.

—Una lástima —suspiró—. Era un dentista de primera.

—Sí, pero los pecados no pueden excusarse simplemente porque el pecador tenga cualidades —sentencié.

—¿De verdad era culpable? —preguntó con leve interés.

—Sí, pero no de ese delito —dije—. No habría sido capaz de violar a Tía Elizabeth. Era un pedófilo.

El Comandante Judd suspiró de nuevo.

—Pobre hombre —dijo—. Eso es una calamidad. Debemos rezar por su alma.

—Desde luego —contesté—. Pero estaba echando a perder a demasiadas flores preciosas para el matrimonio. En lugar de aceptar casarse, las jovencitas desertaban a Casa Ardua.

—Vaya —musitó—. ¿Fue ése el caso de la joven Agnes? Pensé que debía de ser algo parecido.

Quería que le dijera que sí, porque entonces su rechazo no habría sido personal.

—No puedo afirmarlo con certeza —respondí. Puso cara larga—. Pero es lo que creo. —Disgustarlo más de la cuenta no es buena idea.

—Siempre se puede confiar en su criterio, Tía Lydia —dijo—. Respecto a Grove, ha tomado la mejor decisión para Gilead.

—Gracias. Rezo para que Dios me guíe —contesté—. Cambiando de tema, me alegra anunciarle que Pequeña Nicole ha sido trasladada con éxito a Gilead.

—¡Qué golpe maestro! —exclamó—. ¡Bravo!

—Mis Perlas fueron muy eficaces —dije—. Siguieron mis órdenes. La acogieron bajo su protección como una nueva conversa, y la convencieron de que se uniera a nosotras. Lograron comprar al joven que ejercía una fuerte influencia sobre ella. Tía Beatrice hizo el trato, aunque por supuesto sin conocer la verdadera identidad de Pequeña Nicole.

—En cambio, querida Tía Lydia, usted sí la conocía —dijo él—. ¿Cómo consiguió identificarla? Mis Ojos llevan años intentándolo.

¿Detecté una nota de envidia, o, peor aún, de recelo? Lo esquivé, airosa.

—Tengo mis métodos, por modestos que sean. Además de algunos informantes serviciales —mentí—. Dos más dos a veces suman cuatro. Y nosotras, las mujeres, por miopes que seamos, a menudo percibimos los detalles más sutiles que pueden escapar a la visión más amplia y elevada de los hombres. Aun así, a Tía Beatrice y Tía Dove sólo se les pidió que estuviesen atentas a un tatuaje en concreto que la pobre criatura se había infligido. Y afortunadamente la encontraron.

—¿Un tatuaje? Depravada, como todas esas chicas. ¿En qué parte del cuerpo? —preguntó con interés.

—Sólo en el brazo. Tiene la cara intacta.

—En cualquier acto público, llevará los brazos cubiertos —dijo.

—Se hace llamar Jade; puede que incluso crea que ése es su verdadero nombre. No he querido revelarle su verdadera identidad hasta consultar con usted.

—Excelente —dijo—. ¿Puedo preguntar cuál era la naturaleza de su vínculo con ese joven que ha mencionado? Sería preferible que estuviera «intacta», por usar su misma expresión, pero en este caso nos saltaríamos las reglas. Convertirla en una Criada sería un desperdicio.

—La cuestión de su virginidad está por confirmar, pero creo que en ese sentido es pura. La he colocado con dos de nuestras Tías más jóvenes, que son cariñosas y comprensivas. Compartirá sus esperanzas y sus temores con ellas, sin duda; así como sus creencias, que estoy segura de que podrán moldearse para que encajen con las nuestras.

—Una vez más, excelente, Tía Lydia. Es usted una verdadera joya. ¿Cuándo podremos dar a conocer el regreso de Pequeña Nicole a Gilead y el mundo entero?

—Primero debemos asegurarnos de que sea una auténtica conversa —dije—. Que mantenga una fe sólida. Y eso requerirá dedicación y tacto. A las recién llegadas suele arrastrarlas el entusiasmo, se hacen falsas expectativas. Tendremos que hacer que ponga los pies en el suelo, ponerla al corriente de los deberes que le aguardan: no todo es cantar himnos y exaltación, aquí. Además, habrá de conocer su propia historia personal: será un impacto para ella descubrir que es la célebre y amada Pequeña Nicole.

—Dejaré estas cuestiones en sus capaces manos —contestó él—. ¿Está segura de que no quiere una gota de ron en el café? Es beneficioso para la circulación.

—Una cucharadita, quizá —dije.

Me sirvió. Levantamos nuestras tazas y las entrechocamos.

—Que el Señor bendiga nuestro empeño —dijo el Comandante Judd—. Como doy por hecho que hará.

—A su debido tiempo —repuse, sonriendo.

Tras los esfuerzos que hizo en la consulta del dentista, en el juicio y en la Particicución, Tía Elizabeth sufrió un colapso nervioso. Fui con Tía Vidala y Tía Helena a visitarla, a una de nuestras Casas de Retiro donde se estaba recuperando. Nos recibió llorosa.

—No sé qué me ocurre —se lamentó—. Me siento sin fuerzas.

—Después de todo por lo que has pasado, no me extraña —dijo Helena.

—En Casa Ardua te consideran casi una santa —le dije. Sabía a qué se debía realmente su agitación: había cometido perjurio irrevocablemente y no había vuelta atrás, y si eso llegaba a descubrirse, marcaría su fin.

—Te estoy muy agradecida por darme consejo, Tía Lydia —me dijo, mirando a Vidala de reojo. Ahora que yo era su firme aliada, ahora que había cumplido con una petición tan poco ortodoxa como la que le hice, debía de creer que Tía Vidala no podía atentar contra ella.

—Faltaría más —le dije.

XVIII

SALA DE LECTURA

47

Becka y yo vimos a Jade por primera vez en la ceremonia de Acción de Gracias que se celebró para dar la bienvenida a las Perlas que regresaban de las misiones y a sus conversas. Era una chica alta, un poco desgarbada, y observaba sin cesar a su alrededor con una mirada directa que rozaba el descaro. Ya de entrada me dio la sensación de que no le resultaría fácil encajar en Casa Ardua, por no hablar de Gilead. Aun así no le presté mucha más atención, embelesada como me quedé en la bella liturgia.

Pronto seríamos nosotras, pensé. Becka y yo pronto concluiríamos nuestra formación como Suplicantes; estábamos casi preparadas para ser Tías de pleno derecho. Muy pronto recibiríamos los vestidos plateados de las Perlas, mucho más bonitos que nuestros sayos marrones de costumbre. Heredaríamos los collares de perlas; partiríamos a nuestra misión; cada una de nosotras volvería con una joven convertida en Perla.

Durante mis primeros años en Casa Ardua, esa perspectiva me había extasiado. Había mantenido una fe plena y sincera, si no en todos los aspectos de Gilead, al menos en la entrega altruista de las Tías. Ahora, sin embargo, no estaba segura.

• • •

No volvimos a ver a Jade hasta el día siguiente. Como era tradición para las nuevas Perlas, había pasado la noche entera de vigilia en la capilla, dedicándose a meditar en silencio y a rezar. Luego habría cambiado el vestido plateado por el marrón que llevábamos todas. A pesar de que estaba por ver si seguiría su formación en Casa Ardua —se observaba con especial cuidado a las Perlas recién llegadas antes de asignarlas como potenciales Esposas o Econoesposas, o Suplicantes, o, en algunos casos desventurados, Criadas—, mientras estaban entre nosotras, vestían como nosotras, con el complemento de un broche de falso nácar en forma de luna creciente.

La primera toma de contacto de Jade con las costumbres de Gilead fue un tanto brusca, ya que al día siguiente de su llegada asistió a una Particicución. Imagino que la impactaría ver a dos hombres literalmente hechos trizas a manos de las Criadas; incluso a mí me impacta, por más veces que haya presenciado esos ajusticiamientos a lo largo de los años. Las Criadas, que suelen mostrarse tan contenidas, cuando desatan esa rabia encarnizada pueden dar mucho miedo.

Las Tías Fundadoras crearon estas reglas. Becka y yo habríamos optado por un método menos extremista.

Uno de los eliminados en la Particicución fue el doctor Grove, en su día el padre dentista de Becka, a quien habían condenado por violar a Tía Elizabeth. O por intentar violarla: teniendo en cuenta mi propia experiencia con él, no me importaba mucho la diferencia entre una cosa y la otra. Aunque me duela confesarlo, me alegré de que lo castigaran.

Becka se lo tomó de una manera muy diferente. El doctor Grove la había tratado vergonzosamente de niña y, por más que a mí me pareciera inexcusable, ella estaba dispuesta a perdonarlo. Era más caritativa que yo, y la admiraba por eso, aunque no podía emularla.

Cuando el doctor Grove quedó desmembrado en la Particicución, Becka se desmayó. Algunas de las Tías atribuyeron su reacción al amor filial: el doctor Grove era un pervertido, pero no dejaba de ser un hombre, y además un hombre de alta posición. También era padre, a quien una hija obediente debe respeto. Sin embargo, yo sabía algo más: Becka se sentía culpable de su muerte. Se arrepentía de haber hablado de sus crímenes. Le garanticé que yo no había compartido sus confidencias con nadie, y dijo que confiaba en mí, pero que Tía Lydia debía de haberse enterado por algún medio. Así era como las Tías conquistaban su poder, averiguando secretos. Secretos de los que no debía hablarse jamás.

Becka y yo habíamos vuelto de la Particicución. Le preparé una taza de té y le sugerí que se echara un rato, aún la veía pálida, pero me dijo que ya se encontraba mejor y enseguida se acabaría de recuperar. Estábamos enfrascadas en la lectura vespertina de la Biblia cuando llamaron a la puerta. Al abrir, nos sorprendió encontrarnos cara a cara con Tía Lydia; iba acompañada por la nueva Perla, Jade.

—Tía Victoria, Tía Immortelle, se os ha encomendado una labor muy especial —dijo—. Seréis las mentoras de nuestra última Perla, Jade. Dormirá en el tercer dormitorio, que por lo que sé está libre. Os encargaréis de ayudarla en todo lo que sea posible, y de instruirla en los detalles de nuestra vida de servicio aquí en Gilead. ¿Tenéis sábanas y toallas suficientes? Si no, pediré que os traigan más.

—Sí, Tía Lydia, alabado sea —dije.

Becka me hizo eco. Jade nos sonrió, con una sonrisa que conseguía ser al mismo tiempo vacilante y tenaz. No me pareció la típica conversa recién llegada del extranjero: solían ser excesivamente sumisas o demasiado fervorosas.

—Bienvenida —le dije a Jade—. Pasa, por favor.

—Vale —dijo, y cruzó el umbral.

Noté que se me encogía el corazón: supe que la vida aparentemente plácida que Becka y yo habíamos llevado en Casa Ardua durante los últimos nueve años tocaba a su fin; era momento de cambiar, aunque todavía no podía imaginar cuán desgarrador sería ese cambio.

He dicho que nuestra vida era plácida, pero tal vez ésa no sea la palabra justa. En cualquier caso, era una vida ordenada, aunque un tanto monótona. Nuestro tiempo se llenaba, pero curiosamente no daba la sensación de transcurrir. Cuando me admitieron como Suplicante tenía catorce años, y a pesar de que ahora era adulta, no me sentía mucho mayor que entonces. Con Becka pasaba lo mismo: ambas parecíamos suspendidas, en cierto modo, como preservadas en un bloque de hielo.

Las Fundadoras y las Tías más veteranas tenían otro temple. Se habían formado en una época anterior a Gilead, habían participado en luchas que a nosotras nos resultaban ajenas, y tal vez en esas luchas habían perdido la suavidad que en otros tiempos habían albergado. A pesar de eso, a nosotras no nos obligaron a padecer tales suplicios. Nos habían protegido, no habíamos tenido necesidad de lidiar con la rudeza del mundo de fuera. Éramos las beneficiarias de los sacrificios de nuestras predecesoras. Nos lo recordaban constantemente, y nos ordenaban estar agradecidas. Sin embargo, es difícil estar agradecida por la ausencia de algo que desconoces. Temo que no apreciábamos del todo hasta qué punto las mujeres de la generación de Tía Lydia se habían forjado a fuego. Poseían una entereza despiadada de la que nosotras carecíamos.

48

A pesar de esa sensación de que el tiempo se detenía, evidentemente había cambiado. Ya no era la misma persona que había entrado en Casa Ardua. Me había convertido en una mujer, por inexperta que fuera; por entonces apenas era una niña.

—Cuánto me alegro de que las Tías dejen que te quedes —dijo Becka aquel primer día. Me miraba de frente, venciendo su timidez.

—Yo también me alegro —dije.

—Siempre te admiré, en la escuela. No sólo por tus tres Marthas y tu familia de Comandante —confesó—. Mentías menos que las otras. Y siempre te portaste bien conmigo.

—Tan bien no me portaba.

—Mejor que las demás.

Tía Lydia me había dado permiso para vivir en el mismo módulo residencial que Becka. Casa Ardua se dividía en una serie de viviendas independientes; el nuestro estaba señalado con la letra «C», y el lema de Casa Ardua: *Per Ardua Cum Estrus.*

—Significa «A través del arduo camino hacia la luz, con celo» —me explicó Becka.

—¿Significa todo eso?

—Está en latín. Suena mejor en latín.

—¿Qué es el latín? —pregunté.

Becka dijo que era una lengua muy antigua que ya nadie hablaba, pero con la que se escribían lemas. Por ejemplo, el lema de todo lo que había en el Muro solía ser *Veritas*, que significaba «verdad» en latín, aunque luego habían borrado las letras con un cincel y las habían tapado con pintura.

—¿Cómo lo descubriste, si se borró la palabra? —pregunté.

—En la Biblioteca Hildegarda —dijo—. Es sólo para nosotras, las Tías.

—¿Qué es una biblioteca?

—Es un lugar donde guardan los libros. Hay salas y más salas llenas de ellos.

—¿Son libros viles? —Imaginé todo ese material explosivo amontonado dentro de una habitación.

—No los que he estado leyendo. Los más peligrosos se guardan en la Sala de Lectura. Necesitas un permiso especial para entrar ahí. Pero puedes leer los otros libros.

—¿Te dejan? —Me quedé atónita—. ¿Puedes ir ahí y leer, sin más?

—Cuando te den permiso. Menos a la Sala de Lectura. Si entras ahí sin permiso, te darán un Correctivo, en uno de los sótanos. —Todas las viviendas de Casa Ardua tenían un sótano insonorizado, me contó, que se usaba para actividades como practicar piano. Pero ahora el sótano R era donde Tía Vidala imponía los Correctivos. Un Correctivo era una especie de castigo, por obrar saltándose las reglas.

—Pero los castigos se hacen en público —dije—. Son para los criminales. Ya sabes, las Particicuciones, y colgar a gente y exhibirla en el Muro.

—Sí, lo sé —dijo Becka—. Ojalá no los dejaran ahí colgados tanto tiempo. El olor llega hasta nuestros dormitorios, me da náuseas. Pero los Correctivos del sótano son distintos, son por tu propio bien. Ahora vamos a buscarte un traje, y luego podrás elegir tu nombre.

Había una lista de nombres autorizados, recabada por Tía Lydia y las Tías más mayores. Becka me explicó que esos nombres provenían de los de productos que a las mujeres en otros tiempos les gustaban y les daban seguridad, aunque ella no sabía qué clase de productos eran. Nadie de nuestra edad los conocía, dijo.

Me leyó la lista de nombres, puesto que yo no sabía leer aún.

—¿Qué te parece Maybelline? —sugirió—. Suena bonito. Tía Maybelline.

—No, suena muy rebuscado.

—¿Qué tal Tía Ivory?

—Demasiado frío —dije.

—Aquí hay uno: Victoria. Creo que hubo una reina Victoria. Te llamarías Tía Victoria: incluso cuando somos Suplicantes nos conceden el título de Tía. Pero una vez que acabemos nuestra obra misionera con las Perlas en otros países fuera de Gilead, seremos Tías de pleno derecho.

En la Escuela Vidala no nos habían contado mucho sobre las Perlas: sólo que eran valientes, y que corrían riesgos y hacían sacrificios por Gilead, y que debíamos respetarlas.

—¿Saldremos de Gilead? ¿No da miedo estar tan lejos? ¡Con lo grande que es Gilead! —Sería como caerse del mundo, pues seguro que Gilead no tenía fin.

—Gilead es más pequeño de lo que crees —dijo Becka—. Tiene otros países alrededor. Te lo enseñaré en el mapa.

Debí de poner cara de confusión, porque me sonrió.

—Un mapa es como un dibujo. Aprendemos a leer mapas, aquí.

—¿Leer un dibujo? —pregunté—. ¿Cómo se hace eso? Los dibujos no son escritura.

—Ya lo verás. Al principio yo tampoco lo entendía. —Sonrió otra vez—. Ahora que estás aquí, no me sentiré tan sola.

¿Qué sería de mí al cabo de seis meses? Me preocupaba. ¿Permitirían que me quedara? Me ponía nerviosa sentir que las Tías me observaban, como si siguieran la evolución de una planta. Me costaba dirigir la vista hacia el suelo, que era lo que se exigía: si levantaba la cabeza podría acabar mirándoles el torso, que era de mala educación, o a los ojos, que era una impertinencia. Me costaba no hablar nunca a menos que una de las Tías mayores se dirigiera a mí primero. Obediencia, sumisión, docilidad: ésas eran las virtudes requeridas.

Luego estaba la lectura, que me parecía frustrante. Quizá ya era demasiado mayor para aprender, pensaba. Quizá era como los bordados especialmente delicados: habías de empezar joven, pues de lo contrario siempre serías patosa. Sin embargo, poco a poco capté la idea.

—Se te da bien —decía Becka—. ¡Mejor que a mí cuando empecé!

Los libros que me dieron para aprender eran sobre una niña y un niño que se llamaban Dick y Jane. Eran libros muy viejos, y las ilustraciones se habían modificado en Casa Ardua. Jane vestía faldas y mangas largas, pero se notaba por los retoques de color que antes la falda iba por encima de la rodilla y las mangas acababan por encima del codo. En otros tiempos, llevaba el pelo descubierto.

Lo más asombroso de estos libros era que Dick y Jane y la pequeña Sally vivían en una casa rodeada nada más que por una valla blanca de madera, tan endeble y baja que cualquiera podría haberla saltado. No había Ángeles, no había Guardianes. Dick y Jane y la pequeña Sally jugaban fuera a la vista de todo el mundo. A la pequeña Sally la podrían haber secuestrado unos terroristas en cualquier momento y sacarla clandestinamente a Canadá, como a Pequeña Nicole y a las demás criaturas inocentes robadas. Las rodillas desnudas de Jane podrían haber despertado los bajos instintos de cualquier hombre que pasara por allí, a pesar de que todo salvo su cara ahora estaba cubierto. Becka me dijo que pintar las ilustraciones de esos libros sería una de las tareas que me pedirían, puesto que se les asignaba a las Suplicantes. Ella misma había pintado muchos libros.

No debía dar por hecho que me permitirían quedarme: no todo el mundo servía para ser Tía. Antes de que yo llegara a Casa Ardua, había conocido a dos chicas a las que habían aceptado, pero una de ellas cambió de opinión al cabo de sólo tres meses y su familia la acogió de nuevo, y al final el matrimonio que habían concertado para ella se celebró.

—¿Qué pasó con la otra? —quise saber.

—Acabó mal —me contó Becka—. Se llamaba Tía Lily. Al principio no se veía nada extraño en ella. Todo el mundo decía que había encajado bien, pero entonces le dieron un Correctivo por replicar. No creo que fuese de los peores escarmientos: Tía Vidala puede tener una vena cruel. «¿Te gusta esto?», pregunta cuando impone el Correctivo, y digas lo que digas estará mal.

—Pero ¿y Tía Lily?

—No fue la misma después de aquello. Quería abandonar Casa Ardua, decía que no estaba hecha para vivir aquí, y las Tías le dijeron que en tal caso debería celebrarse el matrimonio que le habían concertado, pero tampoco quería eso.

—¿Qué quería? —pregunté. De pronto sentía un vivo interés por Tía Lily.

—Quería vivir por su cuenta y trabajar en una granja. Tía Elizabeth y Tía Vidala dijeron que eso era lo que traía leer demasiado pronto: había sacado ideas equivocadas de la Biblioteca Hildegarda antes de poseer la fortaleza de espíritu necesaria para rechazarlas, y había muchos libros cuestionables que deberían destruirse. Tendrían que imponerle un Correctivo más severo para ayudarla a centrarse, dijeron.

—¿Y en qué consistía? —Me pregunté si era lo bastante fuerte de espíritu y si a mí también me impondrían múltiples Correctivos.

—En pasar un mes en el sótano, aislada, y a pan y agua nada más. Cuando la soltaron, no hablaba con nadie salvo para decir sí o no. Tía Vidala sentenció que era demasiado débil de carácter para ser Tía, y tendría que casarse, después de todo.

»El día antes de aquel en que debería abandonar la Casa, no se presentó al desayuno, y luego tampoco al almuerzo. Nadie sabía adónde había ido. Tía Elizabeth y Tía Vidala suponían que había huido, y que había una brecha en la seguridad, y se organizó una gran partida de búsqueda. Aun así, no la encontraron. Y entonces el agua de la ducha empezó a oler raro, de modo que hicieron una nueva búsqueda, y esta vez abrieron la cisterna que recoge el agua de lluvia del tejado y que usamos para ducharnos, y la encontraron allí.

—¡Oh, qué horror! —dije—. ¿Estaba... Alguien la había asesinado?

—Las Tías dijeron eso al principio. Tía Helena sufrió de histeria, e incluso autorizaron a varios Ojos a entrar en Casa Ardua e investigar en busca de pruebas, pero no había nada. Algunas de las Suplicantes subimos y miramos en el interior de la cisterna. No podía haberse caído, sin más: hay una escalerilla de mano, y una portezuela.

—¿Tú la viste? —pregunté.

—El ataúd estaba cerrado —me contó Becka—. Pero creo que lo hizo adrede. Llevaba piedras en los bolsillos, según el rumor. No dejó ninguna nota, o, si la dejó, Tía

Vidala se encargó de romperla. En el funeral dijeron que había muerto de un aneurisma cerebral. No querían que se supiera que una Suplicante había caído tan bajo. Todas rezamos por ella; estoy segura de que Dios la ha perdonado.

—Pero ¿por qué lo hizo? —pregunté—. ¿Quería morir?

—Nadie quiere morir —dijo Becka—. Sólo que hay gente que no quiere vivir siguiendo ninguno de los caminos permitidos.

—Pero ¡ahogarte! —exclamé.

—Por lo visto es una muerte serena —dijo Becka—. Oyes campanas y cantos. Coros angelicales. Eso fue lo que nos contó Tía Helena, para que nos sintiéramos mejor.

Una vez que hube dominado los libros de Dick y Jane, me dieron los *Diez cuentos para chicas*, un libro de rimas compuestas por Tía Vidala. Una que recuerdo era así:

> *¡Mirad a Tirsa! Con qué desparpajo*
> *luce el pelo suelto, tan airosa.*
> *Ved cómo anda calle abajo*
> *con la cabeza alta y orgullosa.*
> *Ved cómo busca atraer las miradas,*
> *tentar al Guardián a ideas lujuriosas.*
> *¡Nunca enmienda su descaro,*
> *nunca reza ni siente apuro!*
> *Pronto caerá en el pecado,*
> *y acabará colgada del Muro.*

Los cuentos de Tía Vidala hablaban de cosas que las chicas no debían hacer y de las cosas horripilantes que les pasaban si las hacían. Ahora me doy cuenta de que no eran grandes composiciones poéticas, y ya entonces no me gustaba oír las tragedias de aquellas pobres muchachas que daban un paso en falso y recibían castigos severos o incluso acababan muertas, pero de todos modos el mero hecho de leer me emocionaba.

Un día estaba leyéndole a Becka la historia de Tirsa, para que me corrigiese si me equivocaba.

—A mí eso nunca me pasaría —me dijo.

—¿A qué te refieres?

—Nunca incitaría a un Guardián de ese modo. Nunca intercambiaría una mirada con ellos. No quiero mirarlos —dijo Becka—. A ningún hombre. Son horribles. Incluyendo la figura de Dios que se venera en Gilead.

—¡Becka! —la reprendí—. ¿Por qué dices eso? ¿Qué significa eso de la figura de Dios que se venera en Gilead?

—Aquí quieren que Dios sea una sola cosa —respondió—. Dejan cosas fuera. En la Biblia dice que estamos hechos a imagen de Dios, tanto el varón como la hembra. Ya lo verás cuando las Tías te dejen leerla.

—No digas esas cosas, Becka —le pedí—. Tía Vidala... las tacharía de herejía.

—A ti puedo decírtelas, Agnes —contestó—. A ti te confiaría mi vida.

—Nunca lo hagas. No soy una buena persona, no como tú.

En mi segundo mes en Casa Ardua, Shunammite me hizo una visita. La recibí en el Café Schlafly. Llevaba puesto el vestido azul de una Esposa oficial.

—¡Agnes! —exclamó, tendiendo ambas manos—. ¡Qué alegría verte! ¿Estás bien?

—Claro que estoy bien —dije—. Ahora soy Tía Victoria. ¿Te apetece una infusión de hierbabuena?

—Es que Paula insinuaba que quizá estabas... Que habías perdido...

—Que soy una lunática —dije, sonriendo. Me fijé en que Shunammite hablaba de Paula como de una amiga asidua. Shunammite ahora la superaba en rango, y eso debía de irritar a Paula considerablemente, que una muchacha tan joven ascendiera por encima de ella—. Sé que lo piensa. Y, por cierto, debería darte la enhorabuena por tu matrimonio.

—¿No estás cabreada conmigo? —preguntó, volviendo al tono de nuestras charlas infantiles.

—¿Por qué iba a estar «cabreada» contigo, como tú dices?

—Bueno, te quité el marido. —¿Era eso lo que creía? ¿Que había ganado una competición? ¿Cómo podía negarlo yo sin insultar al Comandante Judd?

—Recibí la llamada de una vocación más elevada —dije, tan recatadamente como pude.

Se echó a reír.

—¿En serio? Bueno, yo recibí una llamada de más abajo. ¡Tengo cuatro Marthas! ¡Ojalá pudieras ver mi casa!

—Estoy segura de que es preciosa —dije.

—Pero ¿de verdad estás bien? —Tal vez su preocupación por mí fuese sincera, en parte—. ¿No te cansa este lugar? Es tan sombrío...

—Estoy perfectamente —dije—. Te deseo toda la felicidad del mundo.

—Becka está en esta mazmorra también, ¿no?

—No es una mazmorra. Sí, compartimos vivienda.

—¿No te da miedo que te ataque con las tijeras de poda? ¿Todavía está loca?

—Nunca ha estado loca —le expliqué—. Sólo era infeliz. Ha sido estupendo verte, Shunammite, pero debo volver a mis quehaceres.

—Ya no te caigo bien —dijo, medio en serio.

—Me estoy preparando para ser Tía —contesté—. De hecho, no tiene por qué caerme bien nadie.

49

Mis aptitudes para la lectura progresaron lentamente y con muchos traspiés. Becka me ayudó mucho. Practicábamos con pasajes de la Biblia, a partir de la selección aprobada para las Suplicantes. Era capaz de leer por mí misma fragmentos de las Escrituras que hasta entonces sólo conocía de oídas. Becka me ayudó a encontrar aquel pasaje en el que había pensado tan a menudo cuando Tabitha murió:

Porque mil años delante de tus ojos son como el día de ayer, que pasó, y como una de las vigilias de la noche. Los arrebatas como con torrente de aguas; son como sueño, como la hierba que crece en la mañana. En la mañana florece y crece; a la tarde es cortada, y se seca.

Laboriosamente, iba deletreando las palabras. Sobre la página parecían diferentes: no eran fluidas y sonoras, como yo las recitaba de cabeza, sino más planas, más secas.

Becka dijo que deletrear no era leer: leer, dijo, era cuando oías las palabras como en una canción.

—Quizá nunca me salga bien —dije.

—Te saldrá —dijo Becka—. Probemos con canciones de verdad.

Fue a la biblioteca, donde a mí aún no me dejaban entrar, y volvió con uno de los cantorales de Casa Ardua. Entre sus páginas estaba la canción que Tabitha solía cantarme por las noches, con su voz argentina como unos cascabeles:

Ahora que me voy a la cama
pido a Dios que ampare mi alma...

Se la canté a Becka, y al cabo de un tiempo fui capaz de leérsela.

—Qué esperanzador —dijo—. Me gustaría creer que hay dos ángeles siempre aguardando para llevarme al Cielo. —Y luego añadió—: Yo nunca tuve a nadie que me cantara por las noches. Eres muy afortunada.

Junto con la lectura, aprendí a escribir. Por una parte parecía más duro, pero por otra menos. Utilizábamos tinta de dibujo y plumas rígidas con plumines de metal, o a veces lápices. Dependía de qué hubieran asignado recientemente a Casa Ardua los almacenes reservados para importación.

El material de escritura era prerrogativa de los Comandantes y las Tías. De lo contrario, en Gilead por norma nadie disponía de esos artículos; las mujeres no los necesitaban para nada, y la mayor parte de los hombres tampoco, salvo para hacer informes e inventarios. ¿Qué otra cosa iba a escribir la mayor parte de la población?

Habíamos aprendido a bordar y pintar en la Escuela Vidala, y Becka dijo que escribir era casi lo mismo: cada letra era como un dibujo o una hilera de puntadas, y también era como una nota musical; bastaba con aprender a trazar las letras, y después a unirlas unas con otras, igual que una sarta de perlas.

Ella tenía una caligrafía preciosa. Me enseñaba a menudo y con paciencia; más adelante, cuando ya podía escribir, aunque torpemente, seleccionó una serie de versículos de la Biblia para que los copiara.

Y ahora permanecen la fe, la esperanza y la caridad,
éstas tres; pero la mayor de ellas es la caridad.
Fuerte es como la muerte el amor.
Las aves del cielo correrán la voz, y saldrán vo-
lando a contarlo todo.

Los escribía una y otra vez. Comparando las diferentes versiones escritas de una misma frase, me dijo Becka, yo misma podría ver cuánto había mejorado.

Reflexioné sobre las palabras que escribía. ¿De verdad era mayor la Caridad que la Fe? Y yo ¿tenía alguna de las dos? ¿El amor era tan fuerte como la muerte? ¿De quién era la voz que iban a correr las aves?

Ser capaz de leer y escribir no daba respuesta a todas las preguntas. Llevaba a otras preguntas, y de ahí a otras.

Aparte de la lectura, me las arreglé para desempeñar las otras labores que me asignaron durante aquellos primeros meses. Algunas no eran tareas onerosas: disfrutaba pintando las faldas y las mangas y las tocas en las ilustraciones de las niñas de los libros de Dick y Jane, y no me importaba trabajar en la cocina, cortando nabos y cebollas para las cocineras y lavando los platos. En Casa Ardua todo el mundo tenía que contribuir al bien común, y no había que desdeñar las labores manuales. Ninguna Tía se creía por encima de esas tareas, aunque en la práctica las Suplicantes acarrearan con más. ¿Y por qué no? Éramos más jóvenes.

Fregar los aseos no era nada grato, desde luego, y menos cuando te ordenaban fregarlos de nuevo aunque la primera vez hubieran quedado limpísimos, y luego de nuevo una tercera vez. Becka me había advertido de que las Tías exigirían esa clase de repeticiones: no se trataba de lo limpio que estuviera el retrete, me aclaró. Era una prueba de obediencia.

—Pero hacernos fregar un retrete tres veces es un despropósito —protesté—. Es un desperdicio de recursos nacionales valiosos.

—La lejía no es un recurso nacional valioso —dijo ella—. No como las mujeres embarazadas. Un despropósito, sí, y por eso es una prueba. Quieren ver si obedecerás sin rechistar por ilógicas que te parezcan sus peticiones.

Para hacer la prueba más difícil, asignaban a la Tía más joven para supervisarnos. Que te dé órdenes absurdas alguien apenas mayor que tú es mucho más indignante que si las da una persona mayor.

—¡Lo odio! —dije después de cuatro semanas seguidas fregando retretes—. ¡Y detesto a Tía Abby! Me parece perversa, y pomposa, y...

—Es una prueba —me recordó Becka—. Igual que cuando Dios puso a prueba a Job.

—Tía Abby no es Dios. Aunque crea que sí —contesté.

—Debemos procurar ser caritativas —dijo Becka—. Deberías rezar para desterrar ese odio de ti. Imagínate que lo expulsas por la nariz, como si exhalaras el aliento.

Becka conocía muchas de esas técnicas para dominarte. Intenté ponerlas en práctica. A veces funcionaron.

Una vez que superé mis seis meses de prueba y me aceptaron en firme como Suplicante, se me permitió entrar en la Biblioteca Hildegarda. Me cuesta describir la sensación que me produjo. La primera vez que crucé sus puertas, sentí como si me hubieran dado una llave de oro, una llave que abriría una cámara secreta tras otra, revelándome los tesoros que albergaban dentro.

Al principio sólo tenía acceso a la sala exterior, pero al cabo de un tiempo me dieron un pase para la Sala de

Lectura. Allí tenía mi propio escritorio. Una de las tareas que me asignaron consistía en pasar a limpio los discursos —o quizá debería llamarlos «sermones»— que Tía Lydia pronunciaba en las ocasiones especiales. Aprovechaba esos discursos, aunque modificándolos cada vez, y debíamos incorporar sus anotaciones manuscritas a un texto mecanografiado legible. Para entonces yo había aprendido a escribir a máquina, aunque despacio.

Mientras estaba en mi escritorio, Tía Lydia pasaba a mi lado a veces en la Sala de Lectura de camino a su gabinete privado, donde se decía que llevaba a cabo investigaciones importantes que harían de Gilead un lugar mejor: ésa era la misión a la que Tía Lydia había consagrado toda una vida, decían las Tías mayores. Los preciados Archivos Genealógicos de los Lazos de Sangre, que con tanta meticulosidad llevaban las Tías más veteranas, las Biblias, los discursos teológicos, las obras peligrosas de la literatura mundial... Todo estaba guardado bajo llave detrás de aquella puerta. Se nos permitiría entrar sólo cuando tuviésemos la suficiente fortaleza de espíritu.

Pasaron los meses y los años, y Becka y yo nos hicimos amigas íntimas, y nos contamos muchas cosas sobre nosotras mismas y nuestra familia que nunca habíamos contado a nadie más. Le confesé cuánto había odiado a mi madrastra, Paula, por más que intentara vencer los rencores. Describí la trágica muerte de nuestra Criada, Crystal, y cuánto me apenó. Y ella me habló del doctor Grove y de las cosas que le había hecho, y yo le desvelé el mal trago que pasé también con él, algo que hizo que sintiera pena por mí. Hablamos de nuestras verdaderas madres y de cómo nos gustaría saber quiénes habían sido. Tal vez no deberíamos haber compartido tanto, pero fue un gran consuelo.

—Ojalá tuviera una hermana —me dijo un día—. Y si la tuviera, serías tú.

50

He mencionado que nuestra vida era apacible, y desde fuera debía de parecerlo; pero había tormentas interiores y agitaciones que desde entonces he sabido que no son infrecuentes entre quienes aspiran a dedicarse a una causa superior. La primera de mis tormentas interiores estalló cuando, después de cuatro años de leer textos elementales, por fin me permitieron acceder a la versión íntegra de la Biblia. Nuestras Biblias se custodiaban bajo llave, igual que en el resto de Gilead: sólo se les podían confiar a los fuertes de espíritu y con temperamento férreo, y eso excluía a las mujeres, con excepción de las Tías.

Becka había empezado la lectura de la Biblia más pronto —iba por delante de mí, tanto en prioridad como en competencia—, pero a las iniciadas en esos misterios no se les permitía hablar acerca de sus experiencias con los textos sagrados, así que no habíamos comentado lo que había aprendido.

Llegó el día en que por fin me entregarían el estuche de madera cerrado con llave que contenía una Biblia reservada para mí en la Sala de Lectura, y por fin abriría el más prohibido de los libros. Estaba muy emocionada. Aquella mañana, sin embargo, Becka me previno.

—Debo advertirte.

—¿Advertirme? —Me sorprendí—. La Biblia es sagrada.

—No dice lo que dicen que dice.

—¿A qué te refieres? —le pregunté.

—Espero que no te desilusiones. —Hizo una pausa—. Estoy segura de que Tía Estée lo hacía de buena fe. —Luego dijo—: Jueces, del versículo diecinueve al veintiuno.

No quiso añadir más. Pero en cuanto llegué a la Sala de Lectura y abrí el estuche de madera, fue el primer pasaje que busqué. Era la historia de la Concubina Cortada en Doce Partes, la misma que Tía Vidala nos había contado años atrás en la escuela, la que había perturbado tanto a Becka de pequeña.

Recordaba bien la historia. Y me acordaba, también, de la explicación que nos había dado Tía Estée. Nos había dicho que la concubina murió porque se arrepentía de haber desobedecido, de manera que se sacrificó en lugar de permitir que los malvados benjaminitas ultrajaran a su dueño. Tía Estée había dicho que la concubina fue valiente y noble. Había dicho que la concubina eligió.

Ahora yo estaba leyendo la historia completa, sin embargo. Busqué la parte valiente y noble, busqué su elección, pero no había nada de eso allí. A la muchacha la echaron de la casa a empujones y la violaron hasta matarla, para que luego un hombre que en vida la había tratado como a ganado, una vez muerta la destazara como a una res. No era de extrañar que hubiera huido...

Me dolió igual que un mazazo: Tía Estée, tan cariñosa y servicial, nos había mentido. La verdad no era noble, era atroz. A eso se referían las Tías, entonces, cuando decían que la sensibilidad de las mujeres era demasiado endeble para la lectura. Nos desmoronábamos, nos hundíamos bajo el peso de las contradicciones, no éramos capaces de mantenernos firmes.

Hasta ese momento nunca había albergado dudas serias sobre la legitimidad y, en especial, la veracidad de la teología de Gilead. Si no había alcanzado la perfección, había llegado a la conclusión de que la culpa era mía. Pero a medida que fui descubriendo lo que Gilead había cambiado, lo que había añadido, y lo que había omitido, temí por primera vez perder la fe.

Cuando nunca has tenido fe, no puedes entender qué significa la pérdida. Es como sentir que tu mejor amiga se está muriendo; como si cuanto te definía hasta ahora se quemara; como si te abandonaran a tu suerte. Te sientes exiliada, igual que si te perdieras en un bosque oscuro. Sentí lo mismo que cuando murió Tabitha: el mundo se vaciaba de significado. Todo era hueco. Todo se marchitaba.

Comenté con Becka la vorágine que me agitaba por dentro.

—Lo sé —dijo—. A mí también me ocurrió. Todo el mundo en las altas esferas de Gilead nos ha engañado.

—¿Qué insinúas?

—Dios no es como nos han contado —me confió. Había llegado a la conclusión de que podías creer en Gilead o podías creer en Dios, pero no en ambos. Así fue como ella superó su crisis de fe.

Reconocí que no estaba segura de si podría escoger. En secreto, temía ser incapaz de creer en nada. Y sin embargo quería creer, deseaba creer, y, al fin y al cabo, ¿no es en gran medida el deseo lo que mueve la fe?

51

Tres años después, tuvo lugar un suceso aún más alarmante. Ya he comentado que una de mis tareas en la Biblioteca Hildegarda era hacer copias en limpio de los discursos de Tía Lydia. Solían dejarme las páginas del discurso en el que debía trabajar encima de mi escritorio, en un portafolios plateado. Una mañana descubrí, oculto detrás del portafolios plateado, uno de color azul. ¿Quién lo había puesto allí? ¿Se trataba de un error?

Al abrirlo, vi el nombre de mi madrastra, Paula, encabezando la primera página. Lo que seguía era una crónica de la muerte de su primer marido, con el que había convivido antes de casarse con mi presunto padre, el Comandante Kyle. A su marido, el Comandante Saunders, como ya expliqué, lo había asesinado la Criada de la casa en su despacho. O ésa era la historia que había circulado.

Paula había dicho que la chica estaba peligrosamente desequilibrada y que había robado un pincho de cocina y había asesinado al Comandante Saunders atacándolo sin ninguna provocación. La Criada había escapado, pero la atraparon y la colgaron, y su cadáver quedó expuesto en el Muro. Aun así, Shunammite había dicho que su Martha había dicho que en realidad entre el marido y la Criada existía una relación ilícita y pecaminosa: tenían por costumbre fornicar en el despacho. Eso había dado a la Criada la oportunidad de matarlo, y también una razón: las depravaciones que le exigía la habían llevado al borde de la locura. El resto de la historia de Shunammite coincidía: el hallazgo del cuerpo por parte de Paula, la captura de la Criada, el ajusticiamiento. Shunammite había añadido un detalle al mencionar cómo Paula se empapó de sangre al ponerle de nuevo los pantalones al Comandante para salvar las apariencias.

La historia del portafolios azul, sin embargo, era muy distinta. Se ampliaba con fotografías, además, y transcripciones de varias entrevistas grabadas a hurtadillas. No había existido una relación ilícita entre el Comandante Saunders y su Criada; sólo las Ceremonias regulares que decretaba la ley. Pese a todo, Paula y el Comandante Kyle, antaño mi padre, habían mantenido una aventura incluso antes de que Tabitha, mi madre, muriera.

Paula se había ganado la confianza de la Criada y le había ofrecido ayudarla a escapar de Gilead, porque sabía lo desdichada que era la chica. Incluso le había proporcionado un mapa e indicaciones, y el nombre de varios contactos de Mayday a lo largo del camino. Después de que la Criada emprendiera la huida, Paula había asesinado al Comandante Saunders con el pincho de cocina. Por eso estaba tan empapada de sangre, no por haber vuelto a ponerle los pantalones. De hecho, el hombre no se los quitó; o no esa noche.

Paula había sobornado a su Martha para que respaldara la versión de la Criada asesina, combinando el soborno con amenazas. Entonces había llamado a los Ángeles y acusado a la Criada, y el resto llegó solo. Encontraron a la desventurada muchacha vagando por las calles con desesperación, porque el mapa era un engaño y resultó que los contactos de Mayday no existían.

Interrogaron a la Criada. (La transcripción del interrogatorio estaba adjunta, y no era una lectura agradable.) A pesar de que admitió la fuga y reveló el papel de Paula en el intento, mantuvo ser inocente del asesinato —en realidad, no sabía nada del asesinato— hasta que el dolor la venció e hizo una confesión falsa.

Su inocencia era evidente. Pero la colgaron de todos modos.

Las Tías habían sabido la verdad. O al menos una de ellas la sabía. Allí estaba la prueba, en el portafolios justo delante de mí. Aun así, a Paula no le pasó nada. Y habían colgado a una Criada por ese crimen.

Me quedé atónita, como fulminada por un rayo. No sólo estaba perpleja por la historia, sino que además me desconcertaba la razón por la que la habían dejado encima de mi escritorio. ¿Para qué pondría alguien en mis manos información tan peligrosa?

Una vez que se desmiente una historia que creías cierta, empiezas a sospechar que todas las historias son falsas. ¿Pretendían volverme en contra de Gilead? ¿Las pruebas estaban amañadas? ¿Fue una amenaza de Tía Lydia de revelar el crimen de Paula lo que disuadió a mi madrastra de casarme con el Comandante Judd? ¿Podría ser que esta terrible historia hubiera hecho que obtuviera mi puesto de Tía en Casa Ardua? ¿Querían darme a entender que mi madre, Tabitha, no había muerto por una enfermedad, sino que Paula, incluso tal vez con la ayuda del Comandante Kyle, la había asesinado por algún medio desconocido? De pronto no supe qué creer.

No había nadie en quien pudiera confiar. Ni siquiera Becka: no quería ponerla en peligro por hacerla cómplice. La verdad puede causar muchos problemas a quienes se supone que no deben conocerla.

Acabé las tareas de la jornada, dejando el portafolios azul donde lo había encontrado. Al día siguiente había un nuevo discurso en el que debía trabajar, y el portafolios azul del día anterior no estaba.

En el transcurso de los dos años siguientes, encontré cierto número de portafolios similares esperándome encima del escritorio. Todos contenían pruebas de diversos delitos. Los expedientes delictivos de las Esposas eran azules, los de los Comandantes de color negro, los de los profesionales —médicos, por ejemplo— grises, los de la Econogente a rayas, los de las Marthas de un verde apagado. Nunca había ninguno con delitos de las Criadas, y de las Tías tampoco.

La mayoría de los expedientes que me dejaban eran azules o negros, y describían crímenes variopintos. Criadas obligadas a cometer actos ilegales, y luego inculpadas por ellos; Hijos de Jacob conspirando unos contra otros; sobornos y tráfico de favores en las esferas más altas; Esposas confabuladas para vilipendiar a otras Esposas; Marthas escuchando a escondidas y recabando información que luego vendían; misteriosos envenenamientos en la comida, bebés que cambiaban de manos a raíz de rumores escandalosos que eran, no obstante, infundados... Habían colgado a varias Esposas por adulterios que nunca habían ocurrido, sólo porque un Comandante quería una Esposa nueva, más joven. Los juicios públicos, pensados para purgar la cúpula de traidores y purificar el liderazgo, se habían basado en confesiones falsas extraídas con torturas.

Prestar falso testimonio no era la excepción, era la norma. Por debajo de la aparente exhibición de virtud y pureza, Gilead se estaba pudriendo.

• • •

Aparte del de Paula, el expediente que más inquietud me despertaba era el del Comandante Judd. Era un portafolios grueso. Entre otras faltas menores, contenía pruebas que lo inculpaban de la desventurada suerte que habían corrido sus anteriores Esposas, con quienes había estado casado antes de que rompiera mi fugaz compromiso matrimonial.

Se había deshecho de todas ellas. La primera cayó por las escaleras y se rompió el cuello. Se dijo que había tropezado. Como ya me había dado cuenta tras leer otros expedientes, no era difícil que tales sucesos pasaran por accidentes. Dos de las Esposas presuntamente habían muerto al dar a luz, o poco después; las criaturas eran No Bebés, pero la muerte de sus Esposas se debía a una fiebre puerperal o un choque séptico provocados. En un caso, el Comandante Judd había denegado el permiso para que intervinieran a su Esposa cuando un No Bebé con dos cabezas se había quedado encajado en el canal de parto. No se podía hacer nada, dijo devotamente, porque seguía habiendo latido fetal.

La cuarta Esposa había adquirido la afición de pintar flores a instancias del Comandante Judd, que tuvo incluso la amabilidad de comprarle las pinturas. A raíz de eso, la mujer había desarrollado síntomas atribuibles al envenenamiento por cadmio. El cadmio, señalaba el expediente, era un conocido carcinogénico, y la cuarta Esposa había sucumbido a un cáncer de estómago al poco tiempo.

Me había librado por los pelos de una sentencia de muerte, al parecer. Y me había librado con ayuda ajena. Esa noche recé una oración de gratitud: «Gracias —dije—. Ayúdame a sostener la fe. —Y añadí—: Y ayuda a Shunammite, porque sin duda lo va a necesitar.»

Cuando empecé a leer esos expedientes, al principio me sentía consternada y me asqueaba. ¿Alguien se proponía angustiarme? ¿O los portafolios formaban parte de mi formación? ¿Fortalecían mi espíritu? ¿Me estaba preparando para las responsabilidades que más adelante me tocaría asumir, cuando fuera Tía?

Esto es lo que hacemos las Tías, parecían decirme. Aprenden, documentan. Esperan. Utilizan la información que recaban para alcanzar fines que sólo ellas conocen. Sus armas son secretos poderosos pero que corrompen, como las Marthas habían dicho siempre. Secretos, mentiras, argucias, engaños; pero los secretos, las mentiras, las argucias, los engaños de otros, así como los suyos.

Si me quedaba en Casa Ardua, una vez que hubiera llevado a cabo mi misión con las Perlas y volviera para ordenarme Tía, pasaría a formar parte de eso. Todos los secretos que había aprendido, y sin duda muchos más, estarían en mi poder, para usarlos según mi conveniencia. Todo ese poder. Todo ese potencial de juzgar a los malvados en silencio, y de castigarlos por caminos que no serían capaces de prever. Toda esa venganza.

Dentro de mí existía una cara vengativa que en el pasado había lamentado. Lamentado pero no suprimido.

Faltaría a la verdad si dijera que no me sentía tentada.

XIX

Despacho

52

Anoche me llevé un desagradable sobresalto, lector mío. Estaba garabateando furtivamente en la biblioteca desierta, con mi pluma y mi tinta azul de dibujo, y con la puerta abierta para que corriera un poco el aire, cuando Tía Vidala asomó de súbito la cabeza por la esquina de mi gabinete privado. No me asusté —tengo nervios de polímeros curables, como esos cadáveres plastinados—, pero me puse a toser, en un impulso reflejo, y deslicé la *Apologia Pro Vita Sua* para tapar la página que estaba escribiendo.

—Uy, Tía Lydia —dijo Tía Vidala—. Espero que no te estés resfriando. ¿No deberías estar en la cama? —El sueño eterno, pensé: eso es lo que me deseas.

—Es sólo alergia —dije—. Mucha gente la sufre en esta época del año. —Ella no podía negarlo, puesto que padecía severamente esas dolencias.

—Perdona la intromisión —se disculpó, con falsedad. Vi que su mirada caía en el título del Cardenal Newman—. Siempre investigando, veo —dijo—. Acerca de un célebre hereje.

—Conoce a tu enemigo —repuse—. ¿En qué puedo ayudarte?

—Tengo que hablarte de un asunto crucial. ¿Te apetecería una taza de leche caliente en el Café Schlafly? —me ofreció.

—Muy amable —contesté. Volví a colocar al Cardenal Newman en mi anaquel, dándole la espalda para que no me viera esconder dentro la página manuscrita con tinta azul.

Pronto estuvimos las dos sentadas a una mesa de la cafetería: yo con mi leche caliente, Tía Vidala con su infusión de hierbabuena.

—En la ceremonia de Acción de Gracias de las Perlas hubo algo que me extrañó —empezó.

—¿Y qué fue? Pensé que todo había ido como de costumbre.

—Esa chica nueva, Jade, no me convence —dijo Tía Vidala—. No encaja.

—Al principio ninguna de ellas encaja —respondí—. Pero todas quieren un refugio seguro, a salvo de la pobreza, la explotación y las depredaciones de la llamada «vida moderna». Buscan estabilidad, buscan orden, buscan líneas claras que les sirvan de guía. Tardará un tiempo en habituarse.

—Tía Beatrice me habló del ridículo tatuaje que lleva en el brazo. Supongo que a ti te lo dijo también. ¡Caramba! ¡Dios y amor! ¡Como si fuéramos a dejarnos engañar por un intento tan burdo de ganarse nuestro favor! ¡Y por esa teología herética! Huele de lejos a engaño. ¿Cómo sabemos que no es una infiltrada de Mayday?

—Hasta la fecha siempre las hemos detectado con éxito —dije—. En cuanto a la mutilación corporal, recuerda que los jóvenes de Canadá son paganos; se graban toda clase de símbolos bárbaros en la piel. Creo que es una muestra de buena voluntad; por lo menos no es una libélula o una calavera o un engendro similar. De todos modos, la vigilaremos de cerca.

—Deberíamos quitarle ese tatuaje. Es blasfemo. El nombre de Dios no se toma en vano, no corresponde lucirlo en un brazo.

—Quitárselo sería un sufrimiento para ella en este momento. Eso puede esperar. No queremos desalentar a nuestra joven Suplicante.

—Si de verdad lo es, cosa que dudo mucho. Sería típico de Mayday intentar una estratagema de este tipo. Creo que deberíamos interrogarla. —Se ofrecía a interrogarla personalmente, eso era lo que quería decir: para ella es un recreo.

—Vísteme despacio, que tengo prisa —contesté—. Prefiero métodos más sutiles.

—Al principio no los preferías —saltó Vidala—. Eras partidaria de los colores primarios. No te molestaba si había un poco de sangre. —Estornudó. Quizá deberíamos hacer algo con la humedad que hay en esta cafetería, pensé. O, bien mirado, quizá no.

Aunque era tarde, llamé al Comandante Judd a su despacho en casa y pedí hacerle una visita intempestiva, a lo que accedió. Le pedí a mi chófer que esperase fuera.

Abrió la puerta la Esposa de Judd, Shunammite. No tenía buen aspecto: delgada, la tez blanca, ojerosa. Había durado bastante, para tratarse de una Esposa de Judd, pero al menos había dado a luz, aunque por desgracia fuese un No Bebé. Ahora, sin embargo, parecía que su tiempo se agotaba. Me pregunté qué le habría estado echando Judd en la sopa.

—¡Oh, Tía Lydia! —exclamó—. Adelante, por favor. El Comandante la está esperando.

¿Por qué había acudido ella a abrir la puerta? Era una tarea que correspondía a una Martha. Supuse que deseaba comentarme algo en privado. Bajé la voz.

—Shunammite, querida. —Sonreí—. ¿Estás enferma?

En otro tiempo había sido una joven llena de vida, aunque descarada y exasperante, pero ahora parecía un espectro lívido.

—Sé que no debería contárselo —me susurró—. El Comandante me dice que no es nada. Dice que son invenciones mías. Pero sé que me ocurre algo malo.

—Puedo solicitar que te hagan un reconocimiento en nuestra clínica de Casa Ardua —dije—. Algunas pruebas.

—Necesitaría el permiso de mi marido —dijo—. No deja que vaya.

—Conseguiré que te dé permiso —le garanticé—. No temas.

Entonces hubo lágrimas, y agradecimientos. En otra época, se habría arrodillado a besarme la mano.

Judd estaba esperando en su despacho. Yo había entrado allí antes, a veces cuando él estaba, a veces cuando no. Es un espacio muy revelador. El Comandante no debería llevarse a casa el trabajo de las oficinas del cuartel de los Ojos, y dejar la información a la vista sin ningún cuidado.

En la pared de la derecha —aunque no sea visible desde la puerta, para no escandalizar a las mujeres que viven bajo este mismo techo— hay un cuadro del siglo XIX, que muestra a una niña apenas núbil y desnuda. Lleva unas alas de libélula, como un hada, pues se conoce que las hadas en esos tiempos eran reacias a llevar ropa. La criatura sonríe, impúdica como una ninfa, y revolotea sobre una seta. Ésos son los gustos de Judd: chicas jóvenes que puedan verse bajo un aspecto no del todo humano, con un fondo pícaro. Así justifica el trato que les da.

El estudio está repleto de libros, como los despachos de todos los Comandantes. Les gusta acumular, se regodean con sus adquisiciones y alardean unos ante otros de sus pillajes. Judd tiene una colección respetable de biografías y tratados históricos —Napoleón, Stalin, Ceauşescu, y varios dirigentes y tiranos. Envidio varias ediciones ilustradas de gran valor que posee: el *Infierno* de Doré, la *Alicia en el País de las Maravillas* de Dalí, la *Lisístrata* de Picasso. También tiene otro tipo de libros, menos respetables: pornografía retro, como averigüé tras examinarlos. Es un género tedioso, en bloque. El abuso del cuerpo humano tiene un repertorio limitado.

—Ah, Tía Lydia —dijo, haciendo el gesto de levantarse en un eco de lo que antaño se consideraba caballerosidad—. Siéntese y dígame qué le ha hecho salir tan tarde. —Una sonrisa radiante, no reflejada en la expresión de sus ojos, que era a la vez alarmada y pétrea.

—Tenemos una situación delicada —dije, ocupando la silla de enfrente.

Su sonrisa se desvaneció.

—Espero que no sea crítica.

—Nada con lo que no se pueda lidiar. Tía Vidala sospecha que la joven que se hace llamar Jade es una infiltrada que han enviado a husmear en busca de información que nos deje en mal lugar. Desea interrogar a la chica. Eso sería fatídico de cara a cualquier provecho que podamos sacar de Pequeña Nicole en el futuro.

—Coincido con usted —dijo—. No sería posible mostrarla en televisión después. ¿Qué puedo hacer para ayudarla?

—Ayudarnos a los dos —maticé. Siempre es bueno recordarle que estamos los dos a bordo de nuestra pequeña fragata corsaria—. Expedir una orden de los Ojos que proteja a la chica de interferencias hasta que sepamos que puede presentarse con garantías como Pequeña Nicole. Tía Vidala no está al corriente de la identidad de Jade —añadí—. Y no debería enterarse. Ya no es de plena confianza.

—¿Puede explicarme esa insinuación? —dijo.

—Por ahora, tendrá que conformarse con mi palabra —contesté—. Y una cosa más. Su Esposa, Shunammite; debería enviarla a la Clínica Calma y Alma de Casa Ardua, para que reciba tratamiento médico.

Se hizo un largo silencio mientras nos sosteníamos la mirada desde ambos lados del escritorio.

—Tía Lydia, me ha leído el pensamiento —dijo—. Desde luego sería preferible que esté bajo su cuidado en lugar del mío. En caso de que ocurriera algo... En caso de que desarrollase una enfermedad terminal.

Hay que recordar que en Gilead no existe el divorcio.

—Una sabia decisión —dije—. Usted debe quedar al margen de cualquier sospecha.

—Cuento con su discreción. Estoy en sus manos, querida Tía Lydia —concluyó, incorporándose de su escritorio.

Qué gran verdad, pensé. Y con qué facilidad una mano se convierte en un puño.

Lector mío, ahora camino por el filo de la navaja. Tengo dos opciones: puedo seguir adelante con este plan arriesgado, incluso temerario, e intentar transferir mi alijo de explosivos a través de la joven Nicole, y, si culmina con éxito, darle a Judd y a Gilead el primer empujón hacia el despeñadero. Si fracasa, evidentemente me tacharán de traidora y viviré en la infamia; o moriré en ella, más bien.

Si no, podría tomar el camino seguro. Podría entregar a Pequeña Nicole al Comandante Judd, donde brillaría un instante antes de apagarse como una vela a raíz de la insubordinación, pues las posibilidades de que aceptara dócilmente ese papel son nulas. Entonces yo cosecharía mi recompensa en Gilead, que posiblemente sería grande. Tía Vidala quedaría fuera de combate; quizá incluso la mandara internar en un sanatorio mental. Me haría con el control absoluto de Casa Ardua y mi dorada vejez estaría garantizada.

En ese caso tendría que renunciar a la idea de vengarme de Judd y darle su merecido, ya que seríamos inseparables hasta el fin de nuestros días. La Esposa de Judd, Shunammite, pasaría a ser una víctima colateral. He hecho que Jade se instale en la misma vivienda de la residencia que Tía Immortelle y Tía Victoria, para que, una vez que sea eliminada, el destino de ambas penda también de un hilo: la culpabilidad por asociación está tan vigente en Gilead como en cualquier otra parte.

¿Soy capaz de semejante duplicidad? ¿Podría cometer una traición tan absoluta? Tras abrir tantos túneles bajo los cimientos de Gilead y convertirlos en un polvorín, ¿flaquearía? Soy humana, así que es perfectamente posible.

En tal caso, destruiría estas páginas que con tanto ahínco he escrito, y con ellas te destruiría a ti, mi futuro lector. Bastaría la llama de un fósforo para que desaparecieras, que te desvanecieras como si nunca hubieras existido, como si nunca fueses a existir. Te negaría la existencia. ¡Me sentiría poderosa como los dioses! Aunque sería un dios exterminador.

No me decido, no me decido...

En fin, mañana será otro día.

XX

LAZOS DE SANGRE

53

Había conseguido entrar en Gilead. Hasta entonces creía saber mucho sobre ese país, pero vivir algo en carne propia siempre es diferente, y con Gilead era muy diferente. Gilead era resbaladizo, como caminar sobre el hielo: sentía que perdía el equilibrio a cada momento. No podía interpretar las expresiones de la gente, y cuando hablaban a menudo no sabía lo que decían. Oía las palabras, entendía las palabras en sí, pero no podía darles sentido.

En la primera reunión en la capilla, después de arrodillarnos y de cantar, cuando Tía Beatrice me llevó a sentarme a un banco, me volví para mirar la sala llena de mujeres. Todo el mundo me miraba y me sonreía con una cara que era en parte amable y en parte ávida, como en esas escenas de las películas de terror donde sabes que los habitantes del pueblo resultarán ser vampiros.

Luego hubo una vigilia para las Perlas nuevas: se suponía que debíamos pasar toda la noche meditando de rodillas en silencio. Nadie me había advertido de eso: ¿cuáles eran las reglas? ¿Levantabas la mano para ir al lavabo? Por si os interesa, la respuesta era que sí. Tras varias horas aguantando —tenía las piernas acalambradas de verdad—, una de las nuevas Perlas, creo que de México, empezó a llorar histérica y a chillar. La levantaron entre dos Tías y la sacaron con paso firme. Luego me enteré de que la habían convertido en una Criada, así que hice bien en no abrir la boca.

Al día siguiente nos entregaron esos uniformes feos marrones, y antes de que me diera cuenta nos estaban sacando en manada hasta un estadio deportivo y nos hicieron sentar en las gradas. Nadie había mencionado los deportes de Gilead, yo pensaba que estaban prohibidos; pero no se trataba de ningún deporte. Había una Particicución. Nos habían hablado de esas ceremonias en la escuela, aunque sin entrar en mucho detalle, supongo, para no traumatizarnos. Ahora entiendo por qué.

Fue una doble ejecución: dos hombres literalmente despedazados por una horda de mujeres fuera de sí. Hubo gritos, hubo patadas, hubo mordiscos, hubo sangre por todas partes, especialmente en las Criadas: acabaron empapadas en sangre. Algunas enarbolaron trofeos —manojos de pelo, un apéndice que parecía un dedo— y las demás aullaron y lanzaron vítores.

Fue truculento; fue aterrador. Añadió toda una nueva dimensión a la imagen que me había hecho de las Criadas. Quizá mi madre había sido así, pensé: feroz.

54

Becka y yo hicimos cuanto pudimos por instruir a la nueva Perla, Jade, como nos había pedido Tía Lydia, pero era como hablar al aire. No sabía sentarse pacientemente, con la espalda erguida y las manos entrelazadas sobre el regazo; se retorcía, se contorsionaba, no paraba de mover los pies.

—Así es como se sientan las mujeres —le decía Becka, haciéndole una demostración.

—Sí, Tía Immortelle —contestaba, poniendo mucho empeño en imitarla. Pero esos intentos no duraban demasiado, y pronto estaba encorvada otra vez, cruzando las piernas sin ningún recato.

En la primera cena de Jade en Casa Ardua, la sentamos entre las dos para protegerla, porque era de lo más irresponsable. A pesar de todo, no mostró ninguna prudencia. Había pan y una sopa variada —los lunes a menudo mezclaban las sobras y añadían cebolla— y una ensalada de guisantes germinados y remolacha blanca.

—Esa sopa —dijo— parece agua mohosa de lavar los platos. No pienso comérmela.

—Chist... Agradece lo que se te da —le susurré—. Estoy segura de que es nutritiva.

De postre había tapioca, otra vez.

—No puedo con esto. —Soltó la cuchara de golpe—. Ojos de pescado con pegamento.

—Es una falta de respeto no terminarse el plato —dijo Becka—. A menos que ayunes.

—Acábate el mío —dijo Jade.

—Hay gente mirando —añadí.

Cuando llegó, tenía el pelo verdoso; por lo visto era la clase de mutilaciones que se practicaban en Canadá. Al salir de nuestra vivienda, sin embargo, tenía que cubrirse el cabello, así que en general nadie se dio cuenta. Entonces empezó a arrancarse pelos de la nuca. Decía que eso la ayudaba a pensar.

—Te harás una calva, si sigues con ese hábito —le advertía Becka. Tía Estée nos lo había enseñado en las clases de Preparación Prematrimonial, cuando íbamos a la Escuela Piedras Preciosas: si te arrancas pelos con regularidad, no vuelven a crecer. Pasa igual con las cejas y las pestañas.

—Ya lo sé —dijo Jade—. Pero aquí nadie te ve el pelo, de todos modos. —Nos sonrió con complicidad—. Un día voy a raparme la cabeza.

—¡Ni se te ocurra! El cabello de una mujer es su gloria —dijo Becka—. Es un velo con que cubrirte. Se dice en la primera epístola a los Corintios.

—¿Sólo esa gloria? ¿El pelo? —saltó Jade. Su tono era abrupto, pero no creo que pretendiese ser grosera.

—¿Por qué ibas a querer humillarte rapándote la cabeza? —pregunté con la mayor delicadeza que pude. Si eras una mujer, no tener pelo era una señal de deshonra: a veces, tras la queja de un marido, las Tías le cortaban el pelo a una Econoesposa desobediente o gruñona, antes de ponerle el cepo para escarnio público.

—Para ver qué se siente al ser calva —dijo Jade—. Está en la lista de cosas que quiero hacer antes de irme al carajo.

—Debes andarte con cuidado con lo que dices a la gente —le expliqué—. Becka... Tía Immortelle y yo somos tolerantes, y entendemos que acabas de llegar de una cultura degenerada; intentamos ayudarte. Pero otras Tías, especialmente las más mayores, como Tía Vidala, están constantemente buscando deslices.

—Ya, tienes razón —dijo Jade—. Quiero decir, sí, Tía Victoria.

—¿Qué lista es ésa? —preguntó Becka.

—Me refiero a cosas que quiero hacer antes de morir.

—¿Y de dónde has sacado eso de «irse al carajo»?

—Bueno, significa acabar mal —contestó Jade—. Es sólo una frase hecha. —Entonces, viendo nuestras miradas de desconcierto, continuó—. Creo que el carajo era una cesta que había en el mástil de los barcos antiguos, adonde mandaban a los marineros que habían cometido una falta, para castigarlos.

—Así no es como ajusticiamos a la gente aquí —dijo Becka.

55

Enseguida me di cuenta de que no les caía bien a las dos jóvenes Tías del Portal C, pero eran lo único que tenía, porque no me hablaba con nadie más. Tía Beatrice había sido amable para conseguir que me convirtiera, en Toronto, pero una vez allí se desentendió de mí. Me sonreía guardando las distancias cuando nos cruzábamos, pero nada más.

A pesar de que si me paraba a pensarlo me asustaba, intentaba que el miedo no me dominara. Además, me sentía muy sola. Allí no tenía amistades, y no podía ponerme en contacto con mis amigos de siempre. Ada y Elijah estaban lejos. En Gilead no había nadie a quien pudiera pedirle consejo; estaba sola, y encima sin manual de instrucciones. Añoraba mucho a Garth. Me ensimismaba recordando todas las cosas que habíamos hecho juntos: dormir en el cementerio, pedir limosna en la calle. Incluso añoraba la comida basura que solíamos engullir. ¿Volvería allí alguna vez? Y en tal caso, ¿qué pasaría? Probablemente Garth tenía novia. ¿Cómo no iba a tenerla? Nunca se lo había preguntado, porque no quería saber la respuesta.

Una de mis mayores preocupaciones, sin embargo, era la persona a quien Ada y Garth llamaban la «fuente», su contacto dentro de Gilead. ¿En qué momento daría señales de vida? ¿Y si en realidad no existía? Si no había ninguna «fuente», me quedaría varada en Gilead porque no habría nadie para sacarme.

56

Jade era muy desordenada. Dejaba sus efectos personales en la sala que compartíamos: las medias, el cinturón de su nuevo uniforme de Suplicante en periodo de prueba, a veces incluso los zapatos. No siempre tiraba de la cadena del inodoro. Habíamos encontrado bolas de pelo que dejaba al peinarse revoloteando por el suelo del cuarto de baño, restos de dentífrico en el lavabo. Se duchaba fuera del horario autorizado hasta que le pedimos rotundamente que no lo hiciera, tras habérselo dicho varias veces. Son asuntos triviales, ya lo sé, pero de cerca se magnifican.

Además estaba el asunto del tatuaje que llevaba en el brazo izquierdo. Eran las palabras DIOS y AMOR formando una cruz. Aseguraba que era una muestra de su conversión a la fe verdadera, pero yo dudaba de su sinceridad porque una vez se le había escapado que creía que Dios era «un amigo imaginario».

—Dios es un amigo real, no imaginario —sentenció Becka. Había tanta rabia en su voz como era capaz de dejar ver.

—Perdona si he ofendido tu creencia cultural —dijo Jade, aunque no consiguió mejorar la situación a ojos de Becka: decir que Dios era una creencia cultural era todavía peor que decir que era un amigo imaginario. Comprendimos que Jade nos tomaba por estúpidas; desde luego le parecíamos supersticiosas.

—Deberías borrarte ese tatuaje —dijo Becka—. Es blasfemo.

—Ajá, quizá tienes razón —contestó Jade—. Quiero decir, sí, Tía Immortelle, gracias por tu consejo. De todos modos me produce un picor infernal.

—En el infierno haría algo más que picarte, ardería —replicó Becka—. Rezaré por tu redención.

Cuando Jade estaba arriba en su cuarto, a menudo oíamos golpes sordos y gritos ahogados. ¿Sería algún rezo bárbaro? Al final no pude evitar preguntarle qué hacía allí dentro.

—Entreno —dijo—. Es como hacer gimnasia. Hay que mantenerse fuerte.

—Los hombres son fuertes de cuerpo —le explicó Becka— y de mente. Las mujeres son fuertes de espíritu. Aunque se permite el ejercicio moderado, como caminar, si una mujer está en edad fértil.

—¿Por qué piensas que has de estar fuerte físicamente? —le pregunté. Cada vez sentía más curiosidad por sus creencias paganas.

—Por si un tipo te agrede. Has de saber cómo hincarle los pulgares en los ojos, pegarle un rodillazo en las pelotas, darle el toque de la muerte para que se le pare el corazón. Te puedo enseñar. Mira, primero has de saber cerrar el puño: envuelves el pulgar con los nudillos, mantienes el brazo recto. Apuntas al corazón. —Descargó el puño en el sofá.

Becka se quedó tan estupefacta que tuvo que sentarse.

—Las mujeres no pegan a los hombres —dijo—. Ni a nadie, salvo cuando la ley lo exige, como en el caso de las Particicuciones.

—¡Ah, estupendo! —exclamó Jade—. Entonces ¿qué?, ¿deberías dejar que el tipo haga lo que quiera?

—No debes incitar a los hombres —dijo Becka—. Lo que pasa si lo haces en parte es culpa tuya.

Jade nos miró, perpleja.

—¿Culpar a la víctima? —preguntó—. ¿En serio?

—¿Víctima? —dijo Becka, confundida.

—No importa. O sea que me estás diciendo que hemos nacido para perder —dijo Jade—. Da igual lo que hagamos, estamos jodidas. —Las dos la observamos en silencio; no decir nada dice mucho, como solía recordarnos Tía Lise.

—Vale —dijo—. Pero voy a seguir entrenando igual.

Cuatro días después de que Jade llegara, Tía Lydia nos llamó a Becka y a mí a su despacho.

—¿Cómo se está adaptando la nueva Perla? —preguntó. Al ver que titubeaba, me apremió—: ¡Adelante, di lo que piensas!

—No tiene modales —respondí.

Tía Lydia sonrió con su sonrisa arrugada de nabo seco.

—Recordad que acaba de llegar de Canadá —dijo—, así que no conoce otra cosa. Suele ocurrir con las conversas extranjeras al principio. Es vuestro deber, por ahora, enseñarle a actuar con más prudencia.

—Lo hemos intentado, Tía Lydia —se lamentó Becka—, pero es muy...

—Terca —dijo Tía Lydia—. No me sorprende. Con el tiempo, se le pasará. Haced lo que esté en vuestra mano. Podéis marcharos. —Salimos del despacho de soslayo, como siempre que abandonábamos el despacho de Tía Lydia: darle la espalda era una descortesía.

• • •

Los historiales delictivos continuaron apareciendo encima de mi escritorio en la Biblioteca Hildegarda. Me resultaba imposible aclarar las ideas: un día pensaba que la posición de una Tía de pleno derecho sería una bendición, al conocer todos los secretos que acumulaban cuidadosamente, tocando teclas ocultas, dando a cada cual su merecido. Al día siguiente, en cambio, pensaba que mi alma —porque creía tener alma— acabaría retorcida y echada a perder si actuaba del mismo modo. ¿Se estaría endureciendo mi espíritu tierno y cándido? ¿Me estaba volviendo pétrea, férrea, despiadada? ¿Estaba cambiando mi naturaleza afectuosa y maleable de mujer por una copia imperfecta de la naturaleza tajante e implacable de un hombre? No lo deseaba, pero ¿cómo evitarlo, si aspiraba a ser Tía?

Entonces sucedió algo que cambió la visión que tenía de mi lugar en el universo y me hizo dar las gracias de nuevo por la bondadosa intervención de la Providencia.

A pesar de que me habían concedido acceso a la Biblia y me habían mostrado cierto número de informes criminales peligrosos, todavía no gozaba de permiso para consultar los Archivos Genealógicos de los Lazos de Sangre, que se custodiaban en una sala bajo llave. Quienes habían entrado allí decían que había pasillos y pasillos de expedientes. Se ordenaban en las estanterías según el rango, únicamente de los varones: Econohombres, Guardianes, Ángeles, Ojos, Comandantes. Dentro de esas categorías, los Lazos de Sangre se clasificaban por ubicación, y después por apellido. Las mujeres estaban dentro de los expedientes de los hombres. Las Tías no figuraban en ningún expediente; sus árboles familiares no se registraban, porque no tendrían descendencia. Era una pena que me pesaba en secreto: me gustaban los niños, siempre había querido tener niños, simplemente no quería el lastre que conllevaban.

A todas las Suplicantes nos daban instrucciones acerca de la existencia de los Archivos y su razón de ser. Contenían los datos sobre la identidad de las Criadas antes de que fueran Criadas, y la de sus hijos, y la de sus padres: no sólo los padres declarados, sino también los ilegítimos, puesto que muchas mujeres —tanto Esposas como Criadas— intentaban por cualquier medio quedar embarazadas. En todos los casos, sin embargo, las Tías hacían constar rigurosamente los parentescos: con tantos hombres mayores que se casaban con chicas tan jóvenes, Gilead no podía arriesgarse a los peligros de la pecaminosa endogamia entre padres e hijas que podía resultar de no llevar un registro de los Lazos de Sangre.

Aun así, sólo después de cumplir mi obra misionera con las Perlas me concederían acceso a los Archivos. Ansiaba el momento en que por fin podría dar con mi madre; no Tabitha, sino la madre que me trajo al mundo, una Criada. En esos expedientes secretos averiguaría quién era, o había sido: ¿estaría aún viva? Sabía el riesgo que entrañaba —tal vez no me gustara lo que descubriera—, pero necesitaba intentarlo de todos modos. Puede que incluso diera con mi verdadero padre, aunque eso era más improbable, dado que no había sido Comandante. Si por lo menos encontraba a mi madre, tendría una historia en lugar de un vacío. Tendría un pasado anterior a mi propio pasado, aunque después no necesariamente hubiera un futuro en el que apareciera esa madre desconocida.

Una mañana encontré un expediente de los Archivos Genealógicos encima de mi escritorio. Había una notita escrita a mano prendida a la tapa: *Lazos de Sangre de Agnes Jemima*. Abrí el portafolios conteniendo la respiración. Dentro se registraba el linaje del Comandante Kyle, donde constaban Paula, y su hijo, Mark. Como yo no llevaba su sangre, no figuraba como hermana de éste. A través del árbol familiar del Comandante Kyle, sin embargo, pude averiguar el verdadero nombre de la pobre Crystal —de Dekyle, que había muerto al dar a luz—, porque Mark también llevaba su sangre. Me pregunté si alguna vez le revelarían sus orígenes. Supuse que no, si podían evitarlo. Finalmente encontré mis Lazos de Sangre en el informe. No estaban en el lugar que correspondía, dentro del expediente del Comandante Kyle, en el periodo relativo a su primera Esposa, Tabitha. Estaban al final del portafolios, en un informe anexo.

Allí figuraba la fotografía de mi madre. Era una fotografía doble, como las que se ven en los carteles de SE BUSCA de las Criadas fugitivas: la cara de frente y de perfil. Tenía el pelo claro, peinado hacia atrás; era joven. Me miraba a los ojos, fijamente: ¿qué intentaba decirme? No sonreía, pero ¿por qué iba a sonreír? La fotografía se la debían de haber tomado las Tías, o los Ojos.

Habían tachado el nombre al pie de la imagen con una tinta azul espesa. Había una anotación reciente, no obstante: *Madre de Agnes Jemima, ahora Tía Victoria. Huida a Canadá. En la actualidad trabaja para la organización terrorista Mayday en labores de inteligencia. Dos intentos de eliminarla (fallidos). Actualmente en paradero desconocido.*

Debajo de esa nota, se añadía: *Padre Biológico*, pero también habían eliminado su nombre. No había fotografía. La anotación decía: *Actualmente en Canadá. Presunto miembro operativo de Mayday. Paradero desconocido.*

¿Me parecía a mi madre? Deseé creer que sí.

Acaricié la imagen de la cara de mi madre. ¿Noté su calor? Deseaba sentirlo. Deseaba pensar que la fotografía —poco favorecedora, pero eso no importaba— irradiaba amor y calidez. Deseaba creer que ese amor me subía por la mano. Fantasías infantiles, ya lo sé. Pero que consuelan, a pesar de todo.

• • •

Pasé la página: había otro documento. Mi madre había tenido una segunda hija. A esa hija la sacaron a escondidas hasta Canadá, a muy tierna edad. Se llamaba Nicole. Había una imagen del bebé.

Pequeña Nicole.

Pequeña Nicole, por quien rezábamos en cada acto solemne en Casa Ardua. Pequeña Nicole, que tan a menudo aparecía con su carita radiante de querubín en la televisión de Gilead como un símbolo de la injusticia que recibía Gilead en la escena internacional. Pequeña Nicole, poco menos que santa y mártir, y sin duda un icono: esa Pequeña Nicole era mi hermana.

Debajo del último párrafo del texto, había una línea manuscrita en tinta azul con letra vacilante: *Confidencial. Pequeña Nicole está en Gilead.*

Parecía imposible.

Sentí una oleada de gratitud, ¡tenía una hermana menor! A la vez, me asusté: si Pequeña Nicole estaba en Gilead, ¿por qué no lo habían anunciado a los cuatro vientos? Se desataría el júbilo general y una gran celebración. ¿Por qué habían querido que me enterara? Me sentí atrapada en una red de hilos invisibles. ¿Corría peligro mi hermana? ¿Quién más sabía que estaba aquí, y qué iban a hacerle?

A estas alturas había llegado a la conclusión de que quien me dejaba esos expedientes tenía que ser Tía Lydia, pero ¿con qué fin? ¿Y cómo esperaba que reaccionase? Mi madre estaba viva, pero también estaba sentenciada a muerte. La consideraban una criminal; peor aún, una terrorista. ¿Cuánto de ella había en mí? ¿Me habría marcado de alguna manera? ¿Era ése el mensaje? Gilead había intentado matar a mi madre renegada y había fracasado. ¿Debía alegrarme por eso, o lamentarlo? ¿Dónde debía poner mi lealtad?

Entonces, impulsivamente, hice algo muy peligroso. Asegurándome de que nadie me estuviera mirando, saqué las dos páginas con las fotografías pegadas del informe de Lazos de Sangre, las doblé varias veces y me las escondí en la manga. Por alguna razón no soporté tener que separarme de ellas. Fue una imprudencia y una testarudez, pero no era la primera decisión imprudente y testaruda que tomaba en la vida.

57

Era un miércoles, el día de las penas. Después del desayuno asqueroso de costumbre, recibí un mensaje para ir inmediatamente al despacho de Tía Lydia.

—¿Para qué será? —le pregunté a Tía Victoria.

—Nadie sabe nunca lo que a Tía Lydia le ronda por la cabeza —dijo.

—¿He hecho algo malo? —Había una gran selección de cosas malas, desde luego.

—No necesariamente —contestó—. Quizá hayas hecho algo bueno.

Tía Lydia estaba esperándome en su despacho. La puerta estaba entornada y, antes de que me diera tiempo de llamar, me dijo que pasara.

—Cierra la puerta cuando entres y siéntate —dijo.

Me senté. Ella me miró. Yo la miré. Es curioso, porque aunque sabía que me encontraba frente a la poderosa y malvada abeja reina de Casa Ardua, en ese momento no me dio ningún miedo. Tenía un lunar en la barbilla: intenté no mirarlo. Me pregunté por qué no se lo había quitado.

—¿Cómo valoras tu estadía aquí, Jade? —dijo—. ¿Te estás adaptando?

Debería haber dicho que sí, o estupendamente, o algo, tal como había ensayado.

—Nada bien —solté, en cambio.

Sonrió, enseñando sus dientes amarillentos.

—Muchas al principio se arrepienten —dijo—. ¿Te gustaría volver?

—Ya, ¿y cómo? —pregunté—. ¿Con los monos voladores?

—Sugiero que te abstengas de hacer esa clase de comentarios frívolos en público. Podría traerte repercusiones dolorosas. ¿Tienes algo que mostrarme?

Me desconcertó.

—¿Como qué? —pregunté—. No, no he traído...

—En tu brazo, por ejemplo. Debajo de la manga.

—Ah, el brazo —respondí. Me remangué: allí estaba DIOS/AMOR, aunque no era ningún regalo para la vista.

Lo observó.

—Gracias por cumplir mis instrucciones —dijo.

¿Sus instrucciones?

—¿Eres la fuente? —le pregunté.

—¿La qué?

¿Me había metido en líos?

—Ya sabes, la que... O sea...

Me cortó en seco.

—Has de aprender a filtrar tus pensamientos —dijo—. A no precipitarte. Ahora, próximos pasos. Eres Pequeña Nicole, ya te lo habrán explicado en Canadá.

—Sí, aunque ojalá no lo fuera —dije—. No me hace ninguna gracia.

—No me cabe duda de que es así —dijo—. Pero muchos preferiríamos no ser quienes somos. No tenemos opciones ilimitadas en ese campo. Y bien, ¿estás dispuesta a ayudar a los amigos que has dejado en Canadá?

—¿Qué tengo que hacer? —pregunté.

—Acércate y apoya el brazo en el escritorio —me pidió—. No te va a doler.

Sacó una cuchilla fina e hizo una leve incisión en mi tatuaje, en la base de la «O». Luego, utilizando una lupa y unas pinzas minúsculas, deslizó algo diminuto en la incisión del brazo. Se equivocó al decir que no iba a doler.

—A nadie se le ocurrirá mirar en el interior de DIOS. Ahora eres una paloma mensajera, y lo único que tenemos que hacer es transportarte. Es más difícil de lo que habría sido en otros tiempos, pero nos las arreglaremos. Ah, y no hables con nadie de esto hasta recibir permiso. Calla y gana la batalla, porque perder la batalla es perder vidas. ¿Está claro?

—Sí —dije. Ahora llevaba un arma letal insertada en el brazo.

—«Sí, Tía Lydia» —me corrigió—. Nunca pierdas los modales aquí. Podría dar pie a una amonestación, incluso algo tan nimio. A Tía Vidala le encantan sus Correctivos.

Transcripción del Testimonio de la Testigo 369A

58

Dos mañanas después de haber leído el expediente de mis Lazos de Sangre, me citaron a una reunión en el despacho de Tía Lydia. A Becka también la habían convocado. Pensamos que querría preguntarnos de nuevo cómo se estaba adaptando Jade, si estaba contenta con nosotras, si estaba preparada para su prueba de alfabetización, si se mostraba firme en su fe. Becka dijo que iba a pedir que trasladasen a Jade a otra vivienda porque no habíamos sido capaces de enseñarle nada. Sencillamente, no escuchaba.

Pero Jade ya estaba en el despacho de Tía Lydia cuando llegamos, sentada en una silla. Nos sonrió, con una sonrisa inquieta.

Tía Lydia nos hizo pasar, y entonces miró a un lado y a otro del pasillo antes de cerrar la puerta.

—Gracias por venir —nos dijo—. Sentaos.

Nos sentamos en las dos sillas preparadas, una a cada lado de Jade. Tía Lydia se sentó también, apoyando las manos en el escritorio para bajar poco a poco. Advertí un ligero temblor en sus manos, y me descubrí pensando: Se hace mayor. Aunque eso no parecía posible, Tía Lydia era eterna.

—Deseo compartir con vosotras cierta información que afectará sustancialmente al futuro de Gilead —anunció Tía Lydia—. Y vosotras deberéis desempeñar un papel crucial. ¿Tendréis el valor necesario? ¿Estáis dispuestas?

—Sí, Tía Lydia —dije, y Becka repitió las mismas palabras. A las Suplicantes más jóvenes se les decía que estaban llamadas a desempeñar un papel crucial, y que se les exigía valor. Normalmente significaba renunciar a algo, como tiempo o comida.

—Bien. Seré breve. Primero debo informarte, Tía Immortelle, de algo que las otras dos ya sabéis. Pequeña Nicole está aquí, en Gilead.

Me confundió: ¿por qué habrían informado a la joven Jade de una noticia tan importante? Ella no podía hacerse una idea del impacto que causaría entre nosotros la aparición de una figura tan icónica.

—¿De verdad? ¡Oh, alabado sea, Tía Lydia! —exclamó Becka—. Qué maravilla. ¿Aquí? ¿En Gilead? Pero ¿por qué no nos lo han dicho a todas? ¡Parece un milagro!

—Contente, por favor, Tía Immortelle. Ahora debo añadir que Pequeña Nicole es media hermana de Tía Victoria.

—¡No jodas! —exclamó Jade—. ¡No me lo puedo creer!

—Jade, no he oído nada —dijo Tía Lydia—. Venérate, conócete y contrólate.

—Perdón —masculló Jade.

—¡Agnes! Quiero decir, ¡Tía Victoria! —saltó Becka—. ¡Tienes una hermana! ¡Qué alegría! ¡Y es nada menos que Pequeña Nicole! Qué suerte tienes, ¡una criatura tan adorable!

La clásica imagen de Pequeña Nicole colgaba de la pared de Tía Lydia: era adorable, ciertamente, aunque todos los bebés lo son.

—¿Puedo darte un abrazo? —me preguntó Becka. Se estaba esforzando por mostrar ilusión. Debió de ser duro enterarse de que yo había descubierto familia de sangre mientras que ella no tenía ninguna: incluso su presunto padre había muerto ejecutado ignominiosamente.

—Calma, por favor —dijo Tía Lydia—. Ha pasado mucho tiempo desde que Pequeña Nicole era un bebé. Ya es mayor.

—Por supuesto, Tía Lydia —contestó Becka. Se sentó, enlazando las manos sobre el regazo.

—Pero si se encuentra aquí, en Gilead, Tía Lydia —dije—, ¿dónde está exactamente?

Jade se rió. Fue más como un ladrido.

—Está en Casa Ardua —dijo Tía Lydia, sonriendo. Jugaba a las adivinanzas: se estaba divirtiendo. Debimos de quedarnos perplejas; conocíamos a todas las residentes de Casa Ardua, o sea que ¿dónde estaba Pequeña Nicole?

—Está en esta habitación —anunció Tía Lydia. Alargó una mano—: Jade es Pequeña Nicole.

—¡Imposible! —exclamé.

Jade era Pequeña Nicole. Entonces Jade era mi hermana.

Becka, boquiabierta, miraba a Jade con incredulidad.

—No —murmuró. La pena se delataba en su cara.

—Perdón por no ser adorable —dijo Jade—. Lo he intentado, pero se me da fatal. —Creo que lo dijo en broma, para aligerar un poco el ambiente.

—Oh..., no me refería a eso —reaccioné—. Es sólo que... No te pareces a Pequeña Nicole.

—No —convino Tía Lydia—, pero en cambio se parece a ti.

Era verdad, hasta cierto punto: los ojos, sí, pero no la nariz. Miré de reojo las manos de Jade, por una vez enlazadas en el regazo. Quise pedirle que estirase los dedos para que pudiésemos comparar las manos, pero pensé que tal vez resultara ofensivo. No quería que creyera que yo exigía demasiadas pruebas de su autenticidad, ni que viera rechazo por mi parte.

—Me hace muy feliz tener una hermana —le dije educadamente, en cuanto empecé a sobreponerme de la impresión. Aquella chica desgarbada y yo compartíamos la misma madre. Tendría que poner lo mejor de mí.

—Sois las dos muy afortunadas —terció Becka, con la voz cargada de añoranza.

—Y tú eres como una hermana para mí —le dije—, así que Jade es también como tu hermana. —No quería que Becka se sintiera excluida.

—¿Puedo darte un abrazo? —le preguntó Becka a Jade; o a Nicole, de hecho, como debería llamarla a partir de ahora.

—Supongo que sí —contestó Nicole. Recibió un tierno abrazo de Becka. Yo la abracé también—. Gracias —dijo.

—Gracias, Tías Immortelle y Victoria —intervino Tía Lydia—. Demostráis tener un espíritu de aceptación y de acogida admirable. Ahora debo pediros que me prestéis plena atención.

Las tres nos volvimos hacia ella.

—Nicole no permanecerá con nosotras mucho tiempo —empezó Tía Lydia—. Se marchará de Casa Ardua en breve, de regreso a Canadá. Llevará consigo un mensaje importante. Quiero que las dos la ayudéis.

Me quedé atónita. ¿Por qué Tía Lydia iba a consentir que se marchara? Nunca había vuelta atrás para las conversas: era traición. Y si además se trataba de Pequeña Nicole, sería diez veces traición.

—Pero, Tía Lydia —dije—. Eso va en contra de la ley, y también la voluntad de Dios proclamada por los Comandantes.

—En efecto, Tía Victoria. Sin embargo, como tú y Tía Immortelle habéis leído un buen número de expedientes secretos que os he ido dejando en el paso, ¿no sois conscientes del deplorable grado de corrupción que existe actualmente en Gilead?

—Sí, Tía Lydia, pero desde luego... —Hasta ese momento no había sabido con certeza que Becka tuviera acceso a los informes delictivos. Ambas habíamos respetado la confidencialidad, pero, sobre todo, cada una por su lado había optado por no involucrar a la otra.

—Los objetivos de Gilead al principio eran puros y nobles, todos coincidimos —dijo—. Pero los ambiciosos y los ebrios de poder han subvertido y mancillado esos ideales, como tan a menudo sucede en el curso de la historia. Sin duda desearéis que se enderece.

—Sí —dijo Becka, asintiendo con la cabeza—. Lo deseamos.

—Recordad, también, vuestros votos. Os comprometisteis a ayudar a las mujeres y a las niñas. Confío en que fuerais sinceras.

—Sí, Tía Lydia —dije—. Lo fuimos.

—Esto las ayudará. Bien, no quiero obligaros a hacer nada en contra de vuestra voluntad, pero debo dejar clara vuestra situación. Ahora que os he contado el secreto y sabéis que Pequeña Nicole está aquí y que hará de mensajera para mí, cada minuto que pasa en el que no divulguéis ese secreto a los Ojos contará como traición. Pero si lo divulgáis, seréis castigadas severamente de todos modos, y quizá incluso os eliminen por haberlo guardado, aunque sea un instante. Huelga decir que también a mí me ejecutarán, y que la existencia de Nicole pronto no será mejor que la de un loro enjaulado. Si no accede a colaborar, la matarán también, de una forma u otra. No dudarán: habéis leído los expedientes criminales.

—¡No puedes hacerles esto! —dijo Nicole—. ¡No es justo, es chantaje emocional!

—Aprecio tu opinión, Nicole —repuso Tía Lydia—, pero tus nociones juveniles de la justicia aquí no son válidas. Guárdate tus emociones para ti, y si deseas volver a ver Canadá, sería sensato que lo tomaras como una orden.

411

Se volvió hacia nosotras dos.

—Sois, desde luego, libres de decidir por vosotras mismas. Saldré del despacho; Nicole, acompáñame. Queremos darles a tu hermana y a su amiga un poco de privacidad para sopesar las opciones. Dispondréis de cinco minutos. Luego, simplemente os pediré que me digáis sí o no. Otros detalles relativos a vuestra misión se os facilitarán a su debido momento. Vamos, Nicole. —Tomó a Nicole del brazo y la condujo fuera del despacho.

Becka miraba con los ojos como platos y asustados, igual que debía de mirarla yo.

—Tenemos que hacerlo —dijo Becka—. No podemos dejar que mueran. Nicole es tu hermana, y Tía Lydia...

—¿Hacer qué? —contesté—. No sabemos qué nos está pidiendo.

—Nos pide obediencia y lealtad —dijo Becka—. ¿Recuerdas cómo nos rescató, a las dos? Tenemos que decir que sí.

Después de salir del despacho de Tía Lydia, Becka fue a hacer su turno de día en la biblioteca, y Nicole y yo volvimos juntas a nuestras dependencias.

—Ahora que somos hermanas, puedes llamarme Agnes cuando estemos a solas —le dije.

—De acuerdo, lo intentaré —dijo Nicole.

Entramos en la sala de estar.

—Tengo una cosa que quiero compartir contigo —le conté. Había guardado las dos páginas de los expedientes de los Lazos de Sangre debajo del colchón, bien dobladas. Las desdoblé con cuidado y alisé las hojas. Igual que me ocurrió a mí, Nicole sin darse cuenta puso la mano en la cara de nuestra madre.

—Es increíble —dijo. Apartó la mano, y observó la imagen de nuevo—. ¿Crees que me parezco a ella?

—Yo me pregunté lo mismo —dije.

—¿Recuerdas algo de ella? Yo debía de ser muy pequeña.

—No lo sé —admití—. A veces creo que sí. Me da la impresión de que recuerdo algo. ¿Vivía en una casa diferente? ¿Fui de viaje a algún sitio? Pero quizá sólo sean ilusiones.

—¿Y qué hay de nuestros padres? —preguntó—. ¿Por qué tacharían sus nombres?

—Quizá querían protegernos, por alguna razón —contesté.

—Gracias por enseñármelas —dijo Nicole—. Pero no creo que debas tenerlas por aquí. ¿Y si te pillan con ellas?

—Lo sé. Intenté dejarlas en su sitio, pero el expediente ya no estaba.

Al final decidimos romper las hojas en trocitos y tirarlas por el inodoro.

Tía Lydia nos había recomendado fortalecer nuestro espíritu para la misión que nos aguardaba. Mientras tanto, continuaríamos con la rutina habitual, procurando no hacer nada que atrajera la atención hacia Nicole, o levantara sospechas. Era difícil, los nervios podían traicionarnos; yo, sin ir más lejos, vivía atemorizada: si descubrían a Nicole, ¿nos acusarían a Becka y a mí?

Becka y yo debíamos partir a nuestra misión de las Perlas muy pronto. ¿Seguiríamos adelante, o Tía Lydia tenía algún otro destino en mente? Tan sólo podíamos esperar y ver. Becka había estudiado la guía oficial de Canadá para las Perlas, con la moneda, las costumbres y los métodos de adquisición, incluidas las tarjetas de crédito. Estaba mucho mejor preparada que yo.

Cuando faltaba menos de una semana para la ceremonia de Acción de Gracias, Tía Lydia volvió a llamarnos a su despacho.

—Esto es lo que debéis hacer —dijo—. He buscado una habitación para Nicole en una de nuestras Casas de Retiro en el campo. Los papeles están en orden. Pero serás tú, Tía Immortelle, quien irá en lugar de Nicole. A su vez, ella se hará pasar por ti y viajará como una Perla en misión a Canadá.

—Entonces, ¿yo no iré? —preguntó Becka, consternada.

—Irás más adelante —dijo Tía Lydia.

Sospeché, incluso entonces, que era mentira.

XXI

Vuelco

59

Había creído que lo tenía todo en orden, pero los planes mejor trazados a menudo se truncan, y las desgracias nunca vienen solas.

Escribo estas líneas a toda prisa al final de un día trepidante. Con tanto trajín de gente, hoy mi despacho parecía la estación de Grand Central antes de que ese venerable edificio quedara reducido a escombros durante la Guerra de Manhattan.

La primera en aparecer fue Tía Vidala, que se presentó justo después de desayunar. Vidala y las gachas de avena sin digerir son una mala combinación: me prometí tomar una infusión de hierbabuena en cuanto encontrara un momento.

—Tía Lydia, hay un asunto que deseo abordar con urgencia —dijo.

Reprimí un suspiro.

—Por supuesto, Tía Vidala. Siéntate.

—No te robaré mucho tiempo —dijo, acomodándose en la silla, dispuesta a hacer precisamente eso—. Se trata de Tía Victoria.

—¿Sí? Ella y Tía Immortelle están a punto de partir a Canadá en la misión de las Perlas.

—Eso es lo que deseo consultar contigo. ¿Estás segura de que están preparadas? Son jóvenes para su edad, más incluso que las otras Suplicantes de su generación. Ninguna de ellas ha vivido experiencias en el mundo exterior, pero algunas de las demás tienen por lo menos una firmeza de carácter de la que ellas dos carecen. Son, por así decir, maleables; quedarán demasiado expuestas a las tentaciones materiales que ofrece Canadá. Además, en mi opinión, con Tía Victoria corremos el riesgo de una deserción. Ha estado leyendo material cuestionable.

—Confío en que la Biblia no te parecerá material cuestionable —la interpelé.

—Por supuesto que no. El material al que me refiero es el expediente de sus propios Lazos de Sangre de los Archivos Genealógicos. Le dará ideas peligrosas.

—No tiene acceso a los Archivos Genealógicos de los Lazos de Sangre —dije.

—Alguien ha debido de facilitarle el expediente. Por casualidad lo vi encima de su escritorio.

—¿Quién podría hacer eso sin mi permiso? —pregunté—. Tendré que averiguarlo; no puedo tolerar la insubordinación. En todo caso, estoy segura de que Tía Victoria es, a estas alturas, resistente a las ideas peligrosas. A pesar de que la consideres infantil, creo que ha alcanzado una madurez y una fortaleza de espíritu admirables.

—Una fachada fina —insistió Vidala—. Su Teología es muy endeble, su concepto de la oración es fatuo. Era frívola de niña y dura de mollera a la hora de hacer sus deberes escolares, en especial las manualidades. Además, su madre era...

—Sé quién era su madre —dije—. Lo mismo puede decirse de muchas de nuestras Esposas más jóvenes, que son la progenie biológica de las Criadas. Sin embargo, esa clase de degeneración no tiene por qué heredarse. Su madre adoptiva fue un modelo de rectitud y sufrimiento abnegado.

—Es cierto lo que dices en relación a Tabitha —convino Tía Vidala—. Pero, como sabemos, la madre biológica de Tía Victoria fue un caso especialmente flagrante. No sólo desatendió su obligación, abandonó el puesto asignado y desafió a quienes ejercían la Autoridad Divina sobre ella, sino que además fue la principal promotora de la salida de Pequeña Nicole de Gilead.

—Historia antigua, Vidala —respondí—. Nuestra misión es redimir, no condenar a partir de circunstancias puramente fortuitas.

—Desde luego opino igual respecto a Victoria, pero a su madre deberían cortarla en doce partes.

—Sin duda —contesté.

—Según rumores fiables lleva a cabo labores de espionaje con Mayday, en Canadá, para colmo de traiciones.

—A veces se gana, a veces se pierde —zanjé.

—Una manera curiosa de expresarlo —dijo Tía Vidala—. No se trata de un juego.

—Agradezco tus observaciones acerca de las formas aceptables de expresión —contesté—. En cuanto a Tía Victoria, el tiempo lo dirá. Estoy segura de que cumplirá su misión con las Perlas a pedir de boca.

—Ya veremos —dijo Tía Vidala con una media sonrisa—. Pero si deserta, haz el favor de recordar que te lo advertí.

La siguiente en llegar fue Tía Helena, que resoplaba por venir andando a duras penas desde la biblioteca. Últimamente los pies la están martirizando.

—Tía Lydia —me dijo—. Me siento obligada a avisarte de que Tía Victoria ha estado leyendo el expediente de sus Lazos de Sangre, sacado de los Archivos Genealógicos sin autorización. Creo que, en vista de quién fue su madre biológica, es una gran imprudencia.

—Tía Vidala acaba de informarme de ese hecho —le conté—. Comparte tu opinión acerca de la debilidad de los valores morales de Tía Victoria. Sin embargo, te recuerdo que la muchacha se crió en una buena familia y ha recibido la mejor educación en una de nuestras selectas Escuelas Vidala. ¿Defiendes la teoría de que la naturaleza vence a la crianza? En tal caso, el pecado original de Adán se impondrá en todas nosotras a pesar de nuestros rigurosos esfuerzos por desterrarlo, y me temo entonces que nuestro proyecto en Gilead estará condenado sin remedio.

—¡Oh, por supuesto que no! No pretendía dar a entender eso —exclamó Helena, alarmada.

—¿Tú has leído el expediente de los Lazos de Sangre de Agnes Jemima? —le pregunté.

—Sí, hace muchos años. En ese momento estaba restringido a las Tías Fundadoras.

—Tomamos la decisión correcta. Si se hubiera difundido que era hija de la misma madre que Pequeña Nicole, el desarrollo de Tía Victoria en la infancia se habría resentido. Ahora creo que algunos individuos carentes de escrúpulos dentro de Gilead podrían haber tratado de utilizarla como moneda de cambio en sus intentos por recuperar a Pequeña Nicole, de haber sabido la relación que las une.

—No lo había pensado —dijo Tía Helena—. Desde luego tienes razón.

—Quizá te interese saber —continué— que Mayday conoce el vínculo entre las hermanas; han ejercido el control sobre Pequeña Nicole durante un tiempo. Se sospecha que podrían querer reunirla con la degenerada de su madre, dado que sus padres adoptivos han muerto de repente. En una explosión —añadí.

Tía Helena se estrujó las manos, huesudas como unas garras.

—En Mayday son despiadados, no tendrían reparos en dejarla a cargo de una inmoral como su madre, o incluso en sacrificar una vida joven inocente.

—Pequeña Nicole está a salvo —dije.

—¡Alabado sea! —dijo Tía Helena.

—Aunque ella aún no sabe quién es en realidad —añadí—. Esperamos que pronto pueda ocupar el sitio que por derecho le corresponde en Gilead. Ahora hay una posibilidad.

—Me alegra mucho la noticia. Sin embargo, si en efecto llegara a estar entre nosotros, deberíamos proceder con tacto respecto a su verdadera identidad —sugirió Tía Helena—. No conviene que se entere de sopetón. Revelaciones de ese calado pueden desestabilizar una mente vulnerable.

—Pienso exactamente igual. Entretanto, de todos modos, te pediría que vigiles los movimientos de Tía Vidala. Temo que sea ella quien haya puesto el expediente de los Lazos de Sangre en manos de Tía Victoria, aunque no imagino con qué fin. Tal vez desea que Tía Victoria caiga en la desesperación al conocer su ascendencia degenerada y en un momento de enajenación espiritual dé un paso en falso.

—Vidala nunca le tuvo aprecio —dijo Tía Helena—. Ni siquiera cuando estaba en la escuela.

Se alejó arrastrando los pies, contenta de haber recibido un encargo.

Mientras estaba en el Café Schlafly tomando mi infusión de hierbabuena como todas las tardes, Tía Elizabeth entró con paso apresurado.

—¡Tía Lydia! —aulló—. ¡Han entrado Ojos y Ángeles en Casa Ardua! ¡Ha sido como una invasión! ¿No lo autorizaste tú?

—Cálmate —le pedí, pero me había dado un vuelco el corazón—. ¿Dónde estaban, exactamente?

—En la imprenta. Han confiscado todos los folletos de nuestras Perlas. Tía Wendy ha protestado, y lamento decirte que la han arrestado. ¡Le han puesto la mano encima, de hecho! —Se estremeció.

—Qué atropello —dije, levantándome—. Exigiré de inmediato una reunión con el Comandante Judd.

Me dirigí hacia mi despacho, con la idea de usar la línea directa del teléfono rojo, pero no hubo necesidad: Judd estaba allí antes que yo. Supongo que había irrumpido a sus anchas, con la excusa de una emergencia. Así respeta el acuerdo de nuestra esfera sagrada.

—Tía Lydia. He creído de recibo explicarle la acción que he ordenado —dijo. No sonreía.

—No dudo de que habrá una razón de peso —contesté, confiriendo un dejo de frialdad a mi voz—. Los Ojos y los Ángeles han sobrepasado con creces los límites de la decencia, por no mencionar los de la tradición y la ley.

—Todo al servicio de su buen nombre, Tía Lydia. ¿Puedo tomar asiento?

Le indiqué una silla, nos sentamos.

—Tras una serie de vías muertas, llegamos a la conclusión de que los micropuntos acerca de los que le informé debían de haber pasado de un lado a otro entre Mayday y un contacto sin identificar aquí en Casa Ardua, por medio de los folletos que las Perlas distribuyen, y aprovechando el desconocimiento de las muchachas. —Hizo una pausa para observar mi reacción.

—¡Me deja usted atónita! —exclamé—. ¡Qué desfachatez!

Me preguntaba por qué habrían tardado tanto... Aunque, claro, los micropuntos son muy pequeños, y ¿a quién se le iba a ocurrir sospechar de un material tan atractivo y ortodoxo para ganar adeptos? Seguro que los Ojos perdían mucho tiempo inspeccionando zapatos y ropa interior.

—¿Tienen pruebas? —pregunté—. ¿Saben ya quién es la manzana podrida en nuestro cesto?

—Hemos hecho una redada en la imprenta de Casa Ardua, y hemos retenido a Tía Wendy para interrogarla. Nos ha parecido el camino más directo a la verdad.

—No puedo creer que Tía Wendy esté implicada —contesté—. Esa mujer es incapaz de idear semejante ardid. Tiene el cerebro de un pez. Sugiero que la pongan en libertad de inmediato.

—Hemos llegado a la misma conclusión. Se recuperará de la impresión en la Clínica Calma y Alma —dijo.

Para mí fue un alivio. Nada de sufrimiento a menos que sea necesario; pero si es necesario, habrá sufrimiento. Tía Wendy es una idiota que me viene muy bien, aunque inofensiva como un cordero.

—¿Qué han descubierto? —quise saber—. ¿Había alguno de esos micropuntos, como los llama, en los folletos que se acaban de imprimir?

—No, a pesar de que una inspección de folletos que se devolvieron hace poco de Canadá revelaron varios puntos que contenían mapas y otros elementos que debió de adjuntar Mayday. El traidor infiltrado entre nosotros debe de haberse dado cuenta de que la eliminación del operativo de El Sabueso de la Ropa hace ahora que esa vía quede obsoleta, y ha dejado de adornar los folletos de las Perlas con información clasificada de Gilead.

—Hace tiempo que albergo dudas sobre Tía Vidala —dije—. Tía Helena y Tía Elizabeth también disponen de autorización para entrar y salir de la imprenta, y yo misma siempre he sido la que entrega en mano los folletos a nuestras Perlas antes de partir, así que también debo de estar bajo sospecha.

El Comandante Judd sonrió ante mi comentario.

—Tía Lydia, debe permitirse bromear un poco —dijo—, incluso en un momento como éste. Más personas tienen acceso: había una serie de aprendices en la imprenta. Pero no hay ningún indicio de que hayan obrado mal, y buscar un chivo expiatorio en este caso no servirá. No podemos consentir que el verdadero culpable ande suelto.

—O sea que andamos a tientas.

—Por desgracia. Una gran desgracia para mí, y también para usted, Tía Lydia. Mi prestigio en el Consejo está cayendo rápidamente: les he prometido resultados. Empiezo a notar que me dan la espalda, que me saludan con sequedad. Detecto los síntomas de una purga inminente: tanto a usted como a mí nos culparán de bajar la guardia, hasta el punto de incurrir en traición, por permitir que Mayday nos diera esquinazo delante de las propias narices de Casa Ardua.

—La situación es crítica —admití.

—Hay una manera de redimirnos —dijo él—. Hay que dar a conocer sin pérdida de tiempo el regreso de Pequeña Nicole y exponerla públicamente. Televisión, propaganda, una gran gala de bienvenida.

—Veo las ventajas que podría comportarnos —dije.

—Sería aún más eficaz si pudiera anunciarse mi compromiso matrimonial con ella, y que la ceremonia de la consiguiente boda sea retransmitida. Entonces tanto usted como yo seremos intocables.

—Brillante, como de costumbre —dije—. Pero usted está casado.

—¿Cómo evoluciona la salud de mi Esposa? —preguntó, enarcando las cejas con reproche.

—Mejor de lo que estaba, pero no tan bien como debería —respondí. ¿Cómo ha podido ser tan zafio de usar matarratas? Incluso en dosis mínimas, se detecta fácilmente. Por insoportable que pudiera ser Shunammite de colegiala, no tengo ninguna intención de consentir que se una a la cripta de difuntas esposas de este malvado Barbazul. En realidad se está recuperando, pero el pánico que siente de volver a los tiernos brazos de Judd impide su mejoría—. Temo que vaya a recaer —dije.

Suspiró.

—Rezaré por que cesen sus padecimientos —contestó.

—No me cabe duda de que sus oraciones pronto serán atendidas. —Nos miramos frente a frente desde ambos lados de mi escritorio.

—¿Cómo de pronto? —no pudo resistirse a preguntar.

—Bastante —dije.

XXII

TOQUE DE LA MUERTE

60

Un par de noches antes del día en que a Becka y a mí iban a entregarnos nuestras sartas de perlas, recibimos una visita de Tía Lydia durante las plegarias vespertinas que hacíamos en privado. Becka abrió la puerta.

—Oh, Tía Lydia —murmuró con cierta consternación—. Alabado sea.

—Ten la bondad de dejarme pasar y cerrar la puerta —le pidió Tía Lydia—. Vengo con prisa. ¿Dónde está Nicole?

—Arriba, Tía Lydia —dije.

Mientras Becka y yo rezábamos, Nicole solía dejarnos a solas e iba a hacer sus ejercicios de entrenamiento físico.

—Llámala, por favor. Hay una emergencia —dijo Tía Lydia. Respiraba más agitadamente que de costumbre.

—Tía Lydia, ¿se encuentra bien? —preguntó Becka, inquieta—. ¿Quiere un vaso de agua?

—No armes un escándalo —dijo.

Nicole entró en la sala de estar.

—¿Todo en orden? —preguntó.

—A decir verdad, no —contestó Tía Lydia—. Nos encontramos en un aprieto. El Comandante Judd acaba de hacer una redada en nuestra imprenta en busca de indicios de traición. Aparte de darle un disgusto de aúpa a Tía Wendy, no ha hallado nada incriminatorio, pero por desgracia se ha enterado de que el verdadero nombre de Nicole no es Jade. Ha descubierto que es Pequeña Nicole, y está decidido a casarse con ella tan pronto como sea posible, porque necesita que su prestigio repunte. Desea que la boda sea retransmitida por la televisión de Gilead.

—¡Triple mierda! —soltó Nicole.

—Esa lengua, por favor —dijo Tía Lydia.

—¡No me pueden obligar a casarme con él! —Nicole se indignó.

—De una u otra manera, lo conseguirían —contestó Becka. Había palidecido.

—Es terrible —dije. Teniendo en cuenta el expediente que había leído sobre el Comandante Judd, era más que terrible: era una sentencia de muerte.

—¿Qué podemos hacer?

—Nicole y tú debéis marcharos mañana mismo —me dijo Tía Lydia—. Cuanto antes. No será posible que viajéis en un avión diplomático de Gilead; llegaría a oídos de Judd y lo impediría. Tendréis que tomar otra ruta.

—Pero no estamos preparadas —dije—. No tenemos las perlas, ni los vestidos, ni el dinero canadiense, ni los folletos, ni las mochilas plateadas...

—Os traeré todo lo necesario más tarde esta noche —nos garantizó Tía Lydia—. Ya he conseguido un salvoconducto que identifica a Nicole como Tía Immortelle. Desafortunadamente, no dispongo de tiempo para cambiar la fecha de la estancia de la verdadera Tía Immortelle en la Casa de Retiro. Ese engaño tampoco habría dado mucho de sí, de todos modos.

—Tía Helena advertirá que Nicole se ha ido —dije—. Siempre pasa lista. Y se preguntarán por qué Becka... por qué Tía Immortelle aún está aquí.

—En efecto —convino Tía Lydia—. Por esa razón debo pedirte un servicio especial, Tía Immortelle. Te ruego que permanezcas oculta durante al menos cuarenta y ocho horas después de que ellas dos se marchen. ¿En la biblioteca, quizá?

—Allí no —contestó Becka—. Hay demasiados libros. No hay sitio para esconderse.

—No me cabe duda de que se te ocurrirá algo —dijo Tía Lydia—. Toda nuestra misión, por no mencionar la seguridad de Tía Victoria y Nicole, depende de ti. Es una gran responsabilidad: que Gilead renazca será posible sólo con tu ayuda, y no querrás que atrapen a las demás y las cuelguen.

—No, Tía Lydia —susurró Becka.

—¡A rumiar se ha dicho! —exclamó Tía Lydia con viveza—. ¡Usa tu ingenio!

—Me parece que le estás cargando el muerto —le dijo Nicole a Tía Lydia—. ¿Por qué no puedo irme sola? Así Tía Immortelle y Agnes..., y Tía Victoria, podrían salir de viaje juntas en la fecha prevista.

—No seas estúpida —la corté—. No puedes. Te arrestarían inmediatamente. Las Perlas siempre van de dos en dos, y aunque no llevaras el uniforme, una chica de tu edad jamás viajaría sin ir acompañada.

—Deberíamos simular que Nicole ha trepado el Muro —propuso Becka—. Así no buscarán dentro de Casa Ardua. Tendré que esconderme dentro del recinto, en alguna parte.

—Qué idea tan inteligente, Tía Immortelle —dijo Tía Lydia—. Quizá Nicole nos haga el favor de escribir una nota en esa línea, diciendo que se ha dado cuenta de que no es una candidata idónea para ser Tía: no será difícil de creer. Puede contar que se ha escapado con un Econohombre, algún operario de mantenimiento que trabaje aquí para nosotras y que le ha prometido que se casarán y formarán una familia. Esa intención al menos demostraría un encomiable deseo de procrear.

—Ni en sueños. Pero no hay problema —dijo Nicole.

—No hay problema, ¿qué? —replicó Tía Lydia, cortante.

—No hay problema, Tía Lydia —añadió Nicole—. Puedo escribir la nota.

A las diez, cuando ya estaba oscuro, Tía Lydia reapareció en la puerta, cargada con un voluminoso petate de lona negra. Becka la hizo pasar.

—Bendita sea, Tía Lydia —le dijo.

Tía Lydia no se entretuvo en formalidades.

—He traído todo lo que necesitáis. Os marcharéis por la puerta este a las seis y media en punto de la mañana. Os estará esperando un coche negro a la derecha de la puerta. Os sacará de la ciudad y os trasladará hasta Portsmouth, New Hampshire, donde tomaréis un autobús. Aquí tenéis un mapa, con la ruta señalada. Bajaos en el lugar marcado con la cruz. Las contraseñas serán «May Day» y «June Moon». Nuestro contacto allí os llevará al siguiente punto de destino. Nicole, si tu misión concluye con éxito, se conocerá el nombre de quienes asesinaron a tus padres adoptivos, y espero que sean imputados de inmediato. Ahora puedo deciros a ambas que, si conseguís llegar a Canadá sorteando los consabidos obstáculos, cabe la posibilidad de que os reunáis con vuestra madre. Creo que ella espera esa ocasión hace tiempo.

—Oh, Agnes. Alabado sea... Eso sería maravilloso —dijo Becka con un hilo de voz—. Para las dos —añadió, sin olvidar a Nicole.

—Te estoy sinceramente agradecida, Tía Lydia —dije—. He rezado tanto tiempo para que eso ocurra...

—He dicho si todo concluye con éxito. Y eso está por ver —insistió Tía Lydia—. No se puede cantar victoria. Disculpad. —Miró a su alrededor, y entonces se dejó caer pesadamente en el sofá—. Si no es molestia, voy a pediros un vaso de agua. —Becka fue a buscarlo.

—¿Se encuentra bien, Tía Lydia? —le pregunté.

—Los achaques de la edad —contestó—. Espero que vivas los años suficientes para experimentarlos. Una cosa más: Tía Vidala tiene por costumbre dar un paseo por la mañana temprano en las inmediaciones de mi estatua. Si os ve con el uniforme de las Perlas, que llevaréis puesto, intentará deteneros. Tendréis que actuar rápido, antes de que monte el número.

—¿Y qué deberíamos hacer? —quise saber.

—Sois fuertes —dijo Tía Lydia, mirando a Nicole—. La fuerza es un don. Los dones hay que aprovecharlos.

—¿Me estás pidiendo que le pegue? —saltó Nicole.

—Ésa es una manera muy directa de expresarlo —respondió Tía Lydia.

Después de que Tía Lydia se marchara, abrimos el petate negro de lona. Allí estaban los dos vestidos, los dos juegos de perlas, las dos tocas blancas, las dos mochilas plateadas. Había un paquete de folletos, y un sobre con algunos vales de comida de Gilead, un fajo de papel moneda canadiense y dos tarjetas de crédito. Había dos salvoconductos para salir del recinto y pasar los puestos de control. También había dos billetes de autobús.

—Creo que escribiré esa nota y me iré a la cama —dijo Nicole—. Nos vemos a primera hora. —Actuaba con valentía y despreocupación, pero me di cuenta de que estaba nerviosa.

Una vez que hubo salido de la sala, Becka me dijo:

—Cómo me gustaría ir con vosotras, ojalá pudiera.

—A mí también me gustaría —dije—. Pero nos ayudarás. Te quedarás para protegernos. Y encontraré la manera de sacarte más adelante, te lo prometo.

—No creo que haya una manera —dijo Becka—. Aun así, rezo por que tengas razón.

—Tía Lydia dijo cuarenta y ocho horas. Son solamente dos días. Si puedes permanecer oculta hasta entonces...

—Ya sé dónde esconderme —dijo Becka—. En el tejado. En la cisterna del agua.

—¡No, Becka! ¡Eso es demasiado peligroso!

—Tranquila, vaciaré toda el agua antes —dijo—. La dejaré correr por la bañera del Portal C.

—Se darán cuenta, Becka —le dije—. En el Portal A y B. Si no hay agua. Compartimos la misma cisterna.

—Al principio no se enterarán. Se supone que no nos está permitido bañarnos o ducharnos tan temprano.

—No se te ocurra hacer eso —le pedí—. ¿Y si mejor me quedo?

—No tienes elección. Si te quedas aquí, ¿qué será de Nicole? Y a Tía Lydia no le gustará que te interroguen y te obliguen a contarles todos los planes que ha hecho. O Tía Vidala querrá interrogarte, y eso sería el fin.

—¿Insinúas que me mataría?

—Tarde o temprano. Si no ella, alguien —me aseguró Becka—. Es lo que hacen.

—Tiene que haber un modo de que nos acompañes —dije—. Podemos esconderte en el coche, o...

—Las Perlas sólo viajan de dos en dos —dijo—. No iríamos muy lejos. Os acompañaré de corazón.

—Gracias, Becka —dije—. Eres una hermana para mí.

—Imaginaré que sois aves, volando lejos —dijo—. Y las aves del cielo correrán la voz.

—Rezaré por ti —dije, sintiendo que era insuficiente.

—Y yo por vosotras. —Esbozó una sonrisa—. Nunca he querido a nadie más que a ti.

—Yo también te quiero —dije. Nos abrazamos sin poder contener las lágrimas.

—Anda, ve a descansar —me aconsejó Becka—. Necesitarás fuerzas para mañana.

—Igualmente —le contesté.

—Me quedaré despierta —dijo—. Velaré por vosotras.

—Entró en su cuarto y cerró la puerta con suavidad.

61

A la mañana siguiente, Nicole y yo salimos con sigilo del Portal C. Las nubes en el este eran rosas y doradas, los pájaros trinaban y el aire de la mañana temprana aún era fresco. No había nadie cerca. Caminamos rápidamente y en silencio por el sendero que discurre por delante de Casa Ardua, hacia la estatua de Tía Lydia. Justo cuando nos acercábamos, Tía Vidala dobló la esquina del edificio contiguo, con paso decidido.

—¡Tía Victoria! —dijo—. ¿Por qué llevas ese vestido? ¡La próxima Acción de Gracias no es hasta el domingo! —Se fijó en Nicole—. ¿Y quién va contigo? ¡Es la chica nueva! ¡Jade! Ella no puede... —Alargó una mano hacia ella y de un zarpazo rompió la sarta de perlas de Nicole.

Nicole cerró el puño. Hizo un movimiento tan rápido que apenas pude registrarlo, pero golpeó a Tía Vidala en el pecho. Tía Vidala cayó al suelo redonda. Tenía la cara blanca como la cera, los ojos cerrados.

—Oh, no... —gemí.

—Ayúdame —me ordenó Nicole. Agarró a Tía Vidala por los pies y la arrastró hasta dejarla detrás del pedestal de la estatua—. Crucemos los dedos —dijo, y me tomó del brazo—. Vamos.

Había una naranja en el suelo. Nicole la recogió y se la guardó en el bolsillo del vestido de las Perlas.

—¿Está muerta? —susurré—. ¿Tía Vidala?

—No lo sé —contestó Nicole—. Venga, tenemos que darnos prisa.

Llegamos a la puerta, enseñamos los salvoconductos y los Ángeles nos dejaron salir. Nicole se sujetaba la capa cerrada para que nadie advirtiera que le faltaban las perlas. Había un coche negro subiendo la calle a la derecha, como Tía Lydia nos había dicho. El chófer no volvió la cabeza cuando entramos.

—¿Todo a punto, señoras? —preguntó.

—Sí, gracias —respondí.

Pero Nicole le contestó:

—No somos señoras.

Le di un codazo.

—No le hables así —le susurré.

—No es un Guardián de verdad —me dijo ella—. Tía Lydia no es imbécil. —Sacó la naranja del bolsillo y empezó a pelarla. El aire se llenó del olor ácido—. ¿Quieres? —me preguntó—. Te doy la mitad.

—Gracias, pero no —dije—. No creo que esté bien comérsela. —Había sido una especie de ofrenda sagrada, al fin y al cabo. Nicole se comió la naranja entera.

Dará un paso en falso, pensé. Alguien se dará cuenta. Van a arrestarnos por su culpa.

62

Sentía haber tenido que darle un puñetazo a Tía Vidala, aunque tampoco lo sentía tanto: si no la hubiera golpeado se habría puesto a chillar y entonces nos habrían detenido. Aun así el corazón me latía con fuerza. ¿Y si la había matado? De todos modos, una vez que la encontraran, viva o muerta, irían en nuestra busca. Ahora estábamos metidas hasta el cuello, como diría Ada.

Mientras tanto Agnes parecía ofendida, con esa aptitud que tienen las Tías para hacerte saber sin abrir la boca y apretando los labios que has cruzado una de sus líneas rojas. Supongo que fue por la naranja. Quizá no debería habérmela llevado. Entonces tuve un mal presentimiento: los perros. Las naranjas olían de verdad. Empecé a pensar en serio cómo deshacerme de las peladuras.

Me escocía otra vez la «O» del tatuaje. ¿Por qué estaba tardando tanto en curarse?

Cuando Tía Lydia me insertó el micropunto en el brazo, pensé que era un plan brillante, pero ahora me planteaba que tal vez no había sido tan buena idea. Si mi cuerpo y el mensaje iban juntos, ¿qué pasaría si mi cuerpo no conseguía llegar a Canadá? Difícilmente podría cortarme el brazo y mandarlo por correo.

• • •

Nuestro coche pasó un par de controles de carretera —pasaportes, Ángeles que se asomaban por la ventanilla comprobando que éramos nosotras—, pero Agnes me había pedido que dejara hablar al chófer, y vaya si hablaba: que si las Perlas tal y cual, y qué nobles éramos y qué sacrificios hacíamos.

—Buena suerte en vuestra misión —dijo el Ángel en uno de los puestos de control.

En el otro, en las afueras de la ciudad, bromearon entre ellos.

—Espero que no nos traigan chicas feas o golfas.

—Es una cosa o la otra. —Risas de los dos Ángeles en el puesto de control.

Agnes me puso una mano en el brazo.

—No repliques —me dijo.

Cuando llegamos al campo y entramos en la autopista, el chófer nos dio un par de bocadillos: sucedáneo de queso de Gilead.

—Supongo que esto es el desayuno —le dije a Agnes—. Roña de pies en pan blanco.

—Deberíamos dar gracias —dijo Agnes con su voz de Tía devota, así que supongo que aún estaba de mal humor. Me costaba creer que era mi hermana; éramos tan diferentes... Aunque la verdad es que todavía no había tenido tiempo de hacerme a la idea.

—Me alegro de tener una hermana —dije, para hacer las paces.

—Yo también me alegro —contestó Agnes— y doy gracias. —Pero no sonaba muy agradecida.

—También yo doy gracias —dije.

Y ahí quedó la conversación. Quise preguntarle hasta cuándo íbamos a seguir, con esa forma de hablar típica de Gilead: ¿no podíamos dejarlo y actuar con naturalidad, ahora que nos estábamos fugando? Claro que, para ella, tal vez era natural. Tal vez no sabía hablar de otra forma.

En Portsmouth, New Hampshire, nuestro chófer nos dejó en la estación de autobuses.

—Buena suerte, chicas —dijo—. Mandadlos al infierno.

—¿Ves? No es un Guardián de verdad —dije, esperando que Agnes volviera a hablarme.

—Claro que no —contestó ella—. Un Guardián nunca diría «infierno».

La estación era vieja y decadente, el aseo de las mujeres era una fábrica de gérmenes, y no había ningún sitio donde pudiéramos canjear nuestros vales de comida por algo comestible para un ser humano. Me alegré de haberme guardado la naranja. Agnes, sin embargo, no era remilgada, acostumbrada como estaba a la bazofia que daban como rancho en Casa Ardua, así que se compró una especie de donut con dos de los vales.

Pasaban los minutos; me estaba poniendo de los nervios. Esperamos y esperamos, y por fin llegó el autobús. Varias personas a bordo nos recibieron con gestos de asentimiento cuando subimos, como habrían saludado a los militares: una ligera venia con la cabeza. Una Econoesposa ya mayor incluso dijo «Dios os bendiga».

Unos quince kilómetros más adelante había otro control, pero allí los Ángeles fueron supereducados con nosotras.

—Sois muy valientes yendo a Sodoma —nos alentó uno de ellos. Si no hubiese estado tan asustada me habría reído a carcajadas: comparar Canadá y Sodoma era divertidísimo, con lo aburrida y corriente que solía ser allí la vida casi siempre. No es que a lo largo y ancho del país estuviesen en una orgía incesante.

Agnes me apretó la mano para indicarme que ella se encargaría de hablar. Dominaba el truco de Casa Ardua de mantener la cara inmutable y serena.

—Nos limitamos a servir a Gilead —dijo con su tono recatado, como un robot.

Y el Ángel contestó:

—Alabado sea.

Empezaron a notarse baches en el camino. Debían de reservar el dinero de las obras para las carreteras más transitadas: puesto que el comercio con Canadá estaba prácticamente cancelado en ese momento, ¿quién iba a querer ir al norte de Gilead, a menos que viviese allí?

El autobús no iba lleno; todo el mundo viajaba en Econoclase. Hacíamos la Ruta Panorámica, serpenteando a lo largo de la costa, pero no era tan panorámica. Se veían muchos hoteles y restaurantes a pie de carretera cerrados, y más de una gran langosta roja sonriente se caía a pedazos.

Cuanto más al norte, la cordialidad iba a menos: nos fulminaban con la mirada, y me dio la impresión de que la misión de nuestras Perlas e incluso de Gilead en conjunto estaba perdiendo popularidad. Nadie nos escupió, pero nos ponían tan mala cara que se notaba que les habría gustado hacerlo.

Me pregunté hasta dónde habríamos llegado. Agnes tenía el mapa con la ruta marcada por Tía Lydia, pero no quise pedirle que lo sacara: vernos a las dos mirando un mapa podía levantar sospechas. El autobús iba despacio, y yo estaba cada vez más ansiosa: ¿cuánto tardarían en echarnos en falta de Casa Ardua? ¿Se creerían mi nota de pega? ¿Llamarían dando el aviso, bloquearían la carretera, detendrían el autobús? Se nos veía a la legua.

Entonces tomamos un desvío, y el tráfico circulaba en sentido único, y Agnes empezó a estrujarse las manos. Le di suavemente con el codo.

—Hemos de aparentar tranquilidad, ¿recuerdas?

Esbozó una sonrisa trémula y puso las manos en el regazo; noté que respiraba hondo y soltaba el aire poco a poco. Enseñaban algunas cosas útiles en Casa Ardua, y el autocontrol era una de ellas. «Quien no es capaz de dominarse no puede dominar la senda del deber. No opongas resistencia a la ira, usa la ira como fuente de energía. Inspira. Espira. Aparta. Bordea. Esquiva.»

La verdad es que yo nunca habría conseguido ser Tía.

Eran cerca de las cinco de la tarde cuando Agnes me avisó.

—Nos bajamos aquí —dijo.

—¿Esto es la frontera? —le pregunté, y dijo que no, era donde cambiaríamos de medio de transporte para continuar el viaje.

Bajamos las mochilas del portaequipajes y nos apeamos del autobús. Los escaparates de las tiendas del pueblo estaban cegados con tablones y los cristales de las ventanas hechos añicos, pero había una gasolinera y una tienducha destartalada.

—Qué sitio tan alentador —comenté hoscamente.

—Sígueme y no digas una palabra —me ordenó Agnes.

Dentro de la tienda olía a tostadas quemadas y a pies. En los estantes apenas había nada, sólo una góndola de conservas con las letras borradas: comida en lata y biscotes o galletas. Agnes se acercó al mostrador de la cafetería, una de esas barras rojas con taburetes altos, y se sentó, así que yo hice lo mismo. Había un Econohombre regordete de mediana edad tras el mostrador. En Canadá habría sido una mujer regordeta de mediana edad.

—¿Sí? —dijo el hombre. Estaba claro que no lo habíamos impresionado con nuestro atuendo de Perlas.

—Dos cafés, por favor —pidió Agnes.

Sirvió los cafés en dos tazones y los empujó sobre la barra. El café debía de llevar todo el día allí, porque era el peor brebaje que había probado en mi vida, peor incluso que el de Tapiz. Por no molestar al tipo me lo tomé, con un sobre de azúcar. En todo caso, sabía aún peor.

—Nos han dicho que había una llamada de socorro —comentó Agnes.

—No he oído nada —dijo él.

—Ah, ¿no? —dijo ella—. Será un despiste mío. Venimos de parte de June Moon.

Entonces el tipo sonrió.

—Id al aseo —dijo—. Las dos. Está pasado esa puerta. Os abriré.

Salimos por la puerta. No era un aseo, era un cobertizo exterior con redes de pesca viejas, un hacha rota, varios cubos apilados y una puerta trasera.

—No entiendo cómo habéis tardado tanto —dijo el hombre—. Puto autobús, siempre va con retraso. Aquí está la ropa nueva. Y las linternas. Meted los vestidos en esas mochilas, luego me desharé de ellos. Estaré fuera. Hay que moverse rápido.

La ropa de recambio eran vaqueros, camisetas de manga larga, calcetines de lana y botas de escalada. Chaquetas de cuadros escoceses, gorros elásticos de forro polar, impermeables. Me costó ponerme la manga izquierda, algo se me enganchó en la «O».

—Puta mierda —maldije. Y enseguida pedí perdón—: Lo siento.

Creo que nunca en mi vida me había cambiado tan rápido de ropa, pero una vez que me quité el vestido plateado y me puse aquella ropa, empecé a sentirme yo misma de nuevo.

63

La vestimenta que nos ofrecieron me pareció desagradable en extremo. La ropa interior era muy diferente de la variedad lisa y resistente que se usaba en Casa Ardua: la sentía resbaladiza y depravada. Encima nos pusimos prendas de hombre. Era turbador notar aquel tejido áspero rozándome la piel de las piernas, sin las correspondientes enaguas. Llevar esa clase de atuendo era traicionar la feminidad y la ley de Dios: el año anterior habían colgado a un hombre del Muro por ponerse la ropa íntima de su Esposa. Fue ella quien lo descubrió y lo entregó, como era su deber.

—Tengo que quitarme estas cosas —le dije a Nicole—. Son prendas de hombre.

—No, qué va —dijo—. Son vaqueros de chica. Tienen otro corte, y fíjate en los pequeños Cupidos plateados. De chica, sin duda.

—Nunca creerían eso en Gilead —dije—. Me azotarían, o algo peor.

—Gilead —dijo Nicole— no es adonde vamos. Tenemos dos minutos para reunirnos con nuestro compadre fuera. Así que a jorobarse.

—¿Disculpa? —A veces no entendía lo que mi hermana decía.

Se rio por lo bajo.

—Significa «sé valiente» —me explicó.

Vamos a un lugar donde ella entenderá la lengua, pensé. Y yo no.

El hombre tenía una camioneta maltrecha. Nos apretujamos los tres en el asiento delantero. Había empezado a lloviznar.

—Gracias por todo lo que estás haciendo por nosotras —dije.

El hombre gruñó.

—Me pagan —dijo— por jugarme el pescuezo. Estoy viejo para estas cosas.

Debía de haber bebido mientras nosotras nos cambiábamos de ropa: noté el olor a alcohol. Recordaba ese olor de las cenas que daban en casa del Comandante Kyle cuando yo era pequeña. Rosa y Vera a veces apuraban los restos de las copas. Zilla, en cambio, no solía hacerlo.

Ahora que iba a marcharme de Gilead para siempre sentí una punzada de nostalgia al pensar en Zilla, y en Rosa y Vera, y en mi antiguo hogar, y en Tabitha. En aquellos tiempos creía que tenía una madre, mientras que ahora me sentía huérfana. Tía Lydia había sido una especie de madre, aunque severa, y tampoco volvería a verla nunca más. Tía Lydia nos había dicho a Nicole y a mí que nuestra verdadera madre estaba viva y esperándonos en Canadá, pero sabía que podía morir en el camino hasta allí. Entonces no llegaría a conocerla en esta vida. En ese momento mi madre era sólo una fotografía rasgada. Era una ausencia, un vacío dentro de mí.

A pesar del alcohol, el hombre conducía con habilidad y rápido. La carretera estaba llena de curvas, y resbaladiza por la llovizna. Íbamos acortando camino; la luna se había levantado por encima de las nubes, dando un baño plateado a las siluetas negras de las copas de los árboles. De vez en cuando se veía una casa, a oscuras o con alguna que otra luz encendida. Me esforcé por acallar mi ansiedad; entonces me quedé dormida.

Soñé con Becka. Estaba allí, a mi lado, en el asiento delantero de la camioneta. Aunque no podía verla, sabía que estaba allí. En el sueño le dije: «Al final has venido con nosotras. ¡Qué alegría!» Pero no me contestó.

64

La noche se deslizaba en silencio. Agnes se había dormido, y el tipo que conducía no era lo que se dice hablador. Supongo que nos veía como un cargamento que había que entregar, y ¿quién habla con la carga?

Al cabo de un momento tomamos una estrecha carretera secundaria; a lo lejos se veía el resplandor del agua. Aparcamos al lado de lo que parecía un embarcadero privado. Había una lancha motora con alguien sentado dentro.

—Despiértala —me pidió el chófer—. Coged vuestros bártulos, ahí está vuestro bote.

Le di un codazo a Agnes en las costillas y se despertó con un sobresalto.

—Arriba —le dije.

—¿Qué hora es?

—La hora del barco. Andando.

—Buen viaje —dijo el chófer.

Agnes empezó a darle las gracias otra vez, pero la cortó en seco. Sacó nuestras mochilas nuevas de la camioneta y, antes de que recorriéramos la mitad del trecho hasta el bote, ya se había largado. Yo había encendido la linterna para alumbrar el sendero.

—Apaga la luz —murmuró el piloto de la lancha. Era un hombre, llevaba un impermeable con la capucha puesta, pero la voz sonaba joven—. Se ve bastante bien. Despacio. Sentaos en el asiento del medio.

—¿Esto es el océano? —preguntó Agnes.

Él se rio.

—Todavía no —dijo—. Es el río Penobscot. Pronto llegaréis al océano.

Era un motor eléctrico y muy silencioso. La lancha fue derecha hasta la mitad del río; había luna creciente, que se reflejaba en el agua.

—Mira —me susurró Agnes—. ¡Nunca he visto algo tan hermoso! ¡Es como una senda de luz! —En ese momento me sentí mayor que ella. Ahora que prácticamente habíamos salido de Gilead, empezaban a cambiar las tornas. Agnes iba a un lugar nuevo donde no sabía cómo funcionaban las cosas, mientras que yo volvía a casa.

—Estamos al descubierto. ¿Y si alguien nos ve? —le pregunté al hombre—. ¿Y si avisan? ¿A los Ojos?

—La gente de por aquí no habla con los Ojos —contestó—. No nos gustan los fisgones.

—¿Eres contrabandista? —dije, recordando lo que me había contado Ada. Mi hermana me dio con el codo: malos modales, otra vez. En Gilead se evitaban las preguntas directas.

Él se rio.

—Fronteras: líneas en un mapa. Las cosas se mueven de un lado al otro, la gente también. Yo soy sólo el chico de los recados.

El río se ensanchaba cada vez más. Se estaba levantando la bruma, las orillas eran imprecisas.

—Ahí está —dijo el hombre al fin. Distinguí una sombra más oscura que emergía del agua—. La *Nellie J. Banks*. Vuestro billete al paraíso.

XXIII

Muro

65

Tía Vidala yacía desplomada en el suelo al pie de mi estatua, en estado comatoso, cuando la encontraron la anciana Tía Clover y dos de sus jardineras septuagenarias. La conclusión a la que llegaron los paramédicos fue que había sufrido un síncope, y nuestros doctores confirmaron el diagnóstico. El rumor corrió de boca en boca por Casa Ardua, se intercambiaban gestos compungidos y se hicieron promesas de rezar por la recuperación de Tía Vidala. Un collar de perlas apareció roto en las inmediaciones: se le debía de haber caído a alguna de aquellas jóvenes atolondradas en un descuido. Redactaré una circular sobre la necesaria vigilancia de los objetos materiales que es nuestra obligación salvaguardar. Las perlas no crecen de los árboles, diré, ni siquiera las artificiales; tampoco habría que echarlas a los cerdos. Por más que en Casa Ardua no haya ningún cerdo, añadiré con recato.

Le hice una visita a Tía Vidala en la Unidad de Cuidados Intensivos. Estaba tumbada boca arriba, con los ojos cerrados y un tubo metido en la nariz y otro en el brazo.

—¿Cómo está nuestra querida Tía Vidala? —le pregunté a la Tía de turno en la enfermería.

—He estado rezando por ella —dijo Tía Mengana. Nunca me acuerdo del nombre de las enfermeras: es su destino—. Está en coma: eso quizá contribuya en el proceso de curación. Puede que quede cierta parálisis. Temen que pueda haberle afectado el habla.

—Si se recupera —dije.

—Cuando se recupere —me reconvino la enfermera—. No nos gusta que se expresen este tipo de ideas negativas donde nuestros pacientes puedan oírlas. Es posible que parezcan dormidos, pero a menudo se dan cuenta de todo.

Me senté junto a Tía Vidala hasta que la enfermera se marchó. Entonces examiné rápidamente la asistencia farmacológica disponible. ¿Sería conveniente subirle los calmantes? ¿Manipular el catéter del suero intravenoso? ¿Reducirle el suministro de oxígeno? No hice nada. Era partidaria del esfuerzo, pero no del esfuerzo innecesario: seguramente Tía Vidala iba a abandonar este mundo por su propio pie. Antes de salir de la Unidad de Cuidados Intensivos, me metí en el bolsillo un vial de morfina: la previsión siempre es una virtud cardinal.

Mientras ocupábamos nuestros sitios en el Refectorio a la hora del almuerzo, Tía Helena comentó la ausencia de Tía Victoria y Tía Immortelle.

—Creo que están ayunando —dije—. Ayer las vi de lejos en la Sala de Lectura de la Biblioteca Hildegarda, estudiando la Biblia. Aspiran a recibir guía espiritual durante su próxima misión.

—Encomiable —contestó Tía Helena. Continuó pasando lista discretamente—. ¿Dónde está nuestra nueva conversa, Jade?

—Quizá esté enferma —sugerí—. Con una indisposición femenina.

—Iré a ver —se ofreció Tía Helena—. Por si necesita una botella de agua caliente. Portal C, ¿verdad?

—Muy amable por tu parte —dije—. Sí, me parece que la suya es la habitación de la buhardilla, en el tercer piso. —Esperaba que Nicole hubiera dejado su carta de evasión en un lugar prominente.

Tía Helena volvió con prisas de su visita al Portal C, azorada por el descubrimiento: la joven Jade se había fugado.

—Con un fontanero llamado Garth —añadió Tía Helena—. Asegura que está enamorada.

—Qué inapropiado —dije—. Tendremos que localizar a ese par, administrarles una reprimenda y asegurarnos de que el matrimonio se ha formalizado como es debido. De todos modos, Jade es muy zafia; no habría podido ser una Tía respetable. Mirémoslo por el lado bueno: a lo mejor esta unión aumenta el índice de natalidad de Gilead.

—¿Y cómo habrá podido conocer al fontanero de marras? —preguntó Tía Elizabeth.

—Esta mañana ha habido una queja por falta de agua corriente en el cuarto de baño del Portal A —dije—. Habrán llamado al fontanero. Debe de haber sido amor a primera vista. Los jóvenes son impetuosos.

—En Casa Ardua no está permitido darse un baño por la mañana —protestó Tía Elizabeth—. A menos que alguien haya quebrantado el reglamento.

—Eso no se puede descartar, lamentablemente —repuse—. La carne es débil.

—Ay, sí, tan débil... —asintió Tía Helena—. Pero ¿cómo habrá traspasado la puerta? No tiene un pase, no se lo hubieran permitido.

—Las chicas a esa edad son muy ágiles —dije—. Supongo que habrá trepado por el Muro.

Continuamos con el almuerzo —unos emparedados resecos y un menjunje inmundo a base de tomate, además de un manjar blanco aguado de postre— y para cuando terminamos nuestro humilde ágape la fuga precoz de la joven Jade, su proeza al saltar el Muro y su obstinada decisión por cumplir con su destino de mujer en los brazos de un Econohombre con iniciativa y fontanero de profesión eran ya de dominio público.

XXIV

LA NELLIE J. BANKS

66

Detuvimos el motor junto al barco. Había tres sombras en la cubierta; la luz de una linterna brilló un instante. Trepamos por la escalera de cuerda.

—Sentaos en la borda, y luego pasad los pies por encima —dijo una voz. Alguien me agarró del brazo. Y entonces nos plantamos en la cubierta.

—Capitán Mishimengo —dijo la voz—. Os llevaremos adentro.

Hubo un zumbido ahogado y noté que el barco se ponía en marcha.

Entramos en una pequeña cabina con cortinas opacas en las ventanillas, y unos mandos y lo que probablemente era un radar de navegación, aunque no tuve ocasión de mirarlo de cerca.

—Me alegro de que lo hayáis conseguido —dijo el capitán Mishimengo. Nos estrechó la mano; le faltaban dos dedos. Era bajo y fornido, de unos sesenta años, moreno de piel y con una perilla negra—. La historia es la siguiente, suponiendo que os pregunten: ésta es una goleta bacaladera, solar, con combustible de apoyo. Llevamos bandera de conveniencia libanesa. Hemos entregado un cargamento de bacalao y limones con licencia especial, que significa para el mercado negro, y ahora volvemos a alta mar. Tendréis que permanecer fuera de la vista durante el día: me he enterado por mi contacto, a través de Bert, que os dejó en el muelle, que empezarán a buscaros pronto. Hay un sitio donde podéis dormir, en la bodega. Si nos someten a una inspección, los guardacostas, no será exhaustiva, conocemos a esos muchachos. —Se frotó los dedos, y entendí que se refería a dinero.

—¿Tenéis algo de comer? —pregunté—. Estamos casi en ayunas.

—Cierto —asintió.

Nos pidió que esperásemos allí y volvió con un par de tazas de té y unos bocadillos. Eran de queso, pero no del sucedáneo de Gilead, sino de auténtico queso de cabra con cebollino, una variedad que a Melanie le gustaba.

—Gracias —dijo Agnes. Yo había empezado a comer, pero di las gracias con la boca llena.

—Tu amiga Ada manda un saludo, y dice que hasta pronto —me dijo el capitán Mishimengo.

Tragué el bocado.

—¿De qué conoces a Ada?

Se echó a reír.

—Todo el mundo se conoce. Al menos por aquí. Solíamos ir a cazar ciervos juntos, en Nueva Escocia, hace tiempo.

Accedimos por una escalerilla metálica al compartimento donde íbamos a dormir. El capitán Mishimengo bajó primero y encendió las luces. Había varios congeladores en la bodega, y unos cubículos metálicos rectangulares. Uno tenía en un lado una portezuela con bisagras, y dentro había dos sacos de dormir que no parecían muy limpios: supongo que no éramos las primeras en usarlos. Todo apestaba a pescado.

—Podéis dejar la portezuela abierta siempre que no haya jaleo —dijo el capitán Mishimengo—. Que durmáis bien y no os piquen los chinches. —Oímos sus pasos alejarse.

—Qué horror, ¿no? —le susurré a Agnes—. Este tufo a pescado. Estos sacos de dormir. Apuesto a que tienen piojos.

—Debemos estar agradecidas —dijo—. Vámonos a dormir.

El tatuaje me molestaba, y tuve que tumbarme sobre el costado derecho para no aplastarlo. Me pregunté si se me habría infectado. De ser así, lo tendría crudo, porque estaba más que claro que no había ningún médico a bordo.

Nos despertamos cuando todavía era oscuro, porque el barco se balanceaba. Agnes salió de nuestro cubículo y trepó por la escalerilla para ver qué ocurría. Quise acompañarla, pero la verdad es que no me encontraba bien.

Volvió con un termo de té y dos huevos duros. Habíamos desembocado en el océano, dijo, y las olas mecían el barco. Agnes nunca imaginó que las olas fuesen tan grandes, y eso que el capitán Mishimengo le había dicho que no eran para tanto.

—Dios mío, espero que no sean mucho más grandes —dije—. Odio vomitar.

—Por favor, no uses el nombre de Dios como una palabra malsonante —me dijo.

—Perdona —me disculpé—. Aunque si no te molesta que lo diga, y suponiendo que haya un Dios, me ha jorobado completamente la vida.

Pensé que entonces se enfadaría, pero sólo dijo:

—No estás sola en el universo. Nadie ha tenido una vida fácil. Pero quizá Dios te ha jorobado la vida, como tú dices, por una razón.

—Pues me muero por saber cuál es esa razón, joder —contesté. El dolor del brazo me tenía de muy mal humor. No debería haber sido tan mordaz, y tampoco debería haber soltado tacos.

—Pensaba que comprendías la verdadera meta de nuestra misión —dijo—. La salvación de Gilead. La purificación. El renacer. Ésa es la razón.

—¿En serio crees que ese estercolero infecto puede renacer? —exclamé—. ¡Que arda de una vez!

—¿Por qué deseas que tanta gente sufra? —preguntó con suavidad—. Es mi país. Es donde me crié. Los que lo dirigen lo están corrompiendo. Quiero que sea un lugar mejor.

—Ya, vale —reaccioné—. Lo capto. Perdona. No me refería a ti. Tú eres mi hermana.

—Acepto tu disculpa —me contestó—. Gracias por entenderlo.

Nos quedamos sentadas a oscuras unos minutos. Podía oír su respiración, y algunos suspiros.

—¿Crees que va a salir bien? —le pregunté al final—. ¿Llegaremos?

—No está en nuestras manos —dijo.

67

Desde la mañana del segundo día empecé a inquietarme mucho por Nicole. Me decía que no le pasaba nada, pero tenía fiebre. Recordé los consejos para cuidar a los enfermos que nos habían enseñado en Casa Ardua y procuré mantenerla hidratada. En el barco había algunos limones, y me las ingenié para mezclar el zumo con té, sal y un poco de azúcar. Ya me resultaba más fácil subir y bajar por la escalerilla metálica que llevaba al compartimento donde dormíamos, y me daba cuenta de que habría sido mucho más difícil con unas faldas largas.

Había bastante niebla. Estábamos aún en aguas gileadianas, y cerca del mediodía hubo una inspección de la guardia costera. Nicole y yo cerramos por dentro la portezuela de nuestro cubículo metálico. Me dio la mano y se la estreché con fuerza, y mantuvimos un silencio absoluto. Oímos pisadas yendo de un lado a otro, y voces, pero los sonidos menguaron y el corazón dejó de latirme tan rápido.

Más tarde ese día hubo un problema con el motor; me enteré cuando subí a por más zumo de limón. El capitán Mishimengo parecía preocupado: las mareas en esa región eran muy altas y rápidas, dijo, y sin potencia, la corriente nos arrastraría al mar, o bien nos lanzaría hacia la bahía de

Fundy y naufragaríamos en la costa canadiense, y así el barco quedaría incautado por las autoridades y la tripulación detenida. Íbamos a la deriva hacia el sur: ¿significaba eso que acabaríamos de nuevo en Gilead?

Me pregunté si el capitán Mishimengo se arrepentía de haber accedido a llevarnos. Me había contado que si perseguían y capturaban el barco, y nos encontraban, lo acusarían de traficar con mujeres. Confiscarían la goleta y, dado que él era originario de Gilead y había escapado de los Territorios Nacionales a través de la frontera canadiense, lo extraditarían y lo juzgarían por contrabandista, y sería su fin.

—Los estamos poniendo en un gran peligro —le dije al oír todo eso—. ¿No tiene un trato con los guardacostas? ¿Por los productos del mercado negro?

—Lo negarían, no hay nada por escrito —contestó—. ¿Quién quiere que lo ejecuten por aceptar sobornos?

Para cenar había emparedados de pollo, pero Nicole no tenía hambre y quería dormir.

—¿Te encuentras muy mal? ¿Puedo tocarte la frente?

—Estaba ardiendo—. Quiero que sepas que doy gracias de que estés en mi vida —le dije—. Estoy contenta de que seas mi hermana.

—Yo también —contestó ella. Y al cabo de unos instantes me preguntó—: ¿Crees que llegaremos a ver a nuestra madre alguna vez?

—Tengo fe en que así será.

—¿Crees que le caeremos bien?

—Nos dará su amor —dije, para apaciguarla—. Y nosotras le daremos el nuestro.

—Que las personas tengan parentesco no significa que las quieras —murmuró.

—El amor es una disciplina, como la oración —dije—. Me gustaría rezar por ti, para que mejores. ¿Te importa?

—No funcionará. No hará que me sienta mejor.

—Yo sí me sentiré mejor —contesté, así que me dijo que rezara.

»Dios querido —empecé—, que aceptemos el pasado con todos sus errores y sigamos adelante hacia un futuro mejor con misericordia y bondad caritativa. Alegrémonos por tener una hermana, y ojalá podamos volver a ver a nuestra madre, así como a nuestros respectivos padres. Y recordemos a Tía Lydia; perdónala por sus pecados y sus defectos, así como esperamos que perdones los nuestros. Y sintamos siempre gratitud hacia nuestra hermana Becka, dondequiera que esté. Bendícelos a todos, por favor. Amén.

Cuando terminé, Nicole estaba dormida.

Intenté dormir yo también, pero en la bodega el aire estaba más viciado que nunca. Entonces oí pasos que bajaban por la escalerilla metálica. Era el capitán Mishimengo.

—Lo siento, pero vamos a tener que desembarcaros —dijo.

—¿Ahora? —Me sobresalté—. Pero es de noche.

—Lo siento —repitió el capitán Mishimengo—. Hemos puesto en marcha el motor, pero andamos justos de potencia. Ahora estamos en aguas canadienses, pero ni mucho menos cerca de donde os debíamos dejar. No podemos llegar a un puerto, es demasiado peligroso para nosotros. La marea nos va en contra.

Dijo que estábamos justo enfrente de la costa este de la bahía de Fundy. A Nicole y a mí nos bastaba con alcanzar la orilla para estar a salvo, mientras que él no podía poner en riesgo su barco y a su tripulación.

Nicole dormía profundamente; tuve que zarandearla para que se despertase.

—Soy yo —le dije—. Tu hermana.

El capitán Mishimengo le contó la misma historia: teníamos que abandonar la *Nellie J. Banks* de inmediato.

—Y entonces, ¿quieres que nademos? —preguntó Nicole.

—Os meteremos en un bote inflable —dijo él—. Ya he avisado, os estarán esperando.

—Ella no se encuentra bien —dije—. ¿No podría ser mañana?

—No —contestó el capitán Mishimengo—. La marea está cambiando. Si perdéis esta oportunidad, la corriente os llevará a mar abierto. Poneos la ropa más abrigada que tengáis, os espero en cubierta dentro de diez minutos.

—¿La ropa más abrigada? —replicó Nicole—. Como si nos hubiéramos traído un vestuario para el Ártico.

Nos pusimos toda la ropa que teníamos. Botas, gorros polares, los impermeables. Nicole subió delante por la escalerilla: le flaqueaban un poco las piernas y sólo usaba el brazo derecho.

En cubierta, el capitán Mishimengo nos esperaba con uno de los miembros de la tripulación. Tenían unos chalecos salvavidas y un termo preparado para nosotras. A la izquierda del barco, una pared de niebla se cernía hacia nosotros.

—Gracias —le dije al capitán Mishimengo—. Por todo lo que ha hecho por nosotras.

—Siento que no sea como habíamos planeado —dijo—. Que Dios os acompañe.

—Gracias —dije otra vez—. Y que Dios lo acompañe también.

—Manteneos fuera de la niebla, si podéis.

—Genial —dijo Nicole—. Niebla. Lo que nos faltaba.

—Quizá sea una bendición —dije.

Nos bajaron en el bote inflable. Disponía de un pequeño motor solar: era sencillísimo de manejar, dijo el capitán Mishimengo: Encender, Ralentí, Adelante, Atrás. Había dos remos.

—Apártate —dijo Nicole.

—¿Disculpa?

—Empuja nuestro bote lejos del casco. ¡Con las manos no! Toma, utiliza un remo.

Conseguí empujarlo, aunque no mucho. Nunca había agarrado un remo. Me sentía muy torpe.

—¡Adiós, *Nellie J. Banks*! —exclamé—. ¡Ve con Dios!

—No te molestes en saludar con la mano, no te ven —dijo Nicole—. Estarán encantados de librarse de nosotras, somos carga tóxica.

—Nos han tratado bien —dije.

—¿Y crees que no han sacado un montón de dinero a cambio?

La *Nellie J. Banks* empezó a alejarse. Deseé que llegaran a buen puerto.

Noté que la marea se apoderaba de nuestro bote inflable. Entrad al sesgo, había dicho el capitán Mishimengo: atajar la corriente en línea recta era peligroso, el bote podía volcar.

—Aguántame la linterna —dijo Nicole. Estaba accionando los botones del motor, usando la mano derecha. El motor se puso en marcha—. Esta marea es como un río.

En efecto, nos movíamos a gran velocidad. Se distinguían unas luces en la orilla a nuestra izquierda, muy lejanas. Hacía frío, ese frío que te cala la ropa.

—¿Nos estamos acercando? —pregunté al cabo de un rato—. ¿A la orilla?

—Espero que sí —contestó Nicole—, porque de lo contrario pronto estaremos de vuelta en Gilead.

—Podríamos saltar por la borda —dije. No podíamos volver a Gilead, bajo ningún concepto: sin duda ya habrían descubierto que Nicole había desaparecido, y que no se había fugado con un Econohombre. No podíamos traicionar a Becka y todo lo que había hecho por nosotras. Sería preferible morir.

—Maldita sea —dijo Nicole—. El motor acaba de cascar.

—¡Oh, no! ¿Y puedes...?

—Eso intento. ¡Mierda, joder!

—¿Qué? ¿Qué pasa? —Tuve que levantar la voz: la niebla nos envolvía, y el sonido del agua.

—Fallo eléctrico, creo —dijo Nicole—. O batería baja.

—¿Lo habrán hecho a propósito? —le pregunté—. Quizá quieren que muramos.

—¡Qué va! —exclamó Nicole—. ¿Por qué iban a matar a sus clientes? Pues ahora hay que remar.

—¿Remar? —dije.

—Sí, con los remos —dijo Nicole—. Yo sólo puedo utilizar el brazo bueno, el otro está hinchado como un pedo de lobo, ¡y no se te ocurra preguntarme qué es un pedo de lobo, joder!

—No tengo la culpa de no saber esas cosas —dije.

—¿Quieres que discutamos sobre eso justo ahora? ¡Joder, lo siento, pero estamos en medio de una emergencia para cagarse! ¡Ahora, agarra el remo!

—De acuerdo —dije—. Voy. Ya lo tengo.

—Ponlo en el tolete. ¡El tolete, esa cosa de ahí! Usa las dos manos. De acuerdo, ¡ahora obsérvame! ¡Cuando te lo diga, metes el remo en el agua y tiras! —dijo Nicole. Estaba gritando.

—No sé cómo. Me siento inútil.

—Deja de llorar —me cortó Nicole—. ¡No me importa cómo te sientas! ¡Hazlo y punto! ¡Ahora! ¡Cuando te diga, tira del remo hacia ti! ¿Ves la luz? ¡Está más cerca!

—Creo que no —dije—. Estamos tan lejos... Acabaremos mar adentro.

—No, eso no va a pasar —dijo Nicole—. Si lo intentas, no va a pasar. ¡Ahora, vamos! ¡Y vamos! ¡Así! ¡Vamos! ¡Vamos! ¡Vamos!

XXV

Despierta

68

Tía Vidala ha abierto los ojos. Aún no ha dicho nada. ¿Todavía le funciona la cabeza? ¿Recuerda haber visto a la joven Jade vestida con el uniforme plateado de las Perlas? ¿Recuerda el golpe que la derribó? ¿Contará lo sucedido? Si la primera respuesta es sí, la segunda también. Atará cabos; ¿quién más que yo podría haber propiciado ese escenario? Cualquier cosa que le diga a una enfermera para delatarme irá directa a los Ojos; y entonces el reloj se detendrá. Debo tomar precauciones, pero ¿cuáles y cómo?

Los rumores de Casa Ardua dan a entender que el síncope no fue espontáneo, sino provocado por una conmoción o, incluso, por un ataque. Por las marcas de los talones en el suelo, se diría que la arrastraron hasta dejarla detrás de mi estatua. La han trasladado de la Unidad de Cuidados Intensivos a la sala de recuperación, y Tía Elizabeth y Tía Helena hacen turnos velándola junto a su cama, esperando a que diga sus primeras palabras, porque sospechan una de otra; de modo que no me es posible quedarme a solas con ella.

La nota romántica de la fuga ha dado pie a muchas especulaciones. El fontanero fue un toque maestro, ¡qué detalle tan convincente! Estoy orgullosa del ingenio de Nicole, y confío en que le sacará provecho en el futuro inmediato. La habilidad para elaborar mentiras verosímiles es un talento que no debe subestimarse.

Naturalmente pidieron mi opinión sobre el procedimiento que convenía seguir. ¿No debía ordenarse una búsqueda? El paradero actual de la chica no importaba mucho, dije, ya que los objetivos eran el matrimonio y la progenie; Tía Elizabeth, sin embargo, temía que el hombre pudiera ser un impostor lascivo, o incluso un agente de Mayday que se había infiltrado en el recinto de Casa Ardua con un disfraz; en un caso y en otro, se aprovecharía de la joven Jade y luego la abandonaría, dejándole como única opción la vida de Criada: por eso debíamos encontrarla enseguida y arrestar al hombre para interrogarlo.

Si en realidad hubiera existido un hombre, ése habría sido el protocolo a seguir: las chicas sensatas no se fugan en Gilead, y los hombres con buenas intenciones no se fugan con ellas. Así que tuve que acceder y mandaron un equipo de búsqueda compuesto por Ángeles a peinar las casas y las calles de los alrededores. No estaban muy entusiasmados: ir tras jovencitas engañadas no era su idea de heroísmo. Como es obvio, la joven Jade no apareció; tampoco se descubrió a ningún falso fontanero de Mayday.

Tía Elizabeth opinaba que había algo muy sospechoso en todo aquel asunto. Le di la razón, le aseguré que yo estaba tan desconcertada como ella. Pero ¿qué se le iba a hacer? Cuando se perdía el rastro, se perdía. Tendríamos que aguardar nuevos acontecimientos.

El Comandante Judd no era tan fácil de despistar. Me llamó a su despacho para una reunión de urgencia.

—La ha perdido. —Temblaba con rabia contenida, y también con miedo: haber tenido a Pequeña Nicole al alcance de la mano y haberla dejado escapar... El Consejo no se lo perdonaría—. ¿Quién más conoce su identidad?

—Nadie más —dije—. Usted. Yo. Y la propia Nicole, por supuesto. Me pareció oportuno compartir esa información con ella, para convencerla de que estaba llamada a un destino superior. Nadie más.

—¡No debe saberse! ¿Cómo ha podido consentir que ocurriera? Traerla hasta Gilead para dejar que nos la arrebaten... La reputación de los Ojos se resentirá, y qué decir de la de las Tías.

Me cuesta expresar con palabras lo que disfruté al ver a Judd retorciéndose, pero puse cara de circunstancias.

—Tomamos todo tipo de precauciones —contesté—. O realmente ha huido, o la han secuestrado. Si fuera éste el caso, los responsables deben de estar trabajando con Mayday.

Quería ganar tiempo. Una siempre intenta ganar algo.

Iba contando las horas a medida que pasaban. Las horas, los minutos, los segundos. Tenía razones de peso para desear que mis mensajeras llegaran a su destino, portando las semillas del derrumbamiento de Gilead. No en vano me había dedicado a fotografiar los expedientes criminales clasificados de alto secreto durante tantos años.

Dos mochilas de las que suelen llevar las Perlas se descubrieron al pie de un sendero de montaña poco frecuentado en Vermont. Dentro había dos vestidos de Perla, unas mondas de naranja y un collar de perlas. Se activó un dispositivo de búsqueda, con perros rastreadores. Sin resultados.

Maniobras de distracción.

El Departamento de Obras ha investigado el corte de agua del que se han quejado las Tías que residen en los Portales A y B y ha aparecido la pobre Tía Immortelle en la cisterna, obstruyendo el paso. La frugal criatura se había quitado el traje para que alguien pudiera utilizarlo en el futuro; lo hallaron, doblado con esmero, en el travesaño más alto de la escalerilla. Se había dejado puesta la ropa íntima, por pudor. Tal como habría esperado que se comportara. No creas que no me entristece su pérdida, pero me recuerdo que se sacrificó de forma voluntaria.

La noticia desató una nueva tanda de especulaciones: el rumor era que Tía Immortelle había muerto asesinada, ¿y qué mejor sospechosa que la conversa canadiense desaparecida, la tal Jade? Muchas de las Tías, entre otras quienes habían recibido su llegada con tanta alegría y satisfacción, decían ahora que desde el principio notaron algo falso en ella.

—Es un escándalo terrible —dijo Tía Elizabeth—. ¡Da tan mala imagen de nosotras!

—Lo encubriremos —propuse—. Ofreceré la versión de que Tía Immortelle simplemente pretendía echar un vistazo a la cisterna averiada, a fin de ahorrarle la tarea al valioso personal de mantenimiento. Debió de resbalar, o desmayarse. Fue un accidente en el cumplimiento desinteresado del deber. Eso diré en el funeral que vamos a organizar en honor y alabanza a su memoria.

—Me parece muy inspirado —dijo Tía Helena, con reserva.

—¿Esperas que alguien lo crea? —preguntó Tía Elizabeth.

—Creerán lo que vaya en beneficio de Casa Ardua —contesté con firmeza—. Que en el fondo es lo mismo que en su propio beneficio.

Pero las especulaciones crecían. Dos Perlas habían cruzado la verja, aseguraron los Ángeles de turno, y llevaban los papeles en regla. ¿Era una de ellas Tía Victoria, que aún no se había presentado a las horas de las comidas? O si no, ¿dónde estaba? Y de ser así, ¿por qué había partido a su misión tan pronto, antes de la ceremonia de Acción de Gracias? No iba acompañada de Tía Immortelle, así que ¿quién era la segunda Perla? ¿Era posible que Tía Victoria fuese cómplice de una doble huida? Porque, cada vez más, parecía una huida. Se llegó a la conclusión de que la nota de la fuga había sido un truco destinado a confundir y a retrasar la persecución. Qué taimadas y maliciosas podían ser las jóvenes, murmuraban las Tías... ¡Sobre todo las extranjeras!

Entonces se conoció la noticia de que dos Perlas habían sido vistas en la estación de autobuses de Portsmouth, en New Hampshire. El Comandante Judd ordenó un operativo de búsqueda: debían capturar a esas impostoras —así las llamó— y traerlas para el posterior interrogatorio. No debían permitir que hablaran con nadie salvo el Comandante Judd en persona. En caso de riesgo de huida, las órdenes eran disparar a matar.

—Me parece un tanto excesivo —dije—. Son inexpertas. Sin duda las han engañado.

—Dadas las circunstancias, Pequeña Nicole nos resulta mucho más útil muerta que viva —contestó él—. Seguro que lo comprende, Tía Lydia.

—Pido disculpas por mi torpeza —repuse—. Creí que era genuina; o sea, genuina en su deseo de unirse a nosotros. Habría sido un golpe prodigioso, de haber sido así.

—Está claro que era un topo, que se infiltró en Gilead con intenciones deshonestas. Viva, podría derribarnos a los dos. ¿No se da cuenta de lo vulnerables que seríamos ambos si cayera en manos de alguien que la obligara a hablar? Yo perdería toda credibilidad. Aparecerían los cuchillos largos, y no sólo vendrían a por mí: su reinado en Casa Ardua acabaría, y, francamente, usted también estaría acabada.

Me quiere, no me quiere: estoy asumiendo el papel de una mera herramienta, que se usa y se descarta. Pero se trata de un juego de dos.

—Muy cierto —dije—. Por desgracia, algunos en nuestro país están obsesionados con cobrarse la venganza. No creen que usted haya actuado siempre para bien, especialmente en sus operaciones de criba. Sin embargo, en este asunto ha elegido la opción más sabia, como siempre.

Ese comentario le sacó una sonrisa, aunque fuera tensa. Me asaltó el recuerdo como un fogonazo, y no por primera vez. Vestida con un sayo marrón de arpillera levanté la pistola, apunté y disparé. ¿Estaba cargada, o no?

Estaba cargada.

Volví a visitar a Tía Vidala. Tía Elizabeth la velaba mientras tejía uno de esos gorritos para los bebés prematuros que tanto se llevan hoy en día. Agradecí profundamente no haber aprendido nunca a tejer.

Vidala tenía los ojos cerrados. Respiraba de forma acompasada: qué mala suerte.

—¿Ha dicho algo ya? —pregunté.

—No, ni una palabra —contestó Tía Elizabeth—. Al menos mientras yo he estado aquí.

—Qué generosidad la tuya por ser tan atenta —le dije—. Pero debes estar cansada. Te relevaré. Ve y toma una taza de té. —Me miró con recelo, pero fue.

Una vez que hubo salido de la habitación, me incliné y le grité a Vidala al oído.

—¡Despierta!

Abrió los ojos. Me miró fijamente. Entonces susurró, sin arrastrar las palabras:

—Fuiste tú, Lydia. Te colgarán por esto. —Su expresión era a un tiempo vengativa y triunfal: por fin tenía una acusación en firme y veía que mi puesto era prácticamente suyo.

—Estás cansada —le dije—. Anda, duerme. —Cerró los ojos de nuevo.

Empecé a hurgar dentro del bolsillo en busca del vial de morfina que llevaba encima cuando Tía Elizabeth volvió a entrar.

—Me olvidaba de la labor —dijo.

—Vidala ha hablado. En cuanto has salido de la habitación.

—¿Qué ha dicho?

—Debe de tener alguna lesión cerebral —dije—. Te acusa de haberla golpeado. Dice que estabas aliada con Mayday.

—Nadie va a creer ese disparate —dijo Elizabeth, palideciendo de golpe—. ¡Si alguien le pegó, debió de ser esa chica, Jade!

—Cuesta predecir lo que la gente va a creer —dije—. Puede que algunos consideren oportuno denunciarte. No todos los Comandantes apreciaron la vergonzosa salida del doctor Grove. He oído comentar que no eres de fiar: si acusaste a Grove, ¿a quién más podrías acusar? Y en tal caso aceptarán el testimonio de Vidala contra ti. A la gente le gusta encontrar un chivo expiatorio.

Se sentó.

—Qué desastre —se lamentó.

—Hemos estado antes en atolladeros, Elizabeth —dije con suavidad—. Recuerda Penitencia. Las dos salimos de allí. Desde entonces, siempre hemos hecho lo que hiciera falta.

—Qué palabras tan alentadoras, Lydia —contestó ella.

—Lástima que Vidala sufra tantas alergias —comenté—. Espero que no le entre un ataque de asma mientras duerme. Ahora debo irme volando, tengo una reunión. Dejo a Vidala en tus sabias manos. Me parece que hay que mullirle un poco la almohada.

Dos pájaros de un tiro: será una satisfacción, tanto en un sentido estético como práctico, además de una distracción que dará más margen de maniobra. Aunque en última instancia no sea para mí, porque hay pocas posibilidades de que escape sin un rasguño de las revelaciones que sin duda se sucederán una vez que Nicole aparezca en los boletines informativos de la televisión en Canadá y el alijo de pruebas que lleva en mi nombre se revele.

El reloj corre, los minutos pasan. Espero. Espero.

Volad raudas, mensajeras, mis palomas plateadas, mis ángeles destructores. Llegad a tierra sanas y salvas.

XXVI

TOMAR TIERRA

69

No sé cuánto tiempo pasamos en el bote inflable. Horas, parecieron. Lamento no poder ser más precisa.

Había niebla. Las olas eran muy altas, y nos salpicaban y rompían por encima de nuestra pequeña embarcación. Hacía un frío de muerte. La marea era rápida, y nos arrastraba mar adentro. Ni siquiera era miedo lo que sentía: creía que íbamos a morir. El oleaje se tragaría el bote, nos arrojaría al océano y nos hundiríamos sin remedio. El mensaje de Tía Lydia se perdería, todos los sacrificios habrían sido en vano.

Dios mío, te lo ruego, recé en silencio. Ayúdanos a llegar a tierra sanas y salvas. Y si alguien más ha de morir, haz que sea sólo yo.

Remamos sin descanso. Cada una sostenía un remo. Yo nunca antes había estado en un bote, así que no sabía cómo hacerlo. Me notaba desfallecida, con los brazos agarrotados por el dolor.

—No puedo más —gemí.

—¡No pares! —me gritó Nicole—. ¡Vamos bien!

Oí que las olas rompían cerca, pero estaba tan oscuro que no veía la orilla. De pronto una ola muy grande se cernió sobre el bote, y Nicole chilló:

—¡Rema, rema por lo que más quieras!

Hubo un crujido, como de guijarros, y otra ola grande hizo zozobrar el bote hacia un lado y nos lanzó sobre la tierra. Me quedé de rodillas en el agua y otra ola me derribó, pero conseguí enderezarme, y la mano de Nicole emergió en la oscuridad y me arrastró hasta unas lajas de piedra. Nos pusimos de pie, fuera del alcance del océano. Tiritaba de frío, me castañeteaban los dientes, tenía las manos y los pies entumecidos. Nicole me estrechó en sus brazos.

—¡Lo hemos conseguido! ¡Lo hemos conseguido! ¡Creía que no lo contábamos! —aulló—. ¡Joder, sólo espero que sea la orilla correcta! —Se reía, pero también con la respiración entrecortada.

Desde el fondo de mi corazón dije: Gracias, Dios mío.

70

Nos salvamos por los pelos. Faltó poco para que nos fuéramos al carajo. La marea podría habernos arrastrado y
hubiéramos acabado en Sudamérica, aunque seguramente Gilead nos habría interceptado y nos habrían colgado
en el Muro. Estoy orgullosa de Agnes: esa noche nos
hicimos hermanas de verdad. Siguió adelante a pesar de
que estaba al límite. Jamás habría podido llegar yo sola re-
mando.

Las rocas eran traicioneras. Había muchas algas res-
baladizas. Apenas se veía nada, estaba muy oscuro. Agnes
iba a mi lado, por suerte, porque creo que a esas alturas
empezaba a delirar. El brazo izquierdo no parecía mío,
como si se hubiera despegado del cuerpo y sólo lo sujetara
la manga.

Trepamos unos peñascos y chapoteamos por charcos
de agua, tropezando y resbalando. No sabía adónde íbamos,
pero mientras subiéramos, nos alejaríamos de las olas. Por
poco me dormía, de tan cansada que estaba. Pensé: He
llegado hasta aquí y ahora voy a perder el conocimiento y
me caeré y me romperé la crisma. Becka me dijo: «No falta
mucho.» No recordaba que viniera en el bote con nosotras,
pero estaba a nuestro lado en la playa, sólo que no la veía

porque estaba demasiado oscuro. Y luego dijo: «Mira allí arriba. Sigue las luces.»

Alguien gritó desde lo alto de un acantilado. Había luces que se movían a lo largo de la cima.

—¡Ahí están! —aulló una voz.

Y otra llamó.

—¡Eh, aquí!

Me faltaban fuerzas para contestar. Entonces noté arena bajo los pies, y las luces se acercaron por el lado derecho de la pendiente hacia nosotras. Sosteniendo una de las luces vi a Ada.

—Lo has logrado —dijo.

—Ya ves —contesté, y me desplomé en el suelo. Alguien me levantó y me cargó a cuestas. Era Garth.

—¿Qué te dije? —me preguntó—. ¡Así se hace! Sabía que lo conseguirías.

Me hizo sonreír.

Subimos una colina y arriba había luces brillantes y gente con cámaras de televisión.

—¡Ofrécenos una sonrisa! —exclamó una voz.

Y entonces me desmayé.

Nos evacuaron en helicóptero al Centro Médico de Refugiados de Campobello y me enchufaron antibióticos, así que cuando me desperté no tenía el brazo tan hinchado y dolorido.

Mi hermana, Agnes, estaba junto a mi cama, vestida con unos vaqueros y una sudadera que decía CORRE PARA SALVAR VIDAS, LUCHA CONTRA EL CÁNCER DE HÍGADO. Me hizo gracia porque eso era lo que habíamos estado haciendo, corriendo para salvar la vida. Me daba la mano. Ada estaba a su lado, y Elijah, y Garth. Todos sonreían como bobos.

—Es un milagro —dijo mi hermana—. Sin ti no estaríamos aquí.

—Estamos orgullosos de las dos, de verdad —dijo Elijah—. Aunque siento lo del bote inflable: se suponía que os iban a dejar en el puerto.

—Sois noticia en todas partes —dijo Ada—. «Hermanas desafían todas las adversidades.» «La temeraria fuga de Pequeña Nicole de Gilead.»

—Y el alijo de documentos —dijo Elijah—. También ha salido en las noticias. Es un bombazo. Tantos crímenes y delitos, entre la plana mayor de Gilead... Es mucho más de lo que esperábamos. Los medios de comunicación canadienses están dando a conocer un escándalo secreto tras otro, y pronto rodarán cabezas. Nuestra fuente en Gilead no nos falló.

—¿Gilead ha caído? —pregunté. Me alegraba, pero también me parecía irreal; como si no hubiese sido yo quien había hecho las cosas que habíamos hecho. ¿Cómo habíamos podido correr esos riesgos? ¿De dónde habíamos sacado el valor?

—Todavía no —contestó Elijah—. Pero es el principio del fin.

—Los informativos de Gilead están diciendo que todo es falso —explicó Garth—. Un complot de Mayday.

Ada soltó una risa seca como un gruñido.

—Claro, qué van a decir si no.

—¿Dónde está Becka? —pregunté. Empezaba a marearme otra vez, así que cerré los ojos.

—Becka no está —dijo Agnes con suavidad—. No vino con nosotras, ¿te acuerdas?

—Sí que vino. Estaba allí, en la playa —susurré—. La oí.

Creo que me quedé dormida. Después noté que emergía del sueño de nuevo.

—¿Sigue con fiebre? —dijo una voz.

483

—¿Qué ha pasado? —pregunté.

—Chist —dijo mi hermana—. No pasa nada. Nuestra madre está aquí. Ha estado muy preocupada por ti. Mira, está justo a tu lado.

Abrí los ojos, y me deslumbró el resplandor, pero allí había una mujer de pie. Parecía triste y feliz a la vez; se le caían las lágrimas. Era casi igual que en la fotografía del expediente de los Lazos de Sangre, sólo que mayor.

Sentí que debía ser ella, así que levanté los brazos, el bueno y el que se estaba curando, y nuestra madre se inclinó hacia la cama del hospital y nos abrazamos. Me estrechó con un solo brazo, pues con el otro rodeaba a Agnes.

—Hijas mías.

Olía tal como había imaginado. Era como el eco de una voz que no llegas a oír.

—Seguro que no os acordáis de mí —dijo, esbozando una sonrisa—. Erais demasiado pequeñas.

—No, no me acuerdo —dije—. Pero no importa.

—Todavía no —dijo mi hermana—. Pero me acordaré.

Y me volví a dormir.

XXVII

Despedida

71

Se nos agota el tiempo, lector mío. Posiblemente verás estas páginas mías como el cofre de un frágil tesoro que abrirás con sumo cuidado. Posiblemente al final las destroces, o las quemes: las palabras acaban así a menudo.

Quizá seas un estudiante de Historia, y en tal caso espero que me saques alguna utilidad: un retrato con pelos y señales, una crónica definitiva de mi vida y mi época, con las correspondientes notas a pie de página; aunque si no me acusas de mala fe, estaré muy sorprendida. O, de hecho, sorprendida no: estaré muerta, y a los muertos es difícil sorprenderlos.

Me gusta imaginar que quien me lee es una mujer joven, brillante, ambiciosa. Estarás intentando buscarte un hueco en las sombrías y resonantes cavernas del mundo académico que aún exista en tu tiempo. Te sitúo en tu escritorio, con el pelo detrás de las orejas, el esmalte de las uñas descascarillado (porque el esmalte de uñas habrá vuelto, siempre vuelve).

Frunces ligeramente el ceño, un hábito que con la edad irá a más. Suspendida en el aire por detrás de ti, atisbo por encima del hombro: tu musa, tu inspiración invisible, apremiándote a continuar.

Trabajarás enfrascada en este manuscrito, leyendo y releyendo, encontrando gazapos sobre la marcha, y madurarás ese odio cargado de fascinación y también de aburrimiento que los biógrafos acaban por sentir tan a menudo hacia los sujetos que estudian. ¿Cómo he podido portarme tan mal, ser tan cruel, tan estúpida?, te preguntarás. ¡Tú nunca habrías hecho esas cosas! Pero es que tú nunca habrás tenido que hacerlas.

Y así llegamos al final. Es tarde: demasiado tarde para que Gilead pueda evitar su destrucción inminente. Siento no vivir para ver la conflagración, el derrumbe. Y es tarde para mí, en la vida. Y es tarde, noche cerrada: una noche serena, como me fijé de camino aquí. La luna llena lo baña todo con su esquivo resplandor cadavérico. Tres Ojos me saludaron cuando pasé por delante: a la luz de la luna sus caras eran calaveras, y sin duda mi rostro debió darles la misma impresión.

Llegarán demasiado tarde, los Ojos. Mis mensajeras han volado. Cuando la situación se ponga fea de verdad, como muy pronto ocurrirá, saldré por la puerta de atrás. Una o dos inyecciones de morfina bastarán. Mejor así: si me permitiera seguir con vida, contaría demasiadas verdades. La tortura es como el baile: estoy demasiado vieja para aguantar. Que las más jóvenes demuestren su valentía. Aunque quizá no puedan elegir, porque carecen de mis privilegios.

Ahora debo poner fin a nuestra conversación. Adiós, lector mío. Procura no pensar mal de mí, o no peor de lo que ya pienso yo misma.

Dentro de un momento guardaré estas páginas en las tripas del Cardenal Newman y volveré a colocarlo en el estante. En mi fin está mi principio, como dijo alguien una vez. ¿Quién fue? María Estuardo, reina de Escocia, si la historia no miente. Su lema, con un ave fénix elevándose de sus cenizas, bordado en un tapiz. Qué bien bordan las mujeres.

Se aproximan pasos, resuenan las pisadas de las botas, una tras otra. En un abrir y cerrar de ojos llegará el golpe.

El Decimotercer Simposio

NOTAS HISTÓRICAS

Transcripción parcial de las actas del Decimotercer Simposio de Estudios Gileadianos, Congreso de la Asociación Histórica Internacional, Passamaquoddy, Maine, 29 y 30 de junio de 2197.

PRESIDENTA: *Profesora Maryann Crescent Moon, Presidenta de la Universidad de Anishinaabe, Cobalt, Ontario.*

ORADOR INAUGURAL: *Profesor James Darcy Pieixoto, director de los Archivos de los siglos XX y XXI, de la Universidad de Cambridge, Inglaterra.*

CRESCENT MOON:

En primer lugar, me gustaría recordar que este congreso se celebra en el territorio tradicional de la Nación Penobscot, y dar las gracias a los ancianos y los ancestros por permitir nuestra presencia aquí hoy. También deseo señalar que el lugar donde nos encontramos —Passamaquody, antiguamente Bangor— no sólo fue un centro neurálgico de acogida para los refugiados que huían de Gilead, sino también un apeadero clave del Ferrocarril Subterráneo desde antes de la Guerra de Secesión, hace ahora más de trescientos años. Como suele decirse, la historia no se repite, pero rima.

¡Es un placer darles la bienvenida a todos al Decimotercer Simposio de Estudios Gileadianos! Nuestra organización ha crecido, y con un fin noble. Debemos tener siempre presentes los giros equivocados del pasado para que no se repitan.

Un recordatorio de cuestiones prácticas: para quienes deseen ir de pesca al río Penobscot, hay planeadas dos excursiones; por favor, no olviden llevar protector solar y repelente de insectos. Detalles sobre estas expediciones, y de la visita guiada por el centro arquitectónico del Periodo Gileadiano, están en sus respectivos portafolios del simposio. Hemos añadido un Coro Recreativo de cantos del periodo gileadiano en la iglesia de San Judas, en compañía de tres escolanías municipales. Mañana es el día de la Recreación Histórica con el desfile de trajes de época, para quienes hayan venido equipados. Les ruego que no se dejen llevar por el entusiasmo, como ocurrió en el Décimo Simposio.

Y ahora, por favor, demos la bienvenida a un experto a quien todos conocemos, tanto por sus publicaciones bibliográficas como por la fascinante serie televisiva que acaba de estrenarse, *Dentro de Gilead: El día a día en una teocracia puritana*. La muestra que ha reunido de objetos procedentes de colecciones de distintos museos del mundo entero, en especial las piezas tejidas a mano, ha sido fascinante. Con ustedes, el Profesor Pieixoto.

PIEIXOTO:

Gracias, Profesora Crescent Moon, ¿o debería decir Señora Presidenta? Felicidades por su nuevo cargo, un ascenso que en Gilead nunca se hubiera producido. (*Aplausos.*) Ahora que las mujeres están usurpando puestos de liderazgo hasta un punto tan aterrador, espero que no sea demasiado severa conmigo. Me tomé a pecho sus comentarios sobre las bromas que hice en el Duodécimo Simposio —reconozco que algunas no fueron de muy buen gusto— e intentaré no reincidir. (*Aplausos dispersos.*)

Es gratificante ver tanta asistencia de público. ¿Quién habría imaginado que los Estudios Gileadianos, descuidados durante tantas décadas, de repente adquirirían semejante popularidad? Aquellos de nosotros que hemos trabajado tanto tiempo con denuedo en los oscuros recovecos del mundo académico no estamos acostumbrados a las deslumbrantes luces de los focos. (*Risas.*)

Todos recordarán el entusiasmo que suscitó hace unos años el descubrimiento de un baúl metálico que contenía la colección de casetes atribuidas a la Criada de Gilead conocida como «Defred». El hallazgo se produjo justo aquí, en Passamaquoddy, detrás de una falsa pared. Las investigaciones y las conclusiones provisionales a las que llegamos se presentaron en nuestro último simposio, y ya han dado pie a un impresionante número de artículos de otros especialistas.

A quienes han cuestionado este material y su datación, ahora puedo decirles con seguridad que media docena de estudios de organismos independientes han verificado nuestras primeras estimaciones, aunque quisiera matizar esas cuestiones. El Agujero Negro Digital del siglo XXI, que causó una inmensa pérdida de información debido al rápido índice de desintegración de los datos que se almacenaban, a la par del sabotaje de un gran número de torres de servidores y bibliotecas por parte de agentes de Gilead con órdenes de destruir cualquier registro que pudiera entrar en conflicto con los suyos, así como las revueltas populistas contra la vigilancia digital represiva en muchos países, ha supuesto que no haya sido posible datar con precisión ciertos materiales gileadianos. Debemos asumir un margen de error de entre diez y treinta años. Dentro de esa variabilidad, sin embargo, nos movemos en un terreno tan sólido como en el que por norma se mueve cualquier historiador. (*Risas.*)

Desde el descubrimiento de aquellas trascendentales casetes, hemos asistido a otros dos hallazgos espectaculares que, de ser auténticos, resultarán una aportación sustancial para nuestra comprensión de ese periodo extinguido de nuestra historia colectiva.

Primero, el manuscrito conocido como *El ológrafo de Casa Ardua*. Esta serie de páginas manuscritas apareció en el interior de una edición decimonónica de la *Apologia Pro Vita Sua* del Cardenal Newman. El libro lo adquirió en una subasta pública J. Grimsby Dodge, vecino de Cambridge, Massachusetts. Su sobrino heredó la colección y la vendió a un anticuario que reconoció su potencial; así fue como llegó a nuestro conocimiento.

He aquí una diapositiva de la primera página. La caligrafía es legible para los versados en cursiva arcaica; se aprecia que recortaron el tamaño de los folios para que encajaran en el hueco horadado en el interior del texto del Cardenal Newman. La prueba de carbono del papel no excluye el periodo gileadiano tardío, y la tinta empleada en las primeras páginas es una tinta de dibujo corriente en la época, de color negro, aunque pasadas unas cuantas el manuscrito cambia al azul. Escribir estaba prohibido para las mujeres y las niñas, con la excepción de las Tías, pero en las escuelas se enseñaba a dibujar a las hijas de las familias de la élite; de ahí que tuvieran acceso a esa clase de tintas.

El ológrafo de Casa Ardua parece ser obra de una tal «Tía Lydia», que tiene un papel poco halagador en la serie de casetes descubiertas en la caja metálica. Pruebas internas sugieren que también pudo haber sido la «Tía Lydia» identificada por los arqueólogos como el personaje principal de una estatua de gran tamaño y torpe factura descubierta en una granja avícola de batería abandonada setenta años después de la caída de Gilead. La nariz de la figura central estaba rota, y una de las otras figuras decapitada, indicios de vandalismo. Véanla en la siguiente diapositiva; pido disculpas por la iluminación. Tomé la imagen yo mismo, y no soy el mejor fotógrafo del mundo. Las limitaciones de presupuesto me impidieron contratar a un profesional. (*Risas.*)

El personaje de «Lydia» se menciona en diversos informes de agentes infiltrados de Mayday por haber sido una mujer a la vez despiadada y astuta. No hemos sido capaces de encontrarla en los escasos materiales televisados que sobreviven de la época, aunque una fotografía enmarcada con la anotación «Tía Lydia» escrita a mano en el dorso se rescató de los escombros de una escuela para niñas bombardeada durante el hundimiento de Gilead.

Muchos indicios apuntan a que se trata de la misma «Tía Lydia» autora de nuestro ológrafo. Pero, como siempre, debemos ser cautos. Supongamos que el manuscrito es apócrifo; no un burdo intento por cometer un fraude desde la actualidad —el papel y la tinta desvelarían enseguida el engaño—, sino una falsificación desde dentro mismo de Gilead; o, de hecho, desde el seno de Casa Ardua.

¿Y si nuestro manuscrito fue ideado como una trampa para acusar a su presunta autora, del mismo modo que con las Cartas del Ataúd se quiso propiciar la muerte de María, reina de Escocia? ¿Cabría la opción de que una de las presuntas enemigas de «Tía Lydia», tal como se detallaba en el propio ológrafo —Tía Elizabeth, por ejemplo, o Tía Vidala—, celosa del poder de Lydia, ansiando ocupar su puesto y familiarizada tanto con su caligrafía como con su estilo verbal, se propusiera redactar este documento incriminatorio, confiando en que los Ojos lo descubrirían?

Es remotamente posible. Pero, en conjunto, me inclino a pensar que nuestro ológrafo es auténtico. Desde luego es un hecho que alguien dentro de Casa Ardua facilitó los cruciales micropuntos a las dos hermanas fugitivas de Gilead cuya trayectoria examinaremos a continuación. Ellas mismas aseguran que ese personaje fue Tía Lydia: ¿por qué dudar de su palabra?

A menos, claro está, que la historia de las chicas sobre «Tía Lydia» sea a su vez una estratagema para ocultar la identidad de la verdadera agente doble de Mayday, en caso de que surgiera cualquier amago de traición desde las propias filas de la organización clandestina. Siempre existe esa posibilidad. En nuestro campo de trabajo, dentro de una caja misteriosa a menudo se oculta otra.

Y este hilo nos conduce a un par de documentos que casi con total certeza son auténticos. Catalogados ambos como las transcripciones del testimonio presencial de dos mujeres jóvenes que, según declaran, descubrieron a través de los Archivos Genealógicos de los Lazos de Sangre custodiados por las Tías que eran hijas de la misma madre. La testigo que se identifica con el nombre de «Agnes Jemima» afirma haberse criado dentro de Gilead. La que se hace llamar «Nicole» da la impresión de que es ocho o nueve años menor. En su testimonio describe que se enteró por dos agentes de Mayday que de niña la habían sacado de Gilead en secreto.

«Nicole» puede parecer demasiado joven, en años pero también en experiencia, para que le asignaran la peligrosa misión que al parecer las dos cumplieron con éxito, pero no era más joven que muchos implicados en operaciones de resistencia y espionaje en el curso de los siglos. Algunos historiadores han afirmado incluso que personas de esa edad son especialmente idóneas para esa clase de periplos, pues los jóvenes son idealistas, tienen un sentido poco desarrollado de la propia mortalidad y adolecen de una exagerada sed de justicia.

La misión descrita se considera un detonante del desmoronamiento definitivo de Gilead, dado que el material que la hermana menor sacó clandestinamente —un micropunto inserto en un tatuaje escarificado, que debo decir es un método novedoso para entregar información (*risas*)— reveló gran número de secretos personales que desacreditaron a diversos oficiales de las altas esferas. Destacan en especial las conspiraciones que ciertos Comandantes idearon para eliminarse unos a otros.

Cuando esa información se hizo pública desencadenó lo que se conoce como la Purga de Baal, que mermó la cúpula de la clase dirigente, debilitó el régimen e instigó un golpe de Estado militar así como una revuelta popular. El conflicto civil y el caos resultante propiciaron una campaña de sabotaje coordinada por la Resistencia de Mayday y una serie de ataques efectivos desde ciertas áreas de los antiguos Estados Unidos, como la región montañosa de Misuri, las zonas del interior y los alrededores de Chicago y Detroit, Utah —donde seguían abiertas las heridas tras la masacre de mormones que había tenido lugar allí—, la República de Texas, Alaska, y la mayor parte de la Costa Oeste. Pero ése es otro episodio, que todavía están recomponiendo los historiadores militares.

Procuraré centrarme en los mencionados testimonios, que probablemente se grabaron y transcribieron para uso del movimiento de Resistencia Mayday. Esos documentos se localizaron en la biblioteca de la Universidad Innu en Sheshatshiu, Labrador. Nadie los había descubierto hasta entonces, tal vez porque el expediente no estaba catalogado con claridad, pues llevaba el título «Anales de la *Nellie J. Banks*: Dos aventureras». A simple vista, cualquiera que leyera ese conjunto de significantes habría pensado que se trataba de una crónica del antiguo contrabando de licor, habida cuenta de que la *Nellie J. Banks* fue una famosa goleta que transportaba ron clandestino a principios del siglo XX.

No fue hasta que Mia Smith, una de nuestras estudiantes de posgrado en busca de un tema para su tesis doctoral, abrió el expediente cuando la verdadera naturaleza de su contenido salió a la luz. Tan pronto me mostró el material para que lo evaluara, despertó mi entusiasmo, ya que los relatos de Gilead de primera mano son rarezas en vías de desaparición, y más los que tratan sobre la vida de las mujeres. Resulta difícil que la población obligada al analfabetismo deje vestigios documentales.

Los historiadores hemos aprendido, sin embargo, a cuestionar nuestras primeras suposiciones. ¿Era ese relato de doble filo una farsa inteligente? Un equipo de nuestros alumnos de posgrado se propuso seguir la ruta descrita por las presuntas testigos, después de trazar el probable circuito en mapas terrestres y marítimos, y luego emprendió el viaje con la esperanza de recabar cualquier pista existente a lo largo de la ruta. Por desgracia, los textos en sí no están fechados. Confío en que si alguna vez se embarcan en un periplo similar, sean de más utilidad a los historiadores del futuro y no se olviden de anotar el mes y el año. (*Risas.*)

Tras una serie de vías muertas y pasar una noche rodeados por una plaga de ratas en una fábrica de langosta en conserva de New Hampshire, el equipo entrevistó a una anciana residente aquí, en Passamaquoddy. Les explicó que su bisabuelo solía contarle que transportaba a gente, en su mayoría mujeres, a Canadá en un barco de pesca. Incluso había guardado un mapa de la región, que la bisnieta nos regaló: dijo que estaba a punto de tirar todas aquellas antiguallas para que nadie tuviese que ponerse a limpiar cuando muriera.

Proyectaré una diapositiva de ese mapa.

Y ahora, con el puntero láser, trazaré la ruta que con mayor probabilidad tomaron nuestras dos jóvenes refugiadas: en coche hasta aquí, en autobús hasta aquí, en camioneta hasta aquí, en lancha hasta aquí, y luego a bordo de la *Nellie J. Banks* hasta esta playa cerca de Harbourville, Nueva Escocia. Desde ese lugar, al parecer, las trasladaron por medios aéreos hasta un centro de acogida y atención sanitaria en la isla de Campobello, Nuevo Brunswick.

Nuestro equipo de estudiantes visitó a continuación la isla de Campobello, y allí la casa de verano construida por la familia de Franklin D. Roosevelt en el siglo XIX, que temporalmente acogió el centro de refugiados. Gilead, en su afán por cortar todos los vínculos con esa sede, dinamitó la carretera elevada que unía la isla con el continente para impedir la huida por tierra de quienes aspiraban a vías más democráticas. La casa atravesó tiempos difíciles en aquella época, pero desde entonces se ha restaurado y funciona como museo; lamentablemente, gran parte del mobiliario original se ha perdido.

Se cree que nuestras dos jóvenes pasaron al menos una semana en esta casa, puesto que, según sus propias declaraciones, ambas precisaron tratamiento por hipotermia y congelación, y, en el caso de la hermana menor, por septicemia a raíz de una infección. Mientras registraba el edificio, nuestro equipo demostró nuevamente su iniciativa al descubrir unas misteriosas inscripciones en el alféizar de madera de una ventana del segundo piso.

Obsérvenlas en esta diapositiva: cubiertas de pintura, pero visibles aún.

Aquí se lee una «N», tal vez de «Nicole» —puede apreciarse el trazo ascendente, aquí—, y una «A», y una «G»: ¿podrían referir a «Ada» y «Garth», quizá? ¿O la «A» señala a «Agnes»? Hay una «V» —¿de «Victoria»?— ligeramente por debajo, aquí. Y aquí, las letras «TL», posiblemente en alusión a la «Tía Lydia» de sus testimonios.

¿Quién fue la madre de esas dos hermanas? Sabemos que hubo una Criada fugitiva que se convirtió en una agente que colaboró sobre el terreno con Mayday durante varios años. Después de sobrevivir por lo menos a dos atentados, trabajó varios años con extremas medidas de protección en la base que la organización tenía cerca de Barrie, Ontario, una granja donde se cultivaba cáñamo orgánico como tapadera. No hemos excluido la posibilidad de que sea la misma autora de las grabaciones de «El cuento de la criada» en las casetes halladas en el baúl metálico; y, según ese relato, esa mujer había dado a luz por lo menos en dos ocasiones. Pero podríamos extraviarnos sacando conclusiones precipitadas, así que dependemos de que futuras investigaciones lleven a cabo análisis más exhaustivos, si es posible.

Para quienes estén interesados —una oportunidad que por ahora sólo se ofrece a los asistentes al simposio, aunque dependiendo de la financiación esperamos que sea extensiva a un público más amplio—, junto con mi colega el Profesor Knotly Wade hemos preparado una edición facsímil de los tres lotes de materiales, intercalándolos de manera que adquieren cierto sentido narrativo. Se puede arrancar al cronista del fabulador, pero ¡no se puede arrancar al fabulador del cronista! (*Risas, aplausos.*) Hemos numerado los episodios para facilitar las búsquedas y las referencias: huelga decir que esos números no figuran en los originales. Se pueden solicitar copias del facsímil en el mostrador de registro; no más de una por persona, por favor, ya que la tirada es limitada.

Espero que disfruten de ese viaje al pasado y, entretanto, sopesen el significado de las crípticas inscripciones de la ventana. Me limitaré a sugerir que la correspondencia de las iniciales de varios de los nombres clave en nuestras transcripciones resulta, como poco, sumamente evocador.

Concluiré con una pieza más de este fascinante puzle.

La serie de diapositivas que voy a mostrarles a continuación ilustran una estatua situada en la actualidad en el parque municipal Boston Common. Nada indica que pertenezca al periodo gileadiano: la escultura lleva la firma de una figura de los círculos artísticos de Montreal que estuvo en activo varias décadas después de la caída de Gilead, y debieron de transportarla hasta su presente ubicación años después del caos posterior al derrumbe del régimen y la consiguiente Restauración de los Estados Unidos de América.

Al parecer en la dedicatoria se nombra a los principales protagonistas citados en nuestros materiales. De ser así, nuestras dos jóvenes mensajeras debieron de vivir no sólo para contar su historia, sino también para reunirse con su madre y sus respectivos padres, y tener a su vez hijos y nietos. Personalmente considero que esta dedicatoria es un testamento convincente de la autenticidad de nuestras dos transcripciones. Es bien sabido que la memoria colectiva tiende a fallar, y buena parte del pasado se hunde en el océano del tiempo y se pierde para siempre; pero de vez en cuando, las aguas se abren y nos permiten atisbar un destello de los tesoros ocultos, aunque sea un instante. A pesar de que en la historia haya un sinfín de matices y de que los historiadores no podamos aspirar nunca a un consenso unánime, confío en que ustedes coincidirán conmigo, al menos en este caso.

Como pueden ver, la estatua representa a una joven que lleva el traje de las Perlas: fíjense en la toca en concreto, el collar de perlas y la mochila. En la mano sujeta un ramillete de flores que nuestro etnobotánico de referencia ha identificado como nomeolvides; sobre el hombro derecho hay dos aves, pertenecientes, se diría, a la familia de las palomas o las tórtolas.

He aquí la dedicatoria. Las letras están erosionadas por la intemperie y cuesta descifrarlas en la imagen, así que me tomé la libertad de copiarlas en la siguiente diapositiva, vean. Y cerraré con esta nota final.

EN MEMORIA DE
BECKA, TÍA IMMORTELLE
DEDICAN ESTA ESTATUA SUS HERMANAS,
AGNES Y NICOLE,
Y SU MADRE Y LOS PADRES DE AMBAS,
Y SUS HIJOS Y SUS NIETOS.
Y TAMBIÉN EN MEMORIA DE TÍA LYDIA.
LAS AVES DEL CIELO CORRERÁN LA VOZ, Y SALDRÁN VOLANDO A CONTARLO TODO.
EL AMOR VA MÁS ALLÁ DE LA MUERTE.

Agradecimientos

Los testamentos se escribió en muchos sitios: en un tren panorámico varado en un apartadero por un alud de barro, en un par de barcos, en varias habitaciones de hotel, en medio de un bosque, en el centro de una ciudad, en bancos de parques y en cafeterías, con palabras anotadas en las clásicas servilletas de papel, en cuadernos y en un ordenador portátil. No me hago cargo del alud de barro, ni tampoco de diversos sucesos que afectaron a esos lugares donde escribía. De otros soy completamente responsable.

Antes de poner las palabras sobre el papel, sin embargo, *Los testamentos* se escribió en parte en la imaginación de quienes previamente leyeron *El cuento de la criada* y se preguntaban qué había ocurrido después del final de aquella novela. Treinta y cinco años dan para una larga combinación de respuestas posibles, y las respuestas han cambiado también a medida que la sociedad lo hacía, y que las posibilidades se materializaban en realidades. Los ciudadanos de muchos países, incluido Estados Unidos, están sometidos a más tensiones ahora que hace tres décadas.

Una cuestión acerca de *El cuento de la criada* que surgía reiteradamente era: ¿Cómo cayó Gilead? *Los testamentos* se escribió en respuesta a esa pregunta. Los totalitarismos pueden desmoronarse desde dentro, cuando fracasan en el cumplimiento de las promesas que los llevaron al poder; o pueden atacarse desde fuera; o ambas cosas. No hay fórmulas certeras, dado que muy poco en la historia es inevitable.

Gracias, en primer lugar, a los lectores de *El cuento de la criada*: su interés y curiosidad han sido inspiradores. Y muchas gracias al numeroso equipo que hizo que el libro cobrara vida en forma de la apasionante, espléndida y premiada serie de televisión de MGM y Hulu: Steve Stark, Warren Littlefield y Daniel Wilson en las labores de producción; el creador de la adaptación a la pequeña pantalla, Bruce Miller, y su excelente sala de guionistas; los magníficos directores, y el fabuloso reparto, para quienes decididamente éste no fue un papel más: Elizabeth Moss, Ann Dowd, Samira Wiley, Joseph Fiennes, Yvonne Strahovski, Alexis Bledel, Amanda Brugel, Max Minghella, y tantos otros. La serie de televisión ha respetado uno de los axiomas de la novela: no se permite que aparezca ningún suceso del que no haya un precedente en la historia de la humanidad.

La publicación de un libro es una labor colectiva, así que mi agradecimiento a la sensacional banda de editores y primeros lectores a ambos lados del Atlántico que han contribuido a este ejercicio mental en innumerables maneras, desde «¡Me encanta!» a «No vas a salirte con la tuya» a «Cuéntame más, a ver si lo entiendo». Ese grupo incluye, sin excluir otras aportaciones, a Becky Hardie de Chatto/Penguin Random House Reino Unido; Louise Dennys y Martha Kanya-Forstner de Penguin Random House Canadá; Nan Talese y LuAnn Walther de Penguin Random House Estados Unidos; Jess Atwood Gibson, que es implacable, y Heather Sangster de Strong Finish, el endiablado editor de mesa que caza todos los gazapos, incluso antes de que nazcan. Y mi agradecimiento al equipo de corrección y producción a cargo de Lydia Buechler y Lorraine Hyland en Penguin Random House Estados Unidos, y de Kimberlee Hesas en Penguin Random House Canadá.

Gracias también a Todd Doughty y Suzanne Herz de Penguin Random House Estados Unidos; a Jared Bland y Ashley Dunn de Penguin Random House Canadá, y a Fran Owen, Mary Yamazaki y Chloe Healy de Penguin Random House Reino Unido.

A mis agentes, ahora retiradas, Phoebe Larmore y Vivienne Schuster; a Karolina Sutton, y a Caitlin Leydon, Claire Nozieres, Sophie Baker y Jodi Fabbri de Curtis Brown; a Alex Fane, David Sabel y el equipo de Fane Productions, y a Ron Bernstein de ICM.

En el departamento de servicios especiales: a Scott Griffin por consejos náuticos; a Oberon Zell Ravenheart y Kirsten Johnsen; a Mia Smith, cuyo nombre aparece en el texto como resultado de una subasta a favor de la organización benéfica Freedom from Torture, y a varios miembros de la resistencia en la Segunda Guerra Mundial de Francia, Polonia y Holanda a quien he conocido a lo largo de los años. El personaje de Ada es un homenaje a mi tía política, Ada Bower Atwood Brannen, quien fue una de las primeras mujeres exploradoras en partidas de caza y pesca de Nueva Escocia.

A quienes me hacen seguir adelante día a día y me recuerdan el día que es, entre otros Lucia Cino de O. W. Toad Limited y Penny Kavanaugh; a V. J. Bauer, que diseña y mantiene la página web; a Ruth Atwood y Ralph Siferd; a Evelyn Heskin; y a Mike Stoyan y Sheldon Shoib, a Donald Bennett, a Bob Clark y Dave Cole.

A Coleen Quinn, que se asegura de que salga de la Madriguera y me eche a los caminos; a Xiaolan Zhao y Vicky

Dong; a Matthew Gibson, que arregla lo que haga falta, y a Terry Carman y The Shock Doctors, por mantener las luces encendidas.

Y como siempre a Graeme Gibson, mi compañero de muchas aventuras curiosas y fantásticas durante casi cincuenta años.

Índice

ISBN: 978-84-9838-949-4
Depósito legal: B-17.936-2019
1ª edición, septiembre de 2019
Printed in Spain
Impresión: Romanyà-Valls, Pl. Verdaguer, 1
Capellades, Barcelona